C.S. Quinn
Der Diebesfänger

amazon crossing

Das Buch

Man schreibt das Jahr 1665. Der Schwarze Tod hat London fest im Griff. Ein Mörder zieht um die Häuser, versteckt unter dem Umhang und der Maske eines Pest-Doktors …

Als ein Mädchen auf grausame Weise ermordet wird, nimmt Diebesfänger Charlie Tuesday den Fall widerwillig an. Aber die schauderhaft entstellten Überreste deuten darauf hin, dass dies keine Einzeltat ist. Der wahnsinnige Blutdurst des Mörders ist Teil eines größeren Plans, der London zerstören und die dunklen Geheimnisse von Charlies eigener Vergangenheit aufdecken könnte. Nun muss der Diebesfänger den listigen Mörder finden, bevor die Pest die Hinweise Straße für Straße auslöscht.

Die furchterregende Verfolgungsjagd führt Charlie tief in die schwarze Unterwelt des alten London, wo Alchemie, Hexerei und Blutzauber aufeinandertreffen. In einer in Dunkelheit getauchten Stadt könnte der Tod der mächtigste Zauber von allen sein.

Die Autorin

C.S. Quinn arbeitet als Reise- und Lifestyle-Journalistin für *The Times*, *The Guardian* und *The Mirror* sowie für zahlreiche Zeitschriften. Vor ihrer journalistischen Karriere befasste sie sich mit historischen Recherchen, die durch die prestigeträchtige Graduiertenförderung des British Arts Council unterstützt wurden.

»Der Diebesfänger« kombiniert Quinns historische Kenntnisse mit den Erfahrungen, die sie auf ihren Reisen in entfernte Winkel der Welt gemacht hat, um das damalige London zu skizzieren.

C.S. QUINN

DER DIEBESFÄNGER

THRILLER

Aus dem Amerikanischen von Julika Hüther

amazon crossing

Die Originalausgabe erschien 2014 unter dem Titel
»The Thief Taker« bei Thomas & Mercer, Las Vegas.

Deutsche Erstveröffentlichung bei
AmazonCrossing, Amazon Media E.U. Sàrl
5 Rue Plaetis, L-2338, Luxembourg
Juni 2015

Umschlaggestaltung: bürosüd° München, www.buerosued.de
Lektorat: Hilke Bemm M. A., Neusäß
Korrektorat und Satz: Petra Schmidt, www.lektorat-ps.com
Printed in Germany
By Amazon Distribution GmbH
Amazonstraße 1
04347 Leipzig, Germany

ISBN: 978-1-5039-4614-9

www.amazon.com/crossing

Für

Professor Vivien Jones und Dr. Robert Jones.

Danke für all die Geschichtsstunden.

London, 1665

Im Jahr des Schwarzen Todes ist London eine Stadt, die aus Fachwerkhäusern und dunklen Türmen besteht. In den engen Hintergassen sagen Astrologen die Zukunft voraus, während Alchemisten Wunder heraufbeschwören. Köpfe von Verrätern reihen sich auf der London Bridge auf, wo Hexen Elixiere verkaufen und Spieler Karten aufdecken. Der Fluss, der unter ihnen entlangfließt, bringt eine tägliche Fracht aus Schmugglerbanden und Piraten mit sich.

England hat einen neuen König, einen Monarchen des Blutes. Doch seitdem er hier ist, fegt die Pest wie ein unfehlbares Urteil durch die Stadt. Und bereits jetzt raunen sich die Einwohner Londons zu, dass Blut zu einer gefährlichen Währung geworden sei.

Prolog

Niemand sprach es aus. Aber die Zeichen waren eindeutig. Merkmale. An ihrem Körper.

Es hatte Zeiten gegeben, in denen sich die Familie glücklich geschätzt hatte. Ihr stolzes Fachwerkhaus hatte sich von den Mietshäusern abgehoben, in denen drei Generationen in einen einzigen Raum gepfercht lebten. Aber nun saßen sie blass und verängstigt im schwindenden Zwielicht.

Jemand hatte ein Feuer entfacht, um die Luft zu reinigen. Es machte die Sommerhitze noch erdrückender. Reinigende Gewürze wanden sich mit dem Übelkeit erregenden Rauch in das schattige Zimmer hinein. Der Kessel mit der Gemüsesuppe von gestern stand einsam auf dem Lehmboden.

Anna-Maria, die zweitälteste Tochter, saß auf einem dreibeinigen Hocker. Ihre Schwestern hatten sich um sie herum auf dem Boden niedergelassen. Sie nähte, aber die Nadel rutschte immer wieder aus ihren schweißnassen Händen.

Es klopfte laut an der Tür. Anna-Maria legte ihre Handarbeit auf dem abgenutzten Holztisch ab, aber ihre jüngere Schwester war bereits aufgestanden und tappte unbeholfen zum Hauseingang.

Die winzige Hand hob den Riegel an und zog die schwere Tür unter Anstrengung auf. Ihr Mund öffnete sich zu einem stillen Angstschrei.

Das Monster war von Kopf bis Fuß in schweres Ölzeug eingehüllt. Sein Gesicht war von einer Eisenmaske verdeckt, aus der ein dreißig Zentimeter langer Schnabel herausragte. Die Augenhöhlen bestanden aus zwei dicken, ausdruckslosen schwarzen Brillengläsern. Es war, als würde ein grotesker Vogel neugierig in das Haus starren. Sie machte einen Schritt zurück und stieß auf die beruhigende Wärme ihres Vaters.

»Es ist doch nur der Pest-Doktor«, sagte er, als das Kind anfing, vor Entsetzen leise zu weinen. »Kommt«, winkte er den Gast herein.

Unbehaglich musterte er die Gestalt und ihren leeren Blick. Sie hatte den Kopf zur Seite geneigt, um das Weinen des Mädchens besser hören zu können.

»Verzeiht die Wärme des Hauses«, fügte er hinzu.

»Das Mädchen zählt zweiundzwanzig Jahre?«

Die kehlige Stimme war irgendwo aus dem Inneren der dunklen Gestalt zu hören. Nun, da der Doktor in der Kaminecke stand, funkelten seine Brillengläser im Licht des Feuers.

»Sie …, sie ist zweiundzwanzig«, stimmte der Vater zu.

»Und kräftig?«

»Sie ist …, war ein gesundes Mädchen«, antwortete der Vater.

Sein Gesicht verkrampfte sich bei dem Gedanken, dass seine Tochter der Krankheit hilflos ausgeliefert war.

Der Doktor öffnete das dunkle Ölzeug und brachte eine große Tasche hervor. Dann rollte er ein Stück Leder aus, in dem eine lebendige Kröte erbarmungslos festgezurrt war. Ihre Augen traten vor Schmerz hervor. Anna-Maria schaute sie mitleidig an, aber ihr Vater nahm ihre Hand.

»Sie ist ein wichtiges Heilmittel«, sagte er. »Die Kreatur wird nicht leiden müssen.«

Der Doktor hielt die Kröte mit seinen schwarzen Stoffhandschuhen fest, sodass sie sich in seinem Griff wand und quakte. Die zugespitzten Finger der Handschuhe sahen aus wie Klauen, dachte Anna-Maria. Ganz und gar nicht wie ein menschliches Wesen. Plötzlich erschien ihr das Bild eines deformierten, buckeligen Bösewichts vor Augen, der sich unter dem dunklen Umhang versteckte.

»Lasst sie am Leben«, erklärte der Doktor, während er dem Vater die Kröte übergab. »Sie wird die Luft reinigen und die Kleinen vor Unheil schützen.«

Der Mann schluckte, nickte und gab die Kröte Anna-Maria, die vor der schleimigen Haut zurückschreckte. Sie ging zu dem Tongeschirr und den Utensilien aus Holz hinüber, die um den Kamin herum angeordnet waren, und ließ das sich windende Tier in einen hohen Krug fallen.

»Die Tochter ist oben?«

Der Doktor zeigte auf die Leiter.

»Ich werde Euch zu ihr bringen.«

Warnend hob der Doktor seine Hand.

»Wenn sie bereits die Zeichen trägt, ist es tödlich, ihre Luft zu atmen. Ich werde das Mädchen alleine behandeln.«

Der Vater sah zu seinen anderen Kindern hinüber und nickte.

»Tut, was Ihr könnt, um sie zu retten«, sagte er. »Was auch immer der Preis ist, ich werde ihn zahlen.«

Die Maske wiegte sich langsam in Zustimmung. Und dann stieg die mächtige Gestalt lautstark zum oberen Stockwerk hinauf.

*

Es war mehr als eine Stunde vergangen, als er die Leiter schwerfällig wieder hinunterstieg. Der riesige Schnabel schwang mit jedem Schritt hin und her.

»Ich habe getan, was ich konnte. Sie ruht nun.«

»Sie ist …, wird sie wieder gesund werden?«

Die behandschuhten Hände falteten sich wie ein Kirchturm zusammen.

»Wenn sie diese Nacht überlebt, wird alles gut werden. Aber niemand darf sie stören.«

Er ging zu der niedrigen Holztür hinüber, und sein Ölzeug schwang wie ein Schleier hinter ihm her. Anna-Maria bemerkte, dass der Saum mit Blut benetzt war. Er muss Eva zur Ader gelassen haben, um ihr Fieber zu senken. Sie schauderte bei dem Gedanken an die medizinischen Messer unter dem Umhang. Ihr Vater schloss die Tür behutsam hinter dem Doktor.

Das kleinste Mädchen nahm ein Stück Stoff in die Hand, und ihre kindlichen Finger tasteten die schlichte Stickarbeit ab. Das Feuer wurde zu einem roten Glühen und die Luft füllte sich mit Rauch. Auf dem Kaminsims krabbelte die Kröte jämmerlich in ihrem warmen Gefängnis herum. Die schweren Wände schienen näherzukommen.

Mehrere Stunden vergingen, und das kleine Mädchen hielt das fertige Stofftuch zur Inspektion hoch. Ihr Vater betrachtete es kaum, in Gedanken versunken.

»Es ist gute Arbeit und wird einen schönen Penny einbringen«, sagte er.

Aber als er hinsah, hatte das weiße Tuch auf einmal einen roten Fleck, der wie eine Mohnblume neben den Stickblumen aufblühte. Eine weitere blühte auf, und dann noch eine. Etwas Rotes tropfte von der Decke. Aus dem Zimmer, in dem Eva lag.

Anna-Maria blickte beunruhigt nach oben. Aber bevor sie ihre Stimme wiedergefunden hatte, war ihr Vater schon an ihr vorbei die Leiter hinaufgestürzt. Sie hörten seine Schreie von unten.

Anna-Maria war die Erste, die ihn erreichte. Ihr Vater versuchte, sie wegzuschieben, aber sie hatte es schon gesehen. Sie rang nach Luft und schluchzte. Das blutgetränkte Zimmer verschwamm.

Durch ihre Tränen hindurch verschob und verzerrte sich das Bild der grauenvollen Überreste ihrer Schwester. Auf der roten, erhabenen Haut der Leiche war ein Symbol zu erkennen. Es war eine Krone. Darunter eine Schlaufe aus drei Knoten. Und drei Wörter:

Er kehrt zurück.

Kapitel 1

»Seid Ihr der Diebesfänger?«

Die Stimme des Mannes war trocken und etwas zu dringlich.

Die Bierschenke *Zum Blutigen Eimer* war wie jeden Nachmittag belebt, und die flüsternde Stimme hörte sich in Charlies erfahrenen Ohren nach Ärger an. Seine Finger tasteten nach dem Schlüssel um seinen Hals und fuhren dann die Form des Griffes nach – eine Krone mit einer Schlaufe aus drei Knoten. Als Junge war Charlie so gefunden worden, den Schlüssel fest umklammernd. Für ihn war er eine Art Talisman.

»Ich habe schon seit Monaten keinen Fall mehr angenommen«, antwortete Charlie. »Pest-Zeiten sind keine guten Zeiten für Diebesfänger.«

Der Mann blickte verwirrt. Er trug eine schlecht geflickte Hose, die mit einer Schnur anstelle eines Gürtels gehalten wurde – die typische Kleidung der vielen Gemeinen Londons, die sich gerade so über Wasser hielten. Und Charlie vermutete, dass er nach seiner Frau oder seiner Tochter suchte.

»Ich bringe es nicht übers Herz, die ganzen Vermisstenfälle anzunehmen«, erklärte Charlie. »Hunderte sind in Pest-Gräbern verschwunden. Die meisten sind nicht auffindbar.«

»Ihr sollt keinen Verwandten für mich finden. Und auch keinen Dieb fangen«, antwortete der Mann.

Er machte einen Schritt auf ihn zu und sah sich nach allen Seiten um, um sicherzugehen, dass sie nicht gehört wurden. Das lautstarke Geschwätz in der Bierschenke machte dies unwahrscheinlich. Der einzige Tisch war umringt von Menschen, und die Trinkfesteren drängten sich dicht um das einzige Fass des *Blutigen Eimers*.

Ein paar Kartenspieler hatten sich auf den Boden in der hinteren Ecke gehockt, wo das Fenster mit den rautenförmigen Glasscheiben ihr Spiel durch staubiges Sonnenlicht erhellte. Und zwischen den lachenden Erwachsenen drängten sich abgemagerte, barfüßige Jungen, die Haselnüsse aus dem Hyde Park verkauften.

Ein Krug mit Pest-Wasser war das einzige Anzeichen dafür, dass sich in Teilen der Stadt die Krankheit ausbreitete. Hier in Covent Garden hatte sich die Sommerhitze mit dem Herannahen des Todes vermischt und eine seltsame, karnevaleske Atmosphäre geschaffen.

Charlies Kopf hämmerte immer noch schmerzhaft vom Trinkgelage des gestrigen Abends und die lärmenden Stammgäste waren lauter, als es ihm lieb war.

Der Mann sprach leise.

»Ich habe gehört, dass Ihr Zertifikate habt.«

Charlies gerunzelte Stirn entspannte sich. Im Gegensatz zur Diebesfängerei entpuppten sich Pest-Zertifikate als Kassenschlager. Eine Tatsache, die ihn vermutlich mehr hätte verstören sollen, als es der Fall war. Seitdem die Pest die Stadt immer fester im Griff hatte, hatten die reichen Londoner verlangt, dass nur diejenigen, die ein Gesundheitszertifikat vorweisen konnten, die gut betuchten Straßen des Westens betreten durften. Und gefälschte Kopien waren eine wertvolle Handelsware.

*

Er griff lässig in seinen Mantel. Das Kleidungsstück im Marinestil lag am Rumpf eng an und hatte eine Knopfleiste mit winzigen Knöpfen. Über seinen dünnen Oberschenkeln war es ausgestellt geschnitten und an seinen muskulösen Unterarmen befanden sich lange Aufschläge. Obwohl die Goldstickerei eines echten Marinemantels fehlte, war er praktisch und modisch und an den Säumen selbst nach jahrelangem täglichem Tragen nur wenig ausgefranst.

Der dicke braune Stoff beherbergte Charlies Geld, Waffen, Ess-Ausrüstung, kleine Zwischenmahlzeiten und verschiedenste Fundobjekte mit erstaunlicher Diskretion. Außerdem versteckte der lange Mantel sein schmutziges Leinenhemd und seine billige Wollhose, die mehrfach geflickt bis zu seinen Knien hinunter hing.

Seine bloßen Füße konnte Charlie jedoch nicht verstecken. Nachdem er sein Leben lang den Londoner Dreck unter seinen Füßen gespürt hatte, konnte er sich nicht an Schuhe gewöhnen.

Der Mann sah wie hypnotisiert zu, als Charlie mit der Sicherheit eines Taschendiebes seine Hand bewegte und eine Rolle mit Zertifikaten aus den dunklen Tiefen seines Mantels herauszog.

»Zwei Schillinge«, sagte Charlie, ohne dass seine Lippen sich bewegten.

Der Mann schluckte. Seine Augen überflogen das oberste Zertifikat.

»Das beweist denen in Westminster, dass ich keine Pest habe?«, fragte er.

Seine Stimme zitterte.

Charlie nickte fast unmerklich.

»Es wird Euch an jeden beliebigen Ort der Stadt geleiten«, sagte er. »Diese Kopien tragen das Stadtsiegel. Sie sind die besten, die Ihr finden könnt.«

»Auch außerhalb der Stadt?«, drängte der Mann. »Wir haben davon gehört, dass manche Orte Londoner ohne ein Zertifikat nicht einreisen lassen.«

Charlie nickte nochmals. Er rollte das Papier ein Stück weiter aus.

»Seht Ihr das?« Charlie zeigte mit seinem Finger auf einen kleinen Kreis aus dunkelrotem Wachs. »Das ist der offizielle Stempel. Im Rathaus angefertigt.«

Der Mann nickte.

»Sie haben mir gesagt, Ihr würdet Leute kennen. Leute von ganz oben.«

Charlie verkniff sich ein Grinsen.

»Sagen wir mal, ich kenne ein Mädchen im Rathaus von London.«

Der Mann kaute auf seinen Lippen herum und Charlie wurde das Herz schwer. Er wartete auf das Unvermeidliche.

»Ich habe die zwei Schillinge nicht«, gab der Mann zu.

Die Papierrolle verschwand.

»Meine Tochter«, sagte der Mann, und seine Stimme stockte. »Meine Tochter arbeitet in Westminster. Sie ist ein Dienstmädchen in einem feinen Haus. Sie haben dort die Pest. Ich muss sie sehen, bevor …« Er sprach angespannt und verstummte dann. »Bitte«, brachte er heraus.

Charlie seufzte. Seine Miete war vor einer Woche fällig gewesen, und mit zwei Schillingen würde er sie nur halb bezahlen können. Es war sein letztes Zertifikat, und er hatte gehofft, dass er mit dem Verkauf Aufschub von seinem Vermieter hätte erbitten können.

»Wie viel habt Ihr?«, fragte er.

»Zwei Pence.«

Charlie schüttelte verzweifelt den Kopf.

»Die Londoner stehen zehn nebeneinander vier Straßen entlang an, um diese Zertifikate zu bekommen. Und Ihr glaubt,

Ihr könntet eines kaufen für weniger als den Preis eines Hammelkoteletts?«

Der Mann blickte auf die staubigen Holzdielen hinunter und dann wieder hoch, flehend.

Charlie kratzte sich den Kopf und wünschte, die Diebesfängerei wäre nicht so kompliziert geworden. Ein einziger Fall hätte ihm das Dreifache seiner Miete einbringen können.

»Ihr wohnt in Billingsgate?«, fragte Charlie nach einer kurzen Pause.

»Woher wisst Ihr das?«

»Eure Hose ist aus Sackleinen von der Werft gefertigt und an Eurem Finger befindet sich eine Schwiele, die nur beim Ausnehmen von Fischen entsteht.«

Die Augen des Mannes wurden groß und Charlie schalt sich selber in Gedanken. Er vergaß immer wieder, dass sein Talent, Details wahrzunehmen, die Leute verunsichern konnte.

»Seht Euch mein Gesicht genau an«, sagte Charlie. »Ich möchte, dass Ihr Euch an mich erinnert.«

Der Mann nickte unsicher und starrte ihn an.

Charlies jugendliches Gesicht und seine runden braunen Augen ließen ihn unschuldig aussehen, was zwar nicht ganz der Fall war, aber dazu führte, dass die Leute ihm vertrauten. Er war Ende zwanzig und die goldenen Locken seiner Kindheit hatten sich in ein weniger engelsgleiches Dunkelblond verwandelt. Ein aufbäumendes Pferd hatte ihm eine dünne, schimmernde Narbe an seiner Lippe und einen leichten Knick in der Nase verpasst. Der Gesamteindruck war der eines Mannes, der, wenn er nicht gerade illegale Dinge verschacherte, das eine oder andere Gedicht schrieb. Es war die Art von Aussehen, die für das empfindliche Netzwerk aus Gefallen und Schulden, der zweiten Währung armer Londoner, von unschätzbarem Wert war.

»Erinnert Euch gut daran«, sagte Charlie. »Ich werde es als einen Gefallen werten, den Ihr mir schuldet.«

Das Zertifikat tauchte wie von Geisteshand wieder auf und schob sich vorsichtig in die widerstandslose Hand des Mannes. Er umklammerte es sofort, aber auf seinem Gesicht stand geschrieben, dass er sein Glück noch nicht ganz fassen konnte.

»Es könnte passieren, dass ich irgendwann einmal Informationen aus Billingsgate brauchen werde«, fuhr Charlie fort. »Und wenn es so weit ist, werde ich darauf vertrauen, dass Ihr mir die Wahrheit sagt.«

Plötzlich verstand der Mann und nickte heftig. Er grinste vor Dankbarkeit.

»Selbst wenn es Euer Freund ist, nach dem ich frage«, mahnte Charlie. »Ihr werdet mir ehrlich antworten?«

»Ihr habt mein Wort.« Die unerwartete Erleichterung, die er fühlte, ließen die Worte des Mannes undeutlich werden. Er tastete in seiner Umhängetasche herum und drückte ungeschickt zwei abgewetzte Pennys in Charlies Hand. »Danke, danke vielmals«, stammelte er. »Ihr seid ein Engel, wahrhaft. Meine Tochter … Ich danke Euch von Herzen.«

»Sagt niemandem, dass Ihr es für diesen Preis von mir bekommen habt.«

Der Mann schüttelte seinen Kopf heftig.

»Ich werde es mit in mein Grab nehmen.«

Charlie nickte ihm kurz zu und verschwand unauffällig in der Menge.

»Ich werde meine Schuld Euch gegenüber nicht vergessen«, rief der Mann ihm nach, während Charlie sich mühelos durch das Durcheinander der trinkenden Gäste schob.

Er musste sich immer noch um seine Miete kümmern und bezweifelte, dass er diesen Gefallen jemals in Anspruch nehmen würde. Charlie bewunderte die Loyalität des Mannes seiner Familie gegenüber. Aber diejenigen, die weichherzig genug waren, um zu bleiben und Verwandte zu pflegen, hatten keine Chance.

Gerüchte gingen um, dass bald Schranken und Barrikaden errichtet werden würden, um Leute daran zu hindern, London zu verlassen, und Thames Street war als erstes Krankheits-Ghetto bereits vollkommen abgesperrt worden. Er hörte Berichte, die besagten, dass Teile des Ostens mittlerweile fast verlassen waren.

Während die Sommerhitze sich über der Stadt ausgebreitet hatte, hatte die Pest ihre Muskeln spielen lassen. Sie hatte Bezirk um Bezirk in den Würgegriff genommen und alles Leben aus ihnen herausgepresst.

Kapitel 2

Der Wirt des *Blutigen Eimers* blickte Charlie nur kurz an und holte dann sein Fass für spezielle Fälle hervor.

»Das Starkbier?«

Charlie nickte, während er seine gerade verdienten zwei Pence vor dem Wirt hin und her schwenkte. Das Zertifikat hatte ihm zumindest genügend eingebracht, um einen Teil seiner Getränkerechnung zu begleichen.

Die lange dunkle Perücke des Wirts schwang seitwärts, als er ein kleines Fass auf die abgenutzte Theke hievte.

»Was ist aus dem Fräulein von gestern Abend geworden, Charlie?«, fragte er im Plauderton. »Ich habe gehört, sie sei bis in die frühen Morgenstunden geblieben, um deine Gunst zu gewinnen.«

»Die mit dem Silberblick?«

Der Wirt legte die Stirn in Falten und glättete gedankenverloren seinen von Motten zerfressenen Spitzenkragen. Seitdem der König zurückgekehrt war, kleidete er sich als Hommage wie dieser. Eine Angewohnheit, die ihm den Spitznamen *Merrie*, nach ›The Merry Monarch‹, dem heiteren Herrscher, eingebracht hatte.

»Sie ist reich, Charlie. Fünf Ziegen und ihr eigener Kochkessel«, drängte Merrie. »Damit hättest du ausgesorgt.«

»Ich bin nicht darauf aus, für Geld zu heiraten.«

Merrie schüttelte den Kopf. Seine Perücke verrutschte und gab den Blick auf eine säuberlich angeordnete Reihe Flohbisse frei.

»So viele feine Mädchen, die dich nehmen würden«, sagte er, »und du suchst dir immer die Schwierigen.«

»Die Schwierigen machen mehr Spaß.«

Der Wirt zog die Schultern hoch wie ein Mann, dem es nicht wichtig genug war, eine so offensichtliche Idiotie weiter zu hinterfragen. Er hatte den *Eimer* lange genug geführt, um zu wissen, wann er eine Debatte aufzugeben hatte.

Charlie nahm drei große Schlucke Bier, mit denen er seinen Krug leerte, und schenkte sich ein zweites Mal nach. Das Bier half ihm, seinen Kater zu lindern, aber er hatte immer noch das Problem seiner Miete zu lösen. Er dachte kurz über sein Dilemma nach.

»Wo ist Bitey?«, fragte er, in der Hoffnung, dass der alte Mann ihn auf andere Gedanken bringen könnte.

»Der gute alte Bitey«, sagte der Wirt, während er zu einer zusammengekauerten Gestalt hinten in der Bierschenke nickte. »Er ist gestern an dem Tisch eingeschlafen«, fuhr Merrie fort, »kurz nachdem du gegangen bist. Als er aufwachte, stellte sich heraus, dass sie sein Schwein wegen der Pest beschlagnahmt hatten. Er trauert von Herzen.«

Biteys Schwein war im *Blutigen Eimer* regelrecht zum Inventar geworden. Seitdem es ein kleines Ferkel gewesen war, hatte er es in seinem Umhang überall mit hin genommen und es mit kleinen Schlückchen Bier gemästet. Als es größer geworden war, hatte es unter dem Tisch liegen dürfen, wo es glücklich geschnauft hatte, während sein Besitzer seinen Rücken mit einem Stock gekratzt hatte.

»Bitey ist vor ein paar Stunden aufgewacht und hat nach Bier gefragt«, fügte Merrie hinzu.

Charlie griff einen der abgenutzten Holzkrüge, die auf der Bar herumstanden.

»Schreib das auf meine Rechnung«, sagte er, während er einen Krug mit Starkbier füllte.

*

Vorsichtig näherte er sich dem griesgrämigen Bitey. Der alte Mann hatte seinen Spitznamen aufgrund seiner selbst gefertigten Holzzähne bekommen. Biteys Eichengebiss hatte ein rostiges Drahtscharnier und war hoffnungslos ineffektiv. Wenn er lächelte, sah es aus, als hätte er ein Holzbrett verschluckt.

Heute war sein Mund geschlossen und seine Mundwinkel hingen nach unten. Charlie klopfte ihm mitfühlend auf die Schulter und reichte ihm das Bier. Die von Alter gezeichnete Hand des Mannes schloss sich dankbar um den Henkel und er nahm einen langen Schluck.

»Es wären nur noch ein paar Wochen gewesen«, sagte Bitey, während er ihn aus seinen roten Augen ansah. »Ich hätte ’nen Penny pro Haxe bekommen und aus dem Kopf hätte ich ’ne Sülzsuppe gemacht, von der ich wochenlang hätte essen können. Außerdem hätte ich drei Eimer voll Blut für Blutpudding gehabt …«

Er zog laut die Nase hoch und schob seine Holzzähne tiefer in den Mund hinein.

Bitey war untersetzt und hatte ein breites Kreuz. Seine von Läusen befallenen äußeren Schichten ließen auf einen kompakten Kern schließen, dem Kälte, leichte Schmerzen und vielleicht sogar scharfe Waffen nichts anhaben konnten. Sein zerlumpter Umhang war gewachst und hing ihm wie steife Ranken von den Schultern. Er trug einen uralten Kavaliershut, unter dem ein schmales Stück seines Gesichts zu sehen war, das von seinem verfilzten Bart und der dreckigen Kopfbedeckung eingerahmt wurde.

»Ich hatte bereits einen Handel mit einem Fleischer in Smithfield geschlossen«, fügte Bitey hinzu. »Er sollte die Arbeit für eine Seite Rippchen erledigen. Und dann wären da die Koteletts gewesen und die Füße …«

Seine Stimme wurde leiser vor Kummer.

»Was ist passiert?«, fragte Charlie.

»Ich hab ihn nur rausgelassen, damit er im Dreck von Covent Garden herumschnüffeln konnte.« Bitey blickte Charlie flehend an, ihm beizustehen. »Ich war nur ein paar Straßen entfernt. Als ich zurückkam, sagten sie mir, der Hundefänger wäre dagewesen. Hätte alle Streuner aufgelesen, wegen der Pest. Sagte, das Schweinchen sei gesundheitsgefährdend, also haben sie es gehascht und hingerichtet. Aber ich sage dir, Charlie«, Biteys Gesicht verdunkelte sich, »er war sauberer als viele der Männer hier.« Der alte Mann nahm einen großen Schluck Bier. »Die Leute werden sich gegen den König wenden, wenn solche Dinge weiterhin passieren. Ob Pest oder nicht, du kannst nicht einfach einem Mann sein Schwein wegnehmen und erwarten, dass er weiterhin die Füße Seiner Majestät küsst.«

Charlies Blick schwenkte zu Merrie hinüber, der gerade Getränke ausschenkte. Der Wirt war bekannt dafür, dass er Gäste, die schlecht über die Monarchie redeten, gewaltsam hinaus komplimentierte.

»Unser *heiterer Herrscher* hat seinen Palast mit Huren gefüllt«, fügte Bitey hinzu. »Und nun sucht die Pest uns heim wie ein unfehlbares Urteil.«

»König zu sein, ist keine einfache Aufgabe«, wand Charlie ein, als er bemerkte, dass Merrie auf sie zukam.

»Was ist daran so schwer zu verstehen?«, fragte Bitey herausfordernd. »Wir hatten einen schlechten König, und wir haben ihn geköpft. Dann hatten wir Cromwells Republik für eine Weile. Aber wir mochten die strenge Religiosität nicht. Also bringen wir den Sohn des schlechten Königs aus dem Exil zurück. Aber viele denken, dass das ein Fehler war. Nicht, dass ich so denken würde«, fügte Bitey schnell hinzu, als er bemerkte, dass der Wirt nun mit einem Gesicht wie Donnergrollen neben ihnen stand.

»Du vergisst den Bürgerkrieg, der dazwischen gewütet hat«, sagte Merrie, der den letzten Teil der Unterhaltung gehört hatte. »All das Sterben und die Schrecken, die er uns gebracht hat.«

»Niemand hat das vergessen«, erwiderte Bitey finster. »Am wenigsten diejenigen, die verloren haben. Und wozu dienen die feinen Paraden und Kleider Seiner Majestät? Die Straßen von Covent Garden bis zum Tower sind nun abgesperrt.« Bitey zuckte mit Nachdruck mit den Schultern. »Und wer repariert die Straßen, nachdem die Wagen den Boden zerfurcht und die Pflastersteine zerbrochen haben? Die Gemeinden können es sich nicht länger leisten. Alles Geld, das sie hatten, wurde dafür ausgegeben, Pest-Leichen wegzuschaffen und Holz für Feuer zu kaufen, um die verpestete Luft zu reinigen.«

Charlie fühlte ein altbekanntes Stechen im Magen, das immer stärker wurde. Noch vor ein paar Wochen hatte die Todesglocke zweimal täglich geläutet, um die Toten auszurufen. Mittlerweile läutete sie so oft, dass sie niemandem mehr auffiel.

Als im Mai erstmals von der Pest berichtet worden war, schien sie noch weit weg zu sein. Aber sie hatte sich unaufhaltsam genähert, bis im Juni namenlose Leichen zu Einheimischen und im Juli Einheimische zu Bekannten wurden. Wie lange noch, bis es Freunde und Verwandte traf, die mit dem endlosen Läuten ausgerufen wurden?

Bitey fuhr mit seiner Tirade fort:

»Die Pest ist nun so verbreitet, dass wir ihr nicht entkommen können. Die Astrologen. Sie sagen alle das Gleiche. Es ist der Zorn Gottes. Der Zorn Gottes, der den König für sein Verhalten straft. Und die Londoner für ihr frevelhaftes Tun. Ein brennender Stern ist dieses Jahr vom Himmel gefallen, und sie alle sind sich einig, dass es ein sehr schlechtes Zeichen ist.

Sobald ich kann, werde ich nach Wapping gehen«, sprach er weiter, ohne Luft zu holen. »Schätze, dort könnte ich mich gut verkriechen. Ihr solltet auch die Stadt verlassen.«

Charlie nickte, aber seine Gedanken waren woanders. Er war Biteys apokalyptische Monologe gewöhnt, und seine Hand griff wieder nach dem Schlüssel, der um seinen Hals hing und die Krankheit abwehren sollte.

»Hast du immer noch deinen Talisman, Charlie?«, fragte Bitey, das Thema wechselnd, um die Aufmerksamkeit seines Zuhörers nicht zu verlieren. »Ich habe mir etwas Ähnliches gekauft.« Mit seinen alten Fingern zog er einen fast kahlen Hasenfuß heraus. »Hat eine Kralle verloren, funktioniert aber noch genauso gut, haben mir die Zigeuner gesagt.«

»Hast du nicht gehört, warum Charlie immer noch seinen Schlüssel hat?«, fragte Merrie. »Vor einem Monat ist die Spielbank in Peace Street abgebrannt, und unser junger Charlie hier ist zurück in die Flammen gerannt, um sein Andenken zu holen. Du weißt ja, wie gern er den Helden spielt. Wie wir gelacht haben, als er mit nichts als einem Erinnerungsstück an seine längst verlorene Mutter herausgekommen ist. Ein Schlüssel, der in kein Schloss passt.«

»Glaubst du immer noch, dass der Schlüssel sie finden wird, Charlie?«, fragte Bitey.

Charlie schloss seine Finger schützend um den Schlüssel.

»Nein«, gab er zu. »Es ist Sentimentalität, das ist alles. Dieser Schlüssel ist alles, was ich hatte, als die Nonnen mich und meinen Bruder fanden. Ich möchte ihn nicht verlieren.«

»Hey!«

Merrie hatte einen braunhaarigen Jungen dabei erwischt, wie er sich Bier einschenkte. Er sprintete durch den Raum und ließ Bitey und Charlie allein.

Die Augen des alten Mannes blickten auf Charlies klammernde Finger.

»Der Griff des Schlüssels hat eine seltsame Form«, murmelte er. »Eine Krone mit Knoten darunter. Ich denke immer noch, es muss etwas von vor dem Bürgerkrieg sein. Aus der Zeit des alten Königs.« Biteys Augen wurden trüb. »Wer hätte das gedacht, Charlie?«, fügte er hinzu. »Du bist der beste Diebesfänger, den es je in London gegeben hat. Und doch trägst du das einzige Rätsel mit dir herum, das du nicht lösen kannst.«

Charlie nahm einen großen Schluck Bier als Antwort. Und Bitey, der ausnahmsweise mal Takt bewies, ging nicht weiter darauf ein.

Sie vernahmen ein lautes Pfeifen hinter sich. Charlie drehte sich um und erblickte eine echte Rarität im *Blutigen Eimer*: eine attraktive Frau. Als inoffizieller Austragungsort von Boxkämpfen war die Bierschenke für Frauen, die nicht auf Geld aus waren, eher abschreckend.

Er beobachtete, wie die junge Frau auf den Wirt zuging. Sie war gut gewachsen. Groß genug, dass man davon ausgehen konnte, dass sie in ihrer Kindheit genügend zu essen gehabt hatte. Charlie war keinesfalls klein, aber er sagte immer wieder, dass er, wenn er nicht mit zu dünner Suppe aufgewachsen wäre, so groß wie König Charles selbst geworden wäre.

Er zeichnete ihre Figur mit seinen Augen nach. Ihrer Haltung nach zu urteilen, war sie nicht älter als fünfundzwanzig. Sie trug ein einfaches, aber gut genähtes grünes Kleid. Nicht reich und doch nicht arm. Vielleicht irgendwo in Richtung Freibauer-Klasse. Und sie hatte ihrer Kleidung eigene kreative Extras hinzugefügt, zum Beispiel weiße Ärmel mit schwarzen Schleifen, eine freie Interpretation aristokratischer Mode.

Sein Blick wanderte nach unten. Die Schuhe waren im gleichen Farbton gehalten wie das Kleid. Sie waren mit weißen Blumen bestickt, liefen elegant spitz zu und hatten einen flachen Absatz. Sie bestanden aus gewöhnlichem Stoff statt aus Seide, waren aber selbst als Imitation eine kostbare Fußbekleidung.

Und trotz einiger Spritzer Matsch waren sie bei Weitem die saubersten Schuhe auf den staubigen Holzdielen des *Blutigen Eimers.*

Ein hartes Handwerk übt sie auch nicht aus, sagte er zu sich selbst. Im Gegensatz zu den Wäscherinnen und Orangen-Verkäuferinnen, die oft im *Eimer* zu finden waren, hatten die Gliedmaßen dieses Mädchens eine jugendliche Symmetrie. Er konnte sehen, wo die weiche Haut ihres Halses und ihres Rückens mit ihrem blonden Haar zusammentraf.

Dies, entschied er, war eines ihrer attraktivsten Charakteristika. Sie ließ ihr Haar frei herunterfallen, trug es nach der Mode zu Hofe gelockt, und hatte Teile des Haupthaars in einem Dutt auf dem Kopf festgesteckt. Es war eine modische Revolution, verglichen mit den meisten gemeinen Frauen, die ihre Haare unter puritanischen Leinenkappen verbargen. Noch erstaunlicher war es, dass ihre wallenden Locken mit einer Beerenspülung gewaschen worden waren, die ihre Farbe intensivierte.

»Charlie?«

Er drehte sich um und bemerkte, dass der Wirt neben ihm stand und sich zu ihm hinunter geneigt hatte, um in sein Ohr zu sprechen.

»Kennst du dieses Mädchen, Charlie?«

Der Wirt bewegte seinen Kopf in Richtung des reizenden Neuankömmlings.

Charlie schüttelte langsam den Kopf.

»Nie gesehen. Warum?«

»Weil sie nach dir fragt.«

Kapitel 3

»Ist sie Niederländerin?«, fragte Charlie.

Das war die nächstliegende Erklärung. Ein weiteres ungeklärtes Rätsel von Charlies Vergangenheit als Waisenkind war, dass er und sein Bruder Niederländisch sprachen, obwohl keiner der beiden sich daran erinnern konnte, wie oder wo sie die Sprache gelernt hatten. Manchmal suchten Leute Charlie auf, damit er für sie übersetzte oder mit Schiffsleuten verhandelte.

Aber der Wirt schüttelte den Kopf.

»Sie ist Engländerin, Charlie, und einen richtig schönen Akzent hat sie außerdem. Ich würde sagen, ihre Familie hat Geld.«

Charlie nahm in sicherem Abstand zu Bitey Platz und blickte gebannt auf das Mädchen, das nun zu ihm hinüberkam. Jetzt, da sie ihm zugewandt war, sah er, dass sie feine Gesichtszüge hatte – zierlich-attraktiv mit einer geraden römischen Nase und großen blauen Augen. Etwas in ihrem Ausdruck ließ sie respekteinflößend erscheinen. Als gehörte sie einer Klasse an, die ihre Kleidung Lügen strafte.

»Seid Ihr der Diebesfänger?«

Die Worte waren ausgesprochen, noch bevor sie den Tisch erreichte. Charlie war froh, dass seine Kundin das Gesundheitszertifikat am anderen Ende der Schenke überflog. Er hatte das Gefühl, dass diese Art von Mädchen seinen momentanen Nebenverdienst nicht gutheißen würde.

»Der bin ich«, antwortete er und lehnte sich so weit auf dem Stuhl zurück, dass die vorderen Stuhlbeine in der Luft hingen. Charlie war als privater Diebesfänger allseits bekannt geworden und sein guter Ruf brachte Opfer oft direkt zu ihm in den *Eimer*. »Was kann ich für Euch tun, meine Schöne? Wurde Euch eine Handtasche geklaut?«

Das Mädchen kniff die Augen zu Schlitzen zusammen.

»Ich möchte Euch wissen lassen, dass es für mich nicht üblich ist, jemanden wie Euch aufzusuchen«, entgegnete sie.

Es war nicht ganz klar, was sie mit »jemanden wie Euch« meinte, aber Charlie setzte sich etwas aufrechter hin.

»Ihr könntet auch die Dienste der Wache in Anspruch nehmen«, sagte er. »Wenn Euch Ehrbarkeit so wichtig ist.«

Als Diebesfänger arbeitete Charlie etwas abseits des gängigen Rechts, indem er Diebstähle gegen eine Gebühr aufklärte.

»Ihr wisst genauso gut wie ich, dass man nicht erwarten kann, dass die Wache echte Kriminalität bekämpft«, erwiderte das Mädchen. »Nicht einer von ihnen zählt weniger als fünfzig Jahre, und für einen Schilling pro Woche werden sie nicht ihren alten Kopf und Kragen riskieren, um sich um irgendetwas anderes als die Straßenbeleuchtung zu kümmern. Und deshalb«, fasste sie mit einem verärgerten Seufzer zusammen, »bin ich gekommen, um Eure Dienste anzufordern.«

Plötzlich schien all ihr Ärger zu schwinden und ihr Gesicht entspannte sich für einen Moment, was ihr ein erschöpftes, gebrochenes Aussehen verlieh.

»Was kann ich für Euch tun?«

Charlie war neugierig geworden. Offensichtlich hatte sie etwas verloren, das einen hohen persönlichen Wert für sie hatte. Vielleicht ein teures Andenken an einen Geliebten oder ihren Mann.

»Meine Schwester«, begann sie, aber ihr Gesicht wurde rot und ihre Augen füllten sich, bevor sie den Satz zu Ende bringen konnte. Sie hustete und unterdrückte ihre Gefühle durch reine

Willenskraft. »Meine Schwester wurde ermordet«, sagte sie endlich.

Die vorderen Stuhlbeine trafen den Holzboden mit einem lauten Schlag und Charlie knallte die Hand auf den Tisch, um seine Balance wiederzufinden.

»Ihr habt tatsächlich den Falschen erwischt«, meinte er. »Ich verfolge Diebe und Beutelschneider. Für diese Untat müsst Ihr zum Magistrat gehen.«

Sie schüttelte heftig den Kopf.

»Er tut nichts. Der Magistrat ist nur damit beschäftigt, sich und seine Familie vor der Pest zu schützen. Alle bangen um ihr eigenes Leben und retten ihre eigene Haut. Es gibt …, es gibt überhaupt kein Recht mehr.«

Sie setzte sich schwerfällig auf den nächsten freien Stuhl und sah direkt an ihm vorbei. Und dann fing sie zu Charlies großem Entsetzen an, unkontrolliert zu schluchzen. Er sah sich in der Hoffnung auf einen Einfall um, wie er das Spektakel beenden könnte. Und da er keinen besseren Plan hatte, stand er auf, um sie nach draußen zu geleiten. Charlie legte unsicher einen Arm um die Taille der jungen Frau und schob sie sanft vom Tisch weg. Er war erleichtert, als sie aufstand, damit er sie hinausführen konnte.

»Kommt«, murmelte er, als sie an der Ansammlung unverhohlen starrender Trinker vorbeigingen. »Das hier ist für jemanden wie Euch sowieso nicht das Richtige. Ich werde Euch an einen besseren Ort bringen.«

Sie traten auf die Straße hinaus. Eine große Kutsche rollte vorbei, deren Blattgold an den Türen im Sonnenlicht glitzerte. Charlie war für einen kurzen Augenblick abgelenkt, während das Mädchen sich beruhigte und die Tränen abwischte. Charlies Augen folgten den großen Rädern und er stellte sich wie immer vor, wie es wohl wäre, drinnen auf den gepolsterten Bänken zu sitzen, von den Blicken der Außenwelt abgeschirmt.

Seine Hand tastete nach dem Schlüssel. Und er dachte wie so oft darüber nach, was für eine Vergangenheit er wohl gehabt hatte, bevor er in das Waisenhaus gekommen war. Charlie und sein Bruder hatten kaum Erinnerungen aus dieser Zeit. Sie hatten lediglich bruchstückhafte Eindrücke von einem vornehmen Haus und einer gut gekleideten Dame, die sich in einem geheimen Zimmer versteckte.

Das Mädchen betrachtete ihn, und er riss seinen Blick von dem Wagen los und guckte zum Schneider hinüber, der seinen Laden neben der Bierschenke hatte. Er war gerade dabei, schwere Planken vor sein Schaufenster zu nageln.

»Die Pest ist doch noch nicht in diesem Stadtteil angelangt«, meinte Charlie.

»Soweit ich weiß noch nicht«, antwortete der Schneider, während er sich den Schweiß von der Stirn wischte. »Aber mit diesem Wetter und der Gottlosigkeit der Londoner wird sie es noch. Wartet nur bis August und ihr werdet ein wahres Pest-Armageddon erleben. Ich habe es von einem zuverlässigen Astrologen, und ich werde nicht warten, bis ich unter den Toten bin.« Er legte den Hammer zur Seite, um sein Handwerk zu begutachten. »Gestern bin ich in einen Pest-Bezirk gegangen, um eine Schuld einzutreiben, und habe mich in dem Moment entschieden, dass ich nicht länger in der Stadt bleiben werde«, fügte er hinzu. »Noch nie in meinem Leben habe ich solch Gräuel gesehen. Alles ist krank, und selbst die Straßen verrotten vom Fundament her.«

Ein Karren stand fertig beladen mit seinem gesamten Hausrat, den er nun festband.

Charlie fühlte, wie er trotz der widerlichen Hitze des Tages schauderte. Wenn die Ladenbesitzer aufgaben, konnte das nur eines heißen: Die Pest breitete sich aus. Er bekreuzigte sich und drehte sich zu dem Mädchen um, das sich mittlerweile gesammelt hatte und mit einem entrückten Blick in den Augen da stand. In dem plötzlichen Verlangen, es zu beeindrucken, entschied er, für sie beide warme Brötchen zu holen.

»Wartet hier«, sagte er. »Ich bin gleich zurück.«

Er überflog kurz die Läden und ging dann auf einen Stand zu, an dem er sicher war, dass er anschreiben lassen konnte.

»Charlie Tuesday«, sagte das Bäckermädchen und sah ihn mit einer Mischung aus Koketterie und nervöser Unruhe an. »Denk nicht, dass du hier deine gefälschten Münzen ausgeben kannst.«

»Ich habe etwas Besseres«, erwiderte Charlie leise. »Halte deine Hand auf.«

Sie sah einen Moment lang unsicher aus und schloss dann ihre Augen. Charlie berührte ihre Finger mit den seinen.

»Du kannst sie jetzt wieder aufmachen.«

Sie öffnete verwirrt ihre Augen.

»Sieh auf deine Hand.«

Der Blick des Bäckermädchens glitt zu ihrer Hand hinunter, ohne dass sie verstand. Dann quietschte sie vor Freude.

»Charlie! Du hast ihn gefunden!«

Sie zog ihre Hand näher heran, um den zerbeulten Zinnring zu betrachten.

»Hatte ich es nicht gesagt?«

Sie nahm seine Hände in ihre und küsste sie schnell.

»Danke, Charlie. Wie hast du ihn gefunden?«

»Die Intuition eines Diebesfängers. Ich habe die richtigen Leute gefragt.« Er sah auf den Korb mit den warmen Brötchen hinunter. »Hast du ein paar von denen übrig?«, fragte er.

Das Bäckermädchen strahlte ihn an.

»Wie viele möchtest du?«

Kapitel 4

In schneller Abfolge fand Charlie zwei Dinge über die geheimnisvolle junge Frau heraus. Erstens, dass ihr Name Anna-Maria war, und zweitens, dass sie aus wesentlich besserem Hause stammte als er selber. In einem Anfall von Ritterlichkeit hatte er seinen einzigen Kredit bei der Bäckerei eingelöst. Aber während sie draußen saßen, ließ sie das Geschenk unangetastet in ihrem Schoß liegen. Charlie sah mit hungriger Verärgerung zu. Er hatte sein Brötchen in zwei kurzen Bissen verschlungen. Die Brötchen kosteten je einen halben Penny, und er unterdrückte seine Empörung, während sie ihres geistesabwesend in der Hand drehte, daran herumpickte und die Krümel auf den Boden fallen ließ. Wenn er für das Essen bezahlt hätte, hätte er es sich vermutlich geschnappt.

Der zweite Hinweis auf Anna-Marias privilegierte Herkunft war ihre Reaktion auf seinen Namen.

»Charlie Tuesday?«, hatte sie erwidert, als sie sich einander vorstellten. »Was ist das für ein Name?«

Die Leute, mit denen Charlie sich normalerweise umgab, wussten, dass Kinder in Waisenhäusern nach dem Wochentag benannt wurden, an dem sie gefunden worden waren. Nicht ein Einziger seiner Bekannten hatte seinen Namen jemals seltsam gefunden. Offensichtlich, dachte er, hatte sie niemals zuvor Grund gehabt, sich mit denjenigen zu befassen, die so weit die soziale Leiter hinuntergerutscht waren, dass sie zu Waisen geworden und auf Almosen der Stadt angewiesen waren.

»Wir hatten befürchtet, dass sie unser Haus verriegeln würden«, erklärte sie. »Wir hatten gehofft, dass Eva eine andere Krankheit hätte und nicht die Pest. Aber Ihr wisst, wie streng die Regeln sind, wenn auch nur irgendeine Art von Krankheit gemeldet wird.«

Das Parlament hatte entschieden, dass große rote Kreuze auf die Türen der Pest-Häuser gemalt werden sollten. Daraufhin waren noch weniger Londoner bereit gewesen, einen Ausbruch der Krankheit zu melden.

Charlie nickte.

»Ich bin in einen anderen Stadtteil gezogen«, sagte er. »Ich hatte ein Bett für einen Penny in einer Herberge in der Drury Lane. Jetzt schlafe ich auf dem Boden einer Fleischerei für den fünffachen Preis. Die Wände bestehen aus Pferdehaar und Lehm, der die Sommerhitze aufnimmt, wodurch es sehr stickig ist. Aber es ist besser, als das Risiko einzugehen, in einem Pest-Bezirk eingeschlossen zu werden.«

»Das war weise.« Anna-Maria schien ihm ausnahmsweise mal zuzustimmen. »Vater hat den Pest-Doktor nicht gerufen«, fügte sie hinzu. »Unsere Familie kommt ursprünglich vom Land, und obgleich manche uns als hinterwäldlerisch bezeichnen würden, mögen wir die Trickserei der Stadtärzte nicht. Ihre Blutegel und Kröten und derlei erscheinen uns fremd. Darüber hinaus sehen sie in ihren Pest-Kostümen aus wie Monster, und wir dachten, sie würden die jüngeren Kinder erschrecken.«

Charlie stellte sich einen dieser Pest-Doktoren bildlich vor. In ihren dunklen Mänteln, schaurigen Masken und den dicken Brillengläsern machten sie Erwachsenen genauso viel Angst wie Kindern. Die langen Metallschnäbel waren mit Kampfer und Essig gefüllt, um den Träger vor der verpesteten Luft zu schützen, was den Doktoren einen beißenden Geruch verlieh. Und ihre Behandlungsmethoden bestanden fast immer aus Blutlassen und Aufschneiden von Pest-Beulen. Er jedenfalls wechselte die Straßenseite, wenn er einen sah.

Anna-Maria spielte mit den letzten Krümeln des Brötchens in ihrer Hand.

»Aber meine Schwester hat nach einem Pest-Doktor gefragt, als sie krank wurde. Also konnten wir nichts anderes tun, als ihn hineinzulassen, und, um ehrlich zu sein, ich war froh, Gewissheit zu bekommen, ob sie die Pest hatte oder nicht.«

Sie unterbrach kurz und atmete zitternd ein.

»Als wir sie fanden ...« Ihre Stimme verlor jegliche Emotion. »Sie wurde ermordet, das ist alles. Auf die schrecklichste Art und Weise.«

Charlie nickte und hoffte, dabei respektvoll zu wirken, dachte aber gleichzeitig darüber nach, wie er am besten aus dieser Situation herauskommen könnte. Nicht nur, dass er keinesfalls die Absicht hatte, ein Rätsel zu lösen, das so weit außerhalb seines üblichen Aufgabenbereichs lag. Vor allem hatte das Mädchen selbst zugegeben, dass sie Kontakt mit einer Pest-Infizierten hatte. Den restlichen Nachmittag damit zu verbringen, ihr auf die Schippe des Todes zu folgen, entsprach nicht gerade seinen Vorstellungen.

»Ich werde Euch gut bezahlen«, sagte sie plötzlich, als sie merkte, dass er gehen wollte.

Charlie hustete verlegen.

»Es ist keine Frage der Bezahlung, die mich hindert«, erklärte er in einer Tonlage, die sanft klingen sollte. »Dies ist ein Verbrechen, bei dessen Aufklärung ich nicht helfen kann. Ich fange Diebe, Maria.«

»Anna-Maria.«

Er ignorierte die Verbesserung.

»Nicht ich fange diejenigen, die Morde begangen haben. Das ist die Aufgabe des Coroners und des Magistrats. Mein

Talent besteht darin, Wertsachen zu finden. Wenn es sich nicht um ein gestohlenes Objekt handelt, sind meine Fähigkeiten begrenzt.«

»Ich habe gehört, Ihr seid der Beste«, forderte ihn Anna-Maria heraus. »Sicherlich sind Mord und Diebstahl sich ähnlich?«

Charlie hob erklärend seine Hände.

»Sie sind sehr unterschiedlich«, entgegnete er und fragte sich, wie er das komplexe Netzwerk aus Hehlerei und Gefallen, auf das die Diebesfängerei aufbaute, erklären sollte.

»Und sie sagen, dass Ihr den Dieben oft den Galgen erspart, sofern der Besitz zurückgegeben wird«, fügte Maria hinzu. »Deshalb weiß ich, dass Ihr ein gutes Herz habt.« Ihre Hand griff nach ihrer Tasche. »Ich werde Euch drei Guinees zahlen«, sagte sie gleichgültig.

Charlie war zu gut im Feilschen, um sein Erstaunen zu zeigen. Aber sie bot ihm an, seine Miete für drei Monate zu zahlen. Das war eine größere Summe, als er sie je von seinen nobelsten Klienten bekommen hatte.

Der Impuls, anzunehmen, breitete sich in ihm aus, und er hatte Mühe, ihn zu kontrollieren.

»Es wäre weder richtig noch anständig«, antwortete er und begriff, dass er selber diese Versuchung herausgefordert hatte, indem er zugegeben hatte, sich um seine erhöhte Miete Sorgen zu machen.

»Vier Guinees.«

»Ich …, es geht nicht um das Geld. Ich kann keine Mörder finden, wenn nichts gestohlen wurde.«

Er gestikulierte hilflos.

»Ich zahle Euch eine Guinee nur dafür, dass Ihr mit zum Haus kommt und Euch die Situation dort anseht«, sagte Anna-Maria. »Es ist ein angemessener Preis dafür, dass Ihr Euer Leben an einem Ort der Pest riskiert. Das weiß ich wohl. Wenn Ihr entscheidet, dass Ihr helfen könnt, zahle ich Euch noch drei dazu.«

Charlie schluckte. Er hatte Ähnliches nur dreimal in seinem Leben erlebt und war immer zu dem gleichen kompromisslosen Ergebnis gekommen. Etwas in ihm würde das Angebot annehmen, und wenn es so weit war, würde ihm eine innere Stimme sagen, dass er sich in ein Hornissennest gesetzt hatte. Es war, als würde er einem Schiff zusehen, wie es langsam auf Grund lief, ohne nur die geringste Macht zu haben, seinen Kurs zu ändern.

»Wie Ihr wünscht«, hörte er sich selber sagen. »Dann bringt mich zu dem Haus. Trotzdem ist es nicht wahrscheinlich, dass ich Euch den Mörder werde liefern können.«

Anna-Maria nickte, lächelte aber nicht.

»Und ich darf dich Maria nennen«, sagte er, weil er glaubte, nichts verlieren zu können.

Abschätzig zustimmend hob sie die Hand, als ob sie angewidert wäre, aber zu gute Manieren hätte, es zu zeigen. Charlie hatte sich bereits entschieden, nur die eine Guinee von ihr zu nehmen und das Wohnhaus so schnell wie möglich zu verlassen. *Ihr Vater muss reich sein*, dachte er plötzlich, *wenn er ein ganzes Haus besitzt.*

Die Familien, die er kannte, waren froh, wenn sie ein einziges Zimmer hatten. Aber so war das in London. Land war teuer, und ein Leben war billig.

Kapitel 5

Charlie hatte erwartet, Maria würde irgendeine Art von Schutz gegen die Pest kaufen wollen, bevor sie zu ihrem Haus gingen. Aber sobald sie eine Übereinstimmung getroffen hatten, machte sich eine Lethargie in ihr breit. Als ob sie ihre Trauer gerade lange genug hatte unterdrücken können, um seine Dienste anzufordern, und sie dann von Verzweiflung übermannt worden wäre.

Sie muss ihre Schwester sehr geliebt haben, dachte er und fühlte einen kurzen Schmerz bei dem Gedanken an seinen eigenen Bruder. Sie waren zwar gemeinsam zu Waisen geworden, standen sich jedoch nicht nahe. Charlie hatte immer das Gefühl gehabt, dass sein älterer Bruder Rowan es ihm übelnahm, dass er den mysteriösen Schlüssel hatte.

Charlie kaufte von einem Straßenhändler einen kleinen Bund Lavendel, den er vor seine Nase halten würde, obwohl er lieber ein Fläschchen mit Essig gehabt hätte, an dem er hätte nippen können. Sein Magen hatte angefangen zu revoltieren, bei dem Gedanken daran, was er im Begriff war zu tun, und er murmelte ein Stoßgebet, dass er mit seiner Guinee und seinem Leben davonkommen würde.

»Warum bist du Diebesfänger geworden?«, fragte Maria, als sie das kreischende Durcheinander in der Cockspur Street passierten.

Hahnenkämpfe waren unter König Charles nicht länger verboten, und die Londoner hatten den Sport hier zum Geschäft gemacht.

»Mutter Mitchell«, sagte Charlie, ohne nachzudenken, abgelenkt von den kämpfenden Hähnen. »Ich habe einem ihrer Mädchen geholfen, ein Medaillon wiederzufinden, und sie sah in mir einen profitablen Nebenverdienst«, fügte er hinzu, als er Marias Unverständnis sah. »Sagte, sie würde mir für einen Anteil aristokratische Klienten zukommen lassen. Und so habe ich angefangen, Geld damit zu verdienen, Diebe zu finden.«

Maria schnaufte missbilligend.

»Ich habe Mutter Mitchell nicht kennengelernt, weil ich an ihren Mädchen interessiert war«, sagte Charlie schnell. »Um ehrlich zu sein, habe ich nicht einmal das Geld, selbst wenn ich wollte. Ihr Haus ist mittlerweile so teuer, dass die Freier Geld im Voraus zahlen müssen, nur um ein Glas Wein zu bekommen.«

»Wie hast du dann eine Frau wie sie kennengelernt?«

»Das war vor vielen Jahren«, erklärte Charlie, »als ich noch ein kleiner Waisenjunge war. Sie hat mich als Knecht für ein paar Pence eingestellt und mich dann als Lehrling angeheuert, als ich alt genug war.«

»Es scheint mir, als gingen die Nonnen mit den Waisen Londons nicht sehr achtsam um«, erwiderte Maria, »wenn sie sie nicht vor dem Umgang mit berüchtigten Huren schützen können.«

Charlie lachte.

»Sie sind achtsam genug. Die Nonnen besuchen Londoner Frauen, die das Glück verlassen hat. Um sie vor Syphilis oder harter Arbeit im Gefängnis von Bridewell zu schützen. Einige der Jungen wollten sehen, wie eine gefallene Frau aussah. Wir haben eine Nonne auf ihrer Runde verfolgt. Haben uns versteckt und zugesehen. Das war das erste Mal, dass ich Mutter Mitchell sah.«

Charlie lächelte, als er sich daran erinnerte. Mutter Mitchell war das Furchterregendste und Wundervollste gewesen, was er jemals gesehen hatte. Ein großer, farbenprächtiger Schmetterling, der sich gebieterisch über ihre Türschwelle ausgebreitet hatte. Sie war damals noch nicht so korpulent gewesen, hatte aber schon Fältchen um die Augen und den Mund herum gehabt. Der enorme Busen ragte aus Schwaden violetter Seide hervor.

Was wollt Ihr?, hatte sie die Nonne gefragt. *Meinen Mädchen sagen, sie sollen sich mit harter Arbeit zu Tode richten, anstatt sich mir anzuvertrauen und zu gedeihen?*

»Und was ist dann passiert?«, fragte Maria. »Hat sie dich hineingebeten?«

»Nein, sie hat mich festgehalten. Die anderen Jungen sind weggerannt. Dann ist mein Hemd hochgerutscht und sie hat die gestohlenen Schiffszwiebacke gesehen, die ich in meinem Hosenbund versteckt hatte.«

»Zwiebacke? Sicherlich hattest du nicht vor, sie zu essen?«, fragte Maria, was ein weiteres Mal ihren Wohlstand verriet.

Marinerationen waren für gut genährte Landratten ungenießbar, aber für hungrige Seemänner und verhungernde Waisen waren sie ein Essen wie jedes andere.

»Wenn die Öfen in der Pudding Lane am heißesten sind, bewachen die Bäcker ihre Backwaren nicht, und die Fenster sind groß genug, damit ein Kind hindurchschlüpfen kann«, antwortete Charlie. »Meine Hand war voller Blasen, aber diese halb gebackenen Zwiebacke haben mich wahrscheinlich vor dem Verhungern gerettet. Waisensuppe ist dünn«, fügte er hinzu.

»Und was dann? Diese Hure hat dich fürs Stehlen angezeigt?«

Charlie schüttelte den Kopf. Als sie die Zwiebacke gesehen hatte, war Mutter Mitchells Griff schwächer geworden.

Oho!, hatte sie gesagt. *Der kleine Waisenjunge hat also gelernt, in der großen Stadt zu überleben.* Sie hatte ihn mit so etwas wie

Bewunderung angesehen, während er sich drehte und wand, um sich aus ihrem Griff zu befreien. *Wo ist deine Zunge, Junge? Ich werde dich nicht dem Konstabler übergeben. Warum isst du die Zwiebacke nicht sofort? Die Krone, die sie tragen, verrät dein Verbrechen. Es ist dumm, sie herumzutragen.*

Er hatte ihr gesagt, dass er die Gebäcke für seinen älteren Bruder aufhob, und Mutter Mitchell hatte amüsiert ihren Kopf zurückgeworfen. Sie hatte gefragt, warum der Ältere sich nicht selber ernähren konnte, und in Charlies kindlicher Unschuld hatte er ahnungslos die einzig ehrliche Antwort gegeben: *Er hat aufgegeben.*

Auf Mutter Mitchells Gesicht war ein Hauch von Mitgefühl erschienen, was den jungen Charlie verwirrt hatte. Es war ihm nicht in den Sinn gekommen, dass das Verhältnis zwischen ihm und seinem Bruder untypisch war. Wenn er kein Essen heranschaffte, würde Rowan sterben. So war das Leben nun mal, und damit hatte sich die Sache erledigt.

»Und wofür brauchte sie dich?«, fragte Maria und unterbrach seinen Gedankengang.

»Sie sagte, sie hätte Arbeit für einen schlauen Jungen.«

»Und du bist hingegangen?«

»Sie hat mir Geld geboten.«

Mutter Mitchell hatte einen Moment lang nachdenklich geschaut, bevor sie einen glänzenden Penny hervorholte, eine Summe, die Charlies Vorstellungsvermögen weit überstieg. *Dann komm herein, Junge. Für einen Waisenjungen werde ich nicht den roten Teppich ausrollen.*

»Was solltest du für sie tun?«

»Sie wollte ein feines Haus aufbauen. Wo die hochgeborenen Männer hinkommen würden. Aber es war schwer für sie, Knechte zu bekommen. Das war zu Zeiten der Cromwell-Republik, und puritanische Werte waren weit verbreitet. Frauen riskierten, öffentlich ausgepeitscht zu werden, wenn sie mit ihr zusammen gesehen wurden. Sie stellte mich an, damit ich Stecklinge von Bäumen pflanzte, wie sie in den Gärten der wohlhabendsten Häuser wuchsen.«

Guck dir diesen Setzling an, hatte Mutter Mitchell gesagt, während sie ihm den dünnen Zweig reichte. *Selbst wenn du alle seine Wurzeln abschneidest, findet er trotzdem einen Weg zu wachsen. Er ist uns gar nicht unähnlich, findest du nicht, Junge?*

Sie hielten plötzlich an. Auf dem Shaftesbury Circus waren zwei neue Wachen postiert worden. Die Sicherheitsvorkehrungen gegen die Pest wurden immer strikter, dachte Charlie. Seine Finger tasteten nach dem gefälschten Zertifikat mit seinem Namen darauf.

Maria hielt ihr Zertifikat dicht vor das Gesicht des Wachmanns, als würde sie ihn herausfordern, einen Fehler darauf zu finden. Charlie zog sein eigenes Zertifikat heraus und präsentierte es mit geübter Lässigkeit, indem er seinen Halsrücken kratzte und auf den Boden sah. Sein Blick wanderte zu Marias Schriftstück hinüber und er bemerkte die geübte Ordentlichkeit ihrer Unterschrift. Der Ziffer oben nach zu urteilen, war sie eine der Ersten in London gewesen, die eines bekommen hatte.

»Warum ist hier ein neuer Kontrollpunkt?«, fragte Maria, während der Wachmann ihre Zertifikate betrachtete. »Ist es nicht genug, dass wir anstehen müssen, um die ›The Strand‹ hinunterzugehen und nach Westminster zu gelangen?«

Der Wachmann beäugte sie, als wollte er entscheiden, ob sie ein Unruhestifter wäre. Charlie betete im Stillen, dass Marias Vorwurf nicht dazu führen würde, dass seine Fälschung aufflog.

»Die reichen Leute in Warwick Lane haben sich zusammengetan«, sagte der Wachmann endlich. »Sie wollen sichergehen, dass die Pest nicht zu ihnen herüberkommt.«

»Diese Narren sollten begreifen, dass die Pest überall hin kommt«, schnaufte Maria entrüstet. »Unschuldige Bürger zu belästigen, wird sie nicht aufhalten.«

Der Wachmann zuckte mit den Schultern.

»Es sind die Reichen, die die Regeln machen«, erwiderte er. »Noch vor morgen Abend soll es einen weiteren Kontrollpunkt in Cornhill geben.«

Charlie notierte den neuen Kontrollpunkt auf der Stadtkarte Londons in seinem Kopf. Die Stadt schloss sich immer weiter. Bald würde es kaum noch Bezirke geben, die man ohne ein Zertifikat verlassen konnte. Der Wachmann sah sich die offiziellen Stempel der beiden Zertifikate an und winkte sie durch.

»Hier entlang.«

Charlie führte Maria von Holbourne weg, erleichtert, dass sie den Kontrollpunkt hinter sich gelassen hatten.

»Dieser Weg ist länger«, protestierte Maria.

»In der Fleet Street sind ein paar Spielbänke, die ich besser meiden sollte«, gab Charlie zu.

»Du hast Schulden?«

Marias Mund zog sich zusammen.

»Nein«, sagte Charlie, während er sie in ein enges Straßengewirr zog, »aber manche Leute gönnen mir mein Glück im Spiel nicht.«

»Wie findest du deine Klienten?«, fragte Maria, als Charlie sie durch ein Labyrinth aus Hintergassen führte. »Sicherlich können sich Gemeine keinen Diebesfänger leisten.«

Sie sah auf seine bloßen Füße.

Charlie ignorierte die Beleidigung.

»Als Cromwell an der Macht war, habe ich geheime Maskenbälle für die Aristokratie in Covent Garden organisiert«, erwiderte er. »Sie waren sehr populär, und ich habe eine Zeit lang gutes Geld verdient. Alles andere drum herum war grau und puritanisch. Ich habe genügend Bekanntschaften mit Adligen gemacht, wodurch man mir als Diebesfänger vertraut.«

Er war plötzlich sehr traurig, als er sich daran erinnerte, wie sehr seine Frau die Maskenbälle geliebt hatte.

»Hier«, meinte Maria und bog plötzlich um die Ecke. »Das Haus ist da vorne.«

Charlie war erleichtert, als er erkannte, dass es in einer guten Straße lag, in der keine ominösen roten Kreuze zu sehen waren, die den Osten der Stadt dominierten.

Dann sah er den Schriftzug, der in Kreide aufgemalt worden war.

»TUET BUßE«, stand dort. »DAS ENDE NAHT.«

Kapitel 6

Marias Haus hatte echte Fenster, deren rautenförmige Scheiben aus Bleikristall bestanden. Es war ein Fachwerkhaus mit einem Vorsprung, der als Gegengewicht für die Holzdielen des oberen Stockwerks diente und sie daran hinderte, unter den Füßen zu federn. Rauch und Lehm hatten die einst weißen Wände verschmutzt, aber abgesehen von diesen unvermeidlichen Merkmalen des Stadtlebens war es ein sauberes Wohnhaus.

Charlie betrachtete die Fassade. Normalerweise waren seine Klienten Gemeine, die in Hinterzimmern und Bruchbuden hausten. Oder Aristokraten, die sich mit ihm in den feineren Bierschenken und Tavernen trafen. Für seine Arbeit ein Wohnhaus zu betreten, war ihm neu.

Er hatte sich oft vorgestellt, wie es wohl im Inneren eines Hauses aussehen würde, das für keinen anderen Zweck gebaut worden war, als darin zu wohnen.

Von einem roten Kreuz, das anzeigen sollte, dass hier die Pest umging, war nichts zu sehen. Dennoch beschlich Charlie ein ungutes Gefühl. Irgendetwas an der Situation machte keinen Sinn.

»Warum ist hier kein Pest-Kreuz?«, fragte er.

»Reines Glück«, antwortete Maria. »Wir waren uns sicher, dass sie es herausfinden und uns im Haus einschließen würden. Aber der Konstabler ist nie gekommen.« Sie versetzte der Tür einen zusätzlichen Stoß mit der Hüfte. »Wir haben Hopfen und Schwefel verbrannt, um das Haus zu desinfizieren, und die Hitze hat das Holz gekrümmt«, fügte sie mit einem Blick auf die Tür hinzu.

Charlie fühlte, wie sich seine Lunge verkrampfte, und er musste mehrmals hintereinander niesen, als sie eintraten. Der Rauch schien sich in den Wänden festgesetzt zu haben und die Luft roch nach versiegtem Feuer.

Das untere Stockwerk bestand fast ausschließlich aus der Küche. Von der Decke hängende Stoffbahnen trennten einen Teil des Raumes ab, den Charlie für eine kleine Speisekammer hielt. Vermutlich hatte das Haus keinen Garten, sodass sie ihr Fleisch und ihr Gemüse von Ständen kaufen und die Themse als Waschraum und Toilette benutzen mussten.

Es war niemand zu Hause, und sie standen einen Moment lang stumm da.

»Sie ist oben«, bemerkte Maria.

Charlie hatte plötzlich das Gefühl, als würde das gesamte obere Stockwerk auf sie niederdrücken. Nur schwer konnte er sich davon abhalten, die Leiter, die hinaufführte, anzustarren. Stattdessen ließ er seinen Blick durch den Raum schweifen. Ein gut gepflegter, glänzender großer Kessel hing über der Kochstelle, darüber Netze mit Gemüse und anderen Lebensmitteln. Die Zimmer, die Charlie mietete, hatten keinen Platz für einen Kessel, selbst wenn er das Geld für einen gehabt hätte. Er lebte hauptsächlich von Brot und Käse, wenn das Geld knapp war, und von Pasteten und Backkartoffeln von Straßenständen, wenn er Geld zum Ausgeben hatte.

Er dachte kurz nach und versuchte, sich vorzustellen, wie er die Situation angehen würde, wenn er es mit einem einfachen Diebstahl zu tun hätte.

»Hatte deine Schwester irgendwelche wertvollen Gegenstände?«, fragte er und wog die Umstände ab. »Etwas, für das jemand sie hätte ermorden wollen?«

Maria schüttelte langsam den Kopf.

»Fast alles, was wir hatten, wurde verkauft, als wir nach London gezogen sind«, sagte sie. »Eva hatte ein paar Schmuckstücke. Ohrringe von meiner Mutter. Aber sie wurden nicht gestohlen.«

»Keine Kleidungsstücke, die mitgenommen wurden? Kein Geld?«

»Nein.«

»Wurde irgendetwas anderes aus dem Haus mitgenommen?«

»Soweit ich weiß nicht.«

»Hatte deine Schwester irgendwelche Feinde?«, fragte er nach einem kurzen Augenblick. »Kennst du jemanden, der ihr Schaden zufügen wollte?«

Maria schüttelte den Kopf. Aber Charlie meinte, er hätte eine Regung in ihrem Gesichtsausdruck erkannt.

»Eifersüchtige Liebhaber«, drängte er, »abgewiesene Verehrer?«

Seiner Erfahrung nach waren das die Hauptgründe für Gewalttaten gegen Frauen in London.

Marias Hals lief rot an.

»Sie war beliebt bei den Männern«, gab sie endlich zu. »Aber keiner von denen, die sie mochten, hätte ihr wehtun wollen.«

Ihr Gesicht verschloss sich und Charlie entschied, das Thema zu wechseln.

»Hast du irgendetwas an dem Mann bemerkt, als er in das Haus eintrat?«

»Davon abgesehen, dass er wie ein Pest-Doktor gekleidet war?«

In ihrer Stimme war ein Funke Sarkasmus zu hören.

»Ein Stottern? Ein Humpeln? Etwas, das ihn von anderen abheben würde.«

»Nein. Aber vermutlich waren wir einfach nur zu eingeschüchtert von dem ganzen Spektakel. Pest-Doktoren sehen furchterregend aus.«

»Hat er irgendetwas getan oder gesagt, bevor er nach oben ging?«

»Er hat nach Evas Alter gefragt.«

Charlie notierte sich dies in Gedanken.

»Wie alt war sie?«

Maria schluckte, als sie bemerkte, dass er in der Vergangenheit sprach.

»Zweiundzwanzig.«

Ihre Stimme zitterte, aber dann verhärtete sich ihr Gesichtsausdruck fast augenblicklich.

»Jünger als du?«

»Zwei Jahre älter.«

Maria schien älter als zwanzig zu sein, dachte Charlie. Sie schien klug und willensstark. Wie eine Hausdame.

»Erinnerst du dich sonst noch an etwas?«, fragte Charlie.

Sie hielt einen Moment inne.

»Er hat eine Kröte mitgebracht. Er sagte, sie würde die Luft reinigen«, fügte sie hinzu.

»Hast du die Kröte noch?«

Dies war die Art von Hinweis, die Charlie helfen könnte. Es könnte ihm verraten, aus welchem Teil Londons der Mörder kam.

Aber Maria schüttelte den Kopf.

»Wir haben sie in die Themse geworfen.«

Charlie verstummte einen Moment lang, weil er wusste, dass er sich nun die Leiche würde ansehen müssen. Er dachte an das letzte Mal, als er mit einem Mädchen alleine gewesen war, und fühlte, wie ihm die Röte in die Wangen stieg.

»Wäre es einfacher, wenn der Mörder etwas gestohlen hätte?«, fragte Maria, ohne zu zeigen, ob sie die gleichen Gedanken hatte.

»Ja.« Charlies Blick wurde von der Öffnung in der Decke angezogen, wo das Mädchen liegen musste. »Ich finde Wertsachen. Und durch sie finde ich Leute.«

»Also würdest du herumfragen, um herauszufinden, wer die gestohlenen Gegenstände gekauft hat?«, fragte Maria.

»So ungefähr. Aber es geht nicht darum, was Leute verkaufen, sondern wie sie es verkaufen.« Charlie runzelte die Stirn. »Ich glaube, ich sollte mir jetzt den Tatort angucken. Ich möchte dich nicht beleidigen, aber ich möchte nicht länger in diesem Haus bleiben als notwendig.«

»Ja.«

Maria sammelte sich.

Unten standen ein paar kleine Betten, vermutlich für die jüngeren Kinder und vielleicht auch für Maria. Das ungute Gefühl breitete sich wieder in seinem Magen aus.

»Wo ist deine Familie?«, fragte er.

»Sie sind aus London geflüchtet«, antwortete Maria. »Vater ist mit den Kindern zu einer Tante nach Clapham gereist. Um sich vor der Pest zu schützen.«

»Und du hast dich nicht mit deiner Familie zusammen in Sicherheit gebracht?«

»Nein. Ich bin geblieben, um mich …, um dieses Unrecht zu kümmern.«

Aus irgendeinem Grund ließ ihre Wortwahl alle seine Alarmglocken klingeln. Er sah Maria an. Sie schien so ehrenwert. Gab es dennoch etwas, das sie ihm verheimlichte?

»Ich habe das Geld«, sagte sie, als sie sein plötzliches Misstrauen spürte. »Hier.« Maria zog einen Geldbeutel heraus und suchte aus dem klimpernden Inhalt eine Guinee heraus. »Dafür, dass du dir die Situation dort oben anschaust«, fügte sie hinzu und legte die Münze bedeutungsvoll auf den kleinen Tisch.

Charlie sah von dem Geld weg und zur Decke hinauf. Oben würden mehrere Schlafzimmer sein. Und die Leiche.

»Es ist die Leiter dort hoch«, sagte Maria, während sie auf die Öffnung zum oberen Stockwerk zeigte.

Sie standen beide einen Augenblick lang da und sahen die Öffnung an.

Charlie zögerte. Ein starker Instinkt warnte ihn davor, hochzugehen. Er unterdrückte ihn und erklärte sich seine Angst damit, dass er sich eine schaurige Leiche ansehen müsste. Aber alles in ihm sagte ihm plötzlich, dass er so weit und so schnell wegrennen sollte wie nur möglich.

Maria drehte sich ihm zu. Ihre blauen Augen hatten sich verdunkelt und flehten ihn an.

»Bitte«, sagte sie.

Ihre Verzweiflung stimmte ihn um. Sie hatte eine Schwester verloren. Der Versuch, zu helfen, war das Mindeste, was er tun konnte.

»Ich weiß nicht, was für Informationen ich dir geben kann«, sagte er langsam. »Aber ich verspreche, dass ich mein Bestes tun werde, um die Situation zu erklären.«

Er machte einen Schritt auf die Leiter zu und zwang seine Beine, sich zu bewegen. Dann hielt er sich den Bund Lavendel vor den Mund, ging auf die Leiter zu und stieg sie hinauf.

»Denk an die Guinee«, murmelte er sich selbst zu.

Hinter sich hörte er Marias erleichterten Seufzer.

»Ich werde hier unten warten«, erklärte sie. »Ich könnte es nicht ertragen, es noch einmal zu sehen.«

Die Worte schienen bedeutungslos, während sich das ungute Gefühl in seinem ganzen Körper ausbreitete. Marias gutes Aussehen hatte ihn der Gefahr gegenüber blind gemacht. Aber jetzt traf ihn die Realität wie ein Schlag vor den Kopf.

Seine Füße fühlten sich an wie Blei, als er eine Sprosse nach der anderen hinaufstieg. Er konzentrierte sich auf die Holzsprossen mit ihren Windungen und Holznarben, die durch Abnutzung dunkel schimmerten. Eine Hand folgte der anderen und sein Körper zog sich widerwillig hinterher.

Kapitel 7

Der Wirt der *Alten Glocke* in der Fleet Street sah seinen Gast beunruhigt an. Pest-Doktoren machten ihn immer nervös. Aber dieser war schlimmer als die anderen. Erstens hatte er sich nicht einmal die Zeit genommen, seine sperrige Schnabelmaske oder seine flache Brille abzunehmen. Stattdessen hatte er einen Teil seines blassen Halses freigemacht, um essen zu können, während die runden Augengläser auf den Tisch starrten. Und dann war da seine unglaubliche Masse. Der Umhang wölbte sich so sehr, dass der Wirt sich fragte, wie der Mann überhaupt in das Kleidungsstück hineingekommen war. Es war, als wäre ein Monster zum Dinieren gekommen.

Der Wirt sah in unverhohlener Abscheu zu, wie der Mann seinen dritten Teller Kaumägen hinunterzwängte. Er zeigte nicht das übliche Benehmen der Ärzteklasse. Trotz seiner enormen Ausmaße attackierte der Mann das Essen, als wäre er am Verhungern. Er hatte bereits die Reste eines Kanincheneintopfs und eine Haxe, die für eine Woche hätte reichen sollen, verschlungen, sowie zwei Flaschen billigen kanarischen Weins in sich hineingeschüttet.

Der Wirt hatte ihn nicht hereinlassen wollen, aber laut herrschendem Recht musste er Pest-Doktoren bedienen. Also hielt er sich so weit wie möglich von dem monströsen Gast fern, um keine infizierte Luft einzuatmen. Davon abgesehen, war seine Bierschenke vollkommen leer. Er sollte wohl für die Kundschaft dankbar sein.

Durch seine Arbeit hatte der Wirt gelernt, Leute einzuschätzen. Je mehr Essen im Schlund seines gefräßigen Kunden verschwand, desto sicherer war er sich, dass der Mann kein Mediziner war. Vielleicht hatte er das Kostüm gestohlen oder gekauft, um ahnungslosen Leuten Geld abzunehmen.

Und da war etwas ... *Ungesundes* an der Art und Weise, wie der Mann das Essen Teller für Teller herunterwürgte. Als ob er einen Dämon füttern würde anstatt eines knurrenden Magens. Beim Essen hatte sich der freiliegende untere Teil seines Gesichts mit weißlichem Schweiß bedeckt. Und in seiner Eile, die Kaumägen herunterzubefördern, hatte er seine fetten Lippen verfehlt und ein Klecks blutiger Eingeweide war auf seiner Maske gelandet.

Der Wirt unterdrückte ein unwillkürliches Schaudern und zwang sich, eine Flasche zu greifen und sich dem Besucher zu widmen.

»Ein kleines Bier?«, fragte er unsicher.

Seine Aufmerksamkeit wurde mit einem Wink des aufgedunsenen Handschuhs belohnt, der durch die Masse der fettleibigen Finger zu bersten drohte. Als er näher an die Gestalt herantrat, bemerkte er, dass deren Figur unerwartet fest erschien. Aufgrund seiner Masse hatte der Wirt Fettwülste erwartet, aber jetzt sah er, dass der bullige Hals muskulös war.

Und dann dieser Gestank. Ein starker, moschusartiger Geruch, den der Mann offensichtlich mit Lavendel zu übertönen versuchte. Aber stattdessen verbreitete der süßliche Blumengeruch den Gestank eher noch um den schwitzenden Körper herum. Der Wirt drehte seinen Kopf weg, als er sich zu ihm hinüberlehnte und den Humpen füllte.

»Behandelt Ihr Pest-Kranke hier in der Nähe?«, fragte er.

Die Gestalt schüttelte den Kopf, aber der Mund kaute weiter.

»Dies sind in der Tat fürchterliche Zeiten«, meinte der Wirt im Plauderton. »Denn nichts, was in der Stadt getan wird, scheint den Lauf der Dinge aufhalten zu können.«

Das Monster sagte nichts.

»Ihr müsst sehr hungrig sein«, sagte der Wirt mit einem kleinen, zu hohen Lachen, während er auf den Stapel leerer Teller deutete.

Dieses Mal schwenkte die eiserne Maske herum, sodass ihm die glitzernden Augengläser direkt ins Gesicht schauten.

»Bevor Cromwell den Bürgerkrieg gewann, war ich ein Soldat«, hörte er die Stimme in einem polternden Knurren sagen. »Sie haben uns drei lange Monate belagert und wir sind zu gelben Skeletten abgemagert. Seit den Schrecken dieser Zeit habe ich einen gesunden Appetit.«

Der Wirt schluckte und wünschte sich, er hätte das Thema nicht angesprochen. Er hatte schon zu viele Geschichten von den Gräueltaten des Bürgerkriegs gehört als gut für ihn war.

»Soll ich diese schon mitnehmen oder soll ich Euren Namen aufschreiben und sie Euch später berechnen?«

Er deutete auf die leeren Teller.

»Wie viel?«

Die Antwort war ein unwilliges Grunzen.

»Sechs Schilling«, sagte der Wirt.

Es war mehr, als er seit Langem für das Essen eines einzigen Gasts berechnet hatte.

»Ich werde die Hälfte jetzt bezahlen. Lasst nach dem Rest schicken.«

Der Doktor zog einen prall gefüllten Geldbeutel heraus, aber zur Enttäuschung des Wirts war sie nur mit Kleingeld gefüllt. Das war kein gutes Zeichen, um jemanden anschreiben zu lassen. Drei Schilling wurden in fein säuberlich aufgereihten Groschen ausgezählt und die Maske hob sich erwartungsvoll.

»Wie ist der Name?«, fragte der Wirt, während er seine Hand so weit wie möglich nach dem Geld ausstreckte, ohne dem Pest-Doktor zu nahe zu kommen.

»Thomas Malvern.«

»Das ist Euer Name?«

Der Wirt war verwundert. Es hörte sich an wie der Nachname eines Aristokraten. Gemeine hatten Namen wie Tanner, Fisher oder Goldsmith, die nach dem Handwerk benannt worden waren, das ihre Familien ausführten.

»Es ist ein alter Familienname«, sagte der Mann. »Aber unser Haus und Land wurden nach dem Bürgerkrieg von Cromwell beschlagnahmt.«

Der Wirt nickte und hörte nur halb hin. Es war eine typische Geschichte. Diejenigen, die an der Seite des alten Königs gekämpft hatten, waren hauptsächlich Aristokraten gewesen. Als Cromwell gewann, hatte er zuerst König Charles senior köpfen lassen. Dann hatte er seine Vertrauten mit den Ländereien und Titeln der alten Aristokratie, die gegen ihn gekämpft hatte, belohnt.

Der Wirt gab dem Mann eine Schiefertafel, damit er seine Adresse aufschreiben konnte, und war überrascht, als er sah, wie die Hand eine hiesige Anschrift notierte. Er kannte keine Pest-Doktoren in der Gegend.

»Möchtet Ihr sonst noch etwas?«

Mittlerweile wollte der Wirt seinen Gast nur noch loswerden, obwohl er weiß der Himmel das zusätzliche Geld gut gebrauchen konnte, jetzt, wo die Stadt sich jeden Tag mehr leerte. In seinem Unbehagen hob der Wirt die Flasche zu schnell an und verschüttete ein bisschen Bier auf dem Kostüm.

»Hier, ich werde es richten«, sagte er und griff, ohne nachzudenken, nach dem Leinenstoff, um zu verhindern, dass die Flüssigkeit weiter einzog. Thomas griff nach dem Umhang, wobei seine Maske hochrutschte und den Blick auf sein Gesicht freigab.

Der Wirt registrierte nur langsam, was er da sah, und blickte ihn dann mit Entsetzen an. Ihre Blicke trafen sich und der Wirt fühlte, wie Angst in ihm aufstieg.

Der Doktor schob seine Verkleidung wieder hinunter, aber der Wirt hatte sein Gesicht schon gesehen. Es war ein Gesicht, das er gut kannte.

»Ihr?«

Als das Wort unwillkürlich seinen Mund verließ, wusste er, dass er ein toter Mann war. Was auch immer der Grund dafür war, dass er verkleidet und unter falschem Namen reiste, der Mann würde es nicht schätzen, wenn sein Geheimnis preisgegeben würde.

»Ich wusste nicht, dass es Euch erlaubt ist, als Arzt zu arbeiten«, stammelte der Wirt, während die Angst seine Gedanken verwirrte.

»Es ist mir sowieso fast nichts erlaubt.«

Der Wirt nickte, während er sich langsam von ihm entfernte. Er tat so, als würde er eines der Fässer drehen, während er nach seiner geladenen Pistole suchte, die er versteckt hielt.

Er hörte, wie das Schwert aus der Scheide gezogen wurde, hatte aber keine Zeit, sich umzudrehen. Der schwere Knauf des Griffes zertrümmerte seinen Schädel und ließ ihn durch einen einzigen Hieb zu Boden gehen.

Thomas lehnte sich über den zuckenden Körper, um sich zu vergewissern, dass dessen Lebenslicht erloschen war. Er setzte sich zurück auf die grobe Bank und rollte eine Stadtkarte aus. Dann nahm er ein Stück Kohle und machte behutsam ein Kreuz dort, wo die Bierschenke, in der er saß, eingezeichnet war.

Er hielt kurz inne und betrachtete vergnügt die anderen Kreuze. Er war mit seinem Fortschritt zufrieden und zog den Teller zu sich heran. Und mit stoischem Gleichmut machte er sich über die restlichen Kaumägen her.

Kapitel 8

Charlie blickte gebannt auf die verhüllte Leiche. Sie lag auf einer Strohmatratze, die auf einer einfachen Bettstelle ausgebreitet war. Das Blut war durch das mit Rost verklebte Stroh gesickert und formte nun eine dunkle Pfütze auf den darunterliegenden Holzdielen.

Der Körper des Mädchens war in ein Leichentuch eingehüllt, das in einer Krone aus Stoff über dem Kopf zusammenlief. Das Leinentuch verdeckte fast das ganze Gesicht und ließ nur die Augen, die von einem Stück totenblasser Haut eingerahmt waren, hervorschauen.

Unten schloss sich eine Tür, aber er nahm es kaum wahr. Sein Gehirn hatte sich sofort in den Diebesfänger-Modus versetzt, als das blutgetränkte Zimmer in Sichtweite gekommen war, und wog bereits mögliche Erklärungen ab. Die Holzdielen waren mehr schlecht als recht verlegt worden, und so waren Geräusche und Licht von unten hör- und sehbar.

Der Mörder muss die Familie unten gehört haben, während er sich an die Arbeit gemacht hat. Er hatte das Verbrechen begangen, während ihre Familie unten versammelt gewesen war. Das ließ vermuten, dass der Mörder unheimlich abgebrüht und berechnend war.

Charlie richtete seine Aufmerksamkeit auf die sterblichen Überreste des Mädchens. Das tote Gesicht war blutleer und blass. Es schien, als würde es das ganze Zimmer einnehmen.

Zwei Silbergroschen bedeckten ihre Augenhöhlen und verliehen ihrem Gesicht ein fast unmenschliches Aussehen. Charlie vermutete, dass die untere Gesichtshälfte entstellt und respektvoll verdeckt worden war.

Er machte einen Schritt auf den Leichnam zu und ein beißender Gestank stieg ihm in seine Nase. Charlie drückte den Bund Lavendel dicht an sein Gesicht. Seine Eingeweide drehten sich um. Seiner Erfahrung nach hatten tödliche Krankheiten einen spezifischen Geruch. War es die Pest, nach der die Leiche roch?

Soweit er von ihrem Gesichtsausdruck schließen konnte, hatte sie nicht gegen den Tod angekämpft. Er dachte darüber nach. Marias Schwester hatte entweder ihren Mörder gekannt oder geglaubt, dass er ein echter Pest-Doktor war.

»Bringt Eure Toten raus!«

Die lauten Rufe von der Straße draußen schreckten ihn aus seinen Gedanken auf. Der heisere Appell kündigte den Totenkarren an, der rumpelnd herannahte. Seitdem die Pest sich immer schneller verbreitete, patrouillierten die Bestattungswagen Londons in regelmäßigen Abständen. Die Opfer der Pest konnten nicht in normalen Gräbern bestattet werden und ihre Hinterbliebenen waren oft zu arm, um sich einen Sarg leisten zu können.

Es hörte sich an, als sei der Karren unheilverheißend nah, und Charlie wurde von einer plötzlichen Angst ergriffen. Was, wenn der Totenkarren hierher käme und man ihn hier drinnen einschließen würde? Seit April wurde jeder, der in einem Pest-Haus gefunden wurde, dort eingeschlossen, bis er verreckte oder sechs Wochen lang überlebte.

Instinktiv trat er vom Fenster weg. Und dann bemerkte er, dass das Leichentuch, in das die Gliedmaßen des Mädchens fest eingewickelt worden waren, aus Wolle gefertigt war. Das wäre in den meisten Bezirken Londons nicht ungewöhnlich gewesen. König Charles hatte angeordnet, dass alle Bestattungsstoffe aus Wolle hergestellt werden sollten, um den Schafhandel des Landes zu unterstützen. Aber im wohlhabenden Holbourne hätte er erwartet, dass Hauseigentümer einen Zuschlag zahlen würden, um ein solch ordinäres Begräbnis zu verhindern.

Also hatte die Familie nicht genügend Geld, um ihre geliebte Tochter in Leinen zu wickeln. Er registrierte diese Tatsache im Hinblick auf die Summe, die ihm Maria versprochen hatte.

Irgendetwas stimmte hier nicht. Wieder übermannte ihn dieses ungute Gefühl. Mit vorsichtigen Schritten verließ Charlie den Raum und ging zu der Öffnung zurück. Er erstarrte. Die Leiter, die hinunterführte, war verschwunden. Er saß in der Falle. Maria musste ihm den Fluchtweg in dem Moment versperrt haben, in dem er das obere Stockwerk betreten hatte.

Charlie versuchte, seine rasenden Gedanken zu einem einzigen zu bündeln: Er musste hier raus. Jetzt.

Als Erstes musste er herausfinden, ob Maria noch unten war. Vielleicht könnte er mit ihr reden. Er ging zurück in das Schlafzimmer und versuchte zu verstehen, warum sie ihn hier hatte einsperren wollen. War sie verrückt geworden vor Gram? Hatte sie die Leiter nur zufällig verstellt? Er konnte keinen plausiblen Grund finden.

»Ich habe die Leiche gesehen!«, rief er und versuchte, seiner Stimme einen beiläufigen Ton zu verleihen. Das Rumpeln des Totenkarren auf dem Straßenpflaster kam immer näher. »Was soll ich sonst noch tun, Maria? Denn das Leichentuch möchte ich nicht abnehmen.«

Sie antwortete nicht, also rief er noch einmal.

»Gibt es noch etwas, was ich wissen sollte?«, fragte er. »Oder soll ich wieder runterkommen?«

Noch einmal hörte er nichts als Stille. Demnach war Maria nicht mehr da. Oder sie wartete unten auf ihn, ohne etwas zu sagen. Er überlegte kurz. Die Tür war zugefallen.

Also musste sie die Leiter weggenommen und das Haus verlassen haben. Und das konnte nur eines heißen. Sie ging jemanden holen. Jemanden, den er nicht hätte treffen wollen.

Er hatte ein ernsthaftes Problem.

Er dachte kurz nach. Zwei Fluchtwege. Der erste hatte zwei Haken – den Abstand zwischen dem oberen und dem unteren Stockwerk und das Risiko, dass die Haustür von außen verriegelt sein könnte.

Der zweite war das Schlafzimmerfenster. Nur ein Haken. Die Höhe des Falls.

Er ging um das Bett herum zum Fenster. Das Haus war hoch und die Straße darunter war gepflastert und nicht aus Lehm wie manch andere Straße. Er vermutete, dass er sich mindestens einen Knöchel brechen würde, wenn er sprang. Er versuchte noch einmal, die Situation zu verstehen.

Warum hat sie mich hier eingesperrt?

Er schaute nochmals hinunter. Wenn er nicht mit einem glatten Bruch oder einer Verstauchung davonkommen würde, würde eine Amputation unumgänglich sein. Die Hälfte der Stammgäste des *Eimers* hatte ein Holzbein oder einen Holzarm, und er hatte nicht vor, sich ihnen anzuschließen. Und zwölf Schillinge für den Arzt hatte er sowieso nicht.

In diesem Augenblick sah er, wie Maria die Straße hinunter auf das Haus zukam. Neben ihr liefen zwei stattliche Männer. An ihren Uniformen erkannte Charlie, dass sie im Gefängnis in Newgate arbeiteten.

Wachen.

Seine Hand tastete nach den gefälschten Groschen in seinem Beutel. Gefälschte Münzen mit sich zu tragen, galt als Hochverrat und wurde bestraft, indem man halb erhängt wurde, bevor einem das Herz herausgerissen und vor Augen gehalten wurde. Fälscher, die noch weniger Glück hatten, wurden in kochendes Öl geworfen.

Er fluchte stumm. Die Männer vom Newgate-Gefängnis waren dafür bekannt, bei Befragungen besonders hartnäckig zu sein, und sie würden mit Sicherheit seine Taschen leeren.

Charlie fluchte. Das schloss eine Flucht in das untere Stockwerk oder durch das Fenster aus. Wenn er ungünstig landete, würden die Wachen ihn ohne Probleme fangen.

Er suchte das Zimmer mit den Augen ab. Nichts. Nur das Bett und die bloßen Holzdielen, die mit dicken Nägeln befestigt worden waren. Das bisschen Stroh in der Matratze würde seinen Fall nicht ausreichend abfedern.

Denk nach. Warum hat sie dich hier eingesperrt und die Wachen hergebracht?

Wenn er den Grund herausfinden würde, könnte er sich vielleicht herausreden. Maria hatte gesagt, ihre Schwester sei brutal ermordet worden. Hatte sie die Wahrheit gesagt?

Das Tuch war am Hals der Leiche etwas eingerissen. Charlie nahm sein Messer heraus, um die Wolle aufzuschneiden. Er hielt einen Moment inne und ging dann noch entschlossener ans Werk. Denn er hatte es nicht verdient, von Maria so getäuscht und dann auch noch eingesperrt zu werden.

»Bringt Eure Toten raus!«

Der Ruf rüttelte ihn wach und ließ ihn einen Entschluss fassen. Die Wachen von Newgate würden bald im Haus sein, und wenn er verhindern wollte, als Verräter exekutiert zu werden, musste er handeln. Er unterdrückte seinen Instinkt und richtete seine Aufmerksamkeit auf die Leiche.

Das Messer durchschnitt das Leichentuch ein paar Zentimeter weit, als ihn die Münzen in den Augenhöhlen des Mädchens vorwurfsvoll anfunkelten. Bilder der letzten Exekution eines Verräters drängten sich in seine Gedanken. Zuckende Augen. Glänzende Eingeweide.

Charlie griff das Messer fester und schlitzte den Stoff weiter auf. Das wollene Leinentuch teilte sich Zentimeter um Zentimeter, während ein puderiger Wollstaub aufstieg.

Er hörte Stimmen, die von der Straße unten zu ihm hinauf schallten. Maria und die Wachen kamen näher. Er wandte sich wieder der Leiche zu und schlitzte weiter.

Ein Arm. Ein Bein.

Blasse, blutverschmierte Haut.

Seine Hand fing an zu zittern. Er fühlte einen scharfen Schmerz in seinem Arm. Vor Schreck zog er das Messer ruckweise hinunter, wodurch der Stoff gezerrt wurde und zerriss, bis er die Leiche vollkommen freigab.

Es war nur ein Flohbiss, und so rieb er die rote Schwiele an seinem Handgelenk, während er dem rasenden Herzschlag, der ihm in die Rippen stieß, zuhörte.

Er drehte sich zum Bett zurück und sah zum ersten Mal das ermordete Mädchen vollständig. Sein Messer fiel polternd auf den Boden.

Die Leiche war nun von Kopf bis Fuß nackt. Und Charlie sah das wahre Ausmaß des Wahnsinns, in dem dieser Mord begangen worden war.

Marias Schwester war am ganzen Körper mit blühenden Weißdornästen und weißen Bändern dekoriert worden. Jeder Finger und jeder Zeh war sorgfältig verbunden worden, und lange Bänder zogen sich an den Beinen hoch.

Stoff und Laub waren in ihr braunes Haar geknotet worden. Der tote Mund war voll davon. Die Dornen der Äste schlitzten ihre Lippen auf.

Seine Augen schnellten über den restlichen Körper. Über den fahlen Torso war weißes Kerzenwachs getropft worden. Es schien etwas zu formen … *Buchstaben*. Charlie hatte Schwierigkeiten, die Wörter zu erkennen.

»Er kehrt zurück.«

Er kehrt zurück?

Seine Augen richteten sich auf den Hals. Dieser war bis zur Wirbelsäule durchtrennt worden und cremefarbene Rückenwirbel waren auf einem Hintergrund aus sich schwärzendem Fleisch und entstelltem Gewebe sichtbar.

Auf dem unteren Torso war ein rotes Zeichen zu sehen, das sich von den Blutrinnsalen, die überall eingetrocknet waren, abhob. Der Mörder hatte das Mädchen gebrandmarkt. Das eingebrannte Zeichen schien regelrecht aus dem kalten toten Körper emporzulodern. Und der blutrote Klumpen verbrannter Haut zeichnete eine Form, die ihm nur allzu bekannt war.

Eine Krone. Darunter drei Knoten.

Charlie tastete nach seinem Andenken und seine Finger fuhren die identische Form auf seinem Schlüssel nach. Jahrelang hatte er nach der Bedeutung dieses Symbols geforscht und nie hatte er auch nur einen Hinweis darauf gefunden, dass es irgendjemandem irgendetwas bedeutete. Und plötzlich war es hier, in den Körper eines toten Mädchens eingebrannt.

Auf einmal verstand er, warum ihn Maria hierher gebracht hatte. Der Schock war so groß, dass er es laut aussprach.

»Sie braucht keinen Diebesfänger«, sagte er. »Sie denkt, dass ich der Mörder ihrer Schwester bin.«

Kapitel 9

Er kehrt zurück. Charlie drehte die Worte in Gedanken und den Schlüssel in seiner Hand hin und her.

Er untersuchte die Leiche noch einmal nach Anzeichen der Pest. Sie hatte keine zerrissenen Venen. Keine Schwellungen. Der Hals war mit einem einzigen tiefen Schnitt, der fast bis zur Wirbelsäule reichte, durchtrennt worden. Doch die Gesichtszüge des toten Mädchens sahen aus, als ob sie sich nicht gewehrt hätte.

Und dann war da der Weißdorn, mit dem der Körper geschmückt worden war. Am Maifeiertag hängten junge Männer Weißdorn an die Tür des Mädchens, das sie heiraten wollten. Aber jetzt war Juli und der Dornenbusch hatte keinen erkennbaren Zweck.

Denk nach, Charlie. Dein Leben könnte davon abhängen.

Mit Mühe ordnete er seine Gedanken und zwang sich, seine Aufmerksamkeit von den herannahenden Wachen abzulenken.

Brandmarken. Worte. Weißdorn. Kerzenwachs.

Es war ein Opfer, entschied er. Je mehr er darüber nachdachte, desto sicherer war er sich. Der Körper war wie für ein grausames Ritual aufgebahrt worden.

Aber wofür? *Er kehrt zurück?* Hatte es etwas mit dem neuen König zu tun? Charlie durchforschte seine Gedanken auf der Suche nach jemandem, der auf eine solche Art und Weise morden würde. Hexen vielleicht. Auf dem Land lebten ein paar. Und seitdem der König wieder da war, waren einige auch in der Stadt aufgetaucht. Es war bekannt, dass sie Menschen opferten. Hatte dieser Mord mit Hexerei zu tun?

Aber ein tiefer Zweifel ließ ihn zögern. Was ist falsch an diesem Bild? Irgendwie fehlte etwas. Er wusste nicht genau, was. Der Tatort schien nicht vollständig zu sein. Es war ein nagendes Gefühl, das er nicht los wurde.

Er schob den Gedanken jedoch kurz beiseite, um sich dem Problem mit den Wachen zuzuwenden. Er saß gefangen im oberen Stockwerk mit einem Beutel voll gefälschter Münzen und einem Schlüssel, mit dessen Symbol ein totes Mädchen gebrandmarkt worden war. Selbst wenn er es schaffen sollte, die Wachen von seiner Unschuld zu überzeugen, würde es sicherlich dennoch Befragungen nach sich ziehen. Die verurteilten Kriminellen wurden offen durch die Straßen Londons gefahren und Charlie hatte oft die Befürchtung gehabt, eines Tages selber einer dieser geschundenen armen Wesen auf dem Wagen des Henkers zu sein. *Du musst diesen Fall lösen.* Dieser Gedanke trieb ihn an.

Sein Blick richtete sich wieder auf die gebrandmarkte Leiche. Es gab keinen Zweifel. Die Krone über den drei Knoten. Das gleiche Symbol, das Charlie, soweit er sich zurück erinnern konnte, immer mit sich herumgetragen hatte. Noch nie in seinem Leben hatte er das Symbol irgendwo anders gesehen. Etwas regte sich in ihm. Der Gedanke, dass dies seine Chance sein könnte, seine eigene unbekannte Vergangenheit aufzudecken.

Er zwang sich zur Ruhe und ordnete die Fakten in seinen Gedanken. *Der Mörder hat ein Messer verwendet, um den Hals zu durchtrennen. Er hat von irgendwoher Weißdorn mitgebracht. Vermutlich von Kings Cross, wo es am wildesten wächst.*

Kerzenwachs. Weiß. Das kann von überall her sein. Das Kronen-und-Knoten-Symbol. Er hätte ein spezielles Brandeisen haben müssen.

Plötzlich wusste er, wie er den Mörder finden würde. Das Brandeisen.

Es gibt nur wenige in der Stadt, die es gefertigt haben könnten. Alles, was ich tun muss, ist, den richtigen Schmied zu finden.

Charlie war von der Einfachheit des Plans so überrascht, dass er den Gedanken laut aussprach:.

»Finde den Schmied, dann hast du den Mörder.«

Wenn nicht die Wachen draußen gewesen wären, wäre es einfach gewesen. Aber die Männer aus Newgate würden ihm niemals erlauben, den Mörder zu suchen. Sie würden ihn direkt ins Gefängnis bringen und ihre Fragen später stellen.

Nach einigen Wochen in Newgate würde Charlie gefoltert werden, damit er seine Schuld gestehen würde, und als Münzfälscher und Mörder exekutiert werden. Und soweit ihm bekannt war, erlaubten die Wachen ihren Opfern nicht, in die Stadt zu gehen, um Beweise für ihre Unschuld zu sammeln.

Der Gedanke, durch einen Fall auf die gepflasterte Straße ein Bein zu verlieren, erschien ihm auf einmal gar nicht mehr so abwegig, und er ging zum Fenster zurück. Draußen waren Maria und die Wachen stehen geblieben. Sie warteten darauf, dass der Leichenkarren an ihnen vorbeirollte.

Dass sie Wachen aus Newgate mitgebracht hatte, brachte Charlie auf eine Idee, wie Maria ihn mit dem Schlüssel verbunden hatte. Charlie lieferte ab und zu Kriminelle im Gefängnis ab. Der Magistrat von Newgate musste das Zeichen auf der Leiche erkannt und Maria informiert haben, dass sich ein Diebesfänger mit genau diesem Zeichen um den Hals im *Blutigen Eimer* aufhielt. Der Gedanke, im Gefängnis von Newgate als gesuchter Mann zu gelten, erfüllte ihn mit Grauen.

Ihn durchzuckte ein schrecklicher Geistesblitz. Der Leichenkarren kam direkt auf das Haus zu. Wenn der Wagen unter dem Fenster vorbeifuhr, könnte er aufspringen – direkt in den Haufen der Toten. Wenn er sich nicht irrte, würden sie seinen

Fall abfedern. Das könnte ihm einen Vorsprung verleihen, wenn er vor den Wachen davonrannte.

Er starrte die Straße hinunter, um die Abstände zu schätzen. Wenn er weit genug vom Haus wegspringen würde, könnte er es schaffen. Sein Blick wanderte zu den aufgestapelten Leichen hinüber.

Normalerweise wechselte er die Straßenseite, wenn er einen Leichenkarren sah. Aber hatte er eine Wahl? Charlie war sich sicher, dass er mit etwas Vorsprung den Wachen entwischen könnte. Er arbeitete als Sänftenträger, um in Form zu bleiben und Diebe durch die verwinkelten Gassen Londons verfolgen zu können. Nur wenige waren so schnell wie er.

Die einzige andere Möglichkeit war, seinen Mann zu stehen und zu kämpfen. Sein Blick richtete sich auf die beiden Männer. Sie waren noch nicht auf die Idee gekommen, zum Fenster hoch zu schauen. Von seinem Blickwinkel aus konnte Charlie den abgenutzten Schwertgriff einer der Männer erkennen. Er musste ein ehemaliger Bürgerkriegssoldat sein.

Obwohl sie mittlerweile in ihren Dreißigern und Vierzigern waren, waren diejenigen, die im Bürgerkrieg gekämpft hatten, perfekte Wachen. Sie hatten die Gräuel des Krieges überlebt und waren deshalb nicht so ängstlich wie ein normaler Bürger, und die grausamen Schlachten hatten sie kampferfahren gemacht.

Charlies schmale Brust ähnelte eher der eines Gerippes als eines Muskelprotzes, und seine Beine waren schlank. Durch das Tragen der Sänften hatte er Muskeln und hervorstehende Venen an den Unterarmen bekommen, aber mit den zwei Wachen aus Newgate würde er es nicht aufnehmen können. In einer durchschnittlichen Straßenkeilerei hatte Charlie sicherlich Chancen, aber er war schlau genug, um zu wissen, welchen Konfrontationen er besser ausweichen sollte.

Es war typisch, dass es so weit gekommen war, dachte er. In der einen Minute verkaufte er glücklich seine gefälschten

Zertifikate und verdiente gutes Geld und in der nächsten Minute musste er sich zwischen Folter, Amputation und dem Sprung auf einen Haufen Leichen entscheiden. Es war genau die Art von Situation, in die er immer zu geraten schien.

Ihm wurde schwindelig vor Angst, als er erst den einen Fuß und dann den anderen auf das Fensterbrett stellte. Das trockene Holz barst, als er sich hinaufhievte. Er hörte einen Schrei von der Straße her. Maria hatte ihn gesehen und zeigte zu ihm hoch.

Unter ihm zog der Fahrer des Leichenkarrens sein Pferd vorwärts und die Räder holperten über die unebene Straße. Der Wagen rollte am Haus entlang, bis er fast direkt unter dem Fenster angelangt war. Charlie sah seine Chance und sprang vom oberen Stockwerk hinunter.

Kapitel 10

Charlie landete bäuchlings und biss die Zähne zusammen, als er auf die grauenerregende Ladung traf. Die meisten Leichen waren mit dem Gesicht nach unten aufgestapelt worden und seine Wange drückte sich an das kalte, fettige Haar einer der obersten Körper.

Der Fahrer fühlte den Ruck und sah sich um. Sein Gesicht wurde zornig, als er den unerwarteten Passagier bemerkte.

»Hallo!«, rief er. »Was soll das werden, Junge? Du könntest dir die Pest holen von diesen Toten!«

Charlie stützte sich vorsichtig auf die steife Ladung und setzte sich auf.

In einiger Entfernung konnte er die Wachen sehen, die sein Sprung auf den Leichenkarren verunsichert hatte. Sie standen hin- und hergerissen da und fragten sich, ob das Risiko, einen Verbrecher zu verfolgen, der mit Pestopfern Kontakt gehabt hatte, zu groß sei.

Maria beschimpfte die Wachen mit schriller Stimme:

»Es ist Eure *Pflicht*! Ihr lasst einen Mörder laufen, um Eure eigene Haut zu retten!«

Das Leben auf der Straße stand vollkommen still, und alle beobachteten die seltsame Szene. Marias lautes Rufen und die Anwesenheit der Wachen ließen ein Drama vermuten. Einige Leute hatten mittlerweile Charlie entdeckt, der auf dem Leichenhaufen stand, und starrten ihn mit offenen Mündern an.

Er ignorierte die Blicke und machte sich bereit, vom Karren zu springen. Während er von dem Leichenhaufen auf die gepflasterte Straße sprang, schob sich eine der Leichen unter ihm so zur Seite, dass er schief aufkam. Er fühlte, wie etwas in seinem Knöchel nachgab, und probierte vorsichtig, aufzutreten. Es tat weh und würde ihn langsamer machen, aber er konnte immer noch rennen. Die Wachen kamen ihm jetzt langsam entgegen. Sie versuchten, einen weiten Bogen um den Leichenkarren zu machen.

»Ich weiß nicht, wie das Symbol dorthin gekommen ist, und ich habe mit dem Verbrechen nichts zu tun!«, rief er, biss dann die Zähne zusammen und machte ein paar Schritte mit seinem verstauchten Knöchel.

Als die Wachen sahen, dass er sich vom Leichenkarren entfernte, fingen sie an zu rennen.

Einen Augenblick lang sah Charlie Marias Gesicht. Es sah verhärmt und traurig aus. Dann drehte er sich um und floh so schnell, wie es sein verletzter Fuß erlaubte. Am Ende der gepflasterten Straße bog er in Richtung Osten ab. Der Schmerz in seinem Fuß pulsierte in heißen Stößen.

»Halt! Haltet den Mann!«, hörte er die Wachen rufen.

Die Brücke von Holbourne erschien verschwommen ruckelnd in seinem Blickfeld, und er versuchte, seine Gedanken von seinen Schmerzen abzulenken und sich auf seine Fluchtmöglichkeiten zu konzentrieren.

Die Brücke verband den neueren Stadtteil von London mit der mittelalterlichen Stadt auf der anderen Seite des Flusses Fleet. Wenn er auf die Innenseite der London Wall, der uralten Stadtmauer, gelangen würde, könnte er in dem Gewirr der Hintergassen verschwinden. Aber dafür musste er durch ein Stadttor – entweder New Gate oder Alders Gate.

Blitzartig entschied er sich für Alders Gate, das war zwar weiter weg, aber es würde dort für ihn leichter sein, abzutauchen.

Er sprintete darauf zu und hoffte, dass der Verkehr auf der Charterhouse Street dicht sein würde. Er war darin geübt, sich rennend zwischen Wagen und Reitern hindurchzuschlängeln, wodurch er mehr Abstand zu den Wachen gewinnen könnte.

Als die Straße jedoch in Sicht kam, sah er, dass viel weniger Verkehr herrschte als sonst. Die Pest hatte das Chaos aus Karren und Vieh dezimiert, das normalerweise auf dem Weg zum nahe gelegenen Smithfield herrschte. Ein kurzer Blick über die Schulter sagte ihm, dass die zwei Wachen aufholten. Beide waren in dicke, wollene Wamse gehüllt und trugen Lederschuhe und Filzhüte. Der Jüngere schien die Anstrengung schon zu spüren. Sein Schwert schlug ungeschickt gegen seine Beine. Aber der Ältere raste auf kräftigen Beinen über das Kopfsteinpflaster hinweg.

Sein hartnäckigerer Verfolger kam immer näher und auf der leeren Straße verlor Charlie mit seinem verletzten Fuß an Vorsprung. Charterhouse Street erschien ihm auf einmal unendlich lang.

Vor ihm hatten drei Bauern die Straße komplett mit einer riesigen Gänseschar blockiert, die sie durch die Duck Lane in die Stadt trieben. Charlie wurde langsamer. Hinter ihm zog der Wachmann sein Schwert und drehte es geübt in der Hand. Er richtete den schweren Griff vorwärts, um das Schwert wie einen Knüppel niederschmettern zu lassen. Er war so geübt in dieser Geste, dass er dabei noch nicht einmal langsamer wurde. Offensichtlich war er geneigt, zuerst Schädel zu zertrümmern und dann die entsprechenden Fragen zu stellen.

Charlie kniff den Mund entschlossen zusammen und rannte geradewegs auf die Gänseschar zu. Die Treiber drehten sich um, erst alarmiert und dann empört, während die Vögel aufgeregt schnatternd und flatternd die Luft mit einer Explosion aus Daunenfedern und schlagenden Flügeln füllten.

Charlie sah aus den Augenwinkeln, wie die wütenden Bauern versuchten, die Gänseschar wieder unter Kontrolle zu bekommen. Dann ließ er die Gänse hinter sich und vor ihm wurden die wuchtigen Türme von Alders Gate sichtbar.

Wenn er es schaffte, hindurchzukommen, wäre er in Sicherheit. Sobald er auf der anderen Seite des Tors sein würde, könnte er einfach verschwinden und seinen nächsten Schritt planen. Das Tor lag an einer Holzbrücke, die über Buschland führte, wo früher einmal ein Stadtgraben gewesen war, und es so mit der Innenstadt verband.

Zu spät erkannte er seinen Fehler. Wegen der Pest war Alders Gate nun bewacht. Und da es im Gegensatz zu New Gate, das ein Fallrost hatte, aus zwei Holztüren bestand, konnte es viel schneller geschlossen als das Fallgitter heruntergelassen werden. Vor dem Tor drängten sich die Leute, aber Charlie konnte einen schläfrig aussehenden Wachposten dahinter erkennen.

Er hörte einen Schrei hinter sich.

»Schließt das Tor!«

Der ehemalige Soldat hatte sich durch die wuselnden Gänse gekämpft.

Der zusammengesunkene Wachposten, der den Eingang zum Alders Gate bewachte, setzte sich gerade hin und starrte.

»Schließt es!«

Als er die Uniform des Mannes aus Newgate erkannte, senkte der Wachposten seine Pike und verschwand hinter dem Eingang. Die riesigen Türen begannen sich zu schließen.

Charlie wurde langsamer, während sein Gehirn nach einem Ausweg suchte, aber keinen fand.

»Passt auf!«, rief eine andere Stimme. Es war die jüngere Wache, die jetzt aufgeholt hatte und ohne Hut, nach Atem ringend dastand. »Er könnte die Pest haben!«

Sein Kollege drehte sich ungläubig zu ihm um, aber es war zu spät. Aus der Menge, die gedrängt vor dem Alders Gate stand, hörte man Schreie und ein Raunen. Dann brach das Chaos los, als alle versuchten, von der Brücke zu entkommen. Der Wachposten, der dabei gewesen war, das Tor zu schließen, ließ seine Pike fallen und rannte rückwärts in die Innenstadt hinein.

Charlie sprintete zum Durchgang. Verängstigte Bürger warfen sich in die Büsche unterhalb der Brücke, während er an ihnen vorbeirannte. Mit einem Knurren hatte der ehemalige Soldat seinem jüngeren Begleiter einen Stoß versetzt und rannte Charlie hinterher. Aber der hatte es bereits durch die Stadtmauer geschafft.

Als seine Füße den weichen Lehmboden der Altstadt betraten, umschloss ihn das Elend, aber gleichzeitig machte sich ein Gefühl von Sicherheit in ihm breit. Der Osten der Stadt hatte sich sichtlich verändert. Als er zuletzt hier gewesen war, hatte die Pest gerade angefangen, sich in Windeseile auszubreiten. Jetzt war es ein Königreich der Diebe.

In Cheapside gab es immer noch Adlige, die sich auf Sänften tragen ließen, anstatt ihr Schuhwerk auf den matschigen Straßen der Stadt zu ruinieren. Aber Fußgänger waren nicht zu sehen. Stände, die einst gebrauchte Kleidung verkauft hatten, waren davongefegt worden. An ihrer Stelle standen Verkäufer von Pest-Schutzmitteln. Phiolen mit Pest-Wasser, geräucherte Knoblauchzehen, Blumengebinde und Gesichtsmasken machten den trägen Handel aus.

Normale Familien waren geflohen. Die einzigen Häuser, in denen noch jemand wohnte, waren die der Wahrsager oder Astrologen, die ihre Türen für die Öffentlichkeit geöffnet hatten. Überall waren gemalte Abbilder von Merlins Kopf zu sehen. Und die Unheil verkündenden roten Zeichen. Pest-Kreuze. Die Seuche war überall.

Charlie stand einen Moment lang da und nahm die Veränderungen mit offenem Mund zur Kenntnis. Dann sah er im Augenwinkel das, was er gesucht hatte. Eine ihm bekannte Sänfte wand sich durch den Verkehr. Mit einem kurzen Blick hinter sich rannte er auf sie zu.

Kapitel 11

Das riesige königliche Schlafgemach war nur der Bezeichnung nach traditionell. Tatsächlich erlaubte es Seiner Majestät, in bequemer Umgebung Hof zu halten, während er ein anderes Zimmer zum Schlafen benutzte.

Keiner der ehemaligen Monarchen hatte Schlafmöbel verwendet, aber die Gepflogenheiten des neu eingesetzten Monarchen hatten es notwendig gemacht. Das Bett selber bestand aus einer beeindruckenden Ansammlung königsblauer Seide, die in ein gewaltiges Konstrukt aus geschnitzter Eiche mündete, das bis zu der herabhängenden Decke emporragte und über dem Bett in einer Fülle aus mit Goldfäden gewirkten Quasten endete.

Der Raum war mit Kissen und Sofas im gleichen Stoff dekoriert worden sowie mit Kilometern kostbarer Teppiche. Es war so viel Goldblatt verwendet worden, dass man damit eine Bibliothek hätte füllen können, und so viel Eichenholz, dass das Zimmer einem kleinen Wald glich. Alles funkelte und glitzerte, als das Sonnenlicht durch die riesigen Fenster aus echtem Glas schien.

König Charles II., Herrscher über England, Schottland und Irland, starrte auf den Boden, dem Morgenlicht entgegen. Wenn er seine Augen nach unten richtete, war sein Kater leichter zu ertragen.

Vom anderen Ende des Raums hörte man Amesburys sägendes Schnarchen. Der Kriegsgeneral war zwar etwa zehn Jahre älter als der dreißigjährige König, aber durch die gemeinsame Liebe zum Trinken war eine Kameradschaft zwischen ihnen entstanden.

Charles versuchte vorsichtig, die dunklen Tiefen in seinem pochenden Kopf zu ergründen. Gestern Nacht hatten sie diesen amtlichen Raum in eine Oase des Trinkens und Singens verwandelt. Er hatte nicht damit gerechnet, dass er heute Morgen von hier aus Politik würde betreiben müssen.

Irgendwo in einiger Entfernung hörte er eine Tür zuschlagen und er fragte sich, was die Diener wohl von ihrem neuen Herrscher halten mochten. Vermutlich kümmerten sie sich gerade um die Königin, die eine Frühaufsteherin war, da sie in einem Kloster in Portugal aufgewachsen war.

Er hörte Schritte, woraufhin zwei Paar Schuhe in sein Sichtfeld traten. Das eine Paar war praktisch, schwarz und in einfachen Formen aus dickem Leder gefertigt. Das andere war blau, mit Goldfäden bestickt und mit breiten Schleifen aus silberner Seide zugeschnürt.

Charles ließ die Informationen sacken. Das Paar mit den Schleifen gehörte dem Bürgermeister von London. Was hieß, dass das einfache Paar seinem überarbeiteten Berater, Mr Blackstone, gehören musste.

Charles bereitete sich in Gedanken auf sie vor, während er seine Augen hob, um seine Gäste anzusehen. Er zuckte zusammen, da diese Bewegung schmerzhafte Stiche auslöste.

»Meine Herren.«

Er lächelte schwach.

Die beiden Männer verbeugten sich. Blackstone war eindeutig der Fettere von beiden, aber er trug seine Masse mit männlicher Selbstsicherheit unter seiner eleganten schwarzen Amtstracht. Bürgermeister Lawrences rundliches Aussehen hatte etwas Weibliches und zeigte sich in einem Doppelkinn und in vorsichtig hervorstehenden kleinen Brüsten unter der aufwendigen Goldstickerei und den Knöpfen seines Anzugs.

»Wie kann ich Euch helfen?«, fragte Charles.

»Wir befürchten, Eure Majestät, dass sich mal wieder ein Sentiment ausbreitet«, sagte Mr Blackstone, der seine Worte vorsichtig gewählt hatte.

Charles massierte seinen Kopf und ließ seinen Blick durch den Raum schweifen. Zu seiner Erleichterung schien es, als habe nur Amesbury letzte Nacht hier geschlafen.

»Wein.«

Charles streckte seinen Arm aus.

Der volltönende Klang einer Flasche, die entkorkt wurde, war zu hören. Darauf das Glucksen von Flüssigkeit. Und dann wurde ein Kelch in die beringte Hand geschoben. Charles nahm dankbar einen Schluck. Amesburys Schnarchen hallte immer noch durch den Raum.

»Was meint Ihr mit ›wieder‹?«, fragte Charles, der seine dunklen Augenbrauen hob, um seine Gäste besser betrachten zu können.

»Wir hatten große Probleme mit Hexen während Eures Exils«, sagte Bürgermeister Lawrence, der es immer wieder fertigbrachte, Blackstones vorsichtiges Taktieren zu untergraben. »Es war eine Zeit der Dunkelheit für das Land. Cromwell hatte die Macht von Eurem Vater, dem König, an sich gerissen. Er sagte den Leuten, sie müssten der strikten puritanischen Religion gehorchen. Aber viele weigerten sich. Und ein paar übel gesinnte Leute kehrten zu den … alten Traditionen zurück.«

»Welche alten Traditionen?«

»Teufelsanbetung und Hexerei«, antwortete Lawrence. »Es gab Morde und Opferungen, und Dissidenten erhoben sich. Cromwell schlug sie mit brutalen Mitteln nieder. Nur wenige

Wochen vor seinem Tod erhängte er zwanzig Männer als Hexer. Und seitdem Ihr zurück seid, haben wir keine derartigen Probleme gehabt.«

Charles bemerkte etwas Klebriges in seinen langen schwarzen Locken neben seinem Ohr. Er erinnerte sich daran, dass sie kurz vor Morgengrauen süßen Likör bestellt hatten.

Der König zog den Blick des ihm am nächsten stehenden Dieners auf sich.

»Schenk diesen Herren Wein ein. Wir haben einen sehr guten Burgunder. Oder einen Bordeaux, wenn sie den vorziehen.« Er hielt einen Moment inne, um zu überlegen, ob er hungrig war. »Was haben die Köche vorbereitet?«, entschied er zu fragen.

»Es gibt Fasan in Rotwein mit Speckstreifen«, antwortete der Diener. »Der ist sehr gut. Es gibt Kaninchen mit Chicorée, das die Königin hat kommen lassen. Die Köche rösten Rind auf dem Spieß, innen weich, wie Ihr es mögt, mit französischen Kräutern, und es gibt Brathuhn oder einen frischen Steinbutt mit Zitrone, falls Ihr etwas Leichteres wünscht.«

Charles schüttelte den Kopf.

»Ist noch etwas von der Suppe vom gestrigen Abend übrig? Von der Bohnensuppe?«

»Ich glaube schon, Majestät.«

»Ich werde ein bisschen davon nehmen«, sagte Charles. »Und ein paar Scheiben Rind werde ich wohl auch vertragen können«, fügte er hinzu. »Möchten die Herren etwas essen?«

Blackstone und der Bürgermeister schüttelten den Kopf.

»Also Ihr befürchtet, die Hexen seien zurück?«, fragte Charles und versuchte, sich auf seine Pflicht zu konzentrieren. Irgendwo hinter seinem Kater verspürte er einen Funken Besorgnis. Er trank seinen Becher aus. Wie gerufen trat ein Diener vor und füllte ihn mit Wein auf.

»Es gab einen Mord in der Stadt«, sagte Lawrence. »Es sieht so aus, als wäre er eine Art Opferung gewesen.«

König Charles nahm einen großen Schluck Bordeaux. Lautes Schnarchen durchsägte seine Gedankengänge.

»Herrgott noch mal, kann irgendjemand Amesbury wecken!«, sagte er und stützte plötzlich den von Schmerzen geplagten Kopf in die Hände. »Hier kann doch keiner denken bei dem Getöse!«

Ein Diener trat den schlummernden Amesbury auf respektlose Art und Weise. Der in Militäruniform gekleidete Körper rollte auf die andere Seite und hörte auf zu schnarchen.

»Was für eine Opferung?«, fragte Charles.

»Das Opferritual einer Hexe, Majestät«, erklärte Lawrence. »Die Leiche war komplett mit Weißdorn bedeckt und auf den Körper sind Worte und ein Symbol gemalt worden. Als ob ein Zauber gewirkt worden wäre«, fügte er hinzu.

Charles dachte darüber nach.

»Wie lauteten die Worte?«

»Sie lauteten: ›Er kehrt zurück.‹«, sagte Lawrence.

Die drei Männer waren einen Augenblick lang still.

»Was, glaubt Ihr, ist damit gemeint?«, fragte der König endlich. Er blickte Blackstone an, den er für den Intelligenteren der beiden hielt. Der Bürgermeister öffnete den Mund, aber der König hob einen Finger und deutete auf Blackstone.

»Wir …, wir wissen nicht, was es bedeutet«, sagte Blackstone, während er einen kleinen Schritt nach vorne machte. »Natürlich befürchten wir, dass es mit Eurer Rückkehr auf den Thron zu tun hat.«

Blackstone hielt einen Moment inne.

»Und was sollte man dagegen tun?«

»Wir halten es für weise, den Mörder schnell zu fangen und ihn auf grausame Weise hinrichten zu lassen«, erwiderte Blackstone. »Die Leute … können leicht beeinflusst werden. Es wäre unklug, diesen Mord nicht zu bestrafen. Es könnte sein, dass noch mehr Hexen zum Vorschein kämen.«

Bürgermeister Lawrence wollte noch etwas sagen, aber in dem Moment schloss sich die riesige Tür mit einem Knall und sein Unterkiefer klappte herunter. Louise Keroulle, die Konkubine des Königs, schritt durch den Raum. Abgesehen von den Blumen in ihrem lockigen, kastanienbraunen Haar war sie völlig nackt.

Blackstone lief dunkelrot an. Sein Blick senkte sich und seine Augen folgten krampfhaft dem Kreismuster des nächsten persischen Teppichs. Louise beachtete die beiden Amtsträger kaum und machte es sich auf Charles Schoß bequem. Blackstone warf dem Bürgermeister einen verstohlenen Seitenblick zu. Das normalerweise überhebliche Gesicht war wie erstarrt und sein Mund stand einen Spalt weit offen.

»Und Ihr wisst, wer der Mörder ist?«, fragte Charles und versuchte, seinen Kopf hinter Louises nacktem Torso hervorzustrecken. »Die Hexe, die die Tat begangen hat?«

Blackstone blickte so weit auf, bis er sah, wie die königlichen Hände Louises nackte Haut streichelten. Er senkte seine Augen schnell wieder und wartete darauf, dass der Bürgermeister die Frage beantwortete. Eine unangenehme Stille machte sich breit. Blackstone räusperte sich. Der Bürgermeister, das wusste er, würde seine Offenheit nicht zu schätzen wissen. Aber was getan werden musste, musste getan werden. Lawrence fand die Worte nicht.

»Wir denken, dass wir den Mann kennen«, erwiderte Blackstone. »Die Tat könnte von einem Gemeinen begangen worden sein. Er arbeitet als Diebesfänger. Das sind Leute, die Aufgaben übernehmen, für die die Wachen zu alt sind«, sagte er erklärend.

Der König zuckte mit den Schultern, sodass Louise beinahe von seinem Schoß gefallen wäre. Sie versuchte, ihr Gleichgewicht wiederzufinden, richtete sich schamlos mit einer Hand zwischen seinen Beinen auf und begann dann angeregt, seine

Lenden zu massieren, als wäre das von Anfang an ihr Plan gewesen. Charles schien das kaum zu bemerken. Dann schob er geistesabwesend seine Hand zu ihrem Nippel hoch.

»Nun gut«, sagte er endlich, »tut, was Ihr tun müsst, um ihn zu finden.«

»Wir brauchen Männer, um ihn zu fassen«, sagte Lawrence, der plötzlich aus seiner Trance erwachte, beleidigt, dass er ignoriert worden war.

»Dann nehmt meine Garde. Mr Chaffinch im Palast wird Euch so viele Männer geben, wie Ihr braucht. Sagt allen Torwächtern Bescheid und lasst die Beschreibung dieses Diebesfängers an allen Pest-Kontrollpunkten verteilen. Um durch die Stadt zu kommen, muss er ein Zertifikat mit seinem Namen haben. Findet diesen Mann. Wenn er schuldig ist, werden wir ihn als Hexer erhängen. Ein Beispiel setzen.«

Bürgermeister Lawrence verbeugte sich dankbar.

»Sicherlich erwartet man nicht, dass Ihr Euch um jedes Bagatelldelikt in der Stadt kümmert«, meinte Louise mit ihrem starken französischen Akzent. »Das ist die Aufgabe der Königlichen Garde.«

»Ah«, sagte Charles mit einem angedeuteten Lächeln, »aber meiner Garde ist es nicht gestattet, sich in der Stadt aufzuhalten. Die Leute befürchten, ich würde zum Diktator werden wie mein Vater, und sie haben nicht den Mumm dazu, noch einen König zu köpfen. Nicht seit den Brutalitäten des Bürgerkriegs.«

Er zuckte erneut kurz mit den Schultern, aber dieses Mal war Louise darauf vorbereitet, indem sie ihre Hände in seinem Leinenhemd verankerte.

»Wo ist mein Bruder?«, fragte Louise. »Er sollte hier sein, um Euch zu beraten.«

Blackstone und der Bürgermeister wechselten Blicke. Louise hatte ihren bleichgesichtigen Bruder mit an den Hof gebracht. Gerüchten zufolge wollte sie, dass George Keroulle ein königliches Amt übernahm. Als er jünger war, hatte George für König Charles I. gekämpft. Nun war er dazu verurteilt, sich am Hofe durch seine jüngere Schwester anzubiedern, und stand unter dem Verdacht, ein Spitzel zu sein.

»Könnt Ihr Euch sicher sein, dass dieser Diebesfänger der richtige Mann ist?«, fragte der König und ignorierte sie.

»Wir haben triftige Gründe, es anzunehmen«, antwortete der Bürgermeister. »Er trägt dieses Symbol.«

Mit einer überschwänglichen Geste zog Bürgermeister Lawrence ein Stück Papier heraus und hielt es hoch. Eine Krone und Knoten tanzten vor den schlaffen Augenlidern des Königs hin und her. Er starrte einen Moment lang darauf und sah dann Lawrence fragend an.

»Das gleiche Zeichen war auf der Leiche eingebrannt«, fasste der Bürgermeister zusammen.

Der König runzelte die Stirn und hob dann eine Augenbraue.

»Das ist der einzige Grund dafür, dass Ihr glaubt, dieser Mann sei ein Mörder?«

Blackstone machte einen kleinen Schritt vorwärts und räusperte sich respektvoll.

»Es ist eine politische Angelegenheit«, gab er zu. »Die Leute müssen sehen, dass wir Hexen aktiv bekämpfen. Dass der Diebesfänger das Mordsymbol trägt, wird genug sein, um die Öffentlichkeit zu überzeugen.«

»Wenn wir diesen Mann verhaften, wird das dem Pöbel beweisen, dass wir hart und gnadenlos gegen Unruhestifter vorgehen«, fügte Bürgermeister Lawrence hinzu. »Es ist wichtig, Majestät, zum Schutz Eurer ruhmreichen Herrschaft gegen gottlose Faktionen, die Euch übelwollen.« Er fügte nicht hinzu, was sie alle wussten. Dass andersdenkende Gruppen in ganz London zu finden waren. Die kleinste Unruhe könnte sie zusammenschweißen, um sich gemeinsam gegen den neuen König zu erheben.

Charles dachte einige Minuten nach.

»Dann tut, was Ihr tun müsst«, sagte er endlich. »So. Gibt es noch irgendetwas, bei dem ich Euch helfen kann?« Louise schnaufte genervt und der König lachte. »Vergebt mir«, fügte er hinzu. »Ich bin nicht zum König erzogen worden. Louise erinnert mich daran, dass ich mich nicht erniedrigen sollte, Höflichkeiten auszutauschen.«

Bürgermeister Lawrence nickte kurz.

»Die Pest überrollt uns. Wir haben nicht mehr genügend Gruben für die Leichen. Sie häufen sich und verrotten auf den Straßen.«

Louise kräuselte ihre Nase.

»Versteht Ihr jetzt, warum wir die Stadt verlassen müssen?«, zischte sie.

»In Shoreditch und Moor Fields gibt es Gemeindeland«, fuhr Lawrence fort. »Bauern halten dort ein paar Schweine oder Kühe oder pflanzen Nussbäume. Die Ländereien sind durch das Gesetz geschützt. Wir würden gerne die Erlaubnis bekommen, sie aufzugraben.«

Der König nickte.

»Gewährt.« Er dachte einen Augenblick lang nach. »Ich werde Amesbury schicken, um Euch dabei zu helfen, es in die Wege zu leiten«, fügte er hinzu.

Blackstone hob seine Augenbrauen. Amesbury war allgemein als ein herausragender General bekannt, hatte aber keinen Funken von Moral. Er wählte immer die Seite, die am meisten bezahlte. Und egal, welche Armee er anführte, er gewann. Seit Charles zurück war, hatten ihm seine Kriegstalente den Posten eines vertrauten Beraters eingebracht. Aber wie viele andere Londoner auch, zweifelte Blackstone an seiner Integrität.

Louise lehnte sich vor und flüsterte etwas in das königliche Ohr. König Charles seufzte und gab Blackstone und dem Bürgermeister ein Handzeichen, dass sie gehen sollten. Dann drehte er sich seiner französischen Geliebten mit einem schwachen Lächeln zu.

»Bitte nehmt einen Teller Fasan mit auf Eurem Weg an der Küche vorbei!«, rief er den sich zurückziehenden Amtsmännern zu. »Louise hat ihren eigenen Koch aus Versailles mitgebracht, er bereitet ihn auf französische Art zu. Er ist exzellent!«

*

Blackstone und der Bürgermeister verließen in Gedanken versunken den Palast.

»Habt Ihr die Nippel der Hure gesehen?«, fragte der Bürgermeister, als sie durch die Palasttore in das matschige Londoner Chaos zurück traten. »Sie hat sie mit Rouge gefärbt. Es sah sehr unnatürlich aus.«

Blackstone hatte jedoch andere Dinge im Kopf. Als Bürgermeister Lawrences Berater hatte er gelernt zu schweigen. Aber dank seines Schweigens war er ein guter Beobachter geworden. Und er hatte gesehen, was Lawrence übersehen hatte.

Das Symbol der Krone mit den Knoten und der Schlaufe.

Er hatte etwas im Gesicht Seiner Majestät gesehen, als sie ihm das Symbol gezeigt hatten. Charles wusste, was es bedeutete.

Kapitel 12

Charlie saß in der mit Samt ausgekleideten Sänfte, seufzte vor Erleichterung und beugte sich zu dem Sichtloch vor. Die Wachen kamen gerade erst durch das Alders Gate hindurch und konnten ihn nicht sehen, da er in der Sänfte verborgen saß. Aber es würde nicht lange dauern, bis sie Fragen stellen würden und jemand sein Versteck verraten würde.

»Kannst du mich zu den Bärengräben bringen, Marcus? Und darauf achten, dass wir nicht verfolgt werden?«

Die bernsteinfarbenen Augen des Sänftenträgers weiteten sich. »Zu den Bärengräben?«

»Ich kann nicht riskieren, dass wir belauscht werden.«

»Du wirst zahlen müssen, wenn ich von Banditen überfallen werde.«

Die Sänfte hob sich und machte sich zügig mit einer Reihe von schwindelerregenden Kurven und angetäuschten Abbiegungen auf den Weg durch das Labyrinth aus Hintergassen.

Die Sänfte hielt direkt neben einem Graben an, in dem eine Bärenhatz vorbereitet wurde. Charlie stieg unauffällig aus und mischte sich dankbar in das Gedränge der Männer, die ihre Wetten ausriefen. Einen Augenblick später erschien der Sänftenträger neben ihm. Durch seine kurze Arbeitskleidung war zu erkennen, dass er, anders als andere Sänftenträger, keine verschorften Beine und kaputten Arme hatte.

Marc-Anthony, der unter seinen Freunden als Marcus bekannt war, betrieb ein ausgeklügeltes Schmugglergeschäft, dessen Waren er mit Sänften durch London transportierte. Denn anders als größere Wagen wurden Sänften nicht durchsucht. Seine glänzenden braunen Locken, strahlende Haut und kräftigen Gliedmaßen zeugten davon, dass er weit mehr als das Hundertfache dessen verdiente, was die meisten anderen Sänftenträger einnahmen.

»Probleme, Charlie?«

Charlie nickte, während er den struppigen Bären, der an einem Holzpfahl angekettet war, betrachtete. Die Wärter brachten gerade die Hunde in die ungepflegte Arena, deren Boden aus Lehm bestand. Sie fletschten beim Anblick des Bären die Zähne. Aus der aufgeregten Menge waren Rufe zu hören.

»Haben dich die Wachen mit den Fälschungen erwischt?«

Charlie hatte ganz vergessen, dass er noch vor einer Stunde Marc-Anthonys gefälschte Gesundheitszertifikate verkauft hatte.

Normalerweise handelte der Schmuggler mit Tabak, Wein, Spitze und Seide, die er an der Tower Bridge vorbeischleuste, um keine Steuern zahlen zu müssen. Aber da er ein versierter Geschäftsmann war, hatte er geschickt auf gefälschte Gesundheitszertifikate umgestellt, als die Nachfrage sprunghaft angestiegen war.

Charlie schüttelte den Kopf.

»Es hat nichts mit den Zertifikaten zu tun. Ich werde gesucht, Marcus, weil ich einen Mord begangen haben soll, mit dem ich nichts zu tun habe.«

Marc-Anthonys bernsteinfarbene Augen wurden größer.

»Du stehst unter Mordverdacht?«

Charlie nickte schnell und fasste die Ereignisse des Morgens zusammen.

Marc-Anthony pfiff erstaunt.

»Gerade du«, sagte er nach einer kurzen Pause, »der noch nicht einmal an Hexerei glaubt.«

»Die Wachen von Newgate kennen mein Gesicht«, fuhr Charlie fort und quittierte Marc-Anthonys Bemerkung mit einem schiefen Lächeln. »Und das Mädchen hat Geld. Mich würde es nicht wundern, wenn sie jeden geldgierigen Banditen der Stadt bezahlt hat, um mich zu fangen.«

»Eure Wetten! Eure Wetten! Eure Wetten!«

Der Bärenwärter streckte seine Hand aus, um den Wetteinsatz von einem Penny einzusammeln, den sie bezahlen mussten, um bleiben und zuschauen zu dürfen.

Charlie hielt seine Hand hoch und gab dem Mann zwei Pence.

»Für den Bären«, sagte er.

Marc-Anthony hob eine Augenbraue.

»Ich möchte keine Aufmerksamkeit auf mich ziehen, indem ich gewinne«, erklärte Charlie.

Der Buchmacher nahm das Geld mit geübter Sicherheit entgegen und hob eine Hand, um den Wärtern zu signalisieren, dass die Hunde losgelassen werden konnten.

»Und was wirst du jetzt tun?«, fragte Marc-Anthony, der wegen der lauten Rufe um sie herum seine Stimme erhoben hatte. »Du kannst nicht weiter nach Osten gehen. Die Pest ist schlimm hier, aber weiter drinnen ist es der reine Horror. Die Straßen sind leer gefegt und die einzigen Laute sind die Schreie und das Stöhnen der Sterbenden. Sobald ich kann, werde ich den Fluss hochsegeln«, fügte er hinzu. »Ich plane, auf meinem Großsegler, der auf der Themse vor Anker liegt, zu warten, bis die Pest vorbei ist.«

Marc-Anthony war der typische Stadtmensch, weswegen Charlie immer wieder vergaß, dass er tatsächlich ein Häuschen in dem kleinen Dörfchen Greenwich besaß. Er fuhr einmal die Woche mit dem Ruderboot durch die Feuchtgebiete bei Deptford Creek in die Stadt hinein.

Charlie schüttelte den Kopf.

»Ich muss meinen Namen reinwaschen, Marcus. Ich habe keine Lust, mich den Rest meines Lebens vor meinem eigenen Schatten zu fürchten, weil ich Angst habe, am Galgenplatz in Tyburn ausgeweidet zu werden.«

Ein leises Knurren war zu hören. Vier Hunde waren von den Ketten gelassen worden und umkreisten den Bären mit gefletschten Zähnen.

»Ist es möglich, deine Unschuld zu beweisen?«

Charlie nickte.

»Ja. Wenn ich den Mörder finde. Um das zu tun, muss ich den Schmied finden. Die Leiche war gebrandmarkt. Nur ein besonders kunstfertiger Schmied kann die Brandmarke angefertigt haben. Wenn ich diesen Mann finde, werde ich einfach an Hinweise kommen, die mich zum Mörder führen werden.«

Marc-Anthony schüttelte den Kopf.

»Du kannst nicht zu den Schmieden gehen, Charlie. Hast du es noch nicht gehört? Sie haben die Stadt verlassen.«

Charlies Herz wurde schwer.

»Sind alle Schmiede weg?«

»Die gesamte Thames Street ist verriegelt«, erklärte Marc-Anthony. »Die Pest hat ein Ghetto aus ihr gemacht. Niemand darf rein- oder rausgehen, und die Schmiede sind schon lange fort.«

Charlie legte die Stirn in Falten. Er wollte nicht aufgeben.

»Es ist ein Hexenopfer,« sagte er laut denkend. »Alles an dem Mord sah so aus, als sei er eine Opferung.«

»Neulich wurde eine Hexe aus dem Gefängnis in Wapping entlassen«, sagte Marc-Anthony in Gedanken. »In der Stadt wird viel darüber gesprochen. Vielleicht ist das deine Mörderin.«

»Vielleicht. Ich glaube, der Mord hat etwas mit dem hier zu tun.« Charlies Finger schlossen sich um den Schlüssel, der um seinen Hals hing. »Das Zeichen auf dem ermordeten Mädchen. Das Brandzeichen. Es hatte diese Form.«

»Schon, aber das könnten doch auch gute Neuigkeiten für dich sein. Es könnte eine Chance sein, herauszufinden, woher dein Schlüssel stammt.«

Charlie lachte ein wenig zu laut.

»Das ist der Stoff, aus dem die Träume kleiner Waisenjungen sind«, meinte er.

»Und doch muss dieser Schlüssel etwas öffnen«, sagte Marc-Anthony.

Charlie schaute weg. Als Junge hatte er gedacht, seine Mutter hätte ihm den Schlüssel gegeben, um ihn eines Tages wiederzufinden. Frauen hinterließen alle Arten von Objekten in der Hoffnung, ihre Kleinen zurückzuholen, sobald sie die Mittel dazu hatten. Kleine Stoffstücke, Papierschnipsel, Zeichnungen, markierte Münzen, Spielkarten, Anhänger, Schnallen und Wäscheklammern waren alle Teil dieses Potpourris.

Aber es war genauso gut möglich, dass er den Schlüssel irgendwo als kleiner Junge vor seiner Ankunft bei den Nonnen gefunden hatte. Immerhin hatte Rowan nichts. Es machte keinen Sinn, dass eine Mutter einem ihrer Kinder ein Andenken gab und dem anderen nicht.

Als er älter wurde, hatte Charlie seine eigenen Nachforschungen angestellt. Es stellte sich heraus, dass der Schlüssel eine seltsame Form hatte – er war doppelseitig, nicht wie ein englischer Schlüssel. Anstatt eines einfachen Bartes fächerte er sich wie ein Paar Flügel auf und sah für die meisten Londoner verdächtig ausländisch aus. Außerdem hatte er nicht die richtige Größe für Standardschlösser. Er war zu groß für Truhen und zu klein für Türen. Es war noch nicht einmal eindeutig, was der Schlüssel öffnete.

Wenn er ehrlich mit sich war, gab Charlie zu, insgeheim daran zu glauben, dass seine Arbeit als Diebesfänger ihm eines

Tages ein Fenster in seine Vergangenheit öffnen könnte. Eine Tatsache, die Marc-Anthony wie nur die Wenigsten bemerkte.

»Ich könnte Rowan fragen«, entschied Charlie.

Sein Bruder kannte sich nur zu gut mit den dunklen Geschäften Londons aus.

Marc-Anthony schnaubte.

»Dein Bruder? Wann hat er dir jemals geholfen, Charlie?« Er schüttelte den Kopf. »Ein Bruder fängt Diebe und der andere kommt ungestraft mit allem davon. Ist es nicht so?«

Der Bär brüllte, als der erste Hund ihn ansprang, ihn tief in die Brust biss und sich dann fallen ließ, um den fuchtelnden Pranken auszuweichen. Der Bär stellte sich auf die Hinterbeine und warf sich nach vorne, aber die Kette hielt ihn fest. Ein zweiter Hund attackierte ihn von der Seite und verpasste ihm eine blutende Wunde am Hals.

Charlie dachte einen Moment lang nach, um die Fakten zu ordnen. Es war auch eine Art von Diebstahl. Jemand hatte das Leben des Mädchens gestohlen.

Er sah den Tatort noch einmal vor Augen. Die Münzen in den Augenhöhlen strahlten ihn an. Sie waren von keiner Münze gefertigt worden, die er kannte, was seltsam war. Er dachte darüber nach und merkte sich diese Tatsache für später.

Weißdorn auf der Leiche. Der Strauch wuchs in Hecken überall in London, aber besonders in Kings Cross. Aber Weißdorn hätte in jedem Teil der Stadt gesammelt werden können.

Das Brandzeichen. Das war sein bester Hinweis gewesen. Wenn nur die Schmiede noch in London gewesen wären.

Die Menge lechzte nach Blut und feuerte sowohl den Bären als auch die Hunde mit Rufen an. Der Bär fiel zurück auf seine vier Pfoten und beäugte die Hunde mit müden Augen. Das knurrende Rudel kauerte zusammen, bis einer der Hunde endlich angriff.

Wie ein Blitz schoss die Klaue des Bären vor. Und plötzlich lagen die Eingeweide des Hundes außerhalb des Rings. Einen Augenblick später lag ein zweiter ausgeweideter Hund zu Füßen des Bären.

Die Menge grölte. Die Hunde lagen mit glasigen Augen da, aber nur ihre Besitzer kümmerte das. Alle anderen winkten und schrien.

»Ich habe gehört, deine Lynette war neulich im *Blutigen Eimer*«, sagte Marc-Anthony, während er Charlies Gesicht aufmerksam beobachtete. »Du könntest sie um Hilfe bitten. Sie könnte dich zumindest verstecken.«

»Sie ist nicht meine Lynette.«

Marc-Anthony nickte taktvoll.

»Ihr seid euch also einig? Zu sagen, dass eure Hochzeit nie stattgefunden hat?«

Charlie nickte.

»Und sie hat zugestimmt?«

Die beiden übrig gebliebenen Hunde schienen ihre Angriffslust verloren zu haben. Eher halbherzig sprang der erste in seinen Tod. Seine Augen verdrehten sich vor Panik, als die schwere Pranke ihn zurück auf den Boden warf. Der Bär beugte sich hinunter, um den Hals des überwältigten Tieres aufzureißen, hob dann seinen blutigen Rachen und brummte warnend. Der letzte noch lebende Hund winselte und wich zurück. Die Menge jubelte.

»Es gab eine Zeit, in der wir uns geliebt haben, trotz allem«, sagte Charlie, »aber ich bin am Ende meiner Geduld angelangt.«

Charlie schoss plötzlich das Bild seiner Noch-Ehefrau in den Kopf. Ihre Augen glitzerten und sie stand im wirbelnden Zentrum eines Mahlstroms aus Streiterei und bitteren Worten.

Er bemerkte Marc-Anthonys Gesichtsausdruck und wurde etwas deutlicher.

»Natürlich habe ich noch Gefühle für sie«, meinte er. »Aber sie braucht viel Geld, um glücklich zu sein.«

»Hast du immer noch vor, eine Spielbank zu eröffnen?«

Charlie lächelte. Marcus kannte ihn gut genug, um seinen Traum ernst zu nehmen. Die meisten anderen Leute glaubten, es sei naives Wunschdenken.

»Die Pest hat mich zurückgeworfen«, gab Charlie zu. »Vielleicht habe ich in zwei Jahren genügend Geld.«

»Es wäre besser, schnell zu handeln«, bemerkte Marc-Anthony. »Sonst werden andere das billige Grundstück entdecken und ihren Vorteil nutzen.«

»Die Pest macht vor keinem Geschäft halt«, sagte Charlie mit einem Schulterzucken. Obwohl er den gleichen Gedanken gehabt hatte. »Vielleicht komme ich ja zu einem Vermögen.«

Der Schlüssel fühlte sich auf einmal warm auf seiner Haut an.

»Du warst schon immer ein Glückskind«, stimmte ihm Marc-Anthony zu.

Der Bärenwärter trat in die Arena, seine Arme triumphierend erhoben. In der Menge schnellten die Arme derer, die auf den Bären gewettet hatten, hoch. Der Buchmacher ging von einem zum anderen und ordnete die Gesichter, die er sich gemerkt hatte, den entsprechenden Gewinnen zu.

»Du nimmst den Gewinn an«, sagte Charlie. »Ich möchte heute nicht noch mehr Aufmerksamkeit auf mich ziehen.«

»Was hast du vor?«

Charlie dachte nach, was für spärliche Hinweise er außerdem noch hatte. Seiner Erfahrung nach war die beste Art, einen Mann zu finden, nicht dorthin zu gehen, wo er gewesen ist. Sondern seinen nächsten Schritt vorauszusehen und vor ihm dort zu sein.

»Was weißt du über Hexen und ihre Zauber?«, fragte er Marc-Anthony.

»Nicht viel.«

»Sie beschwören die Himmelsrichtungen, oder nicht?« Charlie zwang eine Kindheitserinnerung hervor. »›Heil den

Geistern des Nordens. Geister der Mutter und der Erde‹, geht das nicht so?«

Marc-Anthony sah ihn verwundert an.

»Das ist ein Spiel-Reim, oder nicht?«, fragte Charlie. »Die Art von Dingen, die Kinder singen.«

»Ich weiß nicht, was für Lieder im Waisenhaus gesungen wurden«, erwiderte Marc-Anthony. »Aber ich habe das als Kind nie gesungen.«

»Ich glaube, wir haben es gesungen, bevor wir in das Waisenhaus kamen«, sagte Charlie. »Hexen beschwören alle Himmelsrichtungen. Norden, Osten, Süden, Westen. So entsteht ein Zauber.«

Marc-Anthony runzelte die Stirn.

»Das ist das Machtritual der Hexen«, meinte er. »Aber es wäre seltsam, das aus dem Munde eines Kindes zu hören.« Er lachte kurz. »Bist du sicher, dass du nicht heimlich in den dunklen Künsten unterrichtet wurdest? Das würde erklären, warum es dir so leichtfällt, Bösewichte zu finden.« Charlies Gesichtsausdruck sagte ihm sofort, dass er zu weit gegangen war. »Aber du würdest vier Hexen brauchen«, fügte Marc-Anthony schnell hinzu. »Eine für jede Himmelsrichtung.«

Außer …

»Hexen verwenden Todeszauber, oder nicht?«, fragte Charlie. »Sie glauben, dass sie allmächtig sind.«

Marc-Anthony nickte.

»Deshalb sind sie so gefürchtet.«

Charlie führte sich das Bild des toten Mädchens vor Augen. Der Weißdorn. Plötzlich nahm er eine neue Bedeutung an. Weißdorn wuchs im Boden. In der Erde.

Er erinnerte sich an Marias Haus. Seine Haustür war dem Fluss abgewandt. Sie blickte nach Norden.

Ein anderer Gedanke drängte sich ihm auf. Er wusste plötzlich, was am Tatort gefehlt hatte. *Die anderen Elemente.*

Charlie hatte schon öfters Hexenzauber gesehen. Bevor Cromwell anfing, Hexen ernsthaft zu verfolgen, war es gang und gäbe, ein rituelles Zeichen in den Lehm gekratzt zu sehen, das ein Haus beschützen oder ein Fieber bekämpfen sollte. Aber heidnische Zauber repräsentierten immer alle vier Elemente. *Der Mörder hatte nur eines benutzt.*

»Ich glaube, der Mörder beschwört die Himmelsrichtungen«, sagte Charlie langsam. »Aber eine nach der anderen. Norden steht für Erde.«

»Was meinst du damit, Charlie?«

»Ich glaube, der Mörder schafft einen allmächtigen Zauber. Aber er benutzt den Tod, um die Himmelsrichtungen zu beschwören.«

Die Fakten passten nun zusammen. Und Charlie hatte eine Ahnung. Die gleiche Art von Ahnung, die er immer hatte, wenn ein Fall sich zu öffnen begann.

»Warum glaubst du das?«, fragte Marc-Anthony.

»Marias Haus in Holbourne repräsentiert den Norden, der für Erde steht«, erklärte Charlie. »Ihre Schwester war in Weißdorn gewickelt worden, der das Element repräsentiert.«

Marc-Anthony zuckte mit den Schultern.

»Das scheint ein bisschen weit hergeholt.«

Charlies Augen blitzten.

»Nenn es die Intuition eines Diebesfängers.« Er hielt einen Moment lang inne. »Außerdem«, gab er zu, »ist es die beste Theorie, die ich habe. Ich kann ja schlecht zurück zum Tatort gehen und weitere Informationen sammeln.« Charlie blickte grimmig. »Wenn ich recht habe, muss er die anderen Himmelsrichtungen ebenfalls beschwören«, sagte er. »Er würde vier Tote brauchen, um seinen Zauber zu vervollständigen. Aber was er damit heraufbeschwören will, weiß ich nicht.«

Weiße Bänder. Kerzenwachs. Er kehrt zurück.

Er drehte sich Marc-Anthony zu.

»Was kommt nach Norden für Erde? Es ist Osten, oder?«

Marc-Anthony nickte.

»Osten steht für die Luft.«

Luft. Charlie versuchte, sich vorzustellen, was man für ein solches Ritual brauchen würde.

Federn. Vögel.

»Ich werde zum Vogelmarkt gehen«, entschied Charlie. »Ich kenne dort Leute. Vielleicht kann mir einer von ihnen weiterhelfen. Vielleicht haben sie sogar Federn für Zaubersprüche verkauft, bevor es zu gefährlich wurde.«

»Dein Gesundheitszertifikat wird nicht ausreichen, um dich in diesen Teil Londons zu bringen«, warnte Marc-Anthony. »Wenn du in Regent's Park eine Fälschung vorzeigst, wirst du verhaftet werden.«

»Vielleicht prüfen sie sie nicht überall so genau«, sagte Charlie und hörte sich dabei überzeugter an als er sich fühlte.

»Aber wie wirst du zurück in den Westen kommen?«, fragte Marc-Anthony. »Jedes Stadttor wird mittlerweile bewacht. Sie werden dich verhaften, sobald du die London Wall überquerst.«

Charlie lächelte Marc-Anthony hoffnungsvoll an.

»Ich muss mir dein Boot leihen.«

Kapitel 13

Charlie ruderte vorsichtig von den Armensiedlungen in Blackfriars weg. Sie waren der einzige Ort in London, in den sich nicht einmal Söldner wagen würden. Elend und Verzweiflung waren hier so groß, dass die Einwohner für einen halben Penny einen Hals durchschneiden würden. Blackfriars war eine einzige gesetzlose Hölle, und keiner, der bei Sinnen war, überquerte die dreckigen Abfallhaufen, die sie vom Rest der Stadt abgrenzten.

Mit einem wachsamen Auge auf das Ufer gerichtet, ruderte Charlie an den öffentlichen Anlegetreppen am Strand und in Charing Cross vorbei. Die Leute aus den Armensiedlungen schwammen manchmal hinaus und stahlen Boote von Ruderern, die alleine unterwegs waren, und er konnte nicht riskieren, Marc-Anthonys Boot zu verlieren.

Die Themse war der Lebenssaft Londons. Alle Bürger brauchten Flusswasser zum Trinken, Kochen und Waschen. Aber für die Einwohner der Armenviertel war es zusätzlich ihr Geschäft.

Er dockte in Horseferry an und gab dem Fährmann einen Penny, damit er auf das Ruderboot aufpasste. Dann ging er in Richtung Norden.

*

Auf dem Vogelmarkt war es ungewöhnlich ruhig, als Charlie sich ihm näherte. Etwa die Hälfte der Stände war verlassen, und diejenigen, die noch Handel betrieben, hatten nur wenige Vögel zu verkaufen.

Er ging an einem hölzernen Käfig vorbei, in dem sich eine Handvoll zwitschernder Stare befanden. Die Vögel wurden im Hyde Park gefangen. Als er und Lynette sich ineinander verliebt hatten, hatte er ihr einen Star geschenkt, damit sie ihn zusammen freilassen konnten. Lynette hatte das Tier behalten wollen. Er hätte es damals schon wissen müssen.

Auf halber Höhe des Markts, der aus einem Lehmweg bestand, stand ein Holztisch, an dem ein offiziell aussehender Amtmann saß, der von zwei stämmigen Wachen flankiert wurde.

Charlie schluckte. Der Amtmann untersuchte jedes Gesundheitszertifikat ausführlich und verglich die Stempel miteinander. Um zu den anderen Vogelverkäufern zu kommen, musste er sein Zertifikat vorzeigen.

Charlies Hand verschwand in seinem Mantel. Hier waren die Kontrollen wesentlich gründlicher als im Osten. Der Name auf seinem Zertifikat war falsch. Er musste darauf hoffen, dass seine Beschreibung nicht an die Wachen weitergegeben worden war.

»Pst!«

Das plötzliche Geräusch ließ ihn aufhorchen. Verwirrt drehte er sich um, bis er bemerkte, woher es kam. Hinter einem Stand in der Nähe sah Charlie jemanden, den er aus dem Waisenhaus kannte. Er ging zurück und auf das bekannte Gesicht zu.

»Oliver!«

Er wollte gerade seine Hand zum Gruß heben, als sein alter Freund den Kopf schüttelte. Verwirrt ging Charlie näher heran.

»Was machst du hier, Charlie?« zischte Oliver flüsternd. »Weißt du nicht, dass du gesucht wirst?«

»Was?«

»Ganz London weiß Bescheid«, sagte Oliver.

Sein Stand war mit ein paar kümmerlichen Käfigen bestückt. Er setzte sich auf den staubigen Boden und deutete Charlie, er solle es ihm gleichtun.

»Der Bürgermeister hat persönlich Gelder beim König beantragt, um dich fangen zu lassen«, erklärte Oliver.

Charlie fühlte, wie sich sein Magen vor Angst zusammenzog.

»Sie sagen, dass du etwas mit einem Hexenmord zu tun hast«, fuhr Oliver fort. »Und sie tun alles, um solche Dinge schnell zu unterdrücken, denn du weißt ja, wie es unter Cromwell war.«

»Ich bin unschuldig«, sagte Charlie. »Du weißt doch, dass ich unschuldig bin?«

»Natürlich.« Oliver legte kurz eine Hand auf seinem Unterarm ab. »Aber deine Beschreibung wurde an jedem Kontrollpunkt der Stadt ausgeteilt.« Er schüttelte den Kopf. »Es ist ungünstig, dass du ein so guter Diebesfänger bist, Charlie. Viele kennen dein Gesicht. Und mit der Angst vor Hexen und der Pest wird keiner in der Stadt zögern, dich auszuliefern.« Oliver sah sich nervös um. »Dieser Teil der Stadt ist der schlimmste, wenn es um dunkle Gerüchte geht«, sagte er. »Die Ärzte sind hier und sie haben alle Angst. Sie sagen, es passiert etwas mit den Leichen.«

»Was meinst du?«

»Manche Leichen werden nicht dort begraben, wo sie sollten. Und einige der Ärzte sagen, es gäbe mehr Leichen als Tote. Sie glauben, etwas Dunkles hat London im Griff.«

»Oliver«, sagte Charlie leise flüsternd. »Ich versuche, meinen Namen reinzuwaschen. Deshalb bin ich gekommen, um Informationen einzuholen.« Er zögerte und dachte darüber nach, wie er seine Frage am einfachsten formulieren könnte. »Würde eine Hexe Federn für einen Zauberspruch kaufen?«, fragte er endlich, nachdem er sich für die direkteste Frage entschieden hatte.

Oliver runzelte die Stirn.

»Ein paar dumme Mädchen sind hier gewesen, um Taubenfedern und Ähnliches zu kaufen«, antwortete er. »Aber das ist schon länger her. Keine Frau sollte ihren Kragen für einen Liebeszauber riskieren.«

»Was ist … mit einem anderen Zauber?«, drängte Charlie. »Einem dunklen Zauber?«

Oliver schauderte sichtlich.

»Glaubst du, solche Dinge passieren hier in der Stadt?«

»Vielleicht«, gab Charlie zu.

»Dann würde man keine Federn vom Vogelmarkt verwenden«, antwortete Oliver bestimmt. »Man würde einen bösen Vogel benutzen. Eine Krähe oder einen Raben. Wir verkaufen solche Dinge nicht.«

Charlie fühlte, wie sich die Enttäuschung in ihm breit machte.

»Die Leute haben früher Raben gekauft, um ihre Flügel zu beschneiden und sie im Tower von London auszusetzen«, fügte er hinzu. »Man kann keinen Raben in der Stadt halten.«

»Warum nicht?«

Charlie konnte sich nicht vorstellen, warum die Vögel nicht versteckt bleiben könnten.

»Sie sind nicht wie ein Star oder eine Nachtigall, Charlie. Raben sind unglaublich laut. Wenn man sie in einen Käfig steckt, sind sie laut genug, um die Toten aufzuwecken. Und du weißt sicher, dass sie Unglück bringen. Irgendein Nachbar würde ihn hören und sich beschweren, wenn du einen halten würdest.«

Charlie dachte darüber nach.

»Du musst aufpassen, wenn du nach dunkler Magie suchst«, warnte Oliver. »Die Astrologen sagen, dass etwas Böses umgeht«, erzählte er. »Zeichen und Omen wurden gesichtet. Kometen. Diese Art von Dingen.« Er blinzelte in den sommerlichen Sonnenschein hoch. »London ist eine uralte Stadt«, fügte er hinzu. »In ihrem Bauch stecken die Knochen von Riesen, und ihre Seele ist aus alter Magie geformt. Es geht etwas Bösartiges vor mit dieser Pest, Charlie. Wir alle fühlen es. Vielleicht ist etwas Schreckliches auferstanden, als der König zurückgekehrt ist. Ein lange schlafender Dämon, der jetzt unter uns herumschleicht.«

Charlie erwog diesen Gedanken. Viele Bauern und ärmere Leute wandten sich an Hexen, um sich heilen zu lassen. Besonders jetzt. Die Pest brachte sie zum Verzweifeln.

Er dachte an Maria und ihre Landfamilie und ihre Abneigung gegen Doktoren. Vielleicht waren sie hinterwäldlerisch genug, um eine Hexe aufzusuchen.

Er fühlte, wie Oliver sich neben ihm plötzlich anspannte.

»Da sind zwei Banditen am Kontrollpunkt«, zischte er. »Und einer guckt dich direkt an.«

Charlie sah hoch. Sein Blick traf den eines bekannten Auftragsverbrechers. Und als er in seine Augen sah, wusste er, dass sie seinetwegen hier waren. Ihm rutschte das Herz in die Hose.

Jack Tanner war der brutalste und gnadenloseste Spürhund der Stadt. Innerhalb einer Sekunde wurden all die Verstecke, die er normalerweise aufgesucht hätte, nutzlos. Jack würde sie alle kennen.

Es gab nur einen Ort in der Stadt, der zu gefährlich war und wohin die Männer ihm nicht folgen würden. Charlie bekreuzigte sich, sprang auf und rannte in Richtung der Armensiedlungen von Blackfriars.

Kapitel 14

Es klopfte und Antoinette ging gehorsam die Treppe hinunter, um Thomas zu öffnen. Seit fünf Jahren zahlte er für ihr einfaches Zimmer in einem guten Stadtteil. Im Gegenzug stand sie jederzeit bereit, wenn er seine seltsamen sexuellen Gefälligkeiten einforderte.

Sie sah ihr Spiegelbild in der Scheibe neben der Tür. Das einst schöne Gesicht war dank der täglichen Dosis Londoner Lebens schnell gealtert, aber ihre Ausstrahlung war immer noch jugendlich genug, um attraktiv zu wirken.

Antoinette verkörperte ein Londoner Klischee. Sie war ursprünglich ein Landmädchen, das in die Stadt gekommen war, um eine Anstellung als Magd zu finden und stattdessen auf die List einer der vielen Londoner Bordellmütter hereingefallen war, die den Postkutschen aus den Provinzen auflauerten.

Nun wurde sie älter und gab sich – da sie es nicht geschafft hatte, sich einen Aristokraten als Schutzherrn anzulachen – mit Thomas zufrieden, einem Mann mit hinreichend, wenn nicht illusteren Mitteln.

Ihr Kleid war neu und im Stil der Lieblingsdamen des Königs am Hofe gefertigt. Thomas kam selten, weshalb sie das Gefühl hatte, dass sie ihm für jeden Besuch ein neues Kleid schuldete. Der rote Stoff sah fast wie echte Seide aus. Das Kleid wurde nach unten hin breiter, was Thomas mögen würde, denn er hob ihr Kleid während »des Akts«, wie sie es nannte, gerne über ihren Kopf.

Sie öffnete die Tür.

Zu ihrer Bestürzung war er in seinem Pest-Doktoren-Kostüm gekommen. Es war eine Angewohnheit, die er sich erst kürzlich zugelegt hatte. Und da war noch etwas. Er hatte einen krächzenden Vogel in einem Käfig bei sich. Einen Raben.

Sie schauderte und fragte sich, was er vorhatte. Sie unterdrückte ihre Abscheu und setzte ein Lächeln auf, von dem sie hoffte, dass es verführerisch wirken würde, wobei sie ihre Lippen geschlossen hielt, um ihre fleckigen Zähne zu verbergen.

»Komm hoch.«

Sie hob ihr Kleid mit einer Hand an, während sie die Kerze in der anderen hielt, und ging die Stufen hinauf. Sie hörte, wie er ihr folgte. Sie hob ihren Rock noch etwas höher, damit er ihre nackte Haut darunter aufblitzen sehen konnte, während sie die Treppe hochstieg.

Antoinette war nicht dumm. Sie wusste, dass sie etwas tun musste, um einen Mann dazu zu überreden, ihre Miete weiterhin zu zahlen. Besonders einen, der so entgegenkommend war, dass er sie nur selten besuchte. Einige ihrer Freundinnen in der Stadt wurden von jungen Männern ausgehalten, die mehrmals am Tag vorbeikamen. Für das doppelte Gehalt hatte sie ihre Zeit überwiegend für sich selbst. Abgesehen von Thomas' gelegentlicher Brutalität war es ein gutes Arrangement. Aber sie wollte nicht für immer so leben.

Ohne sein Wissen hatte sie zusätzliche Arbeit in einer Spielbank angenommen. Das verstieß eindeutig gegen die Regeln ihrer Vereinbarung. Aber bei seinem Beruf würde Thomas niemals mit den aristokratischen Glücksspielern im *Adders-Club* in Kontakt kommen. Sie war sich sicher, dass sie dort einen neuen Schutzherrn finden würde. Nur noch ein paar Monate dieses Versteckspiels und sie würde frei sein.

»Ich habe dir einen Becher mit deinem Lieblingswein gefüllt«, sagte sie, während sie ihn in ihr einziges Zimmer führte, in dem Kerzen angezündet worden waren.

Thomas grunzte als Antwort. Er stellte den Käfig mit dem Raben auf den Tisch. Antoinette schluckte. Offensichtlich hatte er es eilig. In den Wochen zwischen seinen Besuchen vergaß sie oft, was passierte, wenn er vorbeikam. Und in der letzten Zeit hatte Thomas sie mehr und mehr verängstigt.

Antoinette fasste plötzlich den Entschluss, dass dies das letzte Mal sein würde, sich dieser Tortur hinzugeben. Sie würde sich einen anderen Schutzherrn suchen, selbst, wenn er weniger zahlte und häufiger vorbeikam.

Sie nahm einen dringend benötigten Schluck Wein, ging dann zu dem Himmelbett hinüber und ließ sich dienstwillig darauf nieder.

Thomas kam näher, sodass seine schauderhafte Schnabelmaske drohend über ihr ragte, während seine blauen Augen hinter der dunklen Glasbrille zwinkerten.

Antoinette schluckte und bemühte sich zu lächeln. Etwas an dem Gesichtsausdruck hinter der Maske war anders. Wusste er, dass sie in der Spielbank arbeitete? Unmöglich, entschied sie.

»Ich habe dich vermisst«, log Antoinette, während er noch näher kam. Sie bemerkte das Blitzen von Metall. Er trug ein Schwert. »Warum hast du das mitgebracht?«

Ihre Angst ließ sie die Wörter lauter ausstoßen als geplant. Thomas war viel zu realistisch in seiner Schauspielerei. Sie würde Schnitte nicht so einfach erklären können wie blaue Flecken.

Als Antwort drehte sich Thomas zu dem Vogelkäfig um.

Kapitel 15

Charlie floh über das matschige Ufer von The Strand an Messerschleifern, Böttchern und Korkschneidern vorbei, die lärmend ihrem Handwerk nachgingen. Dann lag das verwahrloste Wirrwarr der Armenviertel von Blackfriars vor ihm.

Hinter sich hörte er, wie die beiden Männer anhielten, als sie bemerkten, wohin er lief.

»Lass ihn da drinnen verrecken«, hörte er Jack Tanner sagen, der auf den Boden spuckte. »Für eine Belohnung von einem Schilling lasse ich mich nicht von den Ratten im Elendsviertel zu Tode prügeln.«

Als ihn die dicht gedrängten, aus Holz und Stoffen zusammengezimmerten notdürftigen Unterkünfte umschlossen, deutete Charlie ein paar Links- und Rechtskurven an, bevor er tiefer in die Siedlungen hineinsprintete. Ein ungutes Gefühl schnürte seinen Magen zu. Obwohl er ein paar der Bewohner kannte, waren hier zu viele verzweifelte Menschen versammelt, als dass er den Weg alleine gehen könnte. Im restlichen London galt Charlie als arm. Aber in dieser halben Meile der Gesetzlosigkeit waren die Kleidungsstücke, die er trug, wertvoll genug, um ihn dafür zu ermorden.

Sein Plan war, geradewegs durch die Mitte zu steuern und bei St. Paul's Cathedral herauszukommen. Da sie gezwungen waren, die kurvenreiche Route an Blackfriars vorbei zu nehmen, würden Jack Tanner und sein Freund niemals vor ihm da sein können. Dann würde er Richtung Norden nach Moor Fields laufen, wo sein Bruder ihm helfen könnte, seine üblichen Informationsquellen anzuzapfen. Er wettete, dass irgendjemand irgendwo einen Pest-Doktor mit einem Raben gesehen hatte.

Am Rande der Armensiedlungen lebten die neusten Zuzügler. Sie schliefen in klapprigen Zelten aus Sackleinen und Hanf. Aber als Charlie weiter hineinlief, wurden die Unterkünfte professioneller. Provisorische Zelte wurden von seltsamen, beständigen Behausungen abgelöst, die aus dem Sperrmüll Londons gefertigt worden waren. Gebrochene Wagenräder und gestohlene Ladenschilder bildeten Wände, Schilf vom Fluss ersetzte Strohdächer, und Stöcke, auf denen gefundene Objekte aufgespießt waren, symbolisierten die Grenzen matschiger kleiner Gärten.

Die Bäume in den Armensiedlungen waren schon vor langer Zeit zu Feuerholz geschlagen worden, sodass die Feuer mit Pferdemist und feuchtem Stroh entfacht wurden. Der süße Geruch erfüllte die Luft.

Draußen vor ihren Behausungen starrten ihn verhungernde Einwohner stumm an und erkannten in ihm sofort den Außenseiter.

Er verkrampfte sich, als er plötzlich eine schnelle Bewegung wahrnahm. Aber es war nur ein Junge, der Richtung Süden zu den Gerbereien lief. Anhand der Geschwüre, die seine Beine bedeckten, erkannte Charlie ihn als Lehrling.

Es hätte auch mich erwischen können, dachte Charlie. Im Waisenhaus wurden die Kinder mit dreizehn Jahren als Lehrlinge an Betriebe abgegeben. Sein Bruder Rowan, der Liebling der Nonnen, hatte die Möglichkeit bekommen, bei einem Gemüsehändler anzufangen, war aber bald darauf entlassen worden.

Da sie nicht auch noch das Lehrlingsgeld für seinen jüngeren Bruder aufs Spiel setzen wollten, hatten die Nonnen Charlie den Ledergerbern in Bermondsey versprochen – die billigste

Stelle weit und breit. Lehrlinge dieses Handwerks arbeiteten bis zur Hüfte in einer Lösung aus ätzendem Caliumoxid und Urin, sodass ihr Fleisch sich während der Arbeit langsam von den Knochen löste. Durch die Aufträge, die er für Mutter Mitchell ausgeführt hatte, hatte er sich Grundkenntnisse in der Tischlerei und in der Hausarbeit angeeignet, allerdings nicht genug, um seinen Lebensunterhalt damit zu verdienen. Da er keine andere Alternative hatte, außer betteln zu gehen, hatte Charlie seinem ersten Tag in der Gerberei ängstlich entgegengeblickt.

Zu seiner großen Überraschung war Mutter Mitchell einen Tag, bevor er in Bermondsey anfangen sollte, im Waisenhaus aufgetaucht. Die Nonnen hatten mit heruntergeklappten Kinnladen dagestanden, als sie wie ein großer exotischer Vogel hereinschwebte, ihr Gesicht mit schreienden Farben bemalt. Der Saum ihres feinen Seidenkleids hatte den Boden in einem Umkreis von sechs Fuß saubergefegt. Sie hatte die Augen wegen des ungewohnten Sonnenlichts zusammengekniffen und trotzdem strahlte der Blick, mit dem sie die mürrischen Nonnen bedachte, reichlich Verachtung aus.

Der Junge, hatte sie gesagt, *wird nicht in einer stinkenden Pissegrube arbeiten. Egal, wie hoch das Lehrlingsgeld ist, ich werde es zahlen. Er kann etwas schreiben und musizieren und ist schlau genug, um einen besseren Arbeitsplatz zu verdienen.*

Die Waisenkinder hatten sich dicht um sie gedrängt und waren von dem Drama, das sich hier abspielte, wie hypnotisiert. Schwester Agnes, der herrschende Schrecken des Waisenhauses, hatte ihre Lippen derart heftig zusammengepresst, dass sie sich in zwei bleiche Linien der Empörung verwandelten. Ihre Antwort war ein leises Zischen gewesen:

Wir nehmen kein Geld, das mit Sünden verdient wird.

Wenn Ihr zu heilig seid, um Euch um die Zukunft eines Euch Anvertrauten zu kümmern, werde ich es tun, hatte Mutter Mitchell gesagt. *Der Junge kann als Lehrling bei mir arbeiten.*

So einfach ist das nicht, hatte Schwester Agnes gekontert. *Ihr gehört keiner Gilde an, also könnt Ihr auch kein Waisenkind als Lehrling annehmen.*

Mutter Mitchell hatte einen Geldbeutel voller Münzen auf den Tisch fallen lassen, der klimperte.

Wenn das nicht genug ist, hatte sie mit einem kaum sichtbaren Lächeln gesagt, *schickt Eure Gläubiger zu meinem Haus in Mayfair. Wir haben genügend Mädchen, die sie unterhalten können.*

Sie hatte Charlie in die breiten Stoffbahnen ihres Ärmels gehüllt und ihn aus dem Waisenhaus geführt. Einer der kleineren Waisenjungen hatte angefangen zu applaudieren. Schwester Agnes hatte ihm auf die Hände geschlagen, in den Staub gespuckt und sich schnell bekreuzigt.

Charlie hatte drei Jahre lang in Mutter Mitchells Bordell gearbeitet und dabei gelernt, wie man in der turbulenten, herzlosen, florierenden Stadt London vorwärts kam.

Und jetzt sagte Charlies geschulter Sinn für Gefahr ihm, dass er verfolgt wurde, ohne dass er sich umdrehen musste. Es war jemand aus der Armensiedlung, ein Jugendlicher, dessen stinkende Lumpen ihn kaum bedeckten und der eine Narbe vom Unterleib bis unter das Kinn hatte. Er war ein Stück weit weg, aber seine Absicht war eindeutig. Der Junge markierte ihn.

Charlie wurde mal langsamer, mal schneller, um zu testen, ob der Junge sich seinem Tempo anpasste. Es gab keinen Zweifel. Der Junge war dürr und Charlie in keiner Hinsicht gewachsen. Aber er würde Freunde haben, die mit ihm zusammenarbeiteten.

Während Charlie überlegte, was er tun sollte, hörte er ein schrilles Geräusch, das aus dem Mund des Jungen kam. Und plötzlich wurde er links und rechts von zwei weiteren Jungen flankiert.

Der Erste hatte nichts an außer einem schmutzigen Mehlsack, der um seine dreckigen Oberschenkel hing. Sein schütteres Haar wuchs in Klumpen, während der Rest seines Schädels aus kreisförmigen Kahlstellen, die mit Ringelflechte bedeckt waren, bestand. Der Zweite hatte nur ein Auge und sein Oberkörper war nackt, aber er trug eine Hose, die einst einem wesentlich größeren Mann gehört hatte.

Zuerst liefen sie ein wenig hinter ihm, dann teilten sie sich auf. Einen Moment lang sah er zwei der Jungen gar nicht mehr. Und dann bemerkte Charlie, dass sie den Weg vor ihm versperrten. Einer hielt eine Holzplanke und der andere schwang einen Teil eines Wagenrads.

Hinter ihm hatten sich zwei weitere Jungen dem Ersten angeschlossen. Wie Wölfe, die im Rudel jagten. Charlie wurde langsamer und ging in Gedanken seine Optionen durch. Fünf. Wenn es sein musste, könnte er drei abwehren.

Einer der Jungen entfernte sich fast unmerklich und verschwand zwischen den Baracken. Vermutlich würde er sich weiter vorne stationieren, um ihm den Weg abzuschneiden.

Charlie beobachtete die Taktik des Rudels und suchte nach ihrem Schwachpunkt. Er überflog den Weg vor sich. Die klapprigen Hütten waren flach und bröckelten vor sich hin. Sie würden kein gutes Versteck für die Jungen bieten, um ihm plötzlich aufzulauern. Und dann sah er, wie der Weg an zwei eng aneinanderstehenden Baracken vorbei führte, zwischen denen sich einer der Jungen verstecken könnte.

Es war nicht gerade ein Hinterhalt, wie ihn das Militär planen würde. Aber Charlie bemerkte eine Bewegung und wusste, dass er recht hatte. Das war die Stelle, an der sie ihn einkreisen würden.

Charlie wurde langsamer und raste dann plötzlich los. Die Jungen, die ihn flankierten, brauchten einen Augenblick, um zu begreifen, was vor sich ging, und rannten dann schnurstracks über den holprigen Boden der Armensiedlung hinter ihm her.

Aber Charlie war zu schnell. Er sprintete hinter den zwei engstehenden Baracken entlang und griff sich den Jungen, der sich zwischen ihnen versteckte. Der Angreifer hatte gerade genug Zeit, um einen Warnschrei loszulassen, bevor Charlie ihn am Nacken ins Freie schleifte.

»Ich habe euren Freund!«, rief er mit ruhiger Stimme, während die anderen Angreifer näherkamen. »Ihr vier geht jetzt alle hinter das zerbrochene Rad dort hinten zurück.«

Er deutete mit dem Kopf, während der Junge sich in seinen Händen drehte und wand.

Der ihm am nächsten stehende Junge hatte ein ausdrucksloses Gesicht wie jemand, der nichts zu verlieren hatte.

»Und was, wenn wir es nicht tun?«, konterte er.

»Wenn ihr es nicht tut, breche ich ihm das Genick«, sagte Charlie.

Er verdrehte seinen Ellenbogen, um ihnen zu zeigen, dass er es ernst meinte, und der Junge quiekte überrascht auf, als ihn der Schmerz traf.

»Dann bring ihn doch um«, sagte der erste Junge fast gelangweilt. »Dann bekommen wir mehr Geld, wenn wir dich ausrauben.«

Charlie festigte seinen Griff und versuchte eine andere Taktik.

»Ich habe nur ein paar Münzen«, erklärte er. »Aber ihr könnt sie als Zollgeld haben, wenn ihr mich durchlasst.«

Die anderen Jungen hatten mittlerweile ihren Mut wiedergefunden und fingen an, im Rudel auf ihn zuzugehen. Der Erste zeigte seine braunen Zähne in einem fiesen Lächeln.

»Wir wollen nicht, dass du zahlst«, meinte er. »Du könntest ganz einfach mit deinen Freunden zurückkommen, um dich zu rächen. Wir werden dich umbringen.«

Kapitel 16

Charlie versuchte, sein rasendes Herz zu beruhigen, und griff in seine Tasche. Seine Finger schlossen sich um ein paar gefälschte Groschen.

»Ich habe fünf Guinees hier«, log er, »eine für jeden von euch.«

Der Junge mit den braunen Zähnen hob seine Holzplanke und überlegte.

Charlie löste seinen Griff um den Hals des Jungen und drehte seine Füße zur Seite.

»Hier«, sagte er, »ihr könnt sie haben, wenn ihr sie findet.«

Und mit einer schnellen Bewegung entließ er seinen Gefangenen und warf die Münzen gegen die nächstliegende Baracke. Sie trafen auf die Stoffwand und fielen auf den Boden. Das Klimpern des Geldes elektrisierte die Jungen. Sie rasten auf die Münzen zu, stießen sich und zogen einander, während sie versuchten, sie als Erste zu erreichen.

Charlie hatte sich bereits umgedreht und rannte die Lehmpfade der Armensiedlung entlang, wobei er den direktesten Fluchtweg ansteuerte. Aber schon kurz darauf hörte er, dass die Jungen wieder hinter ihm waren. Sie hatten sich zusammengerauft und waren ihm dicht auf den Fersen. Und obwohl Charlie schnell war, kannte er das Labyrinth der Armensiedlung lange nicht so gut wie seine Bewohner.

Er bog scharf auf einen kleinen Platz ab und war plötzlich umzingelt. Die Jungen umkreisten ihn, einige immer noch mit ihren Waffen in der Hand.

»Du glaubst wohl, du kannst uns mit Groschen austricksen«, sagte der Junge mit den braunen Zähnen. Er wischte sich etwas Blut von der Nase, das von dem Kampf um die Münzen herrührte, den er sich mit einem der anderen Jungen geliefert hatte. »Dafür wirst du zahlen.«

Er blickte mit einem Grinsen auf die Holzplanke in seinen Händen.

Die Jungen schoben sich langsam vorwärts und warteten darauf, dass der jeweils andere zuerst zuschlug. Charlie machte sich für einen Angriff bereit. Im Augenwinkel sah er ein rotes Pest-Kreuz, das unbeholfen auf eine Baracke in der Nähe gemalt worden war. Wenn er nah genug herankommen würde, könnte er die Vorderwand umstürzen. Es war gewagt, aber die Gefährdung durch die Pest könnte die Jungen verscheuchen.

Ein unerwarteter Schlag traf ihn von hinten und Charlie fiel ausgestreckt in den Dreck. Er fühlte, wie Hände in seine Taschen griffen und das gefälschte Gesundheitszertifikat herauszogen.

»Das können wir verkaufen«, hörte er eine Stimme sagen. »Nehmt auch seine Kleidung.«

Mit einem letzten, verzweifelten Versuch drehte Charlie seinen Körper in Richtung der Pest-Baracke und griff nach der improvisierten Wand.

Er fühlte, wie sie an seiner Kleidung zogen, umklammerte die Wand und zog. Er hörte, wie ein Stück Sackleinen zerriss. Und dann ließen sie plötzlich wie von Geisterhand gelenkt von ihm ab.

Ein leises Stöhnen war zu hören und Charlie brauchte einen Moment, bis er bemerkte, dass seine Angreifer vor Schrecken erstarrt waren. Er riskierte einen Blick in die Richtung, aus der das Geräusch gekommen war. Sein Plan, die Pest-Baracke einzureißen, hatte besser funktioniert, als er es sich erhofft hatte. Die Pest-Baracke war nun vorne geöffnet, da eine der Wände aus Treibholz umgefallen war. Drinnen bot sich ihnen der grausame Anblick eines sterbenden Mannes.

Charlie und die Jungen starrten. Der Mann kauerte nackt in der kaputten Baracke. Neben ihm saß eine spindeldürre Frau, die die blaue Schärpe einer Gemeindekrankenschwester trug. Ihr Patient stützte sich auf das rostige Ende eines Schaftrogs, um sich aufrecht zu halten, und jeder Atemzug war ein mühsames Stöhnen. Dunkelrote Flecken bedeckten seine Beine und schwarze Venen zogen sich von seinem Hals bis in die Wangen hoch.

Charlie erstarrte. Die Angst machte sich so schnell und überwältigend in ihm breit, dass ihm das Blut in die Ohren stieg, bis er nur noch Rauschen hörte. Er war nur ein paar Fuß weit von dem Pestkranken entfernt. Die Jungen machten sich davon.

»Lass ihm etwas Würde«, sagte die Krankenschwester, während sie sich eine dreckige Haarsträhne aus dem Gesicht strich. »Starr ihn nicht an.« Sie bewegte sich auf Gliedmaßen umher, die kaum dicker als ein Besenstiel waren, und in ihrem verwelkten Gesicht zog sie ihre Lippen hoch und brachte einen einzigen Zahn zum Vorschein.

Der Mann gab ein schreckliches, wimmerndes Geheul von sich.

»Seine Eingeweide bersten«, erklärte die Krankenschwester. »Das passiert oft. Schuld ist der Schmerz, den die Krankheit verursacht.« Sie trat einen Schritt vor und versuchte, das umgefallene Treibholz wieder hochzuhieven, um den sterbenden Mann drinnen vor der Außenwelt zu schützen. »Hilf mir schon«, sagte sie.

Charlie wusste, dass er wegrennen sollte, aber er konnte es nicht über sich bringen, den Mann ungeschützt und von Scham gebeutelt zurückzulassen. Unter Schmerzen stand er auf und zog an dem Treibholz, während er versuchte, so weit wie möglich von dem Kranken Abstand zu halten.

»Warum sind keine seiner Familienmitglieder bei ihm?«, brachte Charlie hervor und stellte den Kragen seines Mantels auf, um seinen Mund zu bedecken.

»Sind abgehauen«, erwiderte die Krankenschwester, die vor Anstrengung stöhnte. »Am Anfang reden sie noch, als seien sie mutig, aber wenn sie die Qualen der Krankheit sehen, bleiben sie nicht lange.«

»Warum bleibt Ihr, wenn Ihr Dinge wie diese zu sehen bekommt?«

»Was sollte ich essen, wenn ich nicht meinen Wochenlohn von einem Schilling hätte? Die, die wegrennen, haben einen Ort, an dem sie Unterschlupf finden. Ich habe nichts. Ich mache diese Arbeit oder ich verhungere.«

Sie richteten das Treibholz auf. Das Letzte, was Charlie von dem Mann sah, war, dass er wie ein Hund hechelte, sein Mund ein zerklüftetes rotes Loch in Todesqualen. Er fing an, wie ein Insekt zu zirpen.

»Vermutlich muss er sich noch einen Tag lang quälen«, sagte die Krankenschwester und schüttelte den Kopf. »Wenn sie die ersten vier Stunden überleben, kämpft der Körper gegen die Krankheit an, und sie leiden, wie ich es keiner menschlichen Kreatur wünschen würde. Bei ihm kommen noch die Schwellungen, die sich den Hals hochziehen und sein Fleisch zum Platzen bringen werden. Dann wird er darum betteln, dass ich ihm ein Ende bereite.«

Da er nicht wusste, was er sonst tun sollte, zog Charlie seinen Beutel mit den gefälschten Münzen heraus. Die Jungen hatten sein Zertifikat mitgenommen, und das war das Einzige, was ihm geblieben war. Charlie legte ihn in ihre Skeletthand.

»Kauft ihm etwas«, sagte er. »Einen Schluck Gin. Ein Glas Wein. Etwas, um den Schmerz zu lindern.«

Die Krankenschwester nickte wortlos und verschwand wieder in der Baracke. Und während sein Gehirn noch den eben erlebten Schrecken verarbeitete, rannte er schnell auf den Rand der Armensiedlung zu.

Ohne Geld konnte er einfach auskommen. Aber er hatte kein Gesundheitszertifikat mehr. Was bedeutete, dass er fast nirgendwo in der Stadt hingelangen konnte. Ganz zu schweigen davon, dass er gesucht wurde und sowohl die Wachen aus Newgate als auch Banditen auf den Fersen hatte.

In Gedanken ging er die Route durch, die er nach Moor Fields nehmen wollte. Wenn er dicht am Fluss Fleet bleiben würde, könnte er dorthin kommen, ohne nach einem Gesundheitszertifikat gefragt zu werden. Es würde viel länger dauern, aber sobald er in den ländlichen Feldern von Clerkenwell wäre, hätte er die Wachen und Verfolger hinter sich gelassen. Er könnte zumindest in relativer Sicherheit bis nach Moor Fields laufen, wo Rowan arbeitete.

Er ließ ein stummes Stoßgebet entweichen, dass sein Bruder noch da sein würde, und machte sich auf den Weg zum Fluss Fleet.

Kapitel 17

Antoinettes Freundin Sophie klopfte vorsichtig an die Tür. Als sie keine Antwort bekam, stieß sie die Tür auf und war überrascht, als diese nachgab. Sophie arbeitete manchmal im *Adders-Club*. Und der verärgerte Inhaber hatte sie geschickt, um herauszufinden, warum Antoinette nicht zur Arbeit gekommen war.

»Antoinette?«

Für einen kurzen Moment wallte Panik in ihr auf. Wenn ihre Freundin überfallen worden war, könnten die Männer noch im Haus sein.

»Antoinette?«

Sophie ging die Stufen hoch. Überall lagen schwarze Federn. Sie nahm eine in die Hand. Sie war mit Blut verschmiert, bemerkte sie, und ließ sie erschrocken fallen. Die Feder schwebte auf den Boden hinunter. Die ganze Treppe war voller Blut. Sie stand mittendrin.

Sophie zog ihre Füße ängstlich zurück und sah sich um. Ihre Augen machten einen traurigen, mit Federn übersäten Klumpen an der Tür zum Schlafzimmer aus. Sie schluckte. Ein toter Rabe war dort zerfleischt worden. Sophie fühlte, wie sich ihr Magen umdrehte. Antoinette hatte erwähnt, dass ihr Schutzherr bizarre Vorlieben hatte.

Ein starker Instinkt machte sich in ihr breit, der ihr befahl, sich umzudrehen und wegzulaufen. Aber der Gedanke daran, dass sie ihr Verhalten Mr Adders erklären musste, trieb sie voran. Sophie trat langsam über den toten Vogel in das Zimmer.

Eine einsame Kerze flackerte ihrem Ende zu. Die letzten Tropfen Wachs zischten und spendeten ein dünnes Licht. Antoinettes Schlafzimmer wurde von der Dunkelheit verschluckt und dann wieder in ein fahles Licht getaucht.

In dem flackernden Kerzenschein bemerkte Sophie, dass das neue rote Kleid ihrer Freundin vom Himmel des Bettes hing. Die Flamme flackerte, spuckte und ging aus und tauchte das Zimmer in Dunkelheit.

Sophie erschrak. Für den Bruchteil einer Sekunde hatte sie ein gespenstisches Gesicht gesehen, dessen Augen mit Tränen aus Blut zugeklebt waren. Sie schauderte und besann sich dann. *Zu viele Geister aus dem Bürgerkrieg*, sagte sie sich und holte mit zitternder Hand ihre Zunderbüchse hervor. Sophie tastete im Dunkeln nach einer neuen Kerze von dem Stapel, der auf der Kommode aufbewahrt wurde.

Die Zunderbüchse glimmte auf.

Antoinettes Gesicht wurde im Flackern der Kerze sichtbar.

Sophie würgte kaum hörbar. Dann öffnete sie ihren Mund und schrie lauter als alle Todesglocken der Stadt zusammen.

Im Kerzenlicht warf der vor- und zurückschwingende Körper Antoinettes Schatten und die blutverschmierten Federn flatterten in der Abendbrise.

Kapitel 18

Blackstone betrachtete die Außenseite des Gebäudes. Abgesehen von einem dezenten Schild, auf dem *Adders-Club, Spielbank* stand, sah es wie jedes andere wohlhabende Wohnhaus aus.

»Sieht ganz gewöhnlich aus, nicht wahr?«, sagte der Bürgermeister und nahm ihm die Worte damit aus dem Mund. »Wer würde eine Welt voller Sünden hinter dieser schicken Tür vermuten? Nun gut, wir sind hier, um den Laden zu schließen, und das ist die Hauptsache.«

»Seid Ihr sicher«, fragte Blackstone vorsichtig, »dass Ihr dies persönlich tun wollt?« Bürgermeister Lawrence blickte ihn vorwurfsvoll an. »Was ich sagen will«, entgegnete Blackstone schnell, »Ihr habt so viele wichtige Verpflichtungen, um die Ihr Euch kümmern müsst.«

»Und keine von ihnen ist wichtiger, als Laster auszumerzen, Mr Blackstone«, sagte Lawrence schwülstig. »Ihr müsst Euch von meinem großen Wissen solcher delikaten Situationen leiten lassen.«

Blackstone sagte nichts. Lawrences Gründe waren erbärmlich offensichtlich. Er hatte sich erst dann entschieden, seinen Berater zu begleiten, als er erfahren hatte, was für eine Sorte Damen im *Adders-Club* arbeitete.

Bürgermeister Lawrence fuhr sich unbehaglich durch die roten Locken.

»Es ist eine Schande, dass wir unsere Perücken verbrennen mussten«, murmelte er. »Ich hätte diese Amtshandlung gerne ordentlich gekleidet durchgeführt.«

»Besser ohne Kopfbedeckung als von der Pest verseucht«, versicherte ihm Blackstone. »Ich bin sicher, dass es Mr Adders uns gleichgetan hat, wenn er genügend Verstand besitzt.«

Lawrence grunzte zustimmend und klopfte wichtigtuerisch an die Tür. Zu ihrer Überraschung öffnete ihnen kein Diener die Tür, sondern William Adders persönlich. Der Herr der Spielhölle war wie immer in eine makellose, mit Gold bestickte Weste und einen Gehrock in dunklem Bordeaux gekleidet. Eine Rüsche aus schneeweißer Seide schaute am Hals hervor.

William Adders betrieb die exklusivste und berüchtigtste Spielbank der Stadt. Sie war letztes Jahr von einer Gruppe extrem reicher Adliger gegründet worden. Und der Club öffnete seine Türen ausschließlich für die bedeutendsten Londoner Glücksspieler.

»Herr Bürgermeister.« Adders verbeugte sich tief. »Und Mr Blackstone. Bitte entschuldigt mein bloßes Haupt. Wir haben erst gestern alle Perücken verbrannt.«

Er deutete fast unmerklich auf seine braunen, gelockten Haare, die sich ordentlich gekämmt ohne die übliche Perücke entfalteten. Ohne die dunklen Locken sah er jünger aus und seine Gesichtszüge glichen mehr denn je denen eines Fuchses.

Lawrence konnte seine Erleichterung kaum verbergen.

»Nur Männer mit Verstand sind bloßen Hauptes«, versicherte er Adders. »Ich hoffe außerdem, dass Ihr Eure Schreibfedern dem Feuer übergeben habt. Denn auch in Federn können sich Krankheiten verstecken.«

»Allerdings«, stimmte William zu. »Selbst mein feines Federbett wurde dem Scheiterhaufen übergeben.« Er musterte die beiden Männer einen Moment lang. »Bitte«, fügte er hinzu, »folgt mir. Es ist besser, wenn wir drinnen miteinander sprechen.«

Er drehte sich graziös auf dem perfekten Absatz seines Lederschuhs um.

Keiner der Männer hatte erwartet, in den Club gebeten zu werden, und Blackstone dachte fast, dass der Bürgermeister sich weigern würde einzutreten. Aber anscheinend war Lawrence genauso neugierig wie er, das Innere der berühmten Spielbank zu sehen.

»Ich nehme an, Ihr seid wegen des Mordes an Antoinette hier«, fuhr William fort. »Schlechte Nachrichten verbreiten sich schnell. Ich habe selbst erst gerade davon erfahren.«

Blackstone und Lawrence sahen einander an. Sie wussten nicht, wovon er sprach. Obwohl Blackstone das Mädchen kannte, das er erwähnt hatte. Ein kalter Schauer durchlief ihn. Als ein Mann der Stadt kannte und mochte er Antoinette. Sie war die Kurtisane eines Schutzherrn und arbeitete ab und zu als Prostituierte, wenn der Preis stimmte.

Mit den ganzen Pest-Toten, die sich in der Stadt anhäuften, hatten sie genügend schreckliche Dinge, um die sie sich kümmern mussten. Das neuste Gerücht besagte, dass die Krankenschwestern, die das Bürgermeisteramt angestellt hatte, die Pest-Kranken ermordeten, die sie pflegen sollten, und ihre Leichen ausraubten.

Sie folgten William, der sie durch einen Flur führte, in dem Teller voller Marzipanobst und buntem Schaumgebäck aufgereiht waren. Der Boden unter ihren Füßen war aus Marmor, bemerkte Blackstone. Mit nur einem Quadratfuß dieses Marmors hätte man drei neue Pest-Gruben bezahlen können.

Der Flur mündete in einen blendend erleuchteten, überwältigenden Raum. Hier brannten mehr Kerzenleuchter als Blackstone in seinem ganzen Leben gesehen hatte. Er überschlug und kam zu dem Schluss, dass die jährliche Kerzenrechnung des Rathauses nicht ausreichen würde, um so viele glitzernde Kristallleuchter gleichzeitig zu bestücken.

Riesige Vorhänge aus schwerer Seide bedeckten die großen Fenster und verliehen dem Raum eine nächtliche Atmosphäre, obwohl es ein heißer Sommernachmittag war. Blackstone betrachtete die kunstvoll arrangierten Tische aus Walnuss, die den riesigen Raum bestückten. Sie waren unterschiedlich groß, um verschieden großen Gruppen an Spielern Platz zu bieten. Um den Größten standen vierzig gepolsterte Stühle herum.

Jeder Tisch hatte dicke Kerzen sowie ein in Leder gebundenes Buch, in dem die Wetten notiert wurden. Adders Erfolg basierte auf Kredit, nahm Blackstone an. Das war die Sache mit Aristokraten. Ihr Name war alles, was sie brauchten.

Heute war nur eine Gruppe Spieler zu sehen. Fünf Männer, deren Gehröcke aus genügend Seide geschneidert waren, um Blackstone mehrmals zu kaufen, saßen mit müdem Gesichtsausdruck an einem der Tische. Bedienstete flatterten wie Vögel um die Spieler herum, um Dochte zu beschneiden und Wein einzuschenken.

»Bitte setzt Euch.«

William deutete ihnen, sich auf ein luxuriöses Kanapee aus Samt an einer Seite des Raumes zu setzen. Ein Mädchen mit einem Engelsgesicht, das in ein tief ausgeschnittenes Kleid gehüllt war, stellte Weingläser und einen Porzellanteller mit Konfekt auf den Tisch vor ihnen.

»Unser Wein ist aus der Champagne importiert«, sagte William, während das Mädchen drei Gläser füllte. »Und wir haben Kastanienkekse, die aus der Patisserie des Königs stammen. Ihr werdet sehen, dass die beiden sich perfekt ergänzen.«

Bürgermeister Lawrence nahm einen Schluck Wein und biss unbeholfen in das krümelnde Gebäck. Seine Augen wanderten durch den Raum auf der Suche nach den Mädchen, für die Adders berühmt war. Da er keines fand, schluckte er enttäuscht und hustete, um zu signalisieren, dass es Zeit für das Geschäftliche war.

»Wir sind hier, um Euch aufzufordern, Euer Geschäft zu schließen«, sagte er. »Aufgrund der Pest müssen wir Einrichtungen zumachen, in denen sich große Gruppen versammeln.«

Williams Augenbrauen schossen vor Überraschung in die Höhe.

»Sicherlich habt Ihr davon gehört?«, fragte er ungläubig. »Eines meiner besten Mädchen wurde ermordet aufgefunden.«

»Nein«, sagte Bürgermeister Lawrence, der sich entschied, lieber laut zu werden, als sein Unwissen zuzugeben. »Das Bürgermeisteramt ist nicht dazu da, Eure häuslichen Probleme zu lösen. Wir sind gekommen, um sicherzugehen, dass Ihr keine Gefahr darstellt, indem Ihr die Pest verbreitet.«

William hob seine Augenbrauen kummervoll an.

»Wenn das alles ist, was Ihr wollt, ist es schon so gut getan«, erwiderte er. »Die meisten unserer Kunden sind sowieso in ihre Landhäuser geflohen. Wir planen bereits zu schließen.«

Bürgermeister Lawrence nickte, als hätte er diese Entscheidung selber herbeigeführt.

»Seht zu, dass Ihr das tut«, sagte er, weil er darauf aus war, einen Befehl auszusprechen.

Dann hievte er sich von dem Kanapee hoch.

»Wartet.« Blackstone konnte es nicht lassen. Er hatte Antoinette gemocht. »Was ist mit dem ermordeten Mädchen?«

William seufzte.

»Sie war eine unserer besten«, antwortete er. »Eines der anderen Mädchen hat sie tot aufgefunden. Sie wurde mit einem Rosenkranz aufgehängt und ihre Eingeweide wurden herausgeschnitten. Ich nehme an, es war ein Hinweis darauf, dass ich Katholik bin.«

Blackstone dachte darüber nach. Er hatte nicht gewusst, dass Adders katholisch war. Der Herr der Spielhölle hatte seinen Glauben gut verschleiert. Katholiken erfreuten sich keiner großen Beliebtheit, seitdem der letzte König exekutiert worden war.

»Und das Monster hatte sie mit irgendeinem Symbol gebrandmarkt«, fügte William hinzu.

Bürgermeister Lawrence erstarrte.

»Was für ein Symbol?«

William zog einen Zettel hervor.

»Ich hab es nachzeichnen lassen«, sagte er, »damit ich ihren Mörder besser finden kann. Glaubt mir, wenn ich ihn finde, wird er leiden.«

Er faltete den Zettel auseinander und eine Krone mit einer Schlaufe aus Knoten kam zum Vorschein.

Lawrence riss den Zettel an sich.

»Seid Ihr sicher?«, fragte er. »Das wurde an der Leiche gefunden?«

Adders nickte.

»In ihr Fleisch eingebrannt«, berichtete er. »Ich nehme an, die Tat war eine Warnung eines konkurrierenden Clubs. Ich muss nur noch herausfinden, was dieses Symbol bedeutet.«

Lawrence öffnete und schloss seinen Mund wie ein Fisch.

»Es wurde schon ein Mädchen mit dem gleichen Brandzeichen ermordet. Wir glauben, dass das Verbrechen etwas mit einem Diebesfänger aus der Gegend, einem gewissen Charlie Tuesday, zu tun hat.«

Jetzt war William an der Reihe zu staunen.

»Seid Ihr ganz sicher?«

»Wir haben die Erlaubnis des Königs, ihn zu fangen«, sagte Lawrence. »Der Mann trägt einen Schlüssel bei sich, dessen Griff das gleiche Symbol zeigt.«

»Ist er verhaftet worden?«

»Er hat sich der Verhaftung entzogen. Wir haben Wachen und ein paar Banditen auf ihn angesetzt und erwarten, dass wir ihn bald finden werden.«

William schüttelte den Kopf.

»Wachen? In einer von der Pest befallenen Stadt? Wenn dieser Mann ein Diebesfänger ist, wird er sie regelrecht vorführen.« Er dachte einen Moment lang nach. »Ich werde meine Männer aussenden, um ihn zu finden.«

Blackstone schluckte bei dem Gedanken an die Art von Männern, die William als Sicherheitspersonal einstellte. Diese Männer waren unter Cromwell als Folterknechte angestellt gewesen.

»Vielleicht sollten wir ihn lieber den Wachen überlassen«, schlug er vor.

»Meine Mädchen sind wichtig für das Geschäft«, sagte William. »Unser Grundsatz ist, jeden hart zu bestrafen, der ihnen etwas antut. Was wisst Ihr über diesen Diebesfänger?«

»Wir haben alles Wissenswerte von unseren Informanten in der Stadt zusammengetragen«, sagte Lawrence. »Blackstone hat das Waisenhaus, in dem der Mann als Junge lebte, persönlich besucht.«

Lawrence warf Blackstone einen Blick zu, um sicherzugehen, dass er seine Zustimmung dazu hatte, seine Untersuchungsergebnisse preiszugeben.

»Er wurde von Nonnen großgezogen«, berichtete Blackstone. »Die meisten sprachen von ihm als einem guten, liebenswürdigen Jungen.«

»Aber eine der Nonnen sah seine wahre Natur«, unterbrach Lawrence. »Eine Dame namens Schwester Agnes bezeugte, dass er schon in jungen Jahren mit Huren Umgang hatte. Sie glaubt, dass es ihn verdorben hat. All diese Schönheit, die ihm täglich vor Augen war, und doch verhinderte seine geringe Bezahlung, dass er jemals selber ihre Gesellschaft genießen durfte. Wir wissen außerdem, dass ihn seine Frau vor ein paar Monaten verlassen hat, um Schauspielerin zu werden. Vielleicht war es das, was ihn letztendlich dazu angetrieben hat, seine Rache gegenüber Frauen auszuleben.«

»Er ist also eine Waise?«, fragte William, während er sich seine Gedanken machte.

»Er hat einen Bruder«, sagte Lawrence. »Beide Jungen kamen zusammen in das Waisenhaus. Etwas war seltsam an ihnen«, fügte er hinzu. »Die Nonnen sagen, beide Jungen sprachen fließend Niederländisch, als sie aufgenommen wurden.«

Er nickte, als sei diese Merkwürdigkeit ein wichtiger Beweis für die todbringende Natur des Diebesfängers.

»Wo wurde sein Bruder als Letztes gesehen?«

Lawrence zuckte mit den Schultern.

»Der Bruder ist eine Art Kleinkrimineller. Er wurde zuletzt in Moor Fields gesehen, wo er obskure Mittel verkaufte.«

»Und der Bruder wurde eindringlich befragt?«

Lawrence schüttelte seinen Kopf.

»Es ist nicht Teil unserer Arbeit, Mörder zu finden, Mr Adders. Zurzeit werden alle unsere Ressourcen darauf verwendet, Männer und Frauen zu finden, die bereit sind, als Krankenschwestern oder Totengräber zu arbeiten. Die meisten, die verrückt genug waren, die erste Schicht zu übernehmen, sind gestorben. Und Ihr könnt Euch sicher vorstellen, was für Leute das sind, die sich für einen Schilling in der Woche der Pest aussetzen. Die Stadt wird von verzweifelten Kriminellen aufrechterhalten, und selbst von denen haben wir nicht genügend. Als ihre Arbeitgeber und Bestatter ist unsere Arbeit endlos«, fügte er hinzu. »Und dann sprechen die Leute davon, dass der König die Stadt verlässt.« Lawrence kam jetzt richtig in Fahrt. »Wenn Charles uns verlässt, werden die Leute in Panik verfallen und die Straßen werden der Anarchie anheimfallen.«

Blackstone dachte daran, dass der König das seltsame Symbol erkannt hatte. Jetzt war noch ein Mädchen gestorben. Vielleicht sollte er seine Beobachtungen dem Bürgermeister mitteilen.

William nickte. Dann schlug er mit der Handfläche auf den Tisch. Fast augenblicklich erschien ein unfassbar schönes Mädchen.

Blackstones Augen schielten zum Bürgermeister hinüber. Lawrences Zunge hing aus seinem Mundwinkel heraus und er starrte schamlos auf die vollen Brüste, die durch das enge Kleid des Mädchens hochgedrückt wurden.

»Schick Jeff und Robert in den Lagerraum. Sie sollen zwei Truhen mitbringen«, sagte William.

Das Mädchen nickte und verschwand dann in einer Wolke aus Rosenwasser-Parfüm.

»Ich werde mich um die Befragung des Bruders kümmern«, erklärte William. »Wenn er weiß, wo dieser Diebesfänger ist, werden wir es herausfinden.«

Zwei Männer erschienen, die je eine schwere Truhe heranschleiften. Sie trugen die Adders-Uniform, unter denen sich deutlich ihre Muskeln abzeichneten. Blackstone erkannte die grausamen Gesichter beider Männer aus Cromwells Gefängnis.

Die Männer hielten vor William an und ließen die Truhen bei ihm stehen. Der Herr der Spielhölle lehnte sich vor und öffnete beide. Sie waren bis zum Rand mit Münzen aus reinem Gold gefüllt. Bürgermeister Lawrence lehnte sich vor. Es war viel mehr Geld als er oder Blackstone je in ihrem Leben verdienen würden.

»Eine dieser Truhen soll für die Bezahlung der Totengräber und Krankenschwestern verwendet werden«, sagte William. »Und die andere, um diesen Charlie Tuesday zu finden. Und glaubt mir, verehrte Herren, meine Männer werden alles in ihrer Macht Stehende tun, um den Erfolg der Befragung zu garantieren.«

Kapitel 19

Charlie ließ die dichten Gassen hinter sich und trat auf die weite, freie Fläche von Moor Fields hinaus. Die starke Sommerhitze hatte die grüne Heide in gelbes Stroh verwandelt. Hier schufteten normalerweise die Wäscherinnen Londons unter der glühend heißen Sonne, hievten sperrige Wasserbottiche und klopften Kleidung aus. Aber seitdem viele der reichen Haushalte London verlassen hatten, füllte die Felder ein regelrechter Karnevalszug aus Ständen und handgeschriebenen Bannern. Drogisten, Apotheker und Quacksalber standen dicht an dicht und wetteiferten enthusiastisch, um ihre Pest-Heilmittel zu verkaufen.

Charlie entdeckte seinen Bruder. Rowan war barfuß, trug jedoch einen ramponierten Dreispitz und stand hinter seinem eigenen kleinen Stand, an dem er Heilmittel verkaufte. Beim Nähertreten hörte er die ihm vertraute Stimme einen Verkaufsspruch ausrufen:

»Gute Leute! Die Pest ist eine der wenigen Krankheiten dieser Welt, die einfach geheilt werden kann. Nehmt diese Arznei innerhalb von vier Stunden nach dem ersten Befall, und sie wird die Krankheit ausmerzen, bevor sie sich festsetzen kann!«

Der Schlüssel hatte sie schon als Jungen immer voneinander getrennt. Und manchmal hatte Charlie das Gefühl, dass die Missgunst seines Bruders noch weit tiefer saß. Rowan hatte immer lieber in seinem Gefühl, verlassen worden zu sein, geschwelgt, als für sich selbst zu sorgen. Er pendelte zwischen Tavernen und gewinnbringenden Intrigen hin und her, borgte Geld von jedem, den er dazu überreden konnte, und nahm jede Frau bis aufs Letzte aus, die Pech genug hatte, seinem Charme zu verfallen.

Rowan sah Charlie ähnlich mit seinen großen braunen Augen, der runden Nase und den dunklen Brauen, die ausdrucksvoll die runde Form seiner Augen nachzeichneten. Aber sein dichtes Haar war kastanienbraun, nicht dunkelblond. Er trug es nicht geschoren, sondern hatte es lang wachsen lassen, um zu verdecken, dass er in einem Messerkampf ein Ohr verloren hatte.

Charlie hatte eine Zeit lang sein eigenes dreckig-blondes Haar unter einem Hut mit breiter Krempe versteckt, den er nur ein wenig ramponiert in der Gosse gefunden hatte. Er war der Meinung gewesen, diese Kopfbedeckung würde seinen gefühlvollen Augen eine weltmännische Qualität verleihen. Aber der Hut hatte Flöhe regelrecht angezogen und er hatte es vorgezogen, lieber mit bloßem Kopf herumzulaufen als sich ständig kratzen zu müssen.

»Charlie!«

Rowan hüpfte von seinem kleinen Stand herunter.

Charlie lächelte verhalten, während sein Bruder ihm die Schulter klopfte.

»Ich stecke in Schwierigkeiten«, gab Charlie zu und sprach dabei Niederländisch, die Tarnsprache, die sie seit ihrer Kindheit verwendeten.

Rowan verstand sofort und deutete ihm, sich mit ihm aus dem Getümmel zu entfernen.

»Ich habe gehört, dass du und Lynette jetzt getrennte Wege geht«, sagte er, während sie sich von der Menschenmenge zurückzogen. Charlie nickte. »Sie wird zu dir zurückkommen und dich wieder betrügen«, warnte sein Bruder. »Einmal eine Hure, immer eine Hure.«

Charlie zuckte zusammen. Rowan und Lynette hatten sich schon immer gehasst.

»Lynette ist nicht das Problem«, entgegnete Charlie und sprach weiter Niederländisch, obwohl sie jetzt außer Hörweite waren.

Er fasste kurz seine Situation als gesuchter Mann zusammen.

»Also fragst du endlich mal mich um Hilfe«, bemerkte Rowan mit einem kleinen Lächeln.

Charlie nickte.

»Ich habe kein Gesundheitszertifikat mehr, ich muss mich aber in der Stadt bewegen können, um Informationen zu sammeln.«

»Ich würde dir ja das Zertifikat überlassen, das du mir gegeben hast, aber das habe ich letzte Woche verkauft«, gab Rowan mit einem Schulterzucken zu. Dann, als er den Gesichtsausdruck seines Bruders sah, fügte er hinzu: »Du brauchst dir um mich keine Sorgen zu machen. Das hier ist ein guter Platz zum Verkaufen. Die Leute kommen überall aus London hierher, um Heilmittel zu kaufen, und die Wäscherinnen brauchen immer frische Pisse, egal, wie schlecht ihr Geschäft läuft. Die da zahlt mir einen Groschen pro Tag, damit ich ihr Fass fülle.«

Er gestikulierte mit dem Papiertrichter, den er benutzte, um seine Marktschreiereien der ganzen versammelten Zuhörerschaft in Moor Fields zuzurufen.

Charlie blickte zu dem kleinen Stand seines Bruders zurück. Quacksalber-Mittel an Pestkranke zu verkaufen, war gefährlich. Er fühlte, wie sich die übliche Angst in ihm breitmachte, dass er eines Tages seinen älteren Bruder im Gefängnis oder zu einem Häufchen Elend zusammengeschlagen auffinden würde.

Rowan dachte einen Moment lang nach.

»Du solltest in Erwägung ziehen, aus der Stadt zu flüchten«, sagte er. »Die Dorfbewohner außerhalb der Stadt haben Angst, dass die Londoner die Pest verschleppen. Banditen haben angefangen, Durchgangsstraßen zu blockieren. Wenn du noch länger wartest, könnte es unmöglich werden, die Stadt überhaupt zu verlassen.«

»Ich will dieses Verbrechen aufklären und beweisen, dass ich kein Mörder bin«, entgegnete Charlie. »Ich habe einen wichtigen Hinweis auf den Verbrecher. Aber ich habe nicht viel Zeit. Ich glaube, er wird noch mal morden. Und zwar sehr bald.«

Rowan kratzte sich das Kinn.

»Was weißt du über diesen Mann?«

»Er ist ein Pest-Doktor, Rowan. Und wenn ich richtig liege, hat er vielleicht einen Käfig mit einem Vogel bei sich – einen Raben. Ich kann mir kaum etwas Auffälligeres vorstellen. Wenn ich die richtigen Leute befrage, sollte er einfach zu finden sein.«

Sein Bruder zog angesichts dieser Tatsache die Schultern hoch.

»Aber ich muss ihn bald finden«, fügte Charlie hinzu. »Oder er wird nochmals morden, und der Hinweis wird nutzlos sein.«

»Wie kannst du an Informationen kommen, Charlie? Du sagst, dass du gesucht wirst.«

»Ich hatte gehofft, dass du es für mich herausfinden könntest«, gab Charlie zu.

»Gibt es noch andere Hinweise?«, fragte Rowan zögernd.

»Ich hätte das Brandzeichen vermutlich zurückverfolgen können, aber die Schmiede sind alle geflohen.«

Rowan schüttelte den Kopf.

»Nicht alle Schmiede, Charlie.«

»Wie meinst du das?«

Aber Rowan zuckte auf einmal zusammen und starrte auf etwas in mittlerer Entfernung.

»Das ist das Signal«, murmelte er.

Charlie seufzte innerlich. Rowan war immer in irgendetwas verwickelt. Aber wenigstens traf er Vorsichtsmaßnahmen.

Seine täglichen Geschäfte wurden durch ein ihn umkreisendes Netzwerk aus Straßenjungen und Informanten gesichert, das jegliche herannahende Gefahr meldete.

»Komm mit mir mit.« Rowan zog Charlie von dem kleinen Stand weg und zu der Hecke zurück. »Es gibt ein paar Leute in der Stadt, die der Meinung sind, dass ich ihnen Geld schulde«, erklärte er. »Am besten, wir verstecken uns.«

Kapitel 20

Charlie und Rowan lagen hinter einer großen Hecke aus Lavendelbüschen am hinteren Ende von Moor Fields versteckt.

»Die Reichen zahlen extra, um ihre Kleider hier drauf trocknen zu lassen«, erklärte Rowan. »Das ist das perfekte Versteck. Denn wir können durch die Zweige hindurchsehen, aber dadurch, wie die Sonne steht, kann uns keiner entdecken.«

»Was für Männer sind das, die dich suchen, Rowan?«

»Du musst dir keine Sorgen machen, Charlie. Ich werde sie bald auszahlen.«

Ein winziger Junge, etwa sieben Jahre alt, kroch neben ihnen in die Büsche.

»Er hat die schärfsten Augen von allen«, sagte Rowan stolz und schob dem Jungen eine Münze zu.

Der Junge murmelte etwas. Charlie strengte sich an, um ihn zu verstehen. Rowan drehte sich zu ihm um.

»Du musst diesen Verbrecher mit dem Vogel finden, bevor er noch mal mordet?«, fragte er. Charlie nickte. »Dann habe ich schlechte Nachrichten für dich. Denn er hat bereits zugeschlagen.«

»Es hat noch einen Mord gegeben?«

Charlie fühlte die Verzweiflung in sich aufsteigen. Er war sicher gewesen, dass der Mörder wenigstens bis Sonnenaufgang warten würde.

»Der Junge sagt, ein paar Männer vom *Adders-Club* sind hier wegen eines ihrer Mädchen, das ermordet wurde. Ein Mädchen namens Antoinette. Sie war mit Federn bedeckt und mit dem gleichen Brandzeichen wie das erste Mädchen gebrandmarkt. Irgendetwas Schreckliches ist mit ihrem Kopf passiert, aber der Junge weiß nicht, was.« Rowan legte seinem Bruder die Hand auf die Schulter. »Es tut mir leid, Charlie. Es scheint, es wäre wirklich das Beste, wenn du aus der Stadt fliehen würdest. Diese Männer sind hier, um mich nach deinem Aufenthaltsort zu befragen. Du kannst dir sicher sein, dass sie mich nie finden werden. Aber wenn Adders sie geschickt hat, werden sie keine Ruhe geben, bis sie dich gefunden haben.«

Charlie schloss seine Augen und fühlte sich auf einmal schuldig. Noch ein ermordetes Mädchen.

»Hör zu, Charlie«, sprach Rowan weiter. »Vielleicht ist das gar nicht so schlimm. Man sagt, der König könnte die Stadt verlassen. Wenn er das tut, wird hier alles im Chaos versinken. Es wird kein Recht mehr geben. Gut möglich, dass du dich ein paar Monate auf dem Land verstecken kannst, und wenn du wiederkommst, ist alles vergessen.«

Er fühlte eine plötzliche Wut. Er war fest entschlossen, diesen Mann zur Rechenschaft zu ziehen. Charlie dachte darüber nach, was er bis jetzt wusste. Dem letzten Mord nach zu urteilen, war der Mann ein ungeübter Hexer. Oder ein schlechter Hexer. Soweit Charlie wusste, war es wichtig, die richtigen Voraussetzungen für einen Zauber zu beachten.

Vielleicht war etwas passiert, das den Mörder dazu zwang, schneller zu handeln, als er es vorgehabt hatte. Und was sagte die Wahl seiner Opfer aus? Antoinette und Marias Schwester. Eine Prostituierte und ein Mädchen mittleren Standes. Hatten sie etwas gemeinsam?

Er drehte die Fakten in Gedanken hin und her. Erde und Luft. Norden und Osten. Süden würde als Nächstes dran sein. Feuer.

Charlie unterdrückte ein Gefühl machtloser Verzweiflung. Die Luft war sein bester Hinweis gewesen. Wenn der Mörder vorhatte, Feuer einzusetzen, konnte er ganz einfach Zunderbüchsen, Kerzen und Feuerstellen verwenden, und die waren überall in der Stadt zu finden. Er konnte sich nicht vorstellen, wie er damit den Mörder ausfindig machen konnte.

Dann erinnerte er sich daran, was Rowan über die Schmiede gesagt hatte.

»Sagtest du, dass noch ein paar Schmiede in der Stadt sind?«, fragte Charlie und klammerte sich gleichzeitig an diese neue Hoffnung.

»Einige der Schmiede arbeiten für die Marine«, antwortete sein Bruder. »Es wäre Hochverrat, wenn sie die Stadt verlassen würden. Ich würde meinen Geldbeutel darauf verwetten, dass einige immer noch in der Thames Street arbeiten – außer, die Pest hat sie alle verrecken lassen.«

»Woher weißt du das?«

»Ich habe etwa einen Monat in der Thames Street gewohnt«, sagte Rowan. »Als ich mit der Krabbenverkäuferin ausgegangen bin.« Er lächelte bei der Erinnerung an diese Zeit. »Schade, dass das schiefgelaufen ist«, fügte er hinzu.

Charlie dachte über diese neue Information nach.

»Ein Schmied, der für die Marine arbeitet, würde vermutlich nichts wissen«, sagte er. »Der Schmied, der dieses Brandzeichen angefertigt hat, hat sehr detailliert gearbeitet und fertigt keine Anker oder Schiffsnägel.«

»Schmiede, die feine Arbeiten anfertigen, sind längst geflohen oder tot«, meinte Rowan.

»Aber es ist der beste Hinweis, den ich habe«, erwiderte Charlie. »Vielleicht habe ich etwas Glück, und einer der Marine-Schmiede weiß doch etwas. Auf jeden Fall sollte ich es in der Thames Street versuchen«, entschied er.

Er würde seine Route sorgfältig planen müssen, um die Kontrollpunkte zu umgehen.

»Du wirst da nicht reinkommen«, gab Rowan zu bedenken. »Die Thames Street ist abgesperrt. Auf königliche Anordnung hin.«

»Das habe ich gehört.«

Charlie schielte vorsichtig durch die Büsche. Er erkannte die beiden Männer vom *Adders-Club*, die langsam die Stände entlanggingen.

»Dann hast du nicht richtig hingehört«, bemerkte Rowan. »Es bedeutet den Tod, dorthin zu gehen. Der Bezirk steckt so fest im Würgegriff der Pest, dass sich nicht einmal mehr Todeskarren dorthin trauen. Ich habe erst heute mit einem Boten gesprochen, der sich weigert, dort seine Pflicht zu tun. Er hat mir von schrecklichen Szenen erzählt. Selbstmorde. Stinkende Leichen, die an den Straßenrändern aufgehäuft liegen.«

Charlies Hand griff nach dem Schlüssel, der um seinen Hals hing.

»Ich glaube, mit diesem Verbrechen könnten wir etwas über unsere Mutter herausfinden«, sagte er mit flehenden Augen.

Rowans Gesicht verschloss sich augenblicklich. Er hatte Charlie nie vollkommen vergeben, dass er den Schlüssel hatte.

»Warum solltest du das wollen?«

Die Augen seines Bruders hatten sich verschleiert.

Charlie zuckte hilflos mit den Schultern, während er sah, wie sich eine Wand zwischen ihnen aufbaute. Sie hatten die gleiche Unterhaltung in verschiedenen Formen schon hundert Mal geführt.

»Ich … ich würde sie nur gerne finden, das ist alles«, erklärte er. »Etwas über sie erfahren.«

»Da gibt es nichts zu erfahren«, sagte Rowan. »Wahrscheinlich hat sie Arbeit als Magd gefunden und uns unserem eigenen Schicksal überlassen. Oder sich an einen reichen Kerl rangemacht, und wir sind ihr zur Last gefallen. Ich würde mich nicht wundern, wenn sie krank und mittlerweile tot wäre. Wenn du in die Thames Street gehen und dein Leben für eine solche Frau riskieren möchtest, wünsche ich dir viel Glück.«

»Was ist mit der *Dame im verborgenen Zimmer*?«, drängte Charlie. »Möchtest du nicht mehr über sie wissen?«

Die *Dame im verborgenen Zimmer* war die einzige Erinnerung aus ihrer Zeit vor dem Waisenhaus, an die sich sowohl Charlie als auch Rowan entsinnen konnten. Die Jungen waren oft in einem großen Haus gewesen, oder etwas Ähnlichem. Charlie hatte ein sich ständig änderndes, vages Bild eines großen Treppenhauses im Kopf. Irgendwo in diesem Haus hatte Rowan eine Frau gefunden, die abgeschieden in einer dunklen Kammer lebte. Sie war keine Gefangene gewesen, aber traurig und verängstigt. Sie hatten sie besucht. Vielleicht sogar oft. Sie war nett zu ihnen gewesen.

»Die Dame ist ein schönes Geheimnis«, gab Rowan zu, »aber das soll sie für mich auch bleiben. Ich habe so wenige Erinnerungen, dass ich nicht riskieren will, sie mit nackten Wahrheiten zu beflecken.« Rowan hielt einen Moment inne und seine Stimme wurde weicher. »Es ist extrem gefährlich, Charlie. Sie haben Wachmänner angestellt, um die Thames Street zu bewachen. Selbst wenn du es schaffst, da reinzukommen, werden sie dich sechs Wochen lang im nächstbesten Haus einsperren, sobald sie dich erwischen. Wenn du nicht vorher an der Pest stirbst.« Rowan seufzte, als er sah, dass sein Bruder fest entschlossen war. »Möchtest du, dass ich mitkomme?«

Charlie lächelte. Dank seines ewigen Ärgers mit Rowan vergaß er oft, wie loyal sein Bruder ihm gegenüber war.

»Es gibt keinen Grund dafür, dass wir beide unsere Gesundheit aufs Spiel setzen. Sag mir lieber, was der beste Schutz ist«, fügte er hinzu und versuchte, dabei mutiger zu klingen als er war.

Die Männer vom *Adders-Club* waren in die entgegengesetzte Richtung gegangen. Ihre verschwindenden Silhouetten bewegten sich in Richtung Bishops Gate.

Rowan deutete über das Getümmel der Verkäufer hinweg.

»Er da drüben. Der Kautabak. Er verkauft echten, wird aber bald keinen mehr übrig haben und will heute noch die Stadt verlassen, also beeil dich.« Er durchwühlte seinen Geldbeutel und drückte Charlie ein paar Münzen in die Hand. »Oder das Ehepaar am Ende des Feldes, die sehr guten, starken Theriak aus Venedig verkaufen. Den kann man bis hierher riechen, wenn der Wind richtig steht.«

»Woraus besteht Theriak?«

Charlies Neugier war geweckt. Er hatte nur von Pest-Wasser gehört, das verkauft wurde.

»Schlangenfleisch und Opium. Außerdem geben sie Eisenspäne dazu.« Rowan fing an, die Inhaltsstoffe an den Fingern abzuzählen. »Sie verkaufen es für einen Schilling, aber das ist billig dafür, dass es dich am Leben hält.«

Kapitel 21

Das letzte Mal, als Charlie die Thames Street entlanggelaufen war, war sie wie ein geschäftiger Bienenstock gewesen. Dickhäutige Schmiede schwitzten über ihren Feuern und ließen so viele Funken aufsteigen, dass den Pferden Scheuklappen angelegt werden mussten. Aber heute war hier alles gespenstisch still. Die Häuser waren verschlossen, mit Brettern zugenagelt und verlassen. Eine eilig aufgespannte Absperrung aus einem Seil und Säcken hing dort, wo Charlie jetzt stand. Auf einem der Säcke stand geschrieben: *Gott, hilf uns.*

Die Schmiede hatten während des Bürgerkriegs ihre Geschäfte aus den Hintergassen der Blacksmith Lane in die Thames Street verlagert. Große Schmieden stellten Piken und Anker her, und kleinere Arbeiten wurden in den Nebengassen gefertigt.

Zwischen den Schmieden standen baufällige Fachwerkhäuser. Je weiter man in das Labyrinth aus düsteren Gassen hineinkam, desto zerfallener waren sie. Hier und da sah man einen verwahrlosten Laden.

Die einzigen Menschen, die sich hier noch aufhielten, waren eigens hierfür angeheuerte Wachmänner, die sicherstellten, dass niemand hinein- oder hinauskam.

Charlie betrachtete aufmerksam die Fassaden der Gebäude. Obwohl die Fachwerkhäuser der Thames Street alle wie

Wohnhäuser aussahen, waren einige von ihnen tatsächlich Ställe mit Heuschobern, von denen man einfach in die Gassen dahinter gelangen konnte. Die Wachmänner waren in ärmeren Bezirken angeheuert worden, und Charlie bezweifelte, dass sie den Unterschied zwischen einem Haus und einem Stall kannten.

Er sah den Männern, die gerade Wache hatten, ein paar Minuten lang zu. Er hatte recht. Einige der Stallfassaden lagen außerhalb ihres Sichtfeldes. Alles, was er tun musste, war, auf einen Heuboden zu klettern und sich in das enge Straßengewirr dahinter fallen zu lassen.

Er schmiegte sich eng an das nächste Gebäude und schob sich leise im Schatten der Gebäude voran. Dann hievte er sich an den geschwärzten Balken des Fachwerkhauses hoch und schlüpfte oben in den Heuschober hinein. Ein Wachmann ging in der Straße unter ihm vorbei und Charlie versteckte sich schnell zwischen den Strohhaufen. Sobald er sicher war, dass die Gefahr vorüber war, sprang er vorsichtig auf der anderen Seite heraus und landete in einer dunklen Gasse.

Charlie hielt inne, um sich zu orientieren. Eine stillgelegte Schmiede und ein verbarrikadiertes Haus. Alles war kleiner, als er es in Erinnerung hatte. Seine Augen gewöhnten sich an die Dunkelheit und er hielt den Atem an. Rote Kreuze hatten sich wie ein Ausschlag auf den kleinen Türen ausgebreitet.

Charlie riss einen breiten Streifen seines einzigen Hemdes ab und knotete es so fest um seinen Kopf, dass seine Nase platt gedrückt wurde. Er holte kurz Luft und starrte in die leere Gasse hinaus. Dann schlug er seinen Kragen hoch, drehte seinen Kopf zur Seite und trat eilig in die schmutzigen Hintergassen hinaus.

Die Häuser hinter der Thames Street hatten Vorsprünge, durch die die Gassen in Dunkelheit getaucht wurden. Normalerweise verkauften Gassenkinder brennendes Streu für einen Groschen, während Suppenverkäufer die Gassen mit ihren

Holzöfen erhellten. Heute war keine Seele zu sehen. Alles vor ihm war schwarz. Und dann kam tief aus dem Durcheinander der dunklen Gassen ein langes Stöhnen.

Charlies Herz raste wie ein Trommelschlag. Die Dunkelheit würde die Orientierung erschweren. Er war schon ein paar Mal in diesem Bezirk gewesen, hatte aber immer eines der barfüßigen Kinder bezahlt, damit sie ihm den Weg wiesen.

Er bekreuzigte sich, legte den Schlüssel an seine Lippen und sprach ein stilles, inbrünstiges Gebet. Dann schloss er seine Augen kurz, zog seinen Kopf weiter hinter den Kragen und rannte die dunkle Gasse entlang. Die übel riechende Dunkelheit umschloss ihn. Da er nichts und niemanden hatte, der ihm den Weg erleuchten könnte, nahm er die fauligen Gerüche besonders stark wahr.

Er trabte unbeholfen mit seinen Armen dicht an den Körper gepresst voran und atmete vor Angst nur flach. Aber das heiße Wetter hatte die Lehmstraße in harte Furchen verwandelt. Er stolperte, schlug gegen die nächste Wand und bürstete sich panisch den Staub von der Schulter, die das Haus berührt hatte.

Und wieder hörte er ein gequältes, schmerzvolles Heulen, das wie eine Sirene die Luft in dieser verlassenen Gasse durchschnitt. Einen Moment lang vernahm Charlie nur das laute Pochen seines Herzens, und sein Kopf war vor Panik leer. Dann fand sein Magen seinen eigenen Rhythmus wieder.

Weiter hinten wurde der Boden wieder weich und sein Hals schnürte sich zu. Die Straßen schienen verlassen, aber die feuchte Erde widersprach der augenscheinlichen Situation. In diesen Häusern mussten Leute sein, die in ihrem Todeskampf von der Außenwelt abgeschottet waren und ihre Abfälle auf die Straße warfen. Er versuchte, sich daran zu erinnern, wie die Gasse bei Feuerschein ausgesehen hatte, und den Matsch unter seinen Füßen dann mit diesem Bild abzugleichen.

Etwas berührte seine Füße. Als Charlie reflexartig zurückwich, erkannte er die roten Augen einer Ratte. Er trat sie mit den Füßen. Die aufgeblasene Kreatur lag schlaff mit vorgestrecktem Bauch da, bis sie langsam wieder auf die Beine kam.

Charlie sah zu, wie sie davongaloppierte. Er erinnerte sich an die Pest-Mittel, die er mitgebracht hatte, tastete nach dem Tabakbeutel und steckte sich einen festen Klumpen in den trockenen Mund. Dann versuchte er, seine hämmernden Eingeweide zu beruhigen und stolperte weiter.

Er bog in die nächste Gasse ein und machte die undeutliche Form eines Menschen in der Dunkelheit aus. Den ersten, den er sah, seit er den Bezirk betreten hatte. Es war ein Mann. Eine gebrochene Gestalt, die auf einer Türschwelle saß. Charlie erstarrte und erkannte dann den Umhang und die Kapuze.

Es war ein Wachmann.

Der Mann saß auf dem matschigen Boden und hatte seinen Rumpf gegen den Türrahmen gelehnt. Ein unregelmäßiges, fiependes Geräusch hallte im Takt mit dem sich schnell hebenden und senkenden Brustkorb des Wachmanns durch die Gasse. Er sah aus, als sei er verletzt. Charlie nahm vorsichtshalber noch etwas mehr Tabak in den Mund.

»Schlaft Ihr?«

Während Charlie sich vortastete, hob sich der Kopf. Die untere Hälfte des Gesichts war in dreckige Bandagen gehüllt. Zwei blicklose Augen waren alles, was von seinem Gesichtsausdruck zu erkennen war. Charlie war jetzt nahe genug bei ihm, um besser sehen zu können. Der Mann war heftig zusammengeschlagen worden. Er hatte eine zerschmetterte Nase und ein vergeklebtes, glänzendes Auge. Seine gelbe Haut war mit dunklen blauen Flecken übersät.

Die improvisierte Gesichtsmaske war von schwarzen Flecken durchweicht. Der Mann atmete rasselnd durch sein eigenes Blut. *Er muss überfallen worden sein,* dachte Charlie. Er zögerte einen Moment lang. Wachmänner arbeiteten normalerweise zu zweit, um sich gegenseitig zu schützen. Sein Partner musste in der Nähe sein.

»Soll ich Hilfe holen?«, fragte Charlie und riskierte, ein paar Schritte näherzukommen.

Der Mann schüttelte den Kopf.

Charlie ging in die Hocke, um der verängstigten Gestalt ins Gesicht sehen zu können.

»Ist Euer Partner auf dem Weg?«

Nochmals schüttelte der Wachmann seinen Kopf.

»Er ist gestorben. Vor ein paar Tagen.«

»Bewacht Ihr einen Haushalt da drinnen?«

Charlie deutete auf den Türeingang, in dem der Mann saß.

»Sie sind entkommen.«

Die Stimme war jung und passte nicht zu dem schweren Umhang.

»Haben meine Nase und meinen Arm gebrochen.« Der Wachmann atmete schaudernd ein. »Aber ich werde hier warten, bis die Ablösung kommt, und mit etwas Glück werde ich trotzdem noch meinen Schilling bekommen.«

Charlie sah tief in die Gasse hinein und fragte sich, ob die Entkommenen immer noch in der Nähe waren.

»Ich suche einen Mann«, sagte er, »einen Verbrecher. Der als Pest-Doktor verkleidet ist. Er hat unschuldige Mädchen umgebracht, und ich versuche, an Informationen zu kommen, um ihn zu finden.«

»Ihr solltet besser verschwinden, wenn Ihr hier nicht eingesperrt werden wollt«, krächzte der Wachmann, ohne irgendein Anzeichen, dass er verstanden hatte, was Charlie sagte. »Wenn sie Euch finden, werden sie Euch in einem der Häuser einschließen und Euch dort verrotten lassen.«

Offensichtlich fühlte sich der junge Wachmann selber nicht mehr für die Vollziehung solcher Pflichten zuständig.

»Arbeiten hier noch irgendwelche Schmiede?«, fragte Charlie. »Sind noch welche am Leben?«

Der Wachmann schüttelte den Kopf.

»Sie sind alle tot. Ihr solltet nicht hier sein und umherschleichen«, sagte er. »Dieser Bezirk ist geschlossen. Geht zurück in die Stadt.« Er hielt inne, um keuchend zu husten. »In den besseren Teilen der Stadt erschießen sie sich, diejenigen, die das Geld dazu haben«, vertraute er ihm flüsternd an. »Aber hier werfen sie sich aus den Fenstern. Es ist eine furchtsame Höllenqual, die einen Mann dazu treibt, seine unsterbliche Seele aufs Spiel zu setzen.«

Charlie sah die dunkle Gasse entlang und dachte nach, wie er am besten weiterkam. Offensichtlich konnte er von diesem armen Wachmann keine weiteren Informationen erwarten. Und es könnten jeden Moment mehr von ihnen kommen. Doch da er den verwundeten Mann bemitleidete, zog er seinen Tabakbeutel heraus und gab ihm eine großzügige Handvoll.

»Hier«, sagte er und kniete sich hin, um den Tabak in die blutverkrusteten Hände des Mannes zu legen. »Nehmt etwas Tabak. Er wird Euch vor der faulen Luft schützen, bis sie Euch finden.«

Der Wachmann nickte dankend und Charlie stand auf, während er versuchte, seine zitternden Beine unter Kontrolle zu bringen.

»Gott schütze Euch«, murmelte Charlie und fragte sich, was er nun tun sollte.

Es sah aus, als sei die Thames Street eine Sackgasse. Und eine gefährliche noch dazu.

»Wartet.« Der Wachmann hielt den Saum von Charlies Mantel mit schwachen Fingern fest. »Da war ein Mann«, keuchte er, »als Pest-Doktor gekleidet. Wir haben gehört, er soll die Folter-Schmiede besucht haben.«

Charlie kniete sich schnell wieder hin.

»Was ist die Folter-Schmiede?«, fragte er drängend.

»Versteckt.« Der Wachmann hustete noch einmal, ein beunruhigend flüssiges Geräusch. »Die Schmiede sind gute Leute«, brachte er heraus. »Keiner von ihnen heißt gut, was den Männern im Clink-Gefängnis oder im Tower angetan wird. Der Schmied, der die Werkzeuge für die Folterknechte fertigt, verbirgt seine Identität vor den anderen.«

»Und dieser Pest-Doktor besucht ihn?«

Charlie griff nach der Hand des Wachmanns.

»Ich bin mir nicht sicher«, sagte der Wachmann. »Aber es wurde geredet. Ein Teufelsmann. Als Pest-Doktor verkleidet. Er besucht die Folter-Schmiede, und sie sagen, er bringt den Tod mit sich.«

»Wisst Ihr, wo die Folter-Schmiede ist?«

Der Wachmann schüttelte den Kopf.

»Der Folter-Schmied hält sich versteckt. Sie sagen, sein Geschäft sei in Swan Court.«

Charlie konsultierte im Geiste seine Stadtkarte Londons. Swan Court war klein, aber voll von Schmieden. Mindestens zwanzig oder dreißig.

»Danke.«

Charlie klopfte dem Wachmann auf die Schulter und stand auf, um zu gehen.

Der Wachmann grunzte.

»Wenn Ihr dumm genug seid, dorthin zu gehen, werdet Ihr es nicht mehr lange machen. Swan Court war eine der ersten Gegenden, in denen die Pest ausbrach. Es ist voll von der Seuche. Wenn der Folter-Schmied jemals da war, ist er schon lange tot.«

Kapitel 22

Thomas starrte aus seiner Pest-Doktoren-Kapuze hervor. Durch die dunkle Brille sah die Thames Street höllischer aus, als er sie in Erinnerung hatte. Die breite Durchgangsstraße lag komplett verlassen da. Abgesehen von der kleinen Truppe an verängstigten Männern, die Wache standen.

Er ging auf die nächsten beiden zu und zog dabei sein Gesundheitszertifikat hervor. Sie traten bereits zur Seite, als sie die Umrisse seiner Pest-Doktoren-Kleidung erkannten. Aber ein Blick auf das offizielle Zertifikat und sie beeilten sich noch mehr.

Thomas hatte die höchstmögliche Autorität, um ungehindert in der Stadt umherzugehen. Er lief schnell durch die ihm bekannten Gassen. Es war ein Weg, den er unzählige Male zuvor genommen hatte. Der Schmied verkaufte ihm seit Jahren Folterwerkzeuge.

Thomas bog links ab und fand sich auf der Außenseite des versiegelten Tores von Swan Court wieder. Er zog einen Schlüssel hervor, öffnete das Tor vorsichtig und schloss es dann hinter sich ab.

*

Der Schmied öffnete seine Tür widerwillig. Ein ungewollter Ausdruck der Vorsicht war auf seinem Gesicht zu sehen, als er

Thomas' Kostüm erkannte. Aber er trat zur Seite, deutete dem Pest-Doktor, dass er eintreten solle, und schaute nervös in den Hof hinaus, bevor er die Tür schloss.

»Ich komme wegen der letzten Lieferung«, sagte Thomas. »Ich gehe davon aus, dass sie fertig ist.«

»Habt Ihr das Geld?«

Thomas ließ einen Geldbeutel auf den Tisch fallen.

Der Schmied schob eine dünne Bretterwand zurück, die den hinteren Teil des Raumes abtrennte. Hier standen drei Fässer, die bis zum Rand mit Gewehr-Mechanismen gefüllt waren.

»Es sind vierhundert Schnappschlösser«, sagte der Schmied. »Sie passen auf die Gewehrkolben, die Ihr bereits habt.«

Thomas nahm eins in die Hand. Das Schnappschloss aus Metall war etwas kleiner als seine Hand und kringelte sich wie eine Kaulquappe. An seinem Ende befand sich der Hebel, mit dem die Muskete mit dem Auslöser verbunden wurde.

»Sie sind gut«, nickte er zustimmend, während er das Schnappschloss in der Hand drehte. Jedes von ihnen war mit dem Zeichen bedruckt worden – der Krone mit der Schlaufe aus drei Knoten.

»Ihr habt Euch gefragt, wofür ich sie habe anfertigen lassen?«, fragte er den Schmied.

»Es ist Teil meines Geschäfts, keine Fragen zu stellen.«

»Im Bürgerkrieg habe ich für den früheren König gekämpft, der jetzt tot ist«, sagte Thomas. »Und nachdem wir verloren hatten, nahm Cromwell mir meine Ländereien weg.«

Der Schmied nickte misstrauisch. Er hatte erraten, dass Thomas einer der Nobelmänner war, die gegen Cromwells Puritaner verloren hatten. Aber dass er diese Vermutung bestätigte, machte ihn nervös.

»Jetzt sitzt König Charles II. auf dem Thron«, fuhr Thomas fort. »Und man sollte meinen, ich würde bekommen, was mir zusteht. Meine Ländereien zurück. Belohnungen. Stattdessen verwendet der feige Sohn Seiner Majestät das ganze Vermögen der Krone, um seine Mätressen zu bezahlen. Und er hat zu viel Angst vor dem Parlament, um seine treuen Untertanen zu belohnen, die für seinen Vater gekämpft haben.« Thomas hielt das Schnappschloss gegen das Licht. »Also habe ich vor, mein eigenes Recht auszuüben«, sagte er. »Und Eure Arbeit ist sehr hilfreich gewesen, diejenigen zu rüsten, die mir folgen wollen.«

Der Schmied nickte kurz und hoffte, dass Thomas jetzt gehen würde. Zu spät sah er, wie der Griff des Schwertes auf sein Gesicht zuschnellte. Er taumelte, als der schwere Griff sein Ziel traf. Seine Hand schoss vorwärts und er ergriff blindlings eine Plane, die das niedrige Dachgesims bedeckte, um es vor dem Regen zu schützen. Die Plane wurde von der Decke gerissen, als der zweite Schlag seinen Kiefer ausrenkte.

*

Der Schmied kam zu sich und sah einen riesigen Vogel aus Metall, der ihn von oben beäugte. Seine Arme und Beine waren so fest zusammengeschnürt, dass das Blut aus ihnen schwand. Er lag auf dem harten Boden seines Hauses. Sein Mund war mit Lumpen geknebelt. Der metallene Schnabel wurde zurückgeschoben. Darunter erblickte er ein ihm bekanntes Gesicht. Der Schmied gab unter den Lumpen ein würgendes Geräusch von sich.

»Sicherlich habt Ihr Euch gefragt, warum ich immer verkleidet hergekommen bin?«, fragte Thomas. »Das hätte ich nicht müssen, wenn ich ein einfacher Mann wäre.«

Er näherte sich der kleinen Arzttasche, die er immer mit sich trug, und öffnete sie. In ihr befanden sich sorgfältig geordnete, blutverschmierte Objekte. Dem Schmied fiel es wie Schuppen von den Augen, als er ihren schrecklichen Zweck erkannte.

»Erkennt Ihr Eure eigene Arbeit?«, fragte Thomas, indem er auf die Werkzeuge deutete.

Eine Spirale der Furcht schlängelte sich tief durch die Eingeweide des Schmieds.

Thomas lehnte sich näher zu ihm.

»Als ich das erste Mal herkam, um diese Werkzeuge zu kaufen, wisst Ihr, woher ich wusste, wonach ich fragen musste?« Der Schmied schüttelte seinen Kopf in stummem Grauen. »Ich wurde in Wapping gefangen gehalten«, sagte Thomas. »Ihr würdet schaudern, wenn Ihr sehen könntet, was für Brutalitäten dort stattfanden, mit all den Männern, die dicht an dicht in die Zellen gezwängt wurden.« Er hielt einen Moment lang inne, während seine Augen ein Werkzeug auswählten. »Ich wurde von Cromwells Männern gefoltert«, fuhr er fort und nahm eine dünne Pinzette aus der Tasche. »Deshalb bin ich so geschickt im Gebrauch dieser Werkzeuge.« Er sah dem Schmied in die Augen. »Ihr werdet gleich herausfinden, wie talentiert ich bin«, fügte er hinzu.

Auf dem Boden liegend, versuchte der Schmied, seinen Kopf zu schütteln.

»Ich muss sicher sein können, dass Ihr keiner Seele etwas über meine Besuche verraten habt«, fuhr Thomas fort. Er öffnete die blutbefleckte Pinzette. »Ich muss sehr, sehr sicher sein«, sagte er. »Und wenn ich sicher bin, werde ich nett sein und Euch sterben lassen.«

Kapitel 23

Charlie sandte ein inniges Stoßgebet zum Himmel und umklammerte den Schlüssel. Da er in eine gepflasterte Straße einbog, rannte er nun schneller, um eiligst nach Swan Court zu kommen, und atmete dabei tief in den kalten Schweiß seines Mantels hinein.

Dann stolperte er über etwas, das unter ihm nachgab, und ein Schwarm surrender Fliegen schwirrte um ihn herum. Er schlug sie sich aus dem Gesicht und blickte auf das Hindernis unter sich. Charlies Magen drehte sich um. Es war eine Leiche.

Durch den Schatten, die sie auf den dunklen Untergrund warf, konnte Charlie das Gesicht ausmachen, das auf den Pflastersteinen zerschlagen war. Der Mann hatte sich aus dem Fenster über ihm gestürzt und lag mit gespaltenem Schädel und einem Arm unter sich verdreht da.

Charlie sah noch einmal auf die Leiche hinunter. Er umklammerte den Schlüssel so fest, dass seine Fingernägel blutige Halbmonde in seine Handfläche schnitten.

An dem Hals der Leiche sah er riesige violette Schwellungen. Eine der Pest-Beulen war beim Aufprall zerplatzt und hatte einen dickflüssigen Schleim ausgestoßen, der sich mit dem Blut aus dem gespaltenen Schädel mischte. Die übel riechende Flüssigkeit war komplett mit einer schwarzen Armee aus Fliegen übersät.

Er sah ein plötzlich aufflackerndes Licht in einem der Fenster weiter hinten. Charlie hielt einen Augenblick lang wie gebannt inne. Jemand hatte eine Kerze angezündet und das gelbe Licht schien warm durch die verbleiten Glasfenster. Dann fühlte er, wie sich ganz langsam starke Finger um seinen Fuß schlossen.

Es dauerte eine Weile, bis Charlie verstand, und dann verschlug es ihm mit aller Wucht den Atem. Die Leiche, über die er gestolpert war, war nicht tot und hatte ihre Hand um sein Fußgelenk geklammert.

Er schrie und versuchte, sich zu befreien, aber die Umklammerung war zu stark. Das Gesicht hatte sich mittlerweile vom Boden gehoben und sah ihn mit verschleierten Augen an. Mit einer schrecklichen Absicht hievte es sich näher an ihn heran, wobei es eine flüssige Spur hinterließ.

Instinktiv duckte Charlie sich hinunter, um einen losen Pflasterstein aufzuheben und mit all seiner Kraft auf den Skelettarm der Leiche einzuhämmern. Die knochigen Finger lösten sich und er rannte geradeaus durch die Straße und zurück in die verwinkelten Lehmgassen.

Er hielt einen Moment lang an, um Luft zu holen, und bemerkte, dass er die Orientierung verloren hatte. Der Gedanke daran, den Schmied zu finden, war durch seine Panik verblasst. Er hatte einfach nur diesem verfaulenden Horrorgeschöpf entkommen und sich in Sicherheit bringen wollen. Wenn er dies hier überleben würde, schwor er sich, würde er nie wieder einen Pest-Bezirk betreten. Und er würde obendrein keine krummen Dinger mehr drehen. Keine gefälschten Gesundheitszertifikate oder gefälschte Münzen mehr. Ehrliche Diebesfängerei würde sein einziges Geschäft sein.

Seine Gedanken kreisten um die lebende Leiche und er steckte sich eine Handvoll Tabak in den Mund. Scharfer Speichel füllte seinen Unterkiefer und seine Lippen zogen sich vor Übelkeit krampfartig zusammen. Da er es nicht zurückhalten konnte, beugte er sich tief hinunter und würgte. Mit zitternden Fingern zog er ein weiteres Büschel Tabak heraus und schob es zwischen seine Lippen. Dann hörte er es. Den regelmäßigen Schlag eines Schmiedehammers.

Charlie schluckte. Es war jemand hier, der immer noch arbeitete. Vielleicht würde er ihm sagen können, wie er den Folter-Schmied finden konnte. Charlie drehte sich der Dunkelheit zu, aus der das Geräusch kam. Dann bog er in eine kleine Gasse ein und kam zurück auf eine schmale Straße, wo er nach dem Geräusch lauschte. Dann bog er noch einmal ab. Das Hämmern wurde lauter. Zuversichtlich lief Charlie darauf zu.

Er bog in die Gasse ab, in der das Geräusch am lautesten war, und erkannte, dass er bei den Fassbindern war. Swan Court war nur ein paar Straßen entfernt. Aber ein arbeitender Schmied würde nützliche Informationen haben. Die Schmiede musste sich in einem versteckten Areal befinden, dachte Charlie, da er keine Funken von der Straße aus sah.

Das Hämmern wurde lauter und er schaute sich um, um herauszufinden, woher es kam. Dann fiel es ihm wie Schuppen von den Augen. In dieser Straße gab es gar keine Schmiede. Nur ein Haus, in dem alle Pestkranken der Umgebung eingesperrt worden waren. Das Geräusch kam von einer vereiterten Hand, die einen Metallteller gegen einen Fensterrahmen schlug.

Charlie realisierte den Zusammenhang zu spät. Wo ein Haus mit lebenden Bewohnern war, musste auch ein Wachmann sein. Und er war ihm genau in die Arme gelaufen. Charlies Blick richtete sich auf den Türrahmen des Hauses, in dem ein Wachmann stand und ihn anstarrte. Dann trat ein weiterer in sein Sichtfeld.

»Halt!«

Der erste Wachmann nahm einen gefährlich aussehenden Knüppel zur Hand.

Aber Charlie rannte bereits in Richtung Swan Court.

Kapitel 24

Die schweren Tore von Swan Court waren verschlossen und Charlie konnte das Rufen der Wachmänner hinter ihm hören. Er zwang sich, ruhig zu bleiben, und holte einen Teil eines Ohrrings hervor, den er benutzte, um Schlösser zu öffnen. Er führte den Drahtring geschickt in das Schlüsselloch ein und schob ihn bis auf die Höhe hoch, in der er den Haken vermutete, mit dem er den Riegel öffnen konnte.

Hinter ihm stampften die Füße der Wachmänner durch den nassen Matsch.

Das Schloss öffnete sich.

Charlie sah kurz das schockierte Gesicht des ersten Wachmanns, der die Gasse hinunter auf ihn zuraste. Dann schlüpfte er durch das Tor und ließ das schwere Schloss hinter sich zuschnappen.

Charlie sah sich in dem kleinen Hof um, während die Wachmänner an die schweren Tore hämmerten. Ohne einen Schlüssel bräuchten sie bessere Werkzeuge als die Knüppel, die sie bei sich trugen, um die Tore zu öffnen. Er schätzte, dass er keine zehn Minuten haben würde, bis sie mit Verstärkung zurückkommen würden. Wenn sich dieses Risiko auszahlen sollte, musste er den Folter-Schmied finden, und zwar schnell.

Im Inneren des Hofes befanden sich die Schmieden, in denen kleinere Gegenstände hergestellt wurden, und sie waren in jeden noch so kleinen Raum gezwängt. Aber keiner der Schmiede arbeitete mehr.

Über jeder Schmiede hingen Metallarbeiten, die das besondere Talent des jeweiligen Schmieds veranschaulichten. Alles von Schürhaken bis Metallscharnieren hing von den Dachgesimsen. Manche der Schmiede waren spezialisiert auf feine Detailarbeiten wie verzierte Schnallen und Knöpfe, Fingerhüte und Zunderbüchsen, während andere robuste Schlüssellöcher und Türgriffe, Kamingitter und Torpfosten anboten. Hinter den baumelnden Ausstellungsstücken standen klapprige Holzgebäude, jedes kaum größer als eine Hütte, in denen die Schmiede normalerweise schliefen. Aber soweit Charlie sehen konnte, hatten alle Bewohner Swan Court verlassen. Alle Schmiede waren geflohen.

Er blickte an den leeren Werkstätten hinauf und hinunter und fragte sich, wie er die Auswahl eingrenzen konnte. Es gab kein Anzeichen dafür, dass einer der Schmiede Folterwerkzeuge herstellte.

Rufe hallten im Hintergrund und Charlie realisierte, dass es die Wachmänner waren, die versuchten, andere Männer zu finden, die ihnen helfen würden, ihn zu erwischen.

Er unterdrückte die Panik, die sich bei dem Gedanken in ihm breitmachte, und drehte eine kleine Runde um die Schmieden. Er betrachtete verlassene Ambosse und Schmiedearbeiten. Wer auch immer die Gefängnisse Londons belieferte, hatte sich gut vor seinen Kollegen getarnt.

Charlie kräuselte verärgert den Mund. Hier mussten mehr als vierzig Schmiede gearbeitet haben. Selbst jetzt, wo der Hof leer war, würde es Tage dauern, bis er jede Schmiede durchsucht hatte. Er zwang sich, ruhig nachzudenken, da er die Aussichtslosigkeit der Situation nicht akzeptieren wollte.

Er versuchte, sich zu konzentrieren. *Denk nach, Charlie. Du siehst Dinge, die andere nicht sehen.* Es musste etwas geben, das die Schmiede, die hier lebten, übersehen hatten. Irgendeinen Hinweis, der nur aus einer anderen Perspektive sichtbar wurde.

Charlie dachte nach. Der Schmied konnte nicht in aller Öffentlichkeit an den Folterwerkzeugen arbeiten. Er würde dabei leicht von seinen Kollegen beobachtet werden können. Alle Schmieden waren von den anderen aus einsehbar.

Er fühlte eine kleine Brise. Der Hof war so gebaut worden, dass die Luft vom Fluss hineinströmte, um die glühend heißen Arbeitsbedingungen zu erleichtern. Er hörte eine leise tönende Melodie, als sich die baumelnden Metallarbeiten in dem Windzug bewegten.

Die wehenden Schmiedearbeiten brachten ihn auf eine Idee. Die Ausstellungsstücke repräsentierten die Ausrichtung und die beste Arbeit des jeweiligen Schmieds. Was aber, wenn ein Schmied es nicht nötig hatte, Werbung zu machen? Was, wenn seine Kunden die Art von Kunden waren, die ihre Bestellungen gut und in aller Heimlichkeit bezahlten?

Wenn das der Fall war, müsste der Schmied sich nicht darum kümmern, seine besten oder neusten Arbeiten auszustellen. Sein Ausstellungsstück würde älter sein als die anderen.

Wo einst unzählige Schmiede gewesen waren, sah Charlie jetzt nur noch einen. Die baumelnde Metallarbeit war einige Nuancen dunkler als die der umliegenden Schmieden. Als ob sie dort schon lange hängen würde, ohne jemals ausgetauscht worden zu sein.

Charlie lief darauf zu und sah, dass sie voller Spinnweben und Rostflecken war. Sein Blick fiel auf die Schmiede darunter. Sie sah durchschnittlich aus. Aber an einer Seite des Ambosses war eine andere Farbe zu sehen. Kleine weiße Flecken, die mit bloßem Auge kaum sichtbar waren. Er kniete sich hinunter, um mit den Fingern darüber zu fahren.

Es war Kerzenwachs. Ein kleiner Rest war geschmolzen und dann in kleinen Rinnsalen an der Seite des Ambosses getrocknet. Charlie überlegte. *Dieser Schmied hat nachts gearbeitet. Wenn selbst das Licht des Schmiedefeuers nicht hell genug ist, um zu arbeiten. Er stellt Metallarbeiten im Schutz der Dunkelheit her.*

Dann sah er das rote Kreuz auf der Tür.

In der Ferne war das unerbittliche Läuten der Sterbeglocken wie eine Warnung zu hören. Ein Vorhängeschloss war an die Eingangstür genagelt und der Schmied eingeschlossen worden.

Charlie wusste, dass jetzt der Zeitpunkt gekommen war, an dem er verschwinden sollte. Er könnte aus dem Bezirk und aus der Stadt fliehen und hoffen, dass die Morde vergessen werden würden.

Er wog den Schlüssel in seiner Hand und betrachtete die Außenseite des Gebäudes. Der Schornstein rauchte nicht, also war der Hausbewohner entweder nicht da oder nicht in der Lage, für sich selber zu sorgen.

Bevor er es sich anders überlegen konnte, ließ sich Charlie auf den Boden fallen, bedeckte seinen Mund und schielte durch den Türspalt. Drinnen war keine Bewegung auszumachen. Charlie kniete sich hin und sah sich das Vorhängeschloss an, das mit großen Nägeln an der Außenseite der Tür befestigt worden war.

Er schob den Drahtring hinein und nach einem angespannten Moment öffnete sich das Schloss. Charlie fing es auf und hängte es lose zurück, sodass die Wachmänner nicht sofort sehen konnten, in welches Haus er gegangen war.

Die Tür war einfach zu öffnen und Charlie überprüfte seinen Mundschutz. Dann wartete er im Eingang, um nach Geräuschen von drinnen zu lauschen. Sein Herz blieb einen Augenblick lang fast stehen. Aus dem Zimmer kam ein krachendes Geräusch. Als wäre ein riesiger wilder Vogel in ihm eingesperrt.

Dann sah er, woher das Geräusch kam. Eine Plane, mit der das Dach von innen bedeckt gewesen war, hatte sich gelöst. In der Brise klatschte sie laut gegen die Wand und den Boden.

Charlie schob sich Zentimeter um Zentimeter weiter in das Haus hinein und blickte dabei prüfend um sich. Im Inneren des fensterlosen Holzhauses war es dunkel. Er band die Plane fest, um mögliche Geräusche besser wahrnehmen zu können. Dann hielt Charlie nochmals inne und spitzte die Ohren.

Stille. Das Zimmer war leer.

Er ging weiter in die Dunkelheit hinein und unter ihm knarrte der Boden. Holzdielen, eine teure Wahl für einen armen Schmied. Außerdem sah er ein echtes Bett mit einem Rahmen aus geflochtenen Seilen. Er erkannte geradeso, dass auf dem Boden Papiere verstreut waren und ein Fass mit halb fertigen Schmiedearbeiten umgestoßen worden war. Es sah aus, als sei jemand vor ihm hier gewesen. Das Haus war durchsucht worden.

Er nahm einen sauren Geruch wahr. Es roch nach etwas Totem. In der Finsternis sah er einen Haken über dem Kamin, an dem Tauben hingen. Es roch, als ob das Fleisch in der stickigen Sommerhitze verdorben wäre.

Er kniete sich neben das umgestoßene Fass und hob eines der Metallobjekte vom Boden auf. Es war ein Schnappschloss – die Abschussvorrichtung einer Muskete. Charlie setzte sich hin und überlegte. Der Boden war voll von ihnen. Mindestens fünfzig Stück. Viel mehr, als eine Privatperson brauchen würde.

Also hat dieser Schmied Waffen hergestellt.

In der Nähe des umgestürzten Fasses erkannte er feuchte Ringe auf dem Holzfußboden, wo andere Behälter gestanden hatten. Er überschlug die Zahlen. Drei Fässer. Vierhundert Schnappschlösser. Vierhundert Musketen. Der Schmied hatte genügend hergestellt, um eine ganze Armee auszurüsten.

Er ließ seinen Daumen über das Schnappschloss gleiten und fühlte eine ihm bekannte Form. In das weiche Metall auf der

Unterseite war ein Symbol gebrannt worden, das er erkannte. Es war eine Krone über einer Schlaufe aus Knoten.

Charlie hielt das Schnappschloss an seinen Arm und versuchte, es mit der Größe des Symbols zu vergleichen, das Marias toter Schwester eingebrannt worden war. Eines dieser Schnappschlösser war verwendet worden, um ihre Leiche zu brandmarken. Er war sich sicher.

Charlie dachte angestrengt nach und drehte dabei das Schnappschloss in der Hand hin und her. Dann nahmen seine Ohren neben dem leisen Läuten der Totenglocken plötzlich noch ein anderes Geräusch wahr. Ein Geräusch von etwas, das ganz in der Nähe war.

Ein Hund oder eine Katze, dachte er. Dann hörte er es noch einmal. Diesmal lauter. Zu laut für ein schleichendes Tier. Bevor er sich entscheiden konnte, sich zu verstecken, knarrte die Tür hinter ihm, öffnete sich und gab den Blick auf ein blasses Gesicht frei. Die Silhouette hielt einen Eisenstab fest in den Händen. Sie schob sich mit der Sicherheit eines Attentäters langsam durch die Tür.

»Sag mir, was du weißt«, forderte eine gedämpfte Stimme. »Oder ich schlage dir den Kopf ein.«

Kapitel 25

Blackstone und der Bürgermeister wurden in ein niedriges Zimmer geführt, das nach ungewaschenen Körpern roch. Drinnen lag Amesbury im Licht der Walöllampe fast horizontal ausgestreckt auf einer Chaiselongue. Der Glücksritter hatte seine großen braunen Lederstiefel vor sich abgestellt. Und er trug seinen üblichen schweren Militärmantel, damit niemand seine militärische Brillanz vergaß.

Amesbury trug sein braunes Haar lang und gelockt wie der König, und einen affigen kleinen Schnurrbart. Seine Haltung schien trotz des großen Körpers tadellos, als wäre dieser eine Rüstung, die er schon sein ganzes Leben lang trug.

Eine grell geschminkte Frau lehnte sich an seine Schulter, während eine andere eine Rebe mit Weintrauben in seinen Mund baumelte ließ und affektiert kicherte. Sein Haustier, ein Affe, schlich auf dem Boden herum und schnappte nach Stücken der Weintraubenhaut.

Amesbury setzte sich kaum merklich auf, als Blackstone und der Bürgermeister hereinkamen. Die Frauen wichen etwas zurück, klammerten sich aber schützend an ihn. Der Affe setzte sich auf seine Hinterbeine, als wollte er an der Unterhaltung teilnehmen. Niemand wusste genau, wo Amesbury das Tier aufgelesen hatte. Aber er hatte eine Zeit lang für die Marine gearbeitet und man erzählte sich, dass er es bei einem Kartenspiel gewonnen hatte.

»Willkommen«, sagte Amesbury. »Ich komme manchmal hierher. Wir können hier ungestört reden.«

»Es stinkt nach Sünde hier drinnen«, verkündete Bürgermeister Lawrence. »Konntet Ihr keinen besseren Ort finden, an dem wir uns hätten treffen können?«

Über ihnen hörte man ein rhythmisches Pochen. Die beiden Frauen schmunzelten einander zu.

»Ich wollte sichergehen, dass wir nicht belauscht werden«, entgegnete Amesbury.

Während er sprach, wurde die Tür aufgestoßen und ein halb bekleideter Aristokrat fiel in das Zimmer. Drei lachende Mädchen, teils entkleidet, rollten hinterher.

»Ihr müsst Euer Versprechen halten!«, sagte eine, während sie sich an seinem Stiefel festhielt. »Das ganze Fass oder die alte Madame.«

Und die kleine Gruppe fiel vor Heiterkeit quietschend in das Zimmer zurück, aus dem sie gekommen war. Blackstone durchschritt das Zimmer mit ausdruckslosem Gesicht und schloss die Tür hinter ihnen. Das laute Lachen und Rufen wurde etwas leiser.

»Amesbury.« Blackstone verbeugte sich nur ansatzweise. Er traute dem Berater des Königs nicht, der während des Bürgerkriegs mehrere Male die Seiten gewechselt hatte. »Was ist es, über das Ihr mit uns sprechen wolltet?«

Amesbury polierte eine Schnalle seines Militärmantels mit einem schwieligen Daumen.

»Ich habe gehört, dass es noch einen Hexenmord gegeben hat«, erwiderte er.

Blackstone war einen Moment lang still. Er hatte keine Ahnung, wie Amesbury an diese Information gekommen war.

Bürgermeister Lawrence stieß ein kleines, verärgertes Schnauben aus. Er hatte kürzlich eine Brille in Cheapside gekauft und seine Augen wurden nun hinter den verkratzten runden Brillengläsern schauderhaft vergrößert. Das Lederband passte gerade noch so um das unförmige Gesicht.

»Wir haben das Geld des Königs darin investiert, den Diebesfänger zu finden«, sagte er. »Ihr könnt Euch sicher sein, dass wir ihn finden werden.«

»Wie sicher seid Ihr Euch, dass es der Diebesfänger ist, der die Morde begangen hat?«, fragte Amesbury.

Blackstone hatte sich schon länger die gleiche Frage gestellt. Das Land wurde seit dem Umbruch durch Cromwells Puritaner von religiösen Fanatikern überrannt. Viele von ihnen hatten ein viel besseres Motiv als der Diebesfänger.

»Dieser Zauber scheint sich gegen Seine Majestät zu richten«, fuhr Amesbury fort. »Und wir wissen, dass König Charles viele Feinde hat. Viele, die für seinen Vater im Bürgerkrieg gekämpft haben, haben ihre Ländereien verloren und wurden enttäuscht, als sein Sohn sie ihnen nicht zurückgab.«

»Und Ihr seid einer dieser Männer, wenn ich mich recht erinnere«, entgegnete Bürgermeister Lawrence.

Amesbury lächelte.

»Deswegen mache ich mir keine Gedanken«, antwortete er. »Ich kümmere mich darum, Aufstände zu verhindern. Jeden Tag schlagen wir die eine oder andere Faktion nieder. Der zweite Mord wurde mit einem Rosenkranz begangen. Einer katholischen Gebetskette. Ist der Diebesfänger ein Katholik?«

»Das sagt überhaupt nichts aus«, tobte der Bürgermeister. »In London gibt es Hunderte von Katholiken, die ihren Glauben geheim halten.«

Amesbury dachte darüber nach.

»Und doch sind die Katholiken diejenigen, die am meisten verloren haben«, bemerkte er. »Das wäre Motiv genug, um irgendeinen unheiligen Zauber gegen Seine Majestät zu wirken, oder nicht? Vielleicht wäre es sinnvoll, unser Netz auszuweiten.«

»Und Ihr habt Eure eigenen Verdächtigen?«, fragte Bürgermeister Lawrence sarkastisch. »Die Mätresse des Königs vielleicht? Die Leute sagen jedenfalls, dass Louise Keroulle und ihr Bruder beide Hexen sind.«

Bei der Erwähnung Louises und ihres Bruders bemerkte Blackstone eine fast unmerkliche Änderung in Amesburys Gesicht. Dann änderte sich der Ausdruck wieder und er fragte sich, ob er ihn sich nur eingebildet hatte.

»Das tote Mädchen arbeitete in der *Adders-Spielbank*«, sagte er. »Ich habe mit Mr Adders gesprochen und er sagte mir, dass ein neues Mitglied nur Tage vor ihrem Mord beigetreten sei. Ein Thomas Malvern.« Er hielt einen Moment lang inne. »Adders ist der Ansicht, dass Malvern nicht die übliche Art Mitglied ist. Er hat kein Familienanwesen und ihm wurde kein Kredit gewährt. Aber Malvern hatte eine Menge Geld dabei, also haben sie ihn wetten lassen.«

»Das hört sich für mich nicht besonders verdächtig an«, erwiderte Lawrence. »Sicherlich lassen diese Art von Clubs jeden herein, der das nötige Kleingeld hat.«

»Malvern trug die Kleidung eines Pest-Doktors«, fuhr Amesbury fort. »Und weigerte sich, diese abzulegen, selbst nachdem die Mädchen im *Adders* ihn darum baten. Sie dachten, Malvern wollte andere Glücksspieler verunsichern. Aber das Kostüm verdeckte natürlich auch sein Gesicht.«

Blackstone und der Bürgermeister warteten geduldig, bis Amesburys Gedankengang sein Ende erreicht hatte.

»Es erscheint mir seltsam, dass ein verdächtiger Charakter nur wenige Tage vor dem Mord an einem der Mädchen dem Club beitreten sollte«, fuhr er fort. »Ich möchte, dass Ihr beide mehr über diesen Thomas Malvern herausfindet. Besucht ein paar weitere Spielbänke. Seht, auf was für Informationen Ihr stoßt.«

Lawrences Gesicht verkrampfte sich vor Empörung.

»Wir haben nicht die passenden Mittel, um solche Arten von Recherchen anzustellen.«

Amesbury lächelte.

»Ich würde es als einen Gefallen betrachten«, meinte er und sein Tonfall machte ihnen deutlich, dass er bei diesem Thema zu keinem Kompromiss bereit war.

Blackstone verbeugte sich.

»Wir werden uns darum kümmern.«

»Ich habe außerdem gehört, dass letzten Monat eine Hexe aus dem Gefängnis in Wapping entlassen worden ist«, fuhr Amesbury fort. »Das scheint mir wie ein Hinweis, der es wert ist, verfolgt zu werden.« Er hob seine Hand, als der Bürgermeister zu protestieren anfing. »Das werde ich selbst übernehmen, Lawrence. Ihr braucht Euch keine Mühe zu machen. Spart Eure Energie auf, um uns den Diebesfänger zu bringen.«

»Warum mussten wir uns hierfür im Geheimen treffen?«, fragte Blackstone, obwohl er die Antwort kannte.

Amesbury hatte keine Zustimmung des Königs, Nachforschungen anstellen zu dürfen.

»Es ist besser, den König nicht mit solchen Dingen zu beunruhigen«, entgegnete Amesbury abweisend. »Und da ist noch etwas.« Er läutete eine kleine Glocke und ein junger Diener kam mit einer Schale Trinkschokolade herein. Er fing an, sie kräftig umzurühren. »Möchten die Herren etwas Trinkschokolade?«, fragte Amesbury. »Es ist eine Vorliebe, die ich mir in den Kolonien zugelegt habe.«

Der Bürgermeister schüttelte entschieden den Kopf und Blackstone, obwohl er versucht war, tat es ihm gleich.

Amesbury nahm die Tasse, die in seinen schwieligen Soldatenhänden winzig aussah, und nahm einen Schluck.

»Seine Majestät bittet, dass man sich der Münzfälscher annimmt.«

Lawrence schnaufte frustriert.

»Münzfälscher? Die Stadt ist kurz vor einem Aufstand. Ganze Meuten kommen vom Land her und laufen Amok vor Angst, dass die Londoner ihre Dörfer infizieren. Was macht es da, wenn ein paar gefälschte Groschen in Umlauf sind?«

»Ich teile Euch nur den Wunsch Seiner Majestät mit«, sagte Amesbury. »Gefälschte Münzen sind so weit verbreitet, dass sie anfangen, die Wirtschaft zu ruinieren.«

Blackstone zweifelte im Stillen daran, dass der König viel zu dem Wunsch, den Amesbury als seinen ausgab, zu sagen hatte. Amesbury war geschaffen für den Bürgerkrieg und für politische Unruhen. Armeen, die von ihm geleitet wurden, waren nahezu unbesiegbar, aber was er nicht besaß, war Loyalität. König Charles hatte ihn nur zu seinem persönlichen Berater ernannt, um ihn auf der Seite der Königstreuen zu halten.

»Es wird gemunkelt, Seine Majestät könnte die Stadt verlassen«, meinte Blackstone.

»Tugendhaftigkeit kostet Geld.« Amesbury zuckte mit den Schultern. »Und König Charles hat nur wenig. Dafür sorgt das Parlament.«

Sein Gesichtsausdruck war leer und ließ nicht darauf schließen, ob und was er dem König bezüglich dieses Themas geraten hatte.

»Aber wie sollen wir irgendwelche Richtlinien ohne die entsprechenden Mittel einhalten?«, fragte der Bürgermeister. »Wir haben kaum noch Geld, um die Totengräber und Krankenschwestern zu bezahlen. Wir brauchen mehr Feuer, um die Luft zu reinigen, und mehr Gruben, um die Leichen zu begraben. Wie sollen wir das schaffen?«

Amesbury nahm sein Tafelmesser hervor und säuberte sich damit die Zähne.

»Meine große Sorge, meine Herren«, sagte er, »ist, dass es nicht zu schaffen ist.«

Kapitel 26

»Sag mir, was du weißt«, forderte die Stimme. »Oder ich schlage dir den Kopf ein.«

Die erhobene Eisenstange war im Eingang der Schmiede als Silhouette zu erkennen.

In Charlies Kopf ordneten sich mehrere Gedanken gleichzeitig.

»Maria?«, fragte er. »Bist du das?«

Die Eisenstange hob sich noch ein Stück. Charlie war so erschrocken, dass er das Erste aussprach, was ihm in den Sinn kam.

»Du schuldest mir noch eine Guinee«, sagte er.

Maria senkte die Eisenstange Stück für Stück in Verwirrung, bevor sie sich wieder fing.

»Was weißt du über den Mörder meiner Schwester?«, wollte sie wissen und hob die Stange wieder über ihren Kopf.

Charlie schielte auf die Eisenstange.

»Es gibt keinen Grund, mich mit einer Waffe zu bedrohen«, antwortete er. »Ich bin hergekommen, um meinen Namen reinzuwaschen, das ist alles. Warum bist du hier?«

»Aus dem gleichen Grund wie du. Ich glaube, dass ein Schmied das Ding gefertigt haben muss, mit dem Eva gezeichnet wurde. Also habe ich in der Thames Street auf dich gewartet und dich dann verfolgt.«

»Und ist dir dann klar geworden, dass du mich zu Unrecht des Mordes an deiner Schwester beschuldigt hast? Dass ich ein unschuldiger Mann bin, der versucht, seinen Namen reinzuwaschen?«

Maria wedelte mit ihrer Waffe und trat näher heran. Wie Charlie trug sie eine Maske aus Leinen, die ihr Gesicht schützte, und hielt sich eine Hand vor den Mund. Sie schob die Tür hinter sich mit der Eisenstange zu.

»Woher hast du den Schlüssel?«

Sie schwenkte drohend die Waffe.

»Friede!« Charlie hob seine Hände. »Er wurde mir als Waise hinterlassen! Ich weiß nicht mehr darüber, was das Zeichen bedeutet, als du.« Charlies Stimme wurde vor Verzweiflung lauter. »Ich glaube noch nicht einmal an die Macht von Hexen!«, protestierte er. »Ich bin ein rationeller Mensch. Ich denke, diejenigen, die Zauber und Tränke kaufen, sind dumm.«

Maria senkte die Waffe ein wenig.

»Warum trägst du den Schlüssel bei dir?«

Charlie griff schützend nach dem Schlüssel.

»Er wurde mir hinterlassen. Das ist alles. Er war das Einzige, das ich bei mir hatte, als ich in das Waisenhaus kam.«

Maria schien einen Moment lang in Gedanken versunken, aber dann zogen sich ihre Augenbrauen zusammen, als sie verstand.

»Dann hast du dein eigenes Rätsel, das du lösen musst«, sagte sie. »Deshalb bist du hier. Du glaubst, du findest deine Mutter oder so.«

»Ich bin hier, um meinen Namen reinzuwaschen, das ist alles. Da du ihn beschmutzt hast.«

Aber Maria schien eine unfehlbare Begabung dafür zu haben, zu erkennen, wenn er etwas verbarg.

»Du musst dich doch auch fragen, warum dir der Schlüssel hinterlassen wurde«, wiederholte sie. »Glaub nicht, dass ich dumm bin, Charlie Diebesfänger. Wenn du nur nicht gefangen werden wolltest, könntest du entkommen, während die Pest hier tobt, und man würde dich einfach vergessen. Du hast genauso viel Grund wie ich, den Mann zu finden, der dieses Zeichen hinterlassen hat.«

Sie sah auf einmal aus, als würde sie sich schuldig fühlen.

»Ich gebe zu, dass es vielleicht ein Fehler war, die Wachen auf dich zu hetzen. Aber du darfst nicht zu schlecht von mir denken. Ich will den Mörder meiner Schwester zur Rechenschaft ziehen, und ich hatte Angst, dass du weglaufen würdest, bevor ich Informationen von dir bekommen könnte. Das ist üblich für gemeine Leute.«

»Und unschuldige Männer zu beschuldigen und zu versuchen, sie festnehmen und foltern zu lassen, ist das üblich für feinere Leute?«, erwiderte Charlie scharf. »Mir ist die ganze Stadt auf den Fersen, Maria! Der König selber hat Männer geschickt, um mich festnehmen zu lassen.«

»Es ist sowieso gleichgültig«, sagte Maria. »Wir sind aus dem gleichen Grund hier. Wir könnten einander helfen«, fügte sie hinzu.

Charlie betrachtete sie argwöhnisch. Als sie das letzte Mal aufeinander getroffen waren, hatte sie ihn mit erschreckender Leichtigkeit hereingelegt.

»Warum sollte ich dir trauen? Du könntest Wachen gerufen haben, die sich auf mich stürzen, sobald du mit mir fertig bist.«

»Du solltest mir nicht mehr trauen als ich dir«, erwiderte Maria. »Du trägst das Zeichen eines Mörders und deine sentimentale Geschichte könnte nichts anderes als eine Finte sein.«

Sie starrten einander an.

»Ich gebe dir mein Wort«, sagte Maria endlich. »Ich versuche nicht, dich reinzulegen. Nur, den Mörder meiner Schwester zu finden.« Sie bückte sich, um die Eisenstange auf den Boden zu legen. »Schau?«

Charlie stand einen Moment lang da und wog seine Optionen ab. Er musste zugeben, dass es schneller gehen würde, das Haus zu zweit zu durchsuchen, als alleine. Und da die Wachmänner jeden Augenblick zurück sein könnten, schien es sinnvoll, ihre Hilfe anzunehmen.

»Wir suchen schnell das Haus ab«, beschloss er. »Die Wachmänner haben gesehen, wie ich den Hof betreten habe, und werden bald zurück sein. Aber wenn wir hier raus sind, musst du mir versprechen, dass du mir nicht weiter folgen wirst.«

Maria nickte zögernd, indem sie den Kopf fast unmerklich zur Seite legte.

»Und du musst mir glauben, dass ich nicht des Mordes schuldig bin«, fügte er hinzu.

»Ich habe keine andere Wahl, zumindest vorerst. Aber wenn ich Beweise finde, dass du mich angelogen hast, wird es dir noch leidtun«, entschied sie.

Charlie sparte sich eine schroffe Antwort und konzentrierte sich stattdessen auf die anstehende Aufgabe.

»Ich habe etwas gefunden«, sagte er und zeigte darauf. »Dieses Fass war voll von Abschussvorrichtungen für Musketen. Mindestens hundert. Und so wie es aussieht, waren hier noch viel mehr davon. Und sie tragen das Zeichen. Das gleiche, das du an deiner Schwester gefunden hast.«

Maria war einen Moment lang still.

»Jemand hat Musketen angefertigt?«, fragte sie endlich. »Für einen Aufstand?«

Charlie nickte. Er war beeindruckt. Sie war scharfsinniger als er ihr zugetraut hatte.

»Aber warum sollte dieser jemand meiner Schwester etwas antun wollen?«

»Das weiß ich nicht. Aber ich dachte, ich durchsuche das Haus«, antwortete er. »Doch es sieht so aus, als sei jemand vor uns hier gewesen«, fügte er hinzu, während er die Schmiedearbeiten betrachtete, die achtlos im Raum verteilt lagen.

»Ich habe eine Zunderbüchse«, sagte Maria und ließ den Feuerstein Funken schlagen, »und einen kleinen Kerzenstumpf. Damit wir besser sehen können.« Sie lief zum Ende des Raumes und beleuchtete die verstreuten Objekte mit der Kerze. Dann hielt sie plötzlich beim Bett an. »Hier ist es klebrig unter den Füßen.«

Charlie wusste, was es war, noch bevor er sie erreichte.

»Lass mich«, sagte er, während er vorwärts trat und ihr die Kerze aus der Hand nahm. »Ich schau mir das an.«

Eine angetrocknete Flüssigkeit blitzte verdächtig rot im Licht der Flamme auf. Sie vermischte sich mit einem dunklen Schemen unter dem Bett. Charlie hob den Kopf, um Maria anzusehen.

Ihr Gesicht hatte einen abwesenden Ausdruck und ihre Mundwinkel waren nach unten gezogen.

»Ist das der Schmied?«, flüsterte sie.

Charlie nickte. Er trat näher und streckte dann seinen Arm in Richtung der Leiche aus, um nicht zu nah herangehen zu müssen. Charlie schluckte, als er die lederne Haut sah.

Der Schmied war gefoltert worden. Teile seiner Lippen und seiner Nase waren abgeschnitten und dunkle, blutige Blasen waren alles, was von seinen Fingernägeln übrig war. Die Hälfte seines Kopfes fehlte dort, wo der schwere Metallgriff seinen Schädel gespalten hatte.

»Jemand hat ihm etwas Schweres in den Kopf gestoßen«, sagte Charlie und richtete sich auf, um Maria den Anblick und das Ausmaß der Verletzungen zu ersparen. »Ich glaube, derjenige, der die Waffenteile in Auftrag gegeben hat, wollte seine Spuren verwischen«, fügte er hinzu.

»Kann es nicht ein simpler Raubüberfall gewesen sein?«, fragte Maria.

»Nein«, antwortete Charlie. »Er wurde gefoltert. Ein Dieb hätte so etwas nicht getan.«

Maria war eine Weile lang ruhig und Charlie bereute schon, dass er ihr die Einzelheiten erzählt hatte.

»Wir sollten weitersuchen«, sagte sie. »Der Mörder könnte einen Hinweis hinterlassen haben.«

»Das sind vermutlich unsere besten Hinweise«, erwiderte Charlie und hielt eins der Schnappschlösser hoch. »Die Wachmänner müssen gleich hier sein, Maria. Es ist besser, wenn wir jetzt gehen.«

Aber während er sprach, bemerkte er etwas. Die Tauben waren über dem Kamin in einer Reihe aufgehängt worden. Der Flügel einer Taube hing lose herunter. Der Anblick weckte die Intuition des Diebesfängers in ihm. Irgendetwas an dieser Verletzung passte nicht dazu, wie tote Tauben normalerweise hingen.

Er ging hinüber, um den gebrochenen Flügel zu inspizieren.

»Jemand hat eine Feder abgeschnitten, um damit zu schreiben«, murmelte er, während er den präzisen Einschnitt betrachtete. »Das kann wohl kaum der Schmied gewesen sein. Ein Mann wie er kann nicht schreiben.«

Die Feder war geschickt von jemandem abgeschnitten worden, der schreibkundig genug war, um sein eigenes Federmesser bei sich zu tragen. Ein gebildeter Mann, registrierte er.

»Was ist mit den Schussvorrichtungen, die du erwähnt hast?«, fragte Maria und unterbrach seinen Gedankengang. »Können die uns nicht zu ihm führen?«

Charlie nickte langsam.

»Er braucht Schießpulver für Musketen.«

Die Stimme eines Mannes, die von der Straße her zu hören war, ließ sie verstummen.

»Welches Haus ist es?«

Sie erstarrten.

»Bei dem da drüben hängt das Schloss lose.«

Charlie blickte Maria an.

»Du hast das Schloss nicht zurückgehängt!«

»Woher sollte ich wissen, dass du nicht schlau genug warst, die Wachmänner abzuhängen?«, zischte sie.

»Da ist ein Pest-Kreuz auf der Tür!«, rief einer der Wachmänner.

Charlie und Maria wechselten Blicke.

Von der Straße her war eine weitere Stimme zu hören.

»Guck kurz drinnen nach und dann können wir beide diesen höllischen Ort verlassen.«

»Ich werde sicher nicht lange drin bleiben.«

Charlie schoss vorwärts, schob schnell seine Hand durch die Tür und schloss das Vorhängeschloss.

»Er ist da drinnen!«, rief jemand von der Straße aus. »Er hat gerade die Tür verschlossen!«

Ein metallenes Geräusch war zu hören. Jemand versuchte, das Vorhängeschloss an der Eingangstür aufzubrechen.

»Komm schnell! Ich will da nicht alleine rein!«, rief der Wachmann.

Charlie drehte sich schnell zu Maria und dann wieder zur Tür um.

»Sie werden bewaffnet sein und sich sicher nicht die Zeit nehmen, uns zu befragen.«

»Was sollen wir tun?«, flüsterte Maria. »Sie werden uns für Pest-Räuber halten und uns mit Sicherheit verhaften.«

»Wenn sie uns nicht vorher umbringen.«

Kapitel 27

Amesbury lag auf den seidenen Laken des königlichen Himmelbetts. Er hatte seinen Mantel ausgezogen und trug ein Soldatenhemd, das mit einer orangefarbenen Schärpe um seinen breiten Leib gewickelt war. Aber seine Beine, die er vor sich gekreuzt hatte, steckten noch in seinen langen Lederstiefeln.

Der Diener hatte ihm etwas Frühstück gebracht. Frisches Brot, Butter und ein Pint Sahne standen neben dem Bett. Und das erste Mädchen war ebenfalls hereingeführt worden. Amesbury musterte es. Die junge Frau trug ein rotes Seidenkleid, das sie sich langsam von den weißen Schultern schob. Stück für Stück kamen zwei dunkle Nippel, ihr Bauch, ein Stück kastanienbraunes Haar und zwei wohlgeformte Oberschenkel zum Vorschein, bis das Kleid in einem Haufen zu ihren Füßen lag.

Er gestikulierte, sie solle sich für ihn ihm Kreis drehen. Sie kam seiner Bitte nach und hielt dabei ihr verführerisch dreinblickendes Gesicht weiter in Richtung Bett. Amesbury nickte. Dem König gefiel so etwas. Sie würde gut passen.

»Du hast verstanden, was du tun müsstest?«, fragte er das Mädchen. »Ich werde dir einen fairen Lohn zahlen. Und du wirst Seine Majestät um nichts bitten. Keinen Schmuck, keine Ländereien. Nicht einmal, wenn er es dir anbietet.«

Das Mädchen nickte.

»Du wirst ihm nicht deine Meinung zu politischen Themen mitteilen. Und du wirst mir über seine anderen Mätressen berichten«, fügte Amesbury hinzu. »Sag mir, um was sie den König bitten und was er bereit ist, ihnen zu geben.«

Sie nickte noch einmal, diesmal allerdings langsamer.

»Sehr gut«, sagte Amesbury. »Hast du jemals Syphilis gehabt?«

Das Mädchen schüttelte heftig den Kopf.

»Zeig es mir.«

Eine Sekunde lang zögerte das Mädchen.

»Lass mich zwischen deine Beine schauen. Ich möchte es selber sehen.«

Das Mädchen kletterte auf das Bett. Sie kniete vor ihm nieder und spreizte ihre Beine.

»Weiter auf, damit ich es sehen kann.«

Sie spreizte die Beine noch mehr. Amesbury bemerkte mehrere Narben, die auf eine Syphilis-Behandlung mit Quecksilbersalzen schließen ließen. Er schüttelte traurig den Kopf. Sie hatte so vielversprechend ausgesehen.

»Du bringst mir nichts, wenn du den König mit Syphilis ansteckst«, sagte er. »Mein Ziel ist es, ihm zu helfen, sein Land zu verteidigen, nicht aber, ihm ein Leben voller Schmerzen zu bescheren.« Er deutete dem Mädchen, es solle aufstehen. »Du bist ein hübsches Mädchen und wirst in der Stadt weit kommen«, sagte er, während er ihr eine Münze hinhielt.

Die junge Frau bedankte sich mit einem breiten Lächeln. Sie schloss die Finger um die Münze in ihrer Hand und kletterte vom Bett herunter, um ihr Kleid vom Boden aufzuheben. Sie ging gerade hinaus, als Louise Keroulle, unüblicherweise vollständig bekleidet, in das Zimmer platzte.

»Was machen diese Mädchen dort draußen im Flur?«, verlangte sie zu wissen.

Durch ihre Wut wurde ihr französischer Akzent noch stärker.

»Beruhigt Euch, Louise«, schalt Amesbury, »wir sind doch beide keine Kinder.«

»Ihr sucht nach einem Ersatz für mich!«, tobte sie. »Das werdet Ihr nicht tun. Ihr glaubt, ich sei eine Spionin. Aber das bin ich nicht!«

Louise stampfte mit dem Fuß auf. Dann riss sie die Schildpatt-Klemmen aus ihrem lockigen braunen Haar und warf sie in Richtung des Bettes.

Amesbury sprang auf.

»Glaubt nicht, Ihr könnt Eure Trotzanfälle an mir auslassen, wie Ihr es mit dem König tut.«

Wenn er sich zu seiner vollen Größe aufrichtete, war Amesbury immer noch eine imposante Gestalt, obwohl er mittlerweile über vierzig war.

»Wie könnt Ihr es wagen, Huren einzustellen, um Seine Majestät von mir abzulenken!«, gab Louise zurück. Aber der Kampfgeist war aus ihrer Stimme gewichen. Sie stand einen Moment lang da, während ihr Busen sich in ihrem Kleid hob und senkte. »Ihr habt kein Recht«, zischte sie, »mich so zu behandeln. Frankreich hat ihn in seinem Exil geschützt. Mein Bruder hat für seinen Vater gekämpft.«

»Was ist los, Louisie?«

Ein weiterer französischer Akzent war zu hören, und mit ihm betrat Louises Bruder George das Zimmer. Er war nur ein paar Jahre jünger als Amesbury und behandelte Louise mehr als eine Tochter als eine Schwester. George, der einen ausgeprägten spitzen Haaransatz hatte und einen auffallend französischen, goldbestickten Mantel sowie Strümpfe mit Bändern trug, kam näher.

»Er versucht, Frauen zu finden, die das Herz des Königs erobern sollen«, sagte Louise, während sie mit einem zitternden Finger auf Amesbury zeigte.

»Und warum sollte ich das nicht?«, erwiderte Amesbury. Sein Zorn wuchs. »Habt Ihr auch nur irgendeine Ahnung, Ihr dummes Gör, was Ihr für einen Schaden anrichtet?«

»Wagt es nicht, schlecht über meine Schwester zu reden«, polterte George. »Ich habe für Euren König und für den Vater Eures Königs gekämpft.«

»Ich auch«, entgegnete Amesbury. »Und jetzt verschleudern Frauen wie Eure Schwester das Geld des Königs für Kleider und Schmuck. Geld, das dafür verwendet werden sollte, die Wunden des Bürgerkriegs zu heilen.«

Louise sah unsicher aus.

»Manche Leute denken, Ihr spioniert für die Franzosen, bei dem Unheil, das Ihr über die Herrschaft Seiner Majestät gebracht habt«, fuhr Amesbury fort und seine Stimme war von Wut gefärbt. »Aber ich glaube, Ihr seid einfach nur raffgierig. Raffgierig und dumm.« Er deutete auf Louise. »Mit dem Geld des Königs hätten die Katholiken bezahlt werden sollen, die seinen Vater verteidigt haben«, sagte er. »Diese Männer haben für ihn gekämpft. Sie haben schwer unter Cromwell gelitten. Jetzt ist nichts übrig, um sie auszuzahlen. Und warum? Damit Huren wie Ihr ein mit Juwelen geschmücktes Kleid und ein feines Landhaus für Eure Feste bekommt.«

Louise und George standen jetzt mit offenen Mündern da, während Amesburys Zorn wie ein Sturm um sie fegte.

»Ihr hübschen Mädchen«, fuhr er fort, »mit Euren Kleidern und Diamantringen. Ihr nehmt und nehmt und nehmt. Aber es sind Männer, die dafür in den Krieg ziehen. Habt Ihr auch nur irgendeine Ahnung, was auf dem Schlachtfeld passiert? Was getan werden muss?«

Louises Gesicht war von Angst gezeichnet. Amesbury schüttelte den Kopf.

»Der König wurde nicht zum Herrschen erzogen«, sagte er. »Er ist erst spät im Leben dazu gekommen. Wer kann es ihm übelnehmen, jetzt, wo er Geld hat und Frauen wie Ihr wie Blutegel an ihm hängen? Welch ein Mann würde unter diesen Umständen keine schlechten Entscheidungen treffen?«

Er deutete auf die weiße Spitze und die rosafarbene Seide, die Louises schlanke Taille umschlossen und sich unten in kostspieligen, weiten Falten ausbreiteten.

»Ihr seid gekommen, um den König zu verführen, obwohl Ihr wusstet, dass er verheiratet ist. Und Ihr wagt es, meine Moral infrage zu stellen, weil ich ihm ein Mädchen suche, das unser Land weniger Steuern kostet als Ihr? Ein Mädchen, das ihn nicht dazu überredet, London zu verlassen, um eigene selbstsüchtige Ziele zu erreichen?«

George stellte sich schützend neben seine Schwester.

»Wir sollten London verlassen«, sagte er, »unserer eigenen Sicherheit wegen. Wenn in Frankreich die Pest ausbricht …«

»Wir sind aber nicht in Frankreich!«, unterbrach ihn Amesbury. »Wir sind in England. Und die Engländer erwarten mehr von ihrem König. Wenn er geht, heißt das für all diejenigen, die einen Aufstand erwägen, dass ihr König schwach ist und sie verlassen hat.« Amesbury seufzte schwer. »Habt Ihr überhaupt irgendeine Ahnung von Politik? Jeden Tag hören wir von neuen Aufständischen. Sobald der König die Stadt im Stich lässt, haben sie Grund genug, zu agieren.«

Ein kleines braunes Etwas hüpfte in das Zimmer hinein, Amesburys Bein hinauf und legte seinen Schwanz um seine Taille. Louise zischte vor Abscheu. Sie hatte Amesburys Affen schon immer gehasst. Das Tier hatte sie schon mehrmals gebissen und schien darauf abgerichtet worden zu sein, sie zu bestehlen. Obwohl Amesbury schwor, dass ihm diese Untugend nicht absichtlich beigebracht worden war.

»Der Hof muss London verlassen«, sagte sie. »Diese Huren da draußen sind ein Risiko für uns alle. Jedes dieser Mädchen könnte die Pest haben.«

»Wenn der König London verlässt«, antwortete Amesbury, »wird die Stadt im Chaos versinken. Recht und Ordnung sind bereits überstrapaziert.«

»Dann sehen wir alle dem Tod in die Augen!«, erwiderte Louise. Ihre engelsgleichen Gesichtszüge verzogen sich dabei vor Wut. »Ihr tut so, als würdet Ihr den König verehren. Aber Ihr seid nur verbittert, weil Ihr einer von denen seid, die ihre Ländereien nicht zurückbekommen haben. Wir müssen die Stadt verlassen. Und zwar sehr bald!«

»Ihr müsst auf sie hören«, stimmte George zu, der immer auf der Seite seiner Schwester stand. »Ihr riskiert unser aller Leben, wenn Ihr den König nicht dazu überredet, London zu verlassen.«

Amesbury hörte jedoch nicht zu. Sein Affe hatte etwas aus Louises Tasche gezogen. Einen Brief, der mit einem Symbol beschriftet worden war. Fasziniert sah er zu, wie das Tier ihm den Brief überreichte.

»Was ist das?«, forderte Amesbury, während er das Blatt vor Louise hin und her wedelte. »Woher kommt dieses Symbol?«

Louise zuckte mit den Schultern.

»Der König hat ihn gelesen. Er hat mich gebeten, ihn für ihn aufzubewahren.«

Mit einem einzigen Sprung ergriff Amesbury ihren Hals und drückte sie gegen die Wand. George eilte zu seiner Schwester, aber Amesburys riesige Hand schoss vor und katapultierte ihn in hohem Bogen auf den Boden. George landete ausgestreckt am anderen Ende des Zimmers.

»Woher«, zischte Amesbury, »habt Ihr das?«

Louises Gesicht lief unter dem Druck, den er auf ihren Hals ausübte, rot an. Ihre Stimme war ein tiefes Keuchen.

»Der König«, brachte sie heraus. »Ich schwöre! Lasst mich runter. Bitte. Das ist alles, was ich weiß.«

Amesbury starrte ihr ins Gesicht, um herauszufinden, ob sie log. Eine Sekunde später ließ er sie los. Louise stolperte von ihm weg, während sie nach Atem rang und sich an den Hals fasste.

»Damit habt Ihr Euch einen Feind geschaffen, Amesbury«, flüsterte sie, während sie rückwärts ging.

Auf der anderen Seite des Zimmers hatte George sich aufgerichtet und trat nun zu seiner Schwester herüber.

»Der König wird London verlassen«, fauchte sie. »Dafür werde ich sorgen. Und glaubt mir, es wird der Tag kommen, an dem es Euch leidtun wird. Er wird schneller kommen als Ihr denkt.«

Louise trat vorsichtig aus dem Zimmer, während sie sich den Hals rieb, und George folgte ihr.

Amesbury stand alleine mit dem Brief da. Seine Finger fuhren über das Symbol am unteren Rand des Briefs.

»Eine Krone«, murmelte er, »über drei Knoten.« Seine Hand fing an zu zucken. Ein altes Souvenir aus dem Bürgerkrieg. »Ich dachte, sie wären alle tot«, flüsterte er.

Kapitel 28

Charlie schaute prüfend hoch. Das Dach bestand aus einer dünnen Schicht Reet. Es war auf billige Art und Weise aus dem Schilfrohr der nahe gelegenen Sumpfgebiete Londons gefertigt worden. Er griff nach einer Handvoll davon, um es zu prüfen. Das Schilf war nicht gut gepflegt worden und schimmelte.

»Wir können es herausziehen und durch das Dach entkommen«, sagte er, während er noch ein Büschel Schilf griff und es herauszog. »Es ist nicht mehr als ein paar Zoll stark und an manchen Stellen marode. Wenn wir uns beeilen, könnten wir entkommen.«

Maria stand bewegungslos da und sah ihn an. Dann fing sie sich.

»Wo ist es am einfachsten?«

»Dort«, antwortete Charlie. »Das Schilf ist nahezu lose. Man kann fast das Tageslicht durchscheinen sehen.«

Er stieß seine Faust hinein und zog das Schilf so schnell er konnte in Klumpen heraus. Die scharfen Kanten schnitten seine Haut ein und er musste all seine Kraft aufwenden, um die stärkeren Schilfrohre zu zerbrechen.

Von draußen hörte er Holz auf Metall schlagen. Der Wachmann bearbeitete das Vorhängeschloss mit seinem Knüppel.

Verzweifelt wand sich Charlie seiner zerstörerischen Aufgabe mit neuem Elan zu. Die Sonne schien durch ein faustgroßes Loch. Er schob beide Hände hindurch und riss das Reet zur Seite, um die Öffnung zu vergrößern. Er sah hinunter zu Maria, die ihre Arbeit am Dach unterbrochen hatte und die Tür anstarrte.

»Hilf mir!«, zischte Charlie. »Beeile dich, Maria, sie werden bald im Haus sein.«

Von der anderen Seite der Tür rief eine Stimme zu ihnen herein:

»Hört zu, ihr Diebe! Ich bin das Recht, also glaubt nicht, ihr könntet fliehen, denn ich und mein Freund sind Wachmänner und außerdem bewaffnet!«

Das krachende Geräusch an der Tür wurde lauter. Es hörte sich an, als würde das Vorhängeschloss langsam nachgeben.

Eine weitere Stimme hallte die Straße hinauf.

»Welches Haus ist es?« Es war der zweite Wachmann. »Ich habe einen Generalschlüssel.«

Der zweite Satz brachte Maria wieder zur Besinnung und sie beide scharrten verzweifelt und zogen das Schilf weiter heraus. Die Öffnung war jetzt groß genug, damit sich eine Person hindurchzwängen konnte.

»Es sieht sehr schmutzig aus«, sagte Maria unsicher, während sie die dreckige Öffnung betrachtete.

Charlie ignorierte sie, schloss die Augen, beugte seine Knie und drückte dann seine Schultern mit all seiner Kraft in die Öffnung. Erst steckte er fest, aber dann brach das Reet auf und riss ein, sodass er seinen Oberkörper hindurchzwängen konnte.

Er atmete die von den vielen Feuern verräucherte Londoner Luft tief ein und öffnete seine Augen im Tageslicht, das die Stadt erhellte. Er zog zuerst einen Arm und dann den Rest seines Körpers durch die Öffnung. Draußen auf dem Dach war das Gefühl von Freiheit überwältigend. Er sah zu Maria hinunter.

Sie rief nervös zu ihm hinauf:

»Ich glaube nicht, dass ich da durchpasse!«

Von der Tür her hörte man ein neues Geräusch. Der zweite Wachmann war da und steckte den Schlüssel in das Schloss.

Charlie erwiderte bissig, dass sie seinetwegen im Haus bleiben könne. Er würde ihre Verhaftung zwar nicht gerne auf seinem Gewissen haben, aber ihre Freiheit war es nicht wert, seinen eigenen Hals zu riskieren, wenn sie es noch nicht einmal probieren würde.

»Gib mir deine Hände«, sagte er und griff ihre langen Finger, als sie nachgab. Er zog so fest er konnte.

»Der Schlüssel passt nicht!«, hörte er den Wachmann rufen. »Das Schloss ist zu beschädigt.«

»Dann zertrümmer es. Es braucht nur noch ein paar Schläge«, sagte sein Begleiter.

Charlie wand sich verzweifelt an Maria:

»Du musst dich mit den Füßen abstoßen«, sagte er.

Er fühlte, wie sie sich in dem verzweifelten Versuch, zu entkommen, durch die Öffnung drückte. Dann blieb sie an den Hüften stecken. Marias Reifrock steckte in der Öffnung fest.

Die Tür vibrierte durch die heftigen Schläge von außen. Das Holz splitterte.

»Zieh ihn aus!«, sagte er verärgert.

»Er hat mich drei Schillinge gekostet!«

»Und wird dir sicherlich nichts nützen, wenn du von Pest-Wachmännern getötet wirst!«, zischte er. »Ich muss dir nicht helfen, Maria. Du kannst gerne hier bleiben und gut gekleidet sterben, wenn du das vorziehst.«

Ein weiterer Schlag spaltete die Tür fast in zwei Hälften. Dahinter waren die Wachmänner zu sehen, die ihren Weg, in das Haus zu treten, versuchten.

Verärgert schob Maria den Unterrock hinunter und ließ ihn auf den Boden fallen. Charlie stützte seine Beine am Dach ab und hakte seine Arme in ihre ein.

»Was trägst du da?«, beschwerte er sich, als das steife Kleidungsstück sich in seine Haut presste.

Seine Erfahrungen mit Frauen beschränkten sich auf Unterwäsche aus Stoff, aber sie schien eine Art von Rüstung zu tragen.

»Das ist das Reet, das mein Korsett stärkt«, sagte Maria. »Seine Form hält die Figur aufrecht und korrekt«, fügte sie mit wesentlich mehr Erhabenheit hinzu, als es die Situation berechtigte.

Unter ihr stürzten die beiden Wachmänner in das Haus. Charlie schüttelte ungläubig den Kopf und zog ihre schlanken Schultern durch die Öffnung und auf das Dach hinaus. Gerade noch rechtzeitig, bevor der erste Mann nach ihrem Bein griff.

Charlie rannte das Reetdach entlang. Und mit einem letzten, traurigen Blick in Richtung ihres verwaisten Reifrocks folgte Maria ihm.

Über Reet zu rennen, war anstrengend. Mit jedem Schritt sanken sie ein wenig in das Schilf ein und hingen kurz fest, sodass es doppelt so anstrengend war, wie auf dem Boden zu laufen. Charlie war außer Puste und schwitzte, als er auf Höhe des Straßenendes angekommen war und auf einem der Dächer anhielt. Er war erstaunt, als Maria fast gleichzeitig neben ihm auftauchte, ihre Wangen gerötet, ihr Gesichtsausdruck entschlossen.

»Ich bin vom Land«, sagte sie als Erklärung. »Wenn Ferkel oder Lämmer davonlaufen, muss man schnell über unebenen Grund laufen können.«

»Sie werden uns über die Straße verfolgen«, erklärte Charlie. »Vielleicht halten sie irgendwo, um Waffen zu holen. Wir sollten von den Dächern hinuntersteigen.«

Sie rutschten vom Dach auf die leere gepflasterte Straße hinunter und bogen stumm in die breiten Straßen von Cheapside ein.

Charlie bemerkte, dass seine Haare voller Reet waren. Er fuhr sich mit den Händen durch die dicke Wolle, sodass ihre dunkelblonde Farbe wieder sichtbar wurde.

»Also dieser Pest-Doktor ermordet ein unschuldiges Mädchen und plant, eine Armee auszurüsten«, sagte er, als er sich endlich einen Moment nahm, um darüber nachzudenken, was sie bei dem Schmied gefunden hatten.

»Du hast gesagt, wir sollten mit den Männern, die das Schießpulver herstellen, sprechen. Vielleicht wissen sie etwas.«

Charlie schüttelte den Kopf.

»Ich habe keine Kontakte zu so hohen Leuten. Aber um Schießpulver herzustellen, braucht man Salpeter.«

Es gab elf Salpeter-Männer, die über die ganze Stadt verteilt wohnten, und er hatte keine Ahnung, wie er die alle ohne ein Gesundheitszertifikat und mit halb London auf den Fersen aufsuchen sollte. Aber es war die beste Spur, die sie hatten.

Maria zog die Nase kraus.

»Wir müssen zu den Salpeter-Männern gehen?«

»Du musst dich wirklich für etwas ganz Feines halten«, entgegnete Charlie. Er bemühte sich nicht einmal, die Abscheu in seiner Stimme zu verhehlen. »Es ist ja nur der Mörder deiner Schwester, den wir suchen, Maria.«

»Ich würde alles tun, um ihren Mörder zu finden«, antwortete sie, »aber ich kann nichts dafür, dass mein Empfindungsvermögen feiner ist als deines und ich den Geruch von Salpeter nicht reizvoll finde. Oder mich bei jeder Gelegenheit auf einen Wagen voller Leichen stürze«, fügte sie hochnäsig hinzu und schüttelte ihre Haare.

Etwas an dieser Geste erinnerte ihn an die Mädchen von Mutter Mitchell. Und dann fiel es ihm ein. Das zweite tote Mädchen. Antoinette. Sie war eine Kurtisane. Und die meisten dieser Frauen hatten früher oder später irgendetwas mit Mutter Mitchells Netzwerk zu tun.

»Es könnte noch eine andere Möglichkeit geben«, sagte er. »Mutter Mitchell. Sie könnte mir vielleicht etwas sagen.« Er dachte daran, dass die Pest die Stadt fest im Griff hatte.

»Vorausgesetzt, sie hat die Stadt noch nicht verlassen«, fügte er hinzu.

»Dann müssen wir sofort zu ihr gehen«, entschied Maria.

»Wir?« Charlie sah sie an. »Du wirst nicht mit mir kommen. Das Letzte, was ich brauche, ist ein dummes Mädchen, das mich aufhält und meine Informanten belästigt. Außerdem hast du mir versprochen, dass du mich in Ruhe lassen wirst.«

Maria schüttelte stur den Kopf.

»Ich habe versprochen, dass ich dir nicht folgen werde. Aber das hindert mich nicht daran, den Wachen von Newgate zu sagen, wo du hingehst.«

»Das würdest du nicht tun.«

Er starrte sie an und erkannte mit Schrecken, dass sie es ernst meinte.

»Ich würde alles tun. Alles, um den Mörder meiner Schwester zur Rechenschaft zu ziehen. Stell mich nicht auf die Probe, Charlie Diebesfänger. Ich würde mit einem Lächeln auf meinen Lippen zusehen, wie du am Galgen baumelst, wenn es mich auch nur einen Schritt weiterbringen würde, Gerechtigkeit für Eva zu bekommen.«

Charlie fehlten die Worte.

»Dann gehen wir also zu dieser …, dieser Mutter Mitchell, deiner Kurtisane«, sagte Maria und stolperte über ihre eigenen Worte. »Um herauszufinden, was sie weiß.«

»Du lässt mir keine Wahl«, erwiderte Charlie. »Aber sag bloß nichts, wenn wir da sind, Maria. Denn ich möchte nicht, dass du irgendjemanden mit deinem hochmütigen Gerede beleidigst.«

»Dann hältst du lieber auf dem Weg dorthin den Mund«, sagte sie, »für den Fall, dass irgendjemand, den ich kenne, deine Gossensprache hört und womöglich denkt, du seist mein Mann.«

Kapitel 29

Thomas schloss die Tür zum Keller auf. Er zündete eine Kerze an, die das feuchtkalte Zimmer erleuchtete. Teresa saß still auf einem Stuhl. Als er einen Schritt auf sie zumachte, hob sie ihre Hände, um ihre Augen vor dem Kerzenlicht zu schützen.

Thomas bückte sich und stellte die Kerze auf den Boden.

»Teresa?«, fragte er. »Warum sitzt du im Dunkeln?«

Sie antwortete ihm mit einem entfernten, schwachen Lächeln.

»Manche meiner Erinnerungen sind im Dunkeln weniger schmerzhaft.«

Er beugte sich hinunter, um auf einer Höhe mit seiner Frau sprechen zu können. Trotz allem, was ihr widerfahren war, war Teresa immer noch eine schöne Frau. Obwohl ihr langes blondes Haar langsam weiß wurde.

Thomas nahm ihre Hand. Sie ließ sie leblos in seiner liegen, sah ihn aber nicht an.

»Du musst versuchen, etwas mehr zu essen«, sagte er, während er das Brot aufhob, das er ihr am Morgen gebracht hatte.

Er brach ein Stück davon ab und bot es ihr an. Aber als sie es nicht nahm, legte er den Laib auf den Boden zurück.

Selbst im Halbdunkel des Kellers brach ihm die Traurigkeit in ihren schönen blauen Augen das Herz.

»Ik bit wilhom«, sagte sie auf Niederländisch.

Er übersetzte die Worte ins Englische: *Ich bin traurig heute.*

Teresa hatte ihm nie gesagt, was Cromwells Soldaten ihr angetan hatten. Er war aus dem Krieg zurückgekommen, und sie war zu verängstigt gewesen, um nach draußen zu gehen. Der Arzt hatte ihm gesagt, dass sie keine Kinder mehr bekommen könnte.

Sie stopfte immer noch seine Kleidung und flickte seine Stiefel, sprach aber fast nur noch Niederländisch und kam ohne aufwendige Überredungskünste nicht aus dem Keller heraus.

Thomas nahm ihre Hand und streichelte sie. Sie war eine hochgewachsene Frau, fast so groß wie Thomas selber, mit breiten Schultern. Aber wie sie dort im dunklen Keller auf dem Stuhl saß, sah sie kaum größer aus als ein Kind.

»Wir werden dieses Haus bald wieder verlassen müssen«, sagte er und streichelte ihre Hand schneller. »Aber du wirst nicht lange draußen sein müssen.«

Teresa schüttelte den Kopf. Seit dem Krieg litt sie in der Gegenwart fremder Männer unter seltsamen Attacken, bei denen sie keine Luft bekam. Sie hatte Thomas erzählt, dass die Anfälle sich anfühlten, als würde sie sterben.

»Du wirst in deinem eigenen speziellen Zimmer sein«, fuhr er fort. »Erinnerst du dich daran? Du wirst dort ganz alleine und sicher sein. Niemand kann dort hineinkommen. Und es hat keine Fenster, durch die dich das Sonnenlicht plagen könnte.«

Seitdem die Soldaten sie gefasst hatten, hatte Teresa eine Abscheu gegen das Tageslicht. Er hatte nie herausgefunden, warum. Obwohl Teile ihres Hauses in Brand gesetzt worden waren.

Er drückte ihre Hände fest.

»Ich werde dafür sorgen, dass diese Männer, die dir das angetan haben, zur Rechenschaft gezogen werden«, sagte er. »Ich habe dich einmal alleine gelassen, aber ab jetzt werde ich mich immer um dich kümmern.«

»Dank je, Thomas.«

Danke dir, Thomas. Teresa lächelte noch einmal schwach.

Thomas drehte seinen Kopf vom Kerzenlicht weg, sodass sie sein Gesicht nicht sehen konnte.

Als junger Soldat, der seinem König diente, war Thomas naiv gewesen. Er hatte seiner Frau versprochen, dass ihr nichts passieren würde. Aber er hatte sein Versprechen nicht gehalten.

*

Thomas ging die Treppe hoch, die von dem nasskalten Zimmer seiner Frau hinaufführte, und in den Teil des Hauses hinüber, in dem der Taubenschlag gebaut worden war.

Das Gewand des Pest-Doktors hing an der Wand. Ein Streifen geronnenes Blutes hing anklagend an seinem unteren Rand. Antoinettes Gesicht erschien ihm in Gedanken, aber er unterdrückte das Bild.

Thomas sah einen Moment lang die ausdruckslosen Augen der Maske an. Dann rollte er eine große Mondkarte aus und studierte aufmerksam die Bewegungen der Planeten. In knapp einer Woche würde Vollmond sein. Die Kraft würde ihren Höhepunkt erreichen. Der perfekte Zeitpunkt, um den ersten Teil seines Plans zu vollenden.

Ein Flügelschlag ließ ihn von der Karte aufblicken und er sah, wie eine Brieftaube im Taubenschlag landete. Er hatte in seiner Zeit als Soldat gelernt, wie man eine kleine Schar trainierter Vögel hielt, und sie hatten sich als unbezahlbar herausgestellt, um seine Nachrichten zu verschicken.

Thomas runzelte die Stirn, als er bemerkte, dass die Taube sich verletzt hatte. Sie hatte sich irgendwo verfangen und ein Bein verloren. Glücklicherweise war die Nachricht nicht beschädigt worden. Er sah das Tier anklagend an und zog die Rolle Papier ungeduldig heraus.

»Bestätige Kontamination. Wapping wartet auf Eure Ankunft.«

Er nahm eine Feder und schrieb eine neue Nachricht.

»Kontamination Londons fast abgeschlossen.«

Ein paar Sekunden lang badete er in dem wunderbaren Gefühl göttlicher Fügung. Dann machte sich der altbekannte Schmerz in seinem Magen breit und das Lächeln verschwand von seinem Gesicht.

Er untersuchte noch einmal das Blatt und versuchte, sich auf die Nachricht zu konzentrieren, anstatt auf das, was seinen Magen zusammenschnürte. Der quälende Hunger ließ nie nach. Ein Heer verhungerter Soldaten marschierte auf Ewigkeit in seinem Kopf. Genauso wie der Tag, an dem er von Cromwells Folterknechten nach Hause zurückgekehrt war, um seine Frau brutal überfallen vorzufinden.

Thomas schüttelte sich, um seine Erinnerungen abzustreifen. Sie waren in der letzten Zeit alle auf einmal wiedergekommen und von dem Hunger, der mit jedem Tag größer zu werden schien, angetrieben worden.

Zerstreut drehte er sich zu der verletzten Taube um, die auf dem Boden des Käfigs hin und her flatterte. Er griff hinein und nahm sie heraus. Der Vogel ließ seinen Kopf vor- und zurückschnellen und sah ihn ruckartig aus jedem Winkel an. Er drückte fest zu, in den Körper hinein, durchtrennte dabei die feinen Knochen und grub seine Finger in die weiche Brust.

Das Tier gab einen seltsamen, glucksenden Schrei von sich, und die anderen Tauben fingen an, unruhig zu gurren und nervös im Käfig herumzuflattern.

Thomas zog an dem Vogel, ließ das Blut über seine Finger laufen und starrte auf das klopfende Herz des Tiers. Als er seinerzeit bei einer Belagerung kurz vorm Verhungern gewesen war, hatte Thomas die Eingeweide von Ratten, Mäusen und Katzen gegessen. Und das Essen hatte die brennende Leere unterdrückt. Er hielt inne, starrte die blutigen Eingeweide an und wartete darauf, dass die Leere sich füllte und die Qual versiegte.

Doch es tat sich nichts.

Er ließ den zuckenden Vogel achtlos auf den Boden fallen und schritt aus dem Haus. Er war immer noch hungrig.

Kapitel 30

Mutter Mitchell schnaubte, während sie zusammen mit einer in aufwendige Kleider gehüllten jungen Frau eine riesige Truhe vor ihrer Eingangstür anhob.

Charlie seufzte vor Erleichterung.

In ihrem ausufernden Seidenkleid bot Mutter Mitchell einen extravaganten Anblick in Anbetracht dessen, dass es mitten am Tag war. Maria, die neben ihm stand, starrte sie mit unverhohlener Neugier an.

»Das sind die letzten Kleider, Sophie!«, rief Mutter Mitchell ihr in das Stadthaus in der Regent Street hinterher.

Dann erblickte sie Charlie und ein seltenes, freudiges Strahlen erschien auf ihrem Gesicht.

»Junge, was für eine Überraschung, dass du noch am Leben bist. Ich dachte, du seist mit dem Rest Londons verreckt. Komm und gib mir einen Kuss, denn ich freue mich wirklich, dich zu sehen.«

Charlie gab ihr gehorsam einen kurzen Kuss und drehte sich zu dem Wagen, der sich unter dem Gewicht der Haushaltsgegenstände bog. Es war seltsam, die sonst eher in der Nacht aktive Mutter Mitchell außer Hause zu sehen, und die faszinierten Nachbarn schienen das Gleiche zu denken. Viele von ihnen waren aus ihren Häusern getreten, um die Mädchen in ihren üppigen Kleidern und ihren hoch aufgetürmten Haaren zu begaffen.

»Ich brauche ein paar Informationen«, sagte Charlie.

»Was möchtest du wissen?«, fragte sie, während sie eine schlanke weiße Pfeife zwischen den Falten ihres Kleides hervorholte und sich neben den Wagen setzte.

»Ich möchte etwas über ein totes Mädchen wissen.«

»Also befasst du dich jetzt mit Morden?«

»Eigentlich nicht.«

Charlie blickte kurz zu Maria hinüber.

Mutter Mitchell lachte knarrend und gelassen.

»Natürlich ist immer ein Mädchen an deiner Seite, Charlie Tuesday«, sagte sie, zog etwas Tabak heraus und presste ihn in den versilberten Pfeifenkopf hinein. »Ist das deine neue Frau?«, fragte sie, während sie mit der Pfeife auf Maria zeigte.

»Wäre sie meine Frau, hätte ich ein hartes Leben.«

»Das stimmt«, sagte Maria. »Denn wenn es einen Grund gäbe, dass ich so weit unter meinem Stand heiraten sollte, wäre es nicht nur für mich, sondern für meine ganze Familie eine Schande.«

Mutter Mitchell schaute amüsiert Maria und dann wieder Charlie an. Als ob sie etwas sah, was sie selber nicht sehen konnten.

»Also, wer wurde umgebracht?«, fragte sie Charlie.

»Ein Mädchen namens Antoinette. Sie war eine Kurtisane, die in der Nähe von Cheapside wohnte. Kanntest du sie?«

Mutter Mitchell wiegte sich vor und zurück, als wollte sie dadurch eine verdrängte Erinnerung heraufbeschwören. Dann hellte sich ihr Gesicht in plötzlicher Erkenntnis auf.

»Antoinette hat nie bei mir gearbeitet«, bemerkte sie. »Aber du wirst mir noch danken, Charlie. Denn das Mädchen, das ihre Leiche gefunden hat, arbeitet für mich.«

Maria schob sich vor.

»Ist sie hier? Können wir mit ihr sprechen?«

Mutter Mitchell taxierte Maria mit einem geübten Blick.

»Ich werde sie rufen«, sagte sie, während ihre Augen Marias attraktives Gesicht und ihre Figur betrachteten. »Sophie!«

Sie nestelte an ihrer Pfeife herum, während sie darauf warteten, dass das Mädchen aus dem Haus trat.

»Der Bursche wollte mir vier Guinee für den Wagen abnehmen«, sagte Mutter Mitchell im Plauderton und deutete dabei auf einen mürrisch dreinblickenden Halbwüchsigen, der auf dem Bock saß. »Ich hab ihm gesagt: ›Junge. Ich habe in dieser Stadt mehr zu sagen als der König selber. Wenn du mich und meine Mädchen nicht für sechs Schillinge fährst, werde ich dich im Gefängnis von Newgate wiedersehen, wenn diese traurige Pest vorbei ist, und deine Daumen breche ich dir auch.‹«

Sie sprach lauter, um den Kutscher in die Unterhaltung einzubeziehen.

»Also fährt er uns für sechs, und er kann von Glück sagen, wenn er die bekommt, falls er nicht gut auf meine Mädchen aufpasst. Denn sie mögen es nicht, aus ihren feinen Zimmern gerissen zu werden«, fügte sie hinzu.

Ein blondes Mädchen in seidenen Röcken kam aus dem Haus und ging misstrauisch auf sie zu.

»Sophie«, sagte Mutter Mitchell. »Dieser Mann hier ist ein Diebesfänger. Er will helfen, Antoinettes Mörder zu finden. Du musst ihm alles sagen, was du weißt.« Sophie war bleich geworden. »Sprich mit dem Mann«, forderte Mutter Mitchell sie auf. »Es wird dir nichts passieren.«

»Sie wurde ermordet«, fing Sophie unsicher an.

»Wie hast du sie vorgefunden?«, fragte Charlie.

»Ich bin zu ihrem Zimmer gegangen, in dem sie wohnt. Sie … hing …, als ich sie gefunden habe.«

Charlie und Maria blickten einander an.

»Wie meinst du das, sie hing?«, fragte Maria.

Sophie sah Mutter Mitchell an, um sich zu vergewissern, dass sie mit der Fremden reden durfte. Mutter Mitchell nickte.

Sophie schluckte.

»Sie wurde aufgehängt«, wiederholte sie. »Ihr Körper jedenfalls. Aber ihr Kopf …«

Sophies Augen fingen an zu flattern und sie schwankte ein wenig. Mutter Mitchell sprang auf und schüttelte ihre Schultern.

»Guter Gott, fall nicht schon wieder in Ohnmacht, Mädchen!« Sie durchwühlte ihre Handtasche nach Riechsalz.

Aber Sophie hatte sich bereits wieder gefasst.

»Ihr Kopf lag in einem Käfig«, brachte sie heraus und ihre Stimme war jetzt fester. Sie schluckte noch einmal und Tränen füllten ihre Augen. »Eine Art Vogelkäfig. Er war mit weißen Bändern umwickelt. Und ihr Körper war komplett mit Federn übersät. Überall. Schwarze Federn.«

»Die Federn eines Raben?«

Maria hörte sich unsicher an. Man sagte, Raben würden die Seelen toter Menschen in sich tragen.

»Überall«, fuhr Sophie fort. »Sie waren in sie hineingedrückt worden. In ihre Brust und ihre Arme.« Ihre Lippen zitterten. »Da war außerdem ein Becher. Als ob jemand ihr Blut getrunken hätte.«

Selbst Mutter Mitchell war mittlerweile blass geworden. Aber Charlies Augen wurden immer größer.

»Ein Rabe«, murmelte er, als er sich an die Informationen erinnerte, die er auf dem Vogelmarkt gesammelt hatte. »Dann muss er ein wichtiger Mann sein. Der Zugang zum Tower hat.« Maria sah ihn unsicher an. »Wer war die letzte Person, mit der sie sich getroffen hat?«, fragte Charlie.

»Ihr Schutzherr«, antwortete Sophie. »Er muss ihr das angetan haben. Antoinette war nicht dumm. Sie hätte niemand anderes hineingelassen, wenn sie alleine war. London ist gefährlich für Mädchen wie uns.«

Charlie notierte sich diese Tatsache in Gedanken.

»Wäre ihr Schutzherr des Mordes fähig? Hat er sie geliebt?«

Sophie befeuchtete ihre Lippen.

»Sie hatte oft böse blaue Flecken, nachdem er da war.«

»Warum hat sie ihm dann nicht verboten, sie zu besuchen?«, forderte Maria. »Warum sollte sie sich solch einer Behandlung aussetzen?«

Sophie lachte kurz und hart.

»Es ist nicht so unüblich oder schlimm wie das, was andere Männer tun. Viele von uns fanden, sie hatte Glück. Denn der Mann kam nur selten zu ihr und zahlte ihr vollen Unterhalt.«

»Weißt du, wie er heißt?«, fragte Charlie. »Der Mann, der ihren Unterhalt gezahlt hat?«

Sophie schüttelte den Kopf.

»Nicht seinen richtigen Namen. Antoinette sagte mir, er verwende einen Decknamen. Thomas Malvern.«

Maria rang nach Luft.

»Was ist los?«, fragte Charlie.

»Ich …« Maria schluckte. »Ich kenne diesen Namen«, flüsterte sie.

Sie warteten darauf, dass sie weitersprach, und zu Charlies Verwunderung lief Marias Gesicht rot an.

»Ich glaube, Eva hat ihn erwähnt«, sagte sie. »Malvern oder etwas Ähnliches.«

»In welchem Zusammenhang?«, fragte Charlie.

Maria verzog den Mund und ihre Gesichtsfarbe wurde noch dunkler.

»Da waren ein paar Männer, von denen sie dachte, dass sie sie vielleicht als Kurtisane halten würden. Sie … hat mit ihnen angegeben.« Ihre Augen flehten Charlie an. »Sie war kein schlechter Mensch«, flüsterte sie. »Aber sie hat die Aufmerksamkeit von Männern auf sich gezogen, ohne es zu wollen.«

»Warum sagst du das erst jetzt?«

»Ich …, ich dachte, es sei nicht wichtig.«

»Du dachtest, es sei nicht wichtig? Dass deine tote Schwester einen Schwarm fremder Männer um sich scharte, die sie als Kurtisane halten wollten?«

»So war es nicht!«, gab Maria verärgert zurück. »Es war überhaupt nicht so! Bei dir hört es sich an, ... als wäre sie eine Prostituierte. Ein paar harmlose Tändeleien, das war alles. Die Männer liebten Eva. Man konnte es in ihren Augen sehen. Keiner von ihnen hätte ihr etwas angetan.«

»Und doch hat ihr jemand etwas angetan«, sagte Charlie finster.

Maria war blass geworden und ihre Hände zitterten. Charlie fragte sich, ob Maria wirklich an die Unschuld ihrer Schwester glaubte. Es war typisch für ihr übertriebenes Gehabe, dachte er, dass sie wertvolle Informationen zurückhielt, die die Sittlichkeit ihrer Familie in ein schlechtes Licht rückten.

»Weißt du sonst noch etwas über diesen Malvern?«

Sie schüttelte den Kopf.

»Sein Name ist mir aufgefallen, sonst nichts. Die anderen waren normale, gewöhnliche Namen, und ich habe sie schon lange vergessen.«

»Ein Mann namens Malvern wollte deine Schwester aushalten?«, bestätigte Charlie. »Als Kurtisane?«

Maria lief rot an.

»Solche Worte werden oft beim Schäkern oder aus Spaß verwendet«, schnappte Maria. »Eva hatte immer vorgehabt, unsere Armut zu beenden. Und vielleicht haben manche Männer ernster genommen, was käuflich war, als andere. Vielleicht habe ich sie falsch verstanden, als sie Malvern erwähnte«, fügte sie mit einem beschämten Murmeln hinzu.

»Kannst du uns sonst noch irgendetwas über Antoinettes Schutzherrn erzählen?«, fragte Charlie und sah dabei Sophie an.

Sophie nickte langsam.

»Sie sagte, er habe davon gesprochen, eine Art Kontamination zu verbreiten. Um sich am König zu rächen. Zuerst dachte sie, es sei Schauspielerei, aber zum Ende hin hatte sie den Verdacht, dass er das alles ernst meinen könnte.«

»Was für eine Kontamination?«

»Ich weiß es nicht. Aber die Pest ist überall.«

Sie sahen einander unbehaglich an.

»Was ist mit Antoinette?«, drängte Charlie. »Kannst du uns irgendetwas über sie erzählen?«

»Sie war eine gute Freundin«, sagte Sophie und die Tränen füllten erneut ihre Augen. »Und sie hat etwas besseres verdient als das, was ihr in dieser Stadt widerfahren ist.«

»Antoinette hat für William Adders gearbeitet«, fing Mutter Mitchell an. »Ich traue dem Mann nicht, Charlie. Er ist nicht der, der er zu sein scheint.«

»Was meinst du damit?«

»Da stimmt etwas nicht mit der Art, wie er seine Mädchen behandelt, hab ich gehört«, antwortete sie und nahm einen tiefen Zug von ihrer Pfeife. »Und er ist einer von denen, die über die Rückkehr des Königs verbittert sind. Glaubt, unter Cromwell wäre es besser gewesen. Mich würde es nicht wundern, wenn all das Geld, das er mit seiner Spielbank einnimmt, einem undurchsichtigen Zweck zugute kommen würde.«

Sophie war verstummt und starrte Maria an.

»Was ist?«, fragte Maria, der das Starren des Mädchens unangenehm war.

»Antoinette sah aus wie du«, sagte sie und hob einen Finger, um auf sie zu zeigen. »Die Ähnlichkeit ist verblüffend. Sie hätten Schwestern sein können«, fügte sie hinzu und drehte sich zu Charlie.

Charlie fühlte, wie sich eine Kälte in ihm ausbreitete. Er riskierte einen Blick auf Maria. Es hatte ihr die Sprache verschlagen. Die Erkenntnis hatte sie offenbar schwer getroffen.

»Es sieht nach einem zweiten Hexenmord aus«, sagte Charlie langsam. »Ich denke, vielleicht sollten wir versuchen, mehr über diesen Hexer herauszufinden, der aus dem Gefängnis in Wapping entlassen wurde.«

»Warum solltest du das wollen?«, fragte Maria.

»Dieser Mann könnte unser Mörder sein«, erwiderte Charlie.

Aber Maria schüttelte den Kopf und starrte ihn erstaunt an.

»Die Hexe, die aus dem Gefängnis in Wapping entlassen wurde, ist kein Mann«, sagte sie. »Sie ist noch nicht einmal eine Hexe.«

»Was weißt du darüber?«, fragte Charlie verwirrt.

»Ich habe dir doch erzählt, dass unsere Familie vom Land ist«, erklärte Maria. »Wir mögen keine Ärzte aus der Stadt. Die Hexe, die in Wapping gefangen gehalten wurde, ist eine Frau. Eine weise Frau. Sie kommt aus unserem Dorf«, fügte sie hinzu, »und sie hat die Kranken geheilt, bevor sie ins Gefängnis geworfen wurde, weil sie nicht zur Kirche gegangen ist.«

Charlie fühlte, wie sein Herz schwer wurde, als sich eine weitere Fährte als nichtig herausstellte.

»Euer Mann ist kein Gemeiner«, wagte Mutter Mitchell zu behaupten. Ihre Augen sprangen zwischen Charlie und Maria hin und her. »Antoinette war nicht gut genug für einen Lord, aber sie zog andere wichtige Männer an. Vielleicht ist er ein Mann, der eine Zunft leitet, oder ein Arzt.«

Charlie sah Maria an.

»Das Ärzte-Kolleg. Vielleicht kann uns dort jemand etwas sagen. Er hat immerhin ihre Uniform getragen. Und dann sollten wir einen Weg finden, diesen William Adders zu befragen. Vielleicht weiß er mehr über Antoinettes Schutzherrn.«

»Mein Gesundheitszertifikat reicht nicht aus, um in diesen Teil der Stadt zu kommen«, meinte Maria.

»Und überall sind Wachen, die mir an den Kragen wollen«, sagte Charlie. »Aber wenn wir Gesundheitszertifikate hätten, die gut genug wären, wäre es das Risiko wert.«

Er dachte einen Moment lang nach. Marc-Anthony würde schon lange die Stadt verlassen haben. Also war seine übliche Quelle für gefälschte Dokumente eine Sackgasse. Wen kannte er noch? Methodisch ging er jeden durch, der ihm einen Gefallen schuldete. Aber keiner von ihnen könnte ihm ein Zertifikat beschaffen.

Er runzelte die Stirn und dachte darüber nach, wie die Dokumente offiziell verteilt wurden. Sicherlich gab es irgendeine Lücke im System? Er rief seine im Kopf gespeicherte Stadtkarte Londons auf und fand schließlich einen Weg und ein Ziel, bis zu dem sie die Kontrollpunkte umgehen konnten.

»Ich weiß, woher wir die Zertifikate bekommen können«, sagte er endlich.

»Wenn du zum Rathaus willst, halte ich das für einen schlechten Plan«, schnappte Maria. »Wir haben keine Zeit, uns anzustellen, um Zertifikate zu kaufen.«

»Wir werden sie nicht kaufen«, entgegnete Charlie. »Wir werden sie stehlen.«

Kapitel 31

Das Gebäude der Royal Exchange Börse war vollgestopft mit Käufern, die sich zwischen den lautstarken Angeboten durch Ladenmädchen und Lehrlingsjungen hindurchdrängten, um ein Schnäppchen zu erhaschen. Die Pest hatte diesen Teil der Stadt noch nicht erreicht und die Bürger genossen diese Gelegenheit, einkaufen zu können, ohne eine Infektion riskieren zu müssen.

»Ich glaube, du wirst dich hier wohlfühlen«, sagte Charlie mit einem Blick auf Marias modisches Kleid, »denn hier kann man gut einkaufen.«

Zwei breite Galerien erstreckten sich über die gesamte Länge der Exchange. An ihren Außenseiten befanden sich Rundbogen und Säulen, zwischen denen sich Geschäfte befanden. Und in dem Gewimmel der Schnäppchenjäger waren die Rufe der Verkäufer, die versuchten, Kunden anzulocken, ohrenbetäubend.

Maria warf einen Blick auf die billigen Textilwaren und den Modeschmuck. Ein Laden, der Käsebruch und Sahne verkaufte, war besonders belebt.

Ein Ladenmädchen hakte sich in ihren Arm ein und zog sie in Richtung des Textilgeschäfts.

»Diese Farbe steht dir gut«, sagte sie, während sie auf ein dünnes rotes Material deutete, aus dem auch ihr eigenes, tief ausgeschnittenes Kleid bestand. »Ich kann dir den besten Preis von allen bieten.«

Maria zog ihren Arm aus der Umklammerung, das Mädchen verschwand und ging auf eine andere Gruppe Kunden zu, unbeeindruckt von der Abfuhr.

»Warum sind wir hier?«, fragte sie, als noch mehr Hände nach ihr griffen. »Dies ist kein Ort für Zertifikate.«

»Ich kenne einen Astrologen, der hier einen Raum hat«, erklärte er.

»Du willst dir deine Zukunft voraussagen lassen?«

»Nicht wirklich.«

Er sah hoch, um den Namen zu finden. Und dann sah er ihn, fast komplett hinter anderen gemalten Werbeschildern für andere Astrologen, Wahrsager, Zahnärzte und Apotheker versteckt, im ersten Stock der Exchange. *William Lilly* stand auf dem abgenutzten, abblätternden Schild. *Astrologe.*

»Hier entlang.«

Er zog Maria zu einer Steintreppe, die zum ersten Stock hinaufführte. Oben befand sich eine Reihe staubiger, kleiner Türen, die auf der gleichen Höhe wie die Geschäfte im Erdgeschoss lagen.

»Ist er ein Freund von dir, dieser Wahrsager?«, fragte Maria.

»Nein, ich würde ihn nicht als Freund bezeichnen.«

»Und warum gehen wir dann zu ihm?«

»Lilly hat ein Abkommen mit dem Rathaus«, erklärte Charlie. »Sie schicken ihm Kopien von Gesundheitszertifikaten.«

»Wofür?«

»Um ihm zu helfen, bessere Vorhersagen zu treffen. Pest-Zertifikate geben Auskunft über Geburtsdaten und Berufe. Das ist hilfreich, um zu verstehen, wie die Sonne und Sterne uns zu dem machen, was wir sind.«

Maria nickte, als sie verstand.

»Also stehlen wir zwei Zertifikat-Kopien?«

»Genau. Wir suchen einen Mann und seine Frau, die ähnlich alt sind wie wir.«

»Und die Kopien reichen, um durch die Kontrollpunkte zu kommen?«

»Sie sehen genauso aus wie die Originale. Kaum jemand weiß, dass Kopien überhaupt hergestellt werden«, fügte er hinzu.

»Und wie sollen wir sie stehlen?«

Sie erreichten eine alte Tür. Sie war mit großen Kreidebuchstaben beschrieben, die behaupteten: »Die Rückkehr Seiner Majestät im Jahre 1660, zehn Jahre zuvor, vorausgesagt!«

Charlie sprach leise und deutete auf eine Tür.

»Siehst du den Lagerraum nebenan? Ich werde das Schloss knacken und hineinschlüpfen. Die Räume sind durch Trennwände unterteilt, die nicht bis zur Decke reichen«, fügte er hinzu.

»Also brichst du ein und kletterst rüber.«

»Ja. Und du gehst rein und lässt dir von Lilly deine Zukunft voraussagen. Um ihn abzulenken.«

Maria sah unsicher aus.

»Ist das nicht eine gottlose Sache, sich seine Zukunft voraussagen zu lassen?«

»Sagt das Mädchen, das eine Hexe aufsucht, wenn ihre Familie krank ist.«

Maria lief rot an.

»Na gut. Aber ich habe keine Ahnung, was ich sagen soll.«

»Er mag hübsche Mädchen«, sagte Charlie. »Zahl ihm deinen Penny, und er wird nicht mehr aufhören zu reden.«

*

Während Maria auf Lillys Tür zuging, kletterte Charlie vorsichtig auf die Trennwand, um das Zimmer zu überblicken. An den Wänden in Lillys Zimmer hingen ausgeblichene Schaubilder.

Darauf verzeichnet waren die Sonnenlaufbahn, Bewegungen der Planeten und Sternbilder. Überall im Raum befanden sich stapelweise Blätter. Gesundheitszertifikate.

William Lilly saß hinter einem breitbeinigen Tisch, auf dem sich die Stapel fast mannshoch türmten. Seine dicken Beine steckten in weißen Seidenstrümpfen und sein massiger Körper füllte die schwarz-goldenen Kniehosen komplett aus, die vor der Revolution in Mode gewesen waren. Er schrieb mit einer Feder auf einem Blatt Papier, auf dem Charlie ein Zeichen erkannte. Es war eines der adeligen Wappen aus der Zeit vor dem Bürgerkrieg.

Charlie versuchte, sich daran zu erinnern, woher er das Wappen kannte. Er hatte es zufälligerweise vor über zehn Jahren auf einem Militärbanner gesehen. Warum benutzte Lilly es jetzt?

Es klopfte an der Tür. Lilly erschrak und stopfte die Blätter schnell in die Schublade seines Schreibtischs. Dann sah er hinter seiner kleinen, goldenen Lesebrille auf.

»Tretet ein.«

Maria trat in das Zimmer und Lillys Mine hellte sich ein wenig auf.

»Hallo, meine Liebe«, sagte er. »Was kann ich für Euch tun?«

Maria knickste höflich und trat weiter in den Raum hinein.

»Ich hätte gerne meine Zukunft vorausgesagt«, sagte sie.

Und dann, da sie nicht sicher war, was von ihr erwartet wurde, nahm sie einen Penny heraus und schob ihn ihm nervös entgegen.

Lilly legte ihn in die Schreibtischschublade, ohne seinen Blick von ihr abzuwenden.

»Natürlich. Bitte setzt Euch.« Er betrachtete sie aufmerksam, um sie einzuschätzen. »Ich nehme an, bei einer gesunden Dame wie Euch ist es eine Liebesangelegenheit?«

»Ja, das stimmt«, stammelte Maria und ihre Wangen röteten sich.

»Das habe ich mir gedacht.«

Charlie rutschte lautlos von der Trennwand hinunter und landete hinter Lillys Schreibtisch. Er wartete einen langen, angespannten Moment und hoffte, dass Lilly seine Anwesenheit weder gefühlt noch gehört hatte. Aber Maria tat genau das, was sie sollte, jedenfalls vorerst. Der Blick des Astrologen lag wie gebannt auf ihr.

Charlie kauerte sich hin und wagte kaum zu atmen. Lilly war nur ein paar Fuß entfernt. Er duckte sich und ließ dabei seinen Blick über einen unordentlichen Stapel handgeschriebener Zertifikate wandern. Zwei davon sprangen ihm ins Auge. Ein Mann und seine Ehefrau, die siebzehn und siebenundzwanzig Jahre alt waren. Das würde passen, entschied er, und schob sie unter sein Hemd.

»Ihr habt vor zu heiraten?«, hörte er Lilly fragen.

»Ich bin verlobt«, antwortete Maria. »Na ja«, fügte sie hinzu, »er wird bald um meine Hand anhalten.«

»Und wo ist Euer Verlobter?«

»Er hat vor einer Woche London verlassen. Er hat Verwandte in Sussex, die ihn aufnehmen, solange die Pest hier wütet.«

Charlie schüttelte den Kopf und fragte sich, was für ein Mann seine zukünftige Ehefrau der Pest überließ. Das war das erste Mal, dass Maria einen Verlobten erwähnt hatte, und er bezweifelte, dass sie die Art von Mädchen war, die aus dem Stand lügen konnte. Vermutlich waren ihre Gefühle für den armen Mann nicht ernsthafter Natur, und sie heiratete ihn, um ihrer Familie einen Vorteil zu verschaffen.

Charlie wollte gerade wieder über die Trennwand klettern, als er eine Schreibfeder bemerkte. Plötzlich musste er an den baumelnden Taubenflügel im Haus des Schmieds denken.

Etwas an dem Vogel ließ den Instinkt des Diebesfängers nicht los. Ein weiterer Gedanke machte sich breit.

Was, wenn Thomas Malvern ein Gesundheitszertifikat beantragt hatte? Wenn er eines im Rathaus beantragt hatte, würde er seine eigene Schreibfeder benutzt haben, um seine Daten einzutragen.

Kielfedern waren momentan nicht einfach zu bekommen, weil man glaubte, sie könnten die Pest verbreiten. Also könnte Thomas sich eine Feder beim Schmied abgeschnitten haben, um damit sein Zertifikat im Rathaus auszufüllen. Wenn er das getan hätte, würde die Kopie wertvolle Informationen enthalten.

Vor Lilly sah Charlie Marias Augen unruhig hin und her schießen. Sie fragte sich, warum er immer noch im Zimmer war. Der Astrologe drehte sich um, um ihrem Blick zu folgen.

»Mein Verlobter wollte, dass ich mit ihm gehe«, platzte Maria heraus, »aber ich wollte lieber bleiben.«

»Ich verstehe«, sagte Lilly und seine Aufmerksamkeit richtete sich wieder auf Maria. »Es handelt sich also um eine Zweckehe?«, fügte er hinzu.

Die Zertifikate schienen alphabetisch geordnet zu sein. Charlies Blick schweifte über die Stapel. Der Stapel mit den Namen, die mit M anfingen, lag auf der gegenüberliegenden Seite des Zimmers. Er blickte Maria an und gestikulierte stumm.

»Mein Verlobter ist ein guter Mann«, sagte Maria etwas zu laut. »Und er wird für mich sorgen. Sagt mir«, fragte sie, während sie aufstand, »was bedeutet diese Karte, Mr Lilly?«

Sie ging auf die andere Seite des Zimmers zu und zeigte auf die bunten Grafschaften Englands, die mit blauen und roten Linien durchzogen waren. Charlie musste es Maria lassen. Sie verstand schnell.

Lilly stand mühsam von seinem Tisch auf und folgte ihr. Der Astrologe war dickleibig, wie Charlie bemerkte. Er hatte erstaunlich viel zugenommen, seit der Krieg vorbei war. Seine Diät aus billigen Pasteten hatte ihm nicht gutgetan.

»Das ist die Bürgerkriegs-Kampagne, junge Dame. Die Karte zeigt die Wege, die die Königstreuen und die parlamentarischen Truppen in den letzten Monaten des Krieges genommen haben.«

Seine Augen verfolgten die Spuren, die sie über die Nation gezogen hatten, und er schüttelte den Kopf.

»Die Armeen waren einander ebenbürtig. Wären ein oder zwei Schlachten anders ausgegangen, hätte dieses Land seinen König behalten und Cromwell wäre nie an die Macht gekommen.«

»Und das hier ist ein Sternzeichen-Diagramm?«

Maria zeigte auf ein weiteres Schaubild.

»Ah ja«, sagte Lilly. »Ihr seid Jungfrau, nicht wahr?«

Maria nickte.

»Das Zeichen guter Ehefrauen«, nickte Lilly, »aber mit versteckter Leidenschaft.«

Charlie grinste in sich hinein. Es wunderte ihn nicht, dass Maria einer Zweckehe zugestimmt hatte. Sie schien Gefühlen keinen allzu großen Stellenwert einzuräumen. Vermutlich würde sie glücklich genug damit werden. Es gab Zeiten, in denen er Leute sogar beneidete, die ihre Gefühle der Logik willen in Schach halten konnten.

Er blätterte vorsichtig den M-Stapel durch. *Merryweather, Morris.* Die Namen waren abgesehen vom ersten Buchstaben nicht geordnet worden.

»Ich bin sicher, dass meine Gefühle für meinen zukünftigen Ehemann wachsen werden«, sagte Maria.

»Nun«, erwiderte Lilly, »lasst es uns herausfinden. Setzt Euch hin und ich werde Eure Lebenslinien auf Eurer Handfläche lesen.«

Charlie erstarrte. Wenn Lilly sich jetzt umdrehte, würde er ihn dabei erwischen, wie er sich über die Zertifikate beugte.

»Was denkt Ihr hierüber, Mr Lilly?«

Charlie guckte hoch und sah zu seiner Überraschung, dass Maria ihr Kleid heruntergezogen hatte, sodass Lilly fast ihre gesamte linke Brust sehen konnte. Nur ihre Hand versteckte sie vor seinem forschenden Blick. Lillys Aufmerksamkeit war ganz auf sie gerichtet. Der Astrologe öffnete und schloss seinen Mund und streckte den Hals vor, um besser sehen zu können. Einen Moment lang fuhr seine Hand unfreiwillig auf Maria zu, bevor er es bemerkte und sie zurückzog.

»Ich habe das seit meiner Geburt.«

Marias Gesicht hatte einen Ausdruck unschuldiger Neugier.

»Ich glaube, es ist nur ein Muttermal«, brachte Lilly heraus. »Aber vielleicht hat seine Form eine Bedeutung.«

Er zog an seinem Hemd, als sei er unschlüssig, was er mit seinen Händen machen sollte.

Mercher, Marrow. Charlie suchte weiter.

»Eine Art Wappen«, sagte Lilly mit heiserer Stimme. »Vielleicht habt Ihr adeliges Blut in Euch.«

Malvern!

Charlie konnte sein Glück kaum fassen. Er rollte es zusammen und schob es sorgfältig in sein Hemd. Dann ging er vorsichtig zur Trennwand zurück und zog sich an ihr hoch.

»Oh, das ist sicher wahr«, antwortete Maria. »Unsere Familie war einmal gut betucht, bevor uns ein Unglück ereilte und wir nach London ziehen mussten.«

Ihre Augen folgten Charlie, der sich über die Trennwand schwang.

»Habt vielen Dank, Mr Lilly«, sagte sie plötzlich. »Das war eine sehr gute Wahrsagung.«

Ohne eine weitere Erklärung eilte sie plötzlich aus dem Zimmer und ließ Lilly offenen Mundes stehen.

Kapitel 32

»Was hast du da drinnen gemacht?« Maria war außer sich. »Wir wurden fast erwischt!«

»Ich habe den Anblick deines Muttermals genossen.«

Marias Gesicht verzerrte sich vor Empörung.

»Wie kannst du es wagen? Ich habe das nur getan, um deine Haut zu retten.«

»Und mehr über deinen Zukünftigen zu erfahren«, fuhr Charlie mit einem spitzbübischen Grinsen fort. »Hört sich nach einem Glückspilz an, vorausgesetzt, du kannst errechnen, wie du dich in ihn verlieben kannst.«

»Ich habe einfach nur das gesagt, was mir in den Kopf kam. Ich habe mir nichts dabei gedacht.«

»Ich hoffe, du wirst niemals Karten spielen«, erwiderte Charlie. »Du bist schlecht im Bluffen.«

Er hielt ein Zertifikat hoch. Maria riss es ihm aus der Hand.

»Thomas Malvern!« Sie schenkte ihm ein unerwartetes Lächeln. »Er hat ein Zertifikat beantragt. Das war sehr schlau von dir, daran zu denken.« Sie runzelte die Stirn, während sie das Blatt Papier überflog. »Er schreibt, er sei katholisch«, bemerkte sie.

»Was heißt, dass er für den alten König gekämpft hat«, sagte Charlie. »Sieh dir sein Geburtsdatum an. Er muss im Bürgerkrieg gekämpft haben. Und er war ein Königstreuer.«

Maria sah verwirrt aus, und er begriff, dass sie zu jung war, um sich an den Bürgerkrieg zu erinnern.

»Der erste König Charles ist zum katholischen Glauben übergetreten«, erklärte er, »weil dieser es ihm erlaubte, als Tyrann zu herrschen. Katholiken glauben, von Menschen geschaffene Gesetze würden für Könige nicht gelten.«

»Also war der alte König ein Tyrann?«

»Ja. Und England ist ein protestantisches Land. Die meisten Leute fanden, dass sie sowohl vom Parlament als auch vom König regiert werden sollten.«

»Und sie haben dafür gekämpft?«

»Jahre lang. Es war scheußlich und brutal. Und die Anhänger des alten Königs waren aristokratisch, katholisch oder beides«, fügte Charlie hinzu.

»Also hat dieser Malvern den König unterstützt?«

»Ohne Frage. Und wenn er versucht, einen Aufstand auszurüsten, ist er vermutlich einer der vielen armen Katholiken, die von König Charles II. verraten wurden. Denn keiner von ihnen hat seine Ländereien zurückbekommen, als er zurückkehrte.«

»Und er benutzt Hexerei, um den Erfolg seiner Pläne zu sichern?«, fragte Maria und blickte finster drein.

Charlie dachte darüber nach. Das war der Teil des Plans, der für ihn am wenigsten Sinn machte.

»Vielleicht«, meinte er, »obwohl es ein seltsames Rätsel ist. Alles, was wir über Malvern wissen, deutet darauf hin, dass er hochgeboren ist. Oder es jedenfalls einmal war. Er muss Zugang zu königlichen Einrichtungen in London haben. Denn sein Rabe stammt vermutlich aus dem Tower. Er schneidet seine eigenen Federkiele. Und er ist ein geübter Schreiber.«

Charlie zeigte auf das Zertifikat. Die souveräne Form der Schrift ließ auf einen Mann schließen, der oft schrieb. Anders als die sorgfältigen Kringel auf Marias Gesundheitszertifikat, die so aussahen, als ob sie ihrem Schreiblehrer gut zugehört hatte, ihr Können aber selten gebrauchte.

»Das Zertifikat sagt uns etwas noch Wichtigeres«, fügte Charlie hinzu. »Er verlässt London. Sieh dir sein Reiseziel an.«

Maria machte ein langes Gesicht.

»Wapping. Da wütet die Pest besonders stark«, flüsterte sie.

Wapping war einer der ersten Orte gewesen, wohin die Londoner geflohen waren, als die Pest erstmals ausgebrochen war. Es war ein paar Meilen von der infizierten Stadt entfernt. Aber nun war der kleine Ort zutiefst von der Krankheit gebeutelt. Die Pest-Geschichten, die man aus Wapping hörte, waren so schrecklich, dass viele sie als Geistergeschichten abtaten.

»Das Datum ist von heute«, fügte Maria hinzu. »Er verlässt die Stadt heute. Warum sollte er nach Wapping reisen wollen?«

»Warum sollte er überhaupt abreisen?«, fragte Charlie. »Es macht keinen Sinn. Dieser Mann begeht sorgfältig geplante Morde. Norden und Osten. Warum sollte er plötzlich seine Pläne ändern und die Stadt verlassen?«

Maria zuckte mit den Schultern.

»Vielleicht steht Wapping für Süden. Ist das nicht als Nächstes dran? Feuer?«

Charlie schüttelte den Kopf.

»Es fühlt sich nicht richtig an.« Er runzelte die Stirn. »Diese Morde. Sie passieren erst eng beieinander in London und dann plötzlich ganz woanders?«

»Vielleicht hat irgendetwas seine Pläne durcheinandergebracht?«, fragte Maria hoffnungsvoll.

Charlie runzelte die Stirn.

»Vielleicht.« Er dachte einen langen Moment nach. »Oder«, sagte er langsam, »etwas ist passiert, das seine Pläne beschleunigt hat.«

»Wie meinst du das?«

»Was, wenn irgendetwas passiert ist, das seine Invasion plötzlich einfacher durchführbar macht? Was, wenn er sich jetzt beeilt, um sein Vorhaben zu beenden?« Charlie schluckte, als er sich an Rowans Warnung erinnerte. »Der König. Es gibt Gerüchte, dass er London verlassen wird. Was, wenn dieser Malvern, dieser einflussreiche Mann, mehr weiß als wir? Was, wenn der König schon bald flieht? Und Malvern beeilt sich nun, um seinen Aufstand anzuführen?«

»Warum sollte er dafür nach Wapping fahren?«, fragte Maria.

Charlie überlegte.

»Wapping hat einen Hafen.« Er griff nach dem Zertifikat. »Durch welches Tor verlässt er die Stadt?«

Maria schaute auf die Zeile, auf die er zeigte.

»Bishops Gate«, las sie vor.

»Das ist das große Tor für Kutschen und Karren«, sagte Charlie. »Es gäbe keinen Grund, dieses Tor zu wählen, wenn er reiten würde – es würde ihn nur aufhalten. Vielleicht benutzt er einen Wagen, um seine Waffen an einen ausländischen Feind zu liefern.« Charlie dachte laut nach, aber keiner der Gründe schien ihm wahrscheinlich zu sein. »Malvern konnte nichts importieren«, fügte er hinzu. »Alle Wasserstraßen sind seit dem Ausbruch der Pest geschlossen. Selbst ein wichtiger Mann hätte nicht genügend Einfluss, um Güter zu importieren.«

Marias Gesicht leuchtete voller Hoffnung auf.

»Wenn er mit einem Wagen reist, können wir schneller da sein als er«, sagte sie. »Wir können uns Pferde nehmen und den Weg schneller zurücklegen.«

Charlie nickte und rechnete es schnell durch.

»Selbst wenn er einen kleinen Wagen mit guten Pferden hat, sollten wir doppelt so schnell sein«, bestätigte er. »Und wir können kleinere Wege nehmen, während er auf den größeren bleiben muss.«

Maria sah Charlie an.

»Dann müssen wir beschließen, bessere Freunde zu sein«, sagte sie.

»Was?«

»Weil wir einander brauchen, Charlie Diebesfänger.«

»Warum glaubst du, Maria, dass ich jemals etwas von dir brauchen könnte?«

»Weil ich das Geld habe, um Pferde zu mieten, und außerdem weiß, wie man sich auf dem Land benimmt. Ich wette, dass du noch nie außerhalb Londons gewesen bist.«

Charlie fühlte, wie sich sein Unterkiefer anspannte. Die Tatsache, dass das, was sie sagte, wahr war, machte es keinen Deut angenehmer.

»Und ich kann als Frau nicht einfach alleine reisen. Ich brauche Schutz. Das könntest du sehr gut übernehmen. Außerdem«, fügte sie hinzu, als sie sah, dass er immer noch zögerte, »werde ich dich sehr gut bezahlen. Eine Guinee pro Tag und fünf weitere, wenn wir ihn bekommen.« Sie zog ihren Geldbeutel heraus. »Hier sind zwei als Vorauszahlung.«

Charlie zögerte. Seine Hand griff nach dem Schlüssel.

»Nimm es«, sagte sie und drückte ihm die Münzen in die andere Hand.

»Wapping ist nur ein paar Meilen von hier entfernt«, sagte Charlie, während seine Finger sich langsam um die Münzen schlossen. Er versuchte abzuschätzen, wie viel Zeit er mit Maria verbringen konnte, ohne ihr etwas anzutun. »Aber wir können den direkten Weg nicht nehmen. Die Banditen haben die Straßen in Richtung Süden abgesperrt. Wir müssen nach Norden reisen und den langen Weg über das Land nehmen.«

»Wenn wir jetzt aufbrechen und reiten, sollten wir in höchstens zwei Tagen da sein«, antwortete Maria, die seinen Versuch, Ortskenntnisse vorzugeben, ignorierte. »Vermutlich eher anderthalb. Sein Wagen wird, selbst, wenn er gut durchkommt, drei Tage brauchen.«

»Dann sollten wir das tun«, sagte Charlie, und sein Magen schnürte sich zusammen bei dem Gedanken daran, London zum ersten Mal in seinem Leben zu verlassen. »Wir werden diesen Malvern überholen und ihm auflauern.«

Ihre Augen strahlten vor Erwartung.

»Dann«, fuhr sie fort, »wird er für das, was er meiner armen Schwester angetan hat, bezahlen.«

Als sie die Exchange verließen, bemerkte Charlie einen Affen, der sich zwischen den Marktständen entlangschlängelte. Das war sehr seltsam. Ein solches Tier war wertvoll. Was machte es in Cheapside?

Kapitel 33

Das Mädchen lächelte und schwenkte ihren Becher, sodass der Wein darin vor und zurück schwappte.

»Ich habe Euch schon einmal in einem anderen Club gesehen«, lallte es.

»Ich habe erst vor Kurzem das Wettspiel zu meinem Hobby gemacht«, sagte Thomas und zog die schweren Kirchenschlüssel hervor. Das Mädchen folgte ihm und lehnte sich dabei auf seinen Arm. »Wie heißt du?«, fragte er, während er die schweren Türen der Kapelle aufschloss.

»Jenny.« Ihr Sichtfeld hatte sich dank des Alkohols zu einem Tunnel verengt, durch den sie nun in die Kirche hineinstarrte. »Woher habt Ihr die Schlüssel zu der Kirche?«, fragte sie.

»Ich habe etwas Einfluss in der Stadt.«

Sie kicherte, bis sie einen Schluckauf bekam.

»Natürlich habt Ihr das. Sind die Malverns eine alte Familie?«

Er wurde nervös. Es war eine Reaktion, die Jenny normalerweise bemerkt hätte. Aber der Wein hatte ihre Sinne abgestumpft.

»Woher weißt du meinen Namen?«, fragte er.

Jenny versuchte, mit den Schultern zu zucken. Aber ihr enges Kleid hinderte sie daran. Sie gab sich mit einer schiefen Bewegung des Armes zufrieden.

»Ich kann ein bisschen lesen. Mehr als die meisten Mädchen. Ich habe gesehen, wie Ihr Euren Namen in das Wettbuch eingetragen habt.«

Jenny hoffte, dass ihre Fähigkeit zu lesen ihm gefallen würde. Aber jetzt, wo sie darüber nachdachte, wollte er vielleicht anonym bleiben. Ein weit entfernter Teil ihres Gehirns mahnte, dass sie das Falsche gesagt hatte. Aber sie konnte ihn nicht mit dem alkoholgetränkten Teil ihres Gehirns, das im Leerlauf lief, erfassen.

Thomas war still und fummelte an dem Türschloss herum.

Sie lehnte sich nahe an ihn.

»Ich bin froh, dass Ihr solchen Einfluss in der Stadt habt«, sagte sie, da sie sich für Schmeichelei entschieden hatte, von der sie annahm, dass sie bei einem mächtigen Mann wirken würde.

Jenny arbeitete seit zwei Monaten im *Smith and Widdle's Club* und sie war dessen langsam überdrüssig. Sie war eine Saisonarbeiterin, die Stickereien und Schuhe herstellte, solange der Markt dafür da war, und als Magd, Waschfrau oder Prostituierte arbeitete, wenn die Konjunktur rückläufig war.

Sie war fast achtzehn und hatte sich entschieden, dass es Zeit war, sich einen festen Arbeitsplatz zu suchen. Sie baute darauf, dass ein Mann sie aufkaufen und als Kurtisane halten würde. Thomas würde als ihr erster Schutzherr ausreichen und dann würde sie sich einen Herzog oder einen Grafen suchen.

Die Kirchentür ging auf und das Erste, das Jenny bemerkte, war der Geruch. Sie hustete und würgte. Thomas schaute sich erstaunt nach ihr um. Jenny hustete noch einmal und ihre Augen füllten sich mit Tränen. Er hatte den Geruch nicht einmal wahrgenommen, bemerkte sie. Vielleicht wäre es besser, es nicht zu erwähnen.

»Ich bin nicht an Kirchen gewöhnt«, sagte sie, um ihn von ihrer Reaktion abzulenken. »Denn sie verscheuchen Mädchen wie mich. Ihr müsst mich für eine große Sünderin halten, denn ich kann noch nicht einmal die Kirchen Londons aufzählen.«

Sie hatte gehofft, diese Bemerkung würde seine Stimmung aufheitern. Aber sie erntete nur einen finsteren Blick voll Abscheu. *Offensichtlich ist er ein tief religiöser Mann*, dachte Jenny und schluckte.

Thomas zündete eine Kerze an, und sie gingen tiefer in die Kirche hinein. Im hintersten Winkel ihres alkoholisierten Gehirns meldete sich Jennys Überlebensinstinkt. Die Eingangstür war mittlerweile unangenehm weit weg.

Thomas blieb stehen. Die Kerzenflamme beruhigte sich und erleuchtete nun einen kleinen hinteren Teil der Kirche mit ihrem gelben Schein. Den Rest warf sie in tanzende Schatten.

»Bewahrt Ihr hier Essen auf?«, fragte Jenny nach einer langen Pause und versuchte dabei, ihren Magen zu beruhigen.

Sie starrte in das Innere der Kirche.

Die Lebensmittel waren ordentlich an den Wänden gelagert worden. Genug, um eine Armee zu verpflegen. Sie bedeckten fast jede Wand und waren auf dem Boden und auf den Grabsteinen aufgestapelt worden.

»Ich bin während des Kriegs belagert worden«, erklärte Thomas. »Ich gehe gerne sicher, dass genügend Vorräte vorhanden sind, falls ich sie brauchen sollte. Die Pest könnte dazu führen, dass London von den Lebensmittellieferungen vom Land abgeschnitten wird«, fügte er hinzu.

Jenny nickte und versuchte, nicht zu würgen. Die Lebensmittel waren alle verdorben. Verfaulende Würstchen, schimmelndes Brot, Fässer voll schalen Biers und Fleischkeulen, die am Knochen zu einer tropfenden Flüssigkeit verrotteten. Die Quelle des betäubenden Gestanks war nun eindeutig. Plötzlich fühlte sie sich vollkommen nüchtern.

Thomas hob eine Tasche vom Boden auf.

»Was ist das?«

Jenny setzte ein Lächeln auf und hoffte, dass er die Angst in ihren Augen nicht bemerkte.

»Etwas, mit dem wir uns die Zeit vertreiben können«, antwortete er.

In der Kirche war ein plötzliches Flattern zu hören. Jenny erschrak.

»Hier gibt es keine Fledermäuse, oder?«, fragte sie. »Vor Fledermäusen habe ich Angst.«

Sie hoffte, dass die Lüge einen Grund zum Gehen bieten würde. Thomas in diese einsame Kirche zu folgen, schien ihr nun eine äußerst schlechte Idee gewesen zu sein.

Thomas schüttelte verärgert den Kopf.

»Es ist eine Nachricht«, entgegnete er. »Eine Brieftaube. Warte hier«, fügte er hinzu, »ich brauche nur eine Minute.«

Er verschwand im Schatten und ließ Jenny alleine in dem Schein der kleinen Kerze stehen. Sie sah sich nach einer Ausrede zum Gehen um. Ihr Blick fiel auf seine Tasche. Ein bisschen trunkene Neugier war ihr geblieben und so beugte sie sich hinunter, um sie zu öffnen. Wenn sie voll Schmuck oder irgendeinem anderen Geschenk war, würde sie vielleicht erwägen zu bleiben.

Der Verschluss war rostig und ihre kalten Finger hatten Mühe, ihn zu öffnen. Hinten in der Kirche hörte sie noch mehr Flügelschlagen und das Gurren von Tauben.

Mit einem Klicken sprang die Tasche auf. Jenny hob die Hände an den Mund. Sie stand auf, stolperte unter dem Gewicht ihrer Röcke zurück und fiel hin.

Blutige Folterwerkzeuge blitzten sie an.

Sie krabbelte rückwärts, hievte sich auf die nächste Kirchenbank und fühlte einen Moment der Schwäche. Dann suchten ihre Augen hektisch nach einer Fluchtmöglichkeit.

Die Tür war zu weit weg. Und vor der Kirche lagen zwei verlassene Gassen. In ihren schweren Röcken hätte sie keine Chance, ihm zu entkommen.

Ihr Blick richtete sich nochmals auf die Folterwerkzeuge. Ein bösartig aussehendes, gebogenes Messer blitzte auf.

*

Wenige Sekunden später zwängte sich Jenny gerade in ihr Versteck, als Thomas zurückkam. Er stand einen langen Augenblick da und starrte auf den Fleck, auf dem sie gestanden hatte.

Jenny sah von ihrem winzigen Guckloch zu und versuchte, ihren zitternden Atem zu bändigen.

Er hob ein Schwert auf.

»Ich weiß, dass du noch hier bist!«, rief er. »Wenn du jetzt rauskommst, wird es einfacher für dich sein. Ich werde nur ein wenig mit dir spielen.«

Jenny biss sich auf die Lippe und fühlte, wie das Blut in ihren Mund lief.

Thomas schritt langsam durch den Raum. Sein Blick fiel auf einen Wandteppich, der auffällig weit von der Wand abstand. Ein blauer Rock lugte unten heraus. Lächelnd ging er darauf zu.

»Da du nicht freiwillig rauskommst, wird deine Strafe sehr hart ausfallen«, sagte er. »Ich habe Menschen schon wochenlang am Leben gehalten. Vielleicht wirst du mein am längsten lebendes Experiment sein.«

Jenny kniff ihre Augen fest zu und betete. Stumme Tränen der Angst rollten ihre Wangen hinunter.

Thomas kam näher.

Sie hielt die Luft an.

Dann schritt er an ihrem Versteck vorbei und benutzte sein Schwert, um den Wandteppich, der ein paar Fuß neben ihr hing, hochzuheben. Hinter dem Wandteppich lagen die zerfetzten Überreste ihres Kleids. Thomas sah sie einen Moment lang an. Sie hatte es irgendwie geschafft, sich das Kleid vom

Leib zu schneiden und es hier hinter zu stopfen, um ihn in die Irre zu führen. Sein Blick richtete sich auf die Tasche mit den Folterwerkzeugen. Ein Messer fehlte.

In ihrem Versteck ein paar Fuß entfernt atmete Jenny langsam und kontrolliert. Die gekrümmte Klinge lag beruhigend in ihrer Hand.

Sie hatte genug über den Bürgerkrieg gehört, um zu wissen, dass alle Kirchen Verstecke hatten, in denen sich die Priester verbergen konnten. Und sie hatte es gerade noch rechtzeitig gefunden. Jennys Finger umklammerten das Messer noch fester. Sie war schnell genug, um es ihm ins Auge stechen zu können, dachte sie. Und das könnte ihr genug Zeit geben, um zu fliehen.

Mädchen, die in St. Giles groß geworden waren, wussten, wie man mit einem Messer umging, und zum ersten Mal in ihrem Leben war Jenny dankbar, dass sie in der Gosse aufgewachsen war.

Es würde ein Nachspiel geben. Er war reich, das hatte sie an seinen Wetten gesehen, und er konnte Männer bezahlen, um ihr nachzustellen. Aber ein Problem nach dem anderen. Erst einmal wollte sie mit dem Leben davonkommen.

Sie straffte sich und wartete darauf, dass die kleine Tür ihres Verstecks aufgerissen wurde. Doch der Augenblick des Angriffs kam nicht. Thomas drehte sich um und starrte auf die Kirchentür. Sie verstand mit großer Erleichterung, dass er annahm, sie wäre bereits entkommen.

Thomas schritt aus der Kirche hinaus und ließ Jenny mit den Haufen verrottender Lebensmittel alleine.

Erst Stunden später riskierte sie, den Glockenturm hinauf- und das Dach hinunterzuklettern. Dann rannte sie in den zerfetzten Überresten ihres Kleides schluchzend zurück in das sichere Elend von St. Giles.

Kapitel 34

Charlie versuchte noch einmal vergebens, seinen Fuß in den Steigbügel zu schieben, und fiel kopfüber in den Matsch.

Maria schnalzte mit der Zunge und lenkte ihr Pferd geschickt zurück, um sein Versagen zu kommentieren.

»Er weiß, dass du Angst hast«, sagte sie und rutschte dabei von ihrem Pferd. »Er wird dir nicht wehtun. Aber du machst ihm Angst, denn er glaubt, du wüsstest nicht, was du tust.«

»Ich weiß ja auch nicht, was ich tue!«, protestierte Charlie. »Ich finde, das ist ein schlechter Plan, Pferde zu mieten, obwohl ich nicht reiten kann.«

Sie hatten die Pferde bis zum nächsten Stall auf ihrem Weg gemietet, wo sie durch neue Pferde ausgetauscht werden würden. Und da er es sich noch nie geleistet hatte, ein Pferd zu mieten, hatte Charlie Angst, dass er dem Tier Schaden zufügen könnte.

Maria blinzelte und schätzte die Situation in aller Ruhe ein.

»Warte, ich halte ihn«, sagte sie endlich und griff nach den Zügeln.

Sie war, wie sich herausstellte, sehr erfahren im Umgang mit Pferden. Sogar so sehr, dass sie kein Verständnis dafür hatte, dass es für andere Menschen schwierig sein könnte. Sie hatte seinen Einwand, dass er nie zuvor auf einem Pferd gesessen hatte, wortlos abgetan und es mit einer simplen Handbewegung als einfach erklärt.

»Du wirst es schnell lernen«, meinte sie. »Es gibt nichts, das du wissen musst – sitz auf und bleib ruhig sitzen, während es sich bewegt. Ist das der Grund, warum du eine Narbe an der Nase und der Lippe hast? Von einem Pferd?«, fragte sie und schielte in plötzlicher Erkenntnis zu ihm hinauf.

»Ja.«

Charlie blickte mürrisch, um eine weitere Befragung abzuwenden. Er ließ die Leute normalerweise in dem Glauben, der Knick in seiner Nase und die kleine Narbe an seiner Lippe wären Überbleibsel eines Messerkampfs.

»Es sieht gar nicht so schlimm aus«, sagte sie mit einem Blick auf sein Gesicht. »Du bist immer noch ein gut aussehender Mann.« Sie hielt inne, plötzlich verlegen über ihre Bemerkung. »Genug geübt«, erklärte sie. »Zeit, uns ein paar gute Pferde für den Weg zu suchen.«

Sie winkte den Pferdeknecht heran.

Charlie sah zu, wie Maria die Pferde untersuchte und zwei zurückwies.

»Sie könnten ihre Reiter abwerfen, und er ist noch nie geritten«, sagte Maria, zeigte auf Charlie und wurde dem Pferdeknecht gegenüber anklagend lauter. »Ihr wisst genauso gut wie ich, dass die Straßen voller Banditen sind und dass die falschen Pferde uns leicht das Leben kosten können.« Der Pferdeknecht hob entschuldigend die Hände, aber Maria sprach weiter: »Unsere Leben sind in Gottes Augen alle gleich viel wert, egal, was für eine Kleidung wir tragen«, sagte sie. »Obwohl wir nicht so fein angezogen sind wie andere, haben wir doch ein Recht darauf, mit dem gleichen Respekt behandelt zu werden, den Ihr den Reichen entgegenbringt.«

Sie ging an den zwei Pferden vorbei, die herausgeführt worden waren, und schob ihre Hand unter den Kopf eines anderen Tieres, das etwas abseits angebunden stand.

»Das ist eine Stute«, sagte der Pferdeknecht unsicher.

Maria drehte sich zu Charlie um, um ihm ein Mitspracherecht zuzugestehen, da es offensichtlich sein Pferd sein würde. Er sah das Tier unsicher an. Es schien einen überheblichen Gesichtsausdruck zu haben.

»Was ist mit dem dort?«, fragte Charlie und zeigte auf ein Pferd mit einem freundlicheren Gesicht.

»Stuten können temperamentvoll sein, aber sie sind schneller«, meinte Maria, die ihn ignorierte und das Pferd ihrer Wahl herüberführte.

Als hätte es sie verstanden, stieg das Tier hoch und ragte über ihnen auf. Maria lachte, zog es an den Zügeln herunter und klopfte ihm beruhigend die Flanke.

Charlies Kinnlade klappte vor Entsetzen herunter.

»Wenn sie sich aufbäumt, lehn dich zurück und halt dich mit den Knien fest«, erklärte Maria im Plauderton. »Sonst fällst du runter.«

Als eingefleischter Stadtmensch beschränkte sich Charlies Wissen über Pferde darauf, dass man sich schnellstmöglich aus dem Staub machen sollte, wenn sie auf einen zukamen. Die Aussicht darauf, aufzusitzen, trieb ihm den kalten Schweiß auf die Stirn. Aber er akzeptierte sein Schicksal wortlos. Die Beklommenheit hatte ihm den Mund zugeschnürt.

»Ihr werdet es mit schnelleren Tieren leichter haben«, bemerkte der Pferdeknecht. »Dies ist die einzige Straße aus London heraus, auf der ihr eine Chance habt, lebend durchzukommen. Aber auch hier gibt es Banditen. Letzte Nacht sind ein Reisender und seine Frau erschlagen worden.«

Der Pferdeknecht ging, um ihre Sättel zu holen, und brachte zu Charlies großer Überraschung einen Krug mit Pest-Wasser mit.

»Es wurde hier in der Gegend hergestellt«, sagte er.

Maria zögerte, als sie den starken Schwefelgeruch wahrnahm, der von dem Krug aufstieg, entschied dann aber anscheinend, dass es unhöflich wäre, abzulehnen, und nahm einen großen Schluck. Sie gab den Krug an Charlie weiter, der es ihr gleichtat und sich dabei fragte, wo in der Welt sie wohl Wasser gefunden hatten, um eine so ekelhafte Brühe daraus zu brauen.

Maria schluckte und spuckte dann.

»Da ist etwas Scharfes in dem Wasser«, beklagte sie sich und rieb ihre Zähne mit dem Finger sauber.

»Sie verwenden Eisenspäne, um Pest-Wasser zu brauen«, erklärte Charlie. »Du solltest versuchen, sie runterzuschlucken. Sie sind gut für dich.«

Er hatte die Flüssigkeit hinuntergeschluckt und fühlte, wie das gehobelte Eisen in seinem Hals hängen blieb.

Maria und der Pferdeknecht verschwanden, um die Zahlung abzuschließen. Minuten später kam sie wieder, schockiert, zu sehen, dass Charlie noch nicht im Sattel saß.

»Ich wollte nicht riskieren, dem Pferd wehzutun«, log er.

»Du hast tausende Male in der Stadt gesehen, wie man es macht«, sagte sie. »Hake deinen Fuß ein und sitz auf. Es ist ganz einfach.«

Und so begann sein Versuch aufzusitzen, der erst nach drei demütigenden Stürzen von Erfolg gekrönt wurde.

»Ich habe den Pferdeknecht nach dem Weg gefragt und er hat mir gesagt, dass es nur eine Straße gibt, die groß genug für Wagen ist«, berichtete Maria. »Aber es gibt viele weitere Wege, auf denen man reiten kann. Wir müssen unterwegs Leute nach dem schnellsten Weg fragen.«

Charlie deutete auf seinen Kopf.

»Ich habe mir Lillys Karte der Kampagnen gemerkt, als wir bei ihm waren.«

»Du hast sie im Kopf?«

Sie sah ihn misstrauisch an.

»Ja.« Charlie fiel es schwer zu beschreiben, wie sein Gehirn Bilder aufnehmen und speichern konnte. Aber es war eine angeborene Fähigkeit. »Ich lese und schreibe nicht so gut wie manch anderer. Aber ich habe ein gutes Gedächtnis für Bilder«, erklärte er.

Maria schien dies zu akzeptieren.

»Das wird es sicherlich einfacher für uns machen, ihn zu überholen«, sagte sie.

Charlie nickte.

»Der sicherste Weg nach Wapping ist weit. Die Route, die wir nehmen müssen, ist dreißig Meilen lang.«

»Dann sollten wir spätestens morgen Abend da sein«, erwiderte Maria. »Das sollte uns einen ganzen Tag geben, um die Richter in Wapping dazu zu bringen, Malvern festzunehmen und zu befragen.«

Ohne auf seine Zustimmung zu warten, trieb sie sein Pferd mit einem gezielten Tritt an, bevor sie sich mit ihrem Tier an die Spitze setzte. Charlie, der sich gerade erst an diese neue Fortbewegungsart gewöhnt hatte, wurde hin und her geworfen, als sein Pferd vorwärts schoss.

Kapitel 35

Charlies und Marias Spurt dauerte nur kurz. Sobald sie auf offener Strecke waren, wurden sie von dem Gedränge aus verängstigten Flüchtlingen aufgehalten, die London verließen. Der Weg war voll von Reitern, Leuten zu Fuß sowie Karren, die mit Hab und Gut beladen waren. Manche Leute trugen riesige Säcke, in denen all ihre Habseligkeiten steckten, während andere kleine Handkarren zogen und wieder andere ritten. Die Leute waren verängstigt und ihre Augen suchten die Felder nach Angreifern ab.

In der Ferne wurden in der Abenddämmerung Fackeln angezündet. Charlie kniff einen Moment lang die Augen zusammen und fragte sich, ob das eine urtümliche Tradition der Landbevölkerung war.

»Warum zünden sie Fackeln an?«, fragte er Maria, da er annahm, dass sie über Gepflogenheiten auf dem Land Bescheid wusste.

»Ich weiß es nicht.«

Sie blickte auf den Horizont und runzelte ihre Stirn.

Dann verstand Charlie. Überall auf den Dörfern machten sich die Banditen auf den Weg. Die Angst lief ihm kalt den Rücken hinunter.

Maria, scharfsinnig wie immer, hatte ebenfalls den Zusammenhang erfasst.

»Sie sind mindestens noch zehn Meilen entfernt«, sagte sie. In ihrer Stimme war ein schwaches Zittern zu vernehmen.

»Am besten, wir versuchen, so weit wie möglich voranzukommen«, antwortete Charlie. »Hoffen wir, dass sie in eine andere Richtung unterwegs sind.«

Andere in der Menge hatten die Fackeln ebenfalls bemerkt, und eine Welle der Unruhe schwappte über die Reisenden. Sie saßen alle in der Falle, das wussten sie. Diese Straße war der sicherste Weg. Aber Teil der Masse zu sein, machte sie zu einer Zielscheibe.

Charlie betrachtete die ihm unbekannte Landschaft. Wenn sie den Weg verlassen würden, könnten sie ganz schnell zu Opfern eines Überfalls werden. Neben der Straße stand hier und da eine wackelige Hütte mit ein paar Hühnern, die im Vorgarten herumpickten. Durch die mit Binsen gedeckten Dächer der klapprigen Behausungen wuchs Unkraut, und hier und dort sah man eine Ziege auf ihnen grasen. Vor jeder Tür lag ein ordentlicher Haufen Heu. Manche Bewohner hatten provisorische Toilettengruben für die Reisenden ausgehoben, um ihre Jauche als Dünger benutzen zu können.

Meist ließen die Bewohner sich nicht blicken, aber ab und zu saß eine Frau draußen, spann Wolle und starrte die vorbeiziehende Menge an. Er konnte sich nicht vorstellen, dass die Bewohner irgendjemandem Schutz bieten würden.

Charlie erhaschte einen Blick auf Maria. Sie hatte einen abwesenden Gesichtsausdruck und ihr breiter Mund und ihre blauen Augen unterstrichen ihre starke Nase. Ihr langer Oberkörper folgte mühelos dem Rhythmus des Pferdes. Sie erinnerte ihn an einen gespannten Langbogen. Charlie sah sie plötzlich als eine Krieger-Königin, die in den Kampf ritt. Sie sah ganz anders aus als die verängstigten Frauen, die um sie herum ritten.

»Wir können Malvern überholen. Du wirst deine Rache bald bekommen«, sagte er.

Sie sah ihn verwundert an.

»Es geht mir nicht um Rache«, erwiderte sie. »Es geht mir um Gerechtigkeit.«

»Gibt es da einen Unterschied?«

Charlie war verwirrt.

»Ja«, meinte sie selbstsicher. »Natürlich gibt es den. Denn ich habe Leute gesehen, die ihr Leben mit Rachegelüsten vergiftet haben. Und ich möchte diesen Weg nicht einschlagen.«

Aber sie führte das nicht weiter aus und so dachte Charlie darüber nach, was Gerechtigkeit war, wenn es nicht bedeutete, Rache für Verbrechen auszuüben, die anderen angetan wurden. Sicherlich würde er Rache wollen, dachte er, wenn jemand seinen Bruder ermorden würde.

Charlie sah in einiger Entfernung, dass die Fackeln der Banditen näherkamen. Maria schien das Gleiche zu denken. Sie blickte auf den Weg vor ihnen, um nach Lücken in der Menge zu suchen. Da sie keine sehen konnte, richtete sie ihre klaren blauen Augen auf ihn.

»Bist du verheiratet, Herr Diebesfänger?«

»Das war ich«, sagte er.

Die Frage überraschte ihn.

»Ist sie tot? Deine Frau?«

»Nein«, antwortete er.

Marias Stimme hob sich um eine Oktave.

»Hast du dich scheiden lassen?«

Charlie lachte auf.

»Das können nur reiche Könige. Wir haben uns entschlossen, zu vergessen, dass die Hochzeit jemals stattgefunden hat. So kann sie sich einen reichen Mann suchen und hat keinen Ehemann am Hals, der sie daran hindern könnte.«

»Aber es ist ein Pakt, der vor Gott geschlossen wurde«, sagte Maria.

Charlie zuckte mit den Schultern.

»Sag das Lynette. Ich habe nicht vor, noch einmal zu heiraten. Ich habe mein Versprechen gegeben. Was sie tut, muss sie mit ihrer eigenen Seele ausmachen.«

»Hat sie einen Beruf?«

»Sie ist Schauspielerin.«

Maria dachte einen Moment lang darüber nach und wog ab, ob er »Prostituierte« meinte.

»Ist Lynette ihr Künstlername? Nach der berühmten Dame?«

»Sie ist die berühmte Dame.«

»Die Schauspielerin Lynette? Sie ist deine Frau?«

»War meine Frau.«

»Aber sie ist in der ganzen Stadt bekannt.«

»Wir haben uns getroffen, als Theater unter Cromwell noch verboten waren.«

»Und du als ihr Ehemann bekommst nichts von ihrem Reichtum ab?«

»Bist du immer so neugierig?«

»Ich versuche nur, über anderes zu reden als diese Fackeln«, meinte sie und nickte in die Ferne. »Denn es ist besser, sich nicht zu früh zu fürchten. Außerdem möchte ich ein bisschen mehr über den Mann erfahren, mit dem ich die nächsten zwei Tage reisen werde«, fügte sie hinzu.

In der Ferne hörte man einen Schrei. Charlie und Maria sahen einander an. Die Menschenmenge brach in ängstliches Geschnatter aus.

»Sie sind immer noch weit weg«, sagte Maria, aber sie hörte sich unsicher an.

Charlie war noch nie außerhalb der behaglichen Grenzen Londons gewesen und fühlte sich auf dem weiten, offenen Land beunruhigend machtlos. In der Stadt konnte er immer eine Mahlzeit oder ein Versteck finden. Hier waren seine Möglichkeiten begrenzt. Seine Augen suchten nochmals den Horizont nach den Fackeln der Banditen ab. Sie waren jetzt deutlich näher. Aber es schien, als bewegten sie sich nicht weiter vorwärts.

»Hast du irgendwelche Erinnerungen an deine Mutter?«, fragte Maria.

»Nein.« Charlie bemerkte, dass er abweisend klang und erklärte: »Jedenfalls nicht viele. Ihr Gesicht, vielleicht. Aber ich weiß nicht, ob ich sicher sein kann, dass sie es ist.«

Er runzelte die Stirn.

»Gesichter verblassen«, stimmte Maria zu. »Manchmal bin ich überrascht, wie schnell das geht.«

Sie verstummte plötzlich, als ob sie zu viel preisgegeben hätte.

»Das ist es nicht«, sagte Charlie. »Da war eine Dame. Mein Bruder hat sie gefunden. Sie war in einem Zimmer versteckt. Sie war sehr schön. Ich glaube manchmal, dass ich das Gesicht meiner Mutter mit ihrem verwechsle.«

»Versteckt?«

»Ich erinnere mich nicht genau. Nur daran, dass sie traurig und einsam war, in einem geheimen dunklen Zimmer. Ich glaube, sie hat mit uns gespielt.«

Maria dachte darüber nach.

»Das hört sich sehr mysteriös an«, sagte sie endlich. An ihrem Gesicht erkannte er, dass sie noch weiter darüber nachdachte. »Erinnerst du dich noch an irgendetwas anderes?«, fügte sie hinzu.

»Ich wünschte, das täte ich.«

»Bist du wütend darüber, dass du als Waise aufwachsen musstest?«, fragte Maria.

Sie schaute auf seinen Schlüssel.

»Warum sollte ich?«

Er schob den Schlüssel in sein Hemd.

»Dass du im Waisenhaus zurückgelassen wurdest«, sagte Maria. »Ich war nur einmal dort, um Almosen zu bringen, und es sah nach einem schrecklichen Ort aus. Da waren Kinder, die nur Haut und Knochen waren. Ich habe sie sehr bemitleidet.«

Charlie wurde bockig.

»Das Waisenhaus ist gar nicht so schlecht«, erwiderte er.

Maria zischte genervt, als ihr Pferd langsamer traben musste, da es in dem sich dahinschleppenden Trupp Londoner eingekeilt war. Die Angst vor einem Übergriff hatte einige in Panik versetzt und andere angetrieben. Die verwirrte Menge schob sich vor und zurück, bis der Pulk fast zum Stillstand kam.

Maria saß aufrecht auf ihrem Pferd und sah ungeduldig in die Ferne.

»Die Menge wird uns aufhalten«, sagte sie. »Aber dieser Malvern wird die gleichen Probleme haben wie wir. Und sobald wir zu den Seitenwegen kommen, werden wir noch schneller vorankommen, denn dort werden kaum Reisende sein.«

Plötzlich legte sie ihre Hand auf den Magen und ihr Gesicht verzerrte sich vor Schmerz.

»Ich glaube, das Pest-Wasser, das der Pferdeknecht uns gegeben hat, war schlecht«, sagte sie, als sie Charlies Gesichtsausdruck sah. »Mein Magen sträubt sich dagegen.«

Die Sonne war bereits dabei, unterzugehen. Und die Straßenränder füllten sich mit provisorischen Zelten, denn die Leute verließen die Straße und schlugen ihre Nachtlager auf. Die meisten von ihnen hatten sich entschieden, trotz allem Nachtruhe zu finden und auf das Beste zu hoffen.

Charlie hob seinen Arm, um auf etwas zu zeigen, kam ins Rutschen und ergriff schnell wieder die Zügel. Er sah zu Maria hinüber, um zu schauen, ob sie sein peinliches Missgeschick beobachtet hatte. Aber sie blickte auf den Straßenrand und die Reisenden, die ihre Lager aufschlugen.

»Sie kennen sich mit den Gepflogenheiten auf dem Land nicht aus«, bemerkte sie. »Sie hoffen, dass sie, wenn sie ihre

Lager aufschlagen und nicht auf der Straße gefunden werden, vor den Männern sicher sind, die es auf sie abgesehen haben.«

»Die Bräuche auf dem Land sind gar nicht so anders als die Gepflogenheiten in der Stadt«, entgegnete Charlie düster. »Sobald der Mob in Bewegung kommt, stoppt er nicht, bis sein Durst nach Gewalt gestillt ist.«

Kapitel 36

»Wir sollten ein paar Meilen im Dunkeln reiten«, sagte Charlie. »Wenn die Banditen kommen, werden wir leichte Beute sein, wenn wir von all diesen Feuern hier beleuchtet werden.«

Er schaute zu Maria hinüber. Ihre Lippen waren zusammengepresst, als hätte sie Schmerzen. Sie saß immer noch aufrecht, aber angesichts der Tatsache, dass sie ein mit Reet verstärktes Korsett trug, nahm er an, dass sie keine andere Wahl hatte.

»Es ist nichts Ernsthaftes«, erklärte sie, als sie bemerkte, dass er sie ansah. »Ich habe Kopfschmerzen vom Ritt in der prallen Sonne.«

Als der Tag voranschritt, sah sie immer kränklicher aus. Charlie hatte versucht, sich selbst zu sagen, dass es nur die Hitze war. Aber tief im Innern wusste er es. Etwas stimmte nicht. Ihr Gesicht war so blass, dass es fast durchscheinend wirkte.

»Vielleicht sollten wir hier anhalten und uns etwas ausruhen«, sagte Charlie unsicher, aber während er noch sprach, fiel Maria der Länge nach von ihrem Pferd.

»Maria!«

Er stieg ab, fiel dabei selber halb vom Pferd und rannte zu ihr hinüber.

Maria hatte sich vor Qualen zusammengekrümmt. Er bemerkte sofort den Geruch, der ihn an einen dunklen, verdrängten Ort seiner Kindheit erinnerte. Es war der unmissverständliche, beißende Geruch von Ruhrschweiß. Selbst im Zwielicht der einbrechenden Nacht hatte ihr Gesicht eine geisterhaft durchscheinende Blässe.

Die Ruhr hatte in London ganze Armensiedlungen ausgelöscht. Und Charlie, der die Krankheit überlebt hatte, war immun gegen eine Infektion, nicht jedoch gegen die Schrecken der Krankheit.

Er musterte rasch die Zelte. Um die Feuerstellen herum saßen kleine Gruppen von Familien und Reisenden, die nahezu fröhlich dreinblickten. Ein Mann spielte Pfeife, während seine Tochter Würstchen über dem Feuer grillte. Andere Gruppen ließen Bierflaschen reihum gehen.

Jedes der Lager war säuberlich von den anderen abgetrennt. Und Charlie wusste, dass in Pest-Zeiten keiner einem kranken Mädchen helfen würde. Er konnte es ihnen kaum verübeln. Aber Maria würde sterben, wenn sie hier draußen liegen bleiben würde.

Charlie presste seine Lippen verängstigt zusammen. Sie würde die Infektion nicht überleben, wenn sie nicht irgendwo ins Warme käme, wo sie ordentlich gepflegt werden könnte.

Er erinnerte sich an den sumpfigen Geruch des Pest-Wassers aus dem Stall. Wenn das die Quelle des Übels gewesen war, muss sie die verpestete Luft tief in sich aufgenommen haben.

Er stolperte bei dem Versuch, sie aufzurichten. Maria scharrte mit den Füßen, um ihm zu helfen. Dann bebte ihr Körper und sie übergab sich am Straßenrand.

»Es tut mir leid«, flüsterte sie. »Lass mich hier. Wenn die Banditen dich mit einem kranken Mädchen finden, werden sie dich töten.«

»Ich werde dich irgendwo hinbringen, wo es warm ist und wo du es ausschwitzen kannst«, sagte Charlie und versuchte dabei, überzeugend zu klingen.

Keiner, den er kannte, hatte die Ruhr ohne ein Bett an einer Feuerstelle überlebt. Hier, mitten auf dem offenen Land, waren sie meilenweit davon entfernt.

Maria war schwach und wurde ohnmächtig, als er sie zu den Pferden führte. Da er nicht wusste, was er sonst tun sollte, legte er ihren Körper quer über das erste Tier und griff nach den Zügeln des zweiten. Seine Gedanken schossen vor Angst ziellos durch seinen Kopf. Charlie führte die Pferde zurück auf die Straße. Er dachte darüber nach, aufzusitzen, aber er wusste, dass er ein zu schlechter Reiter war, um das andere Pferd dabei halten zu können.

Bäuchlings auf dem Sattel liegend, sah Maria beunruhigend leblos aus. Charlie hatte keine Ahnung, wohin er ging oder was er tun sollte.

»Ein warmes Bett könnte ihr Leben retten«, überlegte er laut und versuchte, daran zu glauben.

Maria regte sich ein wenig, wodurch ihr Gleichgewicht ins Wanken kam und sie seitwärts am Pferd hinunterrutschte. Er griff nach ihr und wurde dabei in zwei Richtungen gezerrt, da das zweite Tier seine Chance nutzte und ausscherte.

»Walthamstow«, sagte Maria, während er sie verzweifelt am oberen Rand ihres Kleides festhielt. »Es ist nur ein paar Meilen von hier entfernt. Dort gibt es eine weise Frau. Sie wird helfen.«

Und dann wurde sie wieder bewusstlos.

Charlie schaffte es, sie wieder über das Pferd zu legen. Ihr langer Körper wippte im Takt der Schritte des Tieres mit. Er rief sich ihre Worte ins Gedächtnis. *Weise Frau. Eine Hexe.* Dann erinnerte er sich. Die Hexe, die aus dem Gefängnis in Wapping entlassen worden war. Maria hatte gesagt, dass die Frau aus ihrem Dorf stammte. Er schauderte. Christen suchten keine Hexen auf.

Im Dunkeln versuchte er, seine aufsteigende Panik zu unterdrücken. Die Banditen lauerten überall, und er reiste mit einem kranken Mädchen. Wofür er sich auch entscheiden würde, er müsste es schnell tun.

Er rief sich die Landkarte ins Gedächtnis. Walthamstow war der nächstgelegene Ort. Seltsam, dass sie nicht erwähnt hatte, woher sie stammte, wo es doch auf dem Weg lag.

Er erwartete nicht, dass die Einheimischen ihn und ein krankes Mädchen während der Pest-Zeit in ihr Dorf lassen würden. Aber er hatte kaum eine andere Option.

Charlie nahm die Zügel und zog die Pferde voran. Dann lief er so schnell er konnte mit den Tieren hinter sich los.

Während er in Richtung der Hexe lief, kamen die Fackeln der Banditen aus allen Richtungen immer näher.

Kapitel 37

Bürgermeister Lawrence stieß die Tür zu seinem Fachwerkhaus in der Fen Church Street auf. Der Sommertag war zur Nacht geworden und er glaubte, nicht zu spät dran zu sein. Die Geräusche aus dem Inneren bestätigten seine Hoffnung. Sein Dienstmädchen war zu Hause. Er fühlte, wie sein Körper reagierte, noch bevor er sie sah.

In seinem Esszimmer stand ein teurer Tisch, der Teil der Mitgift seiner Frau gewesen war, sowie sechs billigere Stühle, die er selbst gekauft hatte. Lawrence fuhr sich mit der Zunge über die Unterlippe. Seine Frau war unterwegs, ihre Schwester besuchen.

Hinter dem Tisch kniete Debs und putzte den Feuerrost im Kerzenschein. Er beobachtete, wie sich ihre Hüften bewegten, während die Bürste über die Kacheln des Herds schrubbte. Selbst die Art und Weise, wie sie arbeitete, war aufreizend.

Als Lawrence das vierzehnjährige Mädchen eingestellt hatte, hatte seine Frau darauf bestanden, dass sie sich züchtiger kleidete. Aber was auch immer Debs trug, ließ ihre verlockende Figur darunter erahnen.

Die Wölbung ihrer braunen Haare unter der rosafarbenen Baumwollkappe. Ein Rand aus weißer Spitze, der die wundersame Jugendlichkeit ihrer Haut einrahmte. Leinentücher, die sie sich umband, um ihr Dekolleté zu verstecken, die aber irgendwie ihre Brüste noch mehr betonten. Er schlich sich in das Zimmer und kniete lautlos neben ihr nieder. Dann hob er ihren Rock an und fuhr mit der Hand ihren Oberschenkel hinauf.

Debs drehte sich erschrocken um und ihre Hand griff reflexartig nach seiner. Dann sah sie Lawrence und ihr Ausdruck änderte sich zu einem durchtriebenen Lächeln.

Der Anblick ihres Gesichts löste einen weiteren elektrisierenden Schub der Lust in ihm aus. Ihre großen grünen Augen zogen sich an den Seiten ein wenig herunter, was Debs einen dauerhaft sinnlichen Ausdruck verlieh.

Sie hatte niedliche braune Augenbrauen und eine winzige, gerade Nase, wie von einem Künstler entworfen. Ihr Hals wirkte mollig. Aber für Lawrence war er sinnlich. Ein Tor zu dem verborgenen Paradies darunter. Einmal hatte ihm Debs ihre Brüste gezeigt und das Bild hatte sich in sein Gehirn eingebrannt.

Seine Hand steckte immer noch in ihrer, auf halbem Weg die seidene Haut ihres Oberschenkels hinauf bewegend. Lawrence schob sie ein bisschen weiter nach oben.

Ihr Griff um seine Hand wurde stärker.

Ihn ergriff das Verlangen nach ihr. Jede Faser in seinem Körper schrie danach, die Röcke zur Seite zu schieben, bevor sie ihn von sich wegstoßen konnte. Aber Lawrence kannte Debs gut genug. Sie würde ihm niemals erlauben, sie hier auf dem Boden zu nehmen.

Er schob seine Hand noch weiter hoch, diesmal mit mehr Nachdruck. Seine Fingerkuppen tasteten sich weiter zwischen ihren Beinen hoch. Sie quietschte, drehte sich weg und zu ihm um, während sie sich auf dem Holzfußboden ausbreitete.

Das Leinentuch, das ihre Brust bedeckt hatte, war in der Mitte ein kleines Stückchen verrutscht. Darunter bewegte sich die Linie, wo ihre Brüste sich trafen, im Rhythmus ihres Atems.

Lawrence versuchte noch einmal, unter ihre Röcke zu gelangen, aber sie war zu schnell für ihn, rutschte von ihm weg und legte einen Finger auf ihren Mund.

»Bürgermeister Lawrence«, flüsterte sie in dem sinnlichen Ton, den er oft in seinen Fantasien ertönen ließ. »Was, wenn Eure Frau käme?«

Sie stand auf und bürstete sich den Staub von der Kleidung.

Lawrence erhob sich ebenfalls.

»Bitte, Debs«, sagte er, »ich halte es nicht aus.«

Die Erinnerung daran, wo seine Hand Augenblicke zuvor gewesen war, quälte ihn.

»Dann müsst Ihr einen Ort finden, an dem wir uns ungestört treffen können.«

Sie verschränkte die Arme.

»Es ist nicht einfach, Debs, wenn man so viel Verantwortung für die Stadt trägt wie ich. Die Leute erkennen mich. Außerdem bin ich mit den Aufträgen des Königs sehr beschäftigt«, fügte er hinzu, in der Hoffnung, sie damit zu beeindrucken.

In Debs' Augen flackerte Interesse auf.

»Sucht Ihr immer noch nach dem Hexen-Mörder?«

»Wir wissen, dass es dieser Diebesfänger ist«, sagte Lawrence. »Aber ich wurde gebeten, einen weiteren Mann zu durchleuchten. Einer, der sich Thomas Malvern nennt. Sie glauben, er könnte beteiligt sein.« Lawrence zuckte demonstrativ mit den Schultern, um die Dummheit Seiner Majestät zu kommentieren. »Dafür musste ich Spielbänke besuchen und die Wetten nachprüfen, die dieser Mann gemacht hat. Und all das hat natürlich zu nichts geführt«, fuhr er fort. Lawrence brachte einen kleinen Rubin-Ring zum Vorschein. »Ich habe ein Geschenk für dich.«

Der Ausdruck der Freude auf ihrem Gesicht war die Qualen wert, die er in den Stunden, in denen er darauf gewartet hatte, sie zu sehen, erlitten hatte.

»Du darfst ihn aber nicht tragen, wenn meine Frau zu Hause ist«, fügte er hinzu.

Debs nickte und Lawrence setzte sich auf den nächsten Stuhl.

»Komm, setz dich auf meinen Schoß, und ich stecke ihn dir an.«

Sie zögerte und setzte sich dann hin. Er fragte sich, ob sie die Hitze spüren konnte, die in Wellen von seinen Schenkeln aufstieg.

»Worauf setzt dieser Mann in seinen Wetten?«, fragte Debs, während sie es sich auf seinem Schoß bequem machte.

»Malvern setzt große Geldsummen auf die Pest und darauf, wohin sie sich ausbreiten wird«, antwortete Lawrence und rutschte auf dem Stuhl umher, sodass sie weiter zurück in Richtung seiner Hüfte kippte. »Alles komplett harmlos.«

»Wohin, denkt er, wird sie sich ausbreiten?«

Debs rutschte ein wenig nach vorne.

Lawrence zuckte mit den Schultern.

»In die reichen Bezirke der Stadt. Nicht gerade die Art von Wette, die er gewinnen wird. Die Reichen können es sich leisten, sich im Westen mit Wachen zu schützen.«

Debs nickte, erfreulicherweise interessiert an seiner Arbeit.

»Sicherlich wird die Spielbank sich weigern, die Wette auszuzahlen, wenn er gewinnt?«

Lawrence grunzte.

»Ein gesetzloses Geschäft wie dieses? Sie werden die Wetten auszahlen, unter allen Umständen. Es ist eine Art Ganovenehre, nehme ich an«, fügte er widerwillig hinzu.

»Vielleicht weiß dieser Malvern mehr über die Pest als andere«, bemerkte sie.

Lawrence lachte abschätzig.

»Er ist ein Dummkopf, Debs. In der Spielbank heißt es, Malvern hätte davon gesprochen, selber eine Art Kontamination zu verbreiten. Er wird früher oder später am Galgen hängen, ob er des Mordes schuldig ist oder nicht.« Der Bürgermeister schüttelte den Kopf. »Wir sollten Malvern besser vergessen und diesen Diebesfänger finden.«

»Ihr könntet meinen Vater um Hilfe bitten«, schlug Debs vor und neigte dabei ihren hübschen Kopf. »Viele Männer besuchen Astrologen. Vielleicht könnte er Euch etwas sagen.«

Lawrence lächelte. Debs' Loyalität ihrer Familie gegenüber war bewundernswert. Sie war kein normales gemeines Mädchen. Ihr Vater war William Lilly, der einst Astrologe des alten Königs gewesen war. Es war eine Schande, dachte Lawrence, dass eine so schöne Tochter keine bessere Mitgift aufbringen konnte, um sie über die Arbeit eines Dienstmädchens erhaben zu machen. Obwohl es ihm natürlich zupass kam. Nur noch ein paar Wochen und Lawrence war sich sicher, dass er jeden einzelnen Teil von Debs Lilly nach seinen eigenen Bedingungen würde genießen können.

»Mach deine Hand auf!«, befahl er.

Sie öffnete ihre Finger und Lawrence erwischte sich dabei, wie er sich an der Jugend ihrer weißen Haut und den perfekten, rosafarbenen Bogen ihrer Fingernägel erfreute. Er fuhr mit seiner Hand unter ihre Röcke. Sie zuckte, widersprach aber nicht.

»Lass mich ein bisschen mehr sehen«, flüsterte er heiser, sein Mund dicht an ihrem Ohr. »Lass mich mehr sehen, als ich je gesehen habe.«

Er hielt den Ring in seiner anderen Hand wie einen Köder.

Debs lächelte und zog langsam ihre Röcke über das Knie.

Lawrence wagte kaum zu atmen. Sie zog sie noch höher.

Der Ring in seiner ausgestreckten Hand fing an zu zittern.

Sie erlaubte ihm einen weiteren, letzten Blick. Mehr, als er jemals zu sehen gehofft hatte. Lawrence starrte und versuchte, das Bild in sein Gedächtnis einzubrennen, um es später wieder aufrufen zu können.

Dann bemerkte er, abgesehen von der überwältigenden Anziehungskraft ihrer Blöße, noch etwas.

»Hast du einen blauen Fleck?«, fragte er, plötzlich irritiert. »Du hast dort einen Fleck.«

Debs runzelte die Stirn und zog ihre Röcke verwirrt nach oben.

»Da ist kein blauer Fleck«, erwiderte sie.

Und dann sah sie das violette Mal, das von ihrer Hüfte in einem Netzwerk aus hervorstehenden Venen nach unten fächerte.

Es war ein Anzeichen der Pest.

Als ihre Röcke herunterfielen, schrie sie bereits.

Kapitel 38

Der Schmerz hatte Charlies Wahrnehmung zu einem engen, dunklen Tunnel zusammengezogen. Er pulsierte durch seine kaputten Füße, biss in seine angespannten Muskeln und zog an seinen Augenlidern. Vor ihm schwang ein Stück der dunklen Straße in seinem Sichtfeld auf und ab, während er einen erschöpften Schritt nach dem anderen tat.

»Halt!«

Vor sich hörte er eine verängstigte Stimme und Charlie bemerkte, dass er Walthamstow erreicht hatte und das Dorf nachts bewacht wurde. In der Morgendämmerung erkannte Charlie das erschöpfte Gesicht eines jungen Mannes. Er starrte auf Marias schaukelnden Körper und ihr blaues Gesicht.

Die Augen des Wachpostens wurden größer und er trat eine schlafende Gestalt, die auf dem Gras ausgebreitet lag. Ein zweiter Wachposten sah sie mit trüben Augen an und stand dann auf.

»Er versucht, die Pest zu uns zu bringen«, sagte er.

»Nein, nein.« Charlie hob seine müden Hände. »Sie hat die Ruhr. Sie ist aus Eurem Dorf. Ich bitte Euch nur, sie irgendwo im Warmen ausruhen zu lassen.«

Maria war bewusstlos und ihre Haut war noch blasser und bläulicher geworden. Sie atmete in kurzen, schnellen Zügen.

»Tritt zurück!«, rief die erste Wache.

»Bitte«, sagte Charlie. »Sie heißt Maria. Anna-Maria. Sie hat einmal in Eurem Dorf gewohnt. Sie hat eine ältere Schwester, Eva.«

Die Wachposten wechselten Blicke und tuschelten miteinander. Endlich verschwand einer von ihnen in Richtung des Dorfes und der andere erklärte:

»Wir holen die weise Frau.«

Charlies Mund spannte sich an, als er verstand, was das bedeutete. Sie riefen die Hexe. Gedanken schossen ihm durch den Kopf. Vermutlich wollten die Dörfler ihn mit einem Fluch belegen lassen.

Bevor er sich dazu entscheiden konnte, umzudrehen, hörte er eine weibliche Stimme. Er kniff die Augen zusammen, um in der Finsternis sehen zu können, und bemerkte eine hochgewachsene Frau, die auf das Tor zuschritt.

Sie war so groß wie die beiden Wachen und ihr einfaches Wollkleid lag dank der Scheren, Messer und Lederbeutel, die an einem Gürtel um ihre Hüfte hingen, in Falten. Ihr Haar sah aus wie explodiert. Grobe rote Locken drehten sich wie Korkenzieher bis zu ihrer Taille hinunter und vermischten sich an den Seiten in ein wahres Chaos aus Haaren.

Charlie vergaß für einen Augenblick die Gefahr, in der Maria schwebte, und betrachtete die statuenhafte Frau mit unverhohlener Angst. Er hatte noch nie zuvor eine Hexe gesehen und fragte sich, wozu sie wohl fähig sei.

Neben den Schneideinstrumenten steckten Kräuter und andere Pflanzen unter ihrem Gürtel. Die Frau sog die Luft ein und nickte kurz. Ihr von der Sonne gesprenkeltes Gesicht und ihre braunen Augen richteten sich auf Charlie.

»Sie hat die Ruhr«, bestätigte sie. »Bringt sie herein.«

Sie drehte sich schnell um, anscheinend ohne Zweifel, dass man ihrem Befehl nicht sofort nachkommen würde.

Einer der jungen Wachposten trat vor, um die Zügel des Pferdes zu nehmen, und hielt dabei ein Tuch vor seinen Mund.

Charlie wollte hinter dem Tier folgen, aber der andere Wachposten hielt ihn auf, da er unsicher war, was zu tun war.

»Lasst ihn mitkommen!«, rief die Frau, ohne sich umzudrehen. »Wenn er es bis hierher geschafft hat, ist es unwahrscheinlich, dass er die Ruhr hat.«

*

Das Häuschen der weisen Frau lag ein wenig von den anderen, kleineren Hütten entfernt. Es bestand aus Flechtwerk und Lehm, formte einen perfekten Kreis und hatte ein Loch aus geschwärztem Reet, aus dem Kaminrauch aufstieg.

Ein flüchtiger Blick auf weiße Blüten erinnerte Charlie plötzlich an Marias ermordete Schwester. Ein kleiner Weißdornbaum wuchs neben anderen seltsam aussehenden Pflanzen in ihrem Garten.

»Bringt sie herein«, hörte er den Befehl von vorne, »und wir werden sehen, was getan werden kann!«

Charlie trug Marias zusammengesackte Gestalt hinein. Ihr Gesicht war jetzt gerötet und ihr Atem ging schwer.

Die weise Frau breitete schnell einen dicken Leinensack auf dem Boden aus und er legte Maria vorsichtig darauf.

»Was ist das?« Sie klopfte gegen das solide Korsett. »Ohne so törichte Kleidungsstücke wie diese wäre es besser. Seht weg«, fügte sie hinzu und deutete Charlie, sich umzudrehen. »Ich werde ihr dieses starre Ding abnehmen, damit sie einfacher atmen kann.«

Während er sich in dem Häuschen umsah, bekam Charlie das Gefühl, dass er hier schon einmal gewesen war. An den Außenwänden standen drei große Tische, auf denen sich ein regelrechtes Chaos an Behältern befand.

Er sah riesige Flaschen, aus denen Blätter und Äste hervorschauten, Keramikschüsseln, die mit Fett in verschiedenen

Farbtönen gefüllt waren, hängende Schlafmohn-Blüten, dicht zusammengeschnürte Süßholzwurzeln und mehrere Mörser und Stößel zum Mahlen.

Charlie hatte von Hexen gehört, die auf dem Land lebten, auf Schweinen ritten und den Mond anbeteten. Aber es gab auch Gerüchte über magische Leute, die mit Tränken und Sprüchen heilen konnten. Das musste es sein, was sie mit Maria vorhatte.

»Der Puls ihres Blutes ist regelmäßig, und das ist ein gutes Zeichen«, sagte die Frau.

Charlie drehte sich um und sah, dass Maria in ein weißes Unterhemd gekleidet war. Ihr dickes Korsett lag neben ihr. Die weise Frau stand an einem Tisch.

»Aber ihr Atem ist schwer«, fasste sie zusammen und schnitt flink Kräuter und Knoblauch klein, die sie zusammen mit einer Prise Salz und einem Löffel Honig in einen Topf warf.

Charlie beobachtete sie enttäuscht. Bisher war ihr Trank erbärmlich bäuerlich. Er hatte zumindest ein paar Einhorn-Raspel erwartet. Selbst der einfachste Alchemist in London hatte eine Eidechse, die er mit in den Topf warf.

»Habt Ihr keine speziellen Zutaten für die Heilung?«, fragte er, während er den simplen Zutaten im Topf beim Kochen zusah.

Die Frau schüttelte den Kopf.

»Wenn es ein Gegenmittel für die Ruhr gäbe, wüsste die ganze Welt davon«, antwortete sie. »Der Körper muss die Krankheit selber bekämpfen, und alles, was wir tun können, ist, ihm dabei zu helfen, sich selbst zu reinigen.«

Sie reichte ihm einen Becher.

»Lasst sie das alles in kleinen Schlucken trinken«, sagte sie. »Sie muss alles trinken, egal, wie schwer es für sie ist. Dann wird sie sich ein wenig ausruhen, und in einer Stunde geben wir ihr noch einen Becher voll.« Die Frau sah das kranke Mädchen an. »Wir werden unser Bestes tun, um sie am Leben zu halten.

Anna-Marias Familie hat sowieso schon eine zu traurige Vergangenheit.«

»Was meint Ihr damit?«

Trotz der Umstände war Charlies Neugier geweckt. Er hatte immer angenommen, dass Maria aus einer Familie stammte, der es an nichts fehlte.

»Sie hat mit einem einheimischen Jungen gelegen, aber die Hochzeit hat nicht stattgefunden«, erwiderte die weise Frau und runzelte dabei die Stirn mit einem Blick auf das halbwache Mädchen.

»Gelegen?«

»Es ist eine Tradition auf dem Land. Die jungen Leute, die verlobt sind, verbringen eine Nacht zusammen, bevor sie vermählt werden.« Sie deutete mit dem Finger. »Gebt ihr die Flüssigkeit.«

»Aber was, wenn das Mädchen schwanger wird?«, fragte Charlie, der sich nur halb auf seine Aufgabe konzentrierte.

Er setzte den Becher an Marias Lippen. Zu seiner Erleichterung öffnete sie den Mund ein wenig.

»Es ist nicht diese Art von Tradition«, erklärte die weise Frau geduldig.

»Was tun sie dann?«

Noch ein Kippen des Bechers. Noch ein Schluck.

»Sie sprechen über die Dinge, die ein Paar voneinander wissen sollte, bevor es heiratet.«

Charlie ließ seinen Blick über Marias Gesicht wandern und versuchte, sie sich als die Art Mädchen vorzustellen, die man bei einem Techtelmechtel mit einem Landjungen erwischte. Er konnte es sich beim besten Willen nicht vorstellen.

»Und warum haben sie nicht geheiratet, nachdem sie zusammen … gelegen hatten?«, fragte er endlich, während er den letzten Rest des Trankes in Marias weichen Mund fließen ließ.

»Das weiß keiner. Sie waren schon als Kinder verlobt. Sie hätten gut zusammengepasst. Hier«, fügte sie hinzu, nahm den Becher und füllte ihn ein weiteres Mal. »Gebt ihr das auch noch, wenn sie es nimmt.«

Charlie nahm den Becher und fühlte, wie sich sein Hals zusammenschnürte, als er Marias Gesicht betrachtete. Mit dem Schlaf war ihr üblicher geringschätziger Gesichtsausdruck gewichen. Das Oval ihres blassen Gesichts sah wie eine Tintenzeichnung aus, mit geraden Augenbrauen und einer geraden Nase und Wimpern, die sich in dunklen Halbkreisen bogen. Ihr breiter Mund sah kleiner aus. Es war seltsam, dachte er, dass er diese Details bemerkte, wenn es am wenigsten darauf ankam.

Ihre Augen öffneten sich einen Spalt breit und rote, geplatzte Adern wurden sichtbar.

»Eva?«, flüsterte sie.

Charlie schüttelte den Kopf.

»Versuch zu schlafen«, murmelte er und fühlte sich dabei plötzlich wie ein Betrüger.

Jemand anderes sollte an ihrer Seite sitzen. Ein Freund oder Verwandter.

Er setzte ihr nochmals den Becher an die Lippen und sie nahm einen kleinen Schluck. Dann fiel ihr Kopf zurück und das Gebräu tropfte ihr Kinn hinunter.

Plötzlich stand die Frau neben ihm.

»Du solltest dich jetzt ausruhen«, sagte sie. »Am Morgen wird alles besser aussehen.«

Er legte sich in eine Ecke, in der die Frau etwas Stroh für ihn ausgebreitet hatte. Charlie sackte zusammen und fiel in einen tiefen Schlaf, in dem ihm Marias blasses Gesicht erschien.

Kapitel 39

Charlie wachte auf und bemerkte, dass ein Paar hellbraune Augen auf ihn hinunterstarrten. Er blinzelte erschrocken.

»Ihr schnarcht sehr laut«, sagte die weise Frau. Sie stand da und ließ die Werkzeuge um ihre Hüften aneinanderklappern. »Ihr könnt zu Maria gehen, damit sie sich bei Euch bedanken kann, denn Ihr habt ihr Leben gerettet.«

»Sie ist …, ihr geht es also gut?«

»Noch nicht gut. Aber sie ist außer Gefahr. Sie hat nach Euch gefragt. Kommt.«

Die weise Frau ging von seiner Schlafstelle weg und er richtete sich stolpernd auf, um ihr zu folgen.

Marias Gesichtsfarbe war nicht mehr bläulich, sondern weiß, und ihre Augen waren geöffnet und aufmerksam. Die halb leere Schale mit Suppe, die neben ihr stand, ließ vermuten, dass sie bereits wieder etwas Nahrung aufnehmen konnte. Zu seiner Überraschung fühlte Charlie, wie er erleichtert ausatmete.

»Joan sagt, du hättest mir das Leben gerettet, indem du mich hergebracht hast«, sagte sie mit leiser, angestrengter Stimme. »Also nehme ich an, dass ich dir Dank schulde.« Sie kniff die Augen zusammen, als würde ihr dieses Zugeständnis Schmerzen bereiten. »Denn du hättest mich auf der Straße zurücklassen können.«

»Ist sie …, ist sie eine Hexe?«

Charlie sprach leiser. Soweit er sehen konnte, hatte die Frau Maria vom Grabesrand zurückgeholt, aber wenn Satan dabei seine Hände im Spiel gehabt hatte, wüsste er lieber früher als später Bescheid.

»Ich glaube genauso wie Ihr an Gott«, hörte er die Stimme der weisen Frau sagen. »Aber ich habe mich entschieden, ihm auf andere Art zu dienen als die meisten Menschen, denn ich mag keine kalten Kirchen. Obwohl sie mich dafür ins Gefängnis geworfen haben«, fügte sie hinzu.

»Könnt Ihr uns etwas über Wapping erzählen?«, fragte Charlie, weil er dachte, dass solche Informationen nützlich sein könnten.

Die weise Frau schüttelte den Kopf.

»Ich habe nur das Gefängnis gesehen«, erwiderte sie. »Es ist ein schrecklicher Ort.«

»Hättet Ihr nicht Eure Magie benutzen können, um die Wachen zu verzaubern?«, fragte Charlie.

»Ich benutze keine dunklen Zauber«, antwortete die weise Frau. »Nur Kräuter, Wurzeln und Beeren. Das ist alles.«

»Die Kirche würde das anders sehen«, meinte Charlie.

»Ja, das würde sie vermutlich«, bestätigte sie. »Deshalb muss ich meinen Weg vorsichtig beschreiten. Denn wenn eine falsche Person Missfallen an mir findet, könnte ich immer noch als Hexe verbrannt werden. Aber ich habe ein Talent für das Heilen, und deshalb nehme ich das Risiko auf mich, um es zu teilen.«

Charlie dachte darüber nach. Er erinnerte sich an Mutter Mitchells Worte. *Siehst du, wie der Blitz mich trifft oder der Boden unter mir bebt, wenn ich eine Kirche betrete? Wenn eine Frau für andere Wäsche wäscht, verkauft sie ihren Körper. Wenn ein Mann auf der Straße bettelt, verkauft er seinen Körper. Gott interessiert es nicht, welchen Teil deines Körpers du verkaufst, Junge. Die einzige Schande für ihn ist, wenn du nicht genügend Geld dafür nimmst.*

»Wer auch immer Euch diesen Schlüssel gegeben hat, kannte die alten Sitten«, sagte die weise Frau. Charlies Hand fuhr überrascht zu seinem Hals hoch. »Es ist wie ein Zauber geknotet«, fügte sie mit einem Blick auf das alte, violette Band hinzu, das den Schlüssel festhielt. »War es ein enger Freund, der ihn Euch gegeben hat?«

»Als ich als Waise gefunden wurde«, antwortete Charlie, »hielt ich ihn fest in der Hand. Ich glaube, meine Mutter hat ihn mir gegeben.«

»Hat sie Weide getragen?«

Die weise Frau zeigte auf die geflochtene Weide, die um ihren Hals lag.

Plötzlich schoss ein Bild in Charlies Kopf. Ein violettes Band. Eine Stimme. *Die Weide ist ein Mädchen, deren Zöpfe über das Wasser streichen. Aus ihm zieht sie mächtige Kräfte. Ein Zauberbaum.*

Charlie verscheuchte das Bild, da er das dringende Bedürfnis verspürte, das Thema zu wechseln. Er wollte seine wenigen Erinnerungen an seine Mutter nicht mit irgendwelchen Gedanken über Hexerei beschmutzen.

Etwas anderes fiel ihm plötzlich ein.

»Ich möchte etwas über eine Pflanze wissen, die in Eurem Garten wächst«, sagte Charlie. Er hatte sich an den Weißdorn erinnert, der draußen wuchs. »Ich werde sie für Euch holen.«

Er lief durch das Häuschen und duckte sich durch die kleine Tür hindurch. Er sah, wie sich der Weißdorn im Wind wog, und knickte einen kleinen Zweig ab. Als er damit zur Eingangstür zurückkam, hörte er einen Schrei, der ihm das Blut in den Adern gerinnen ließ, und er erstarrte.

Die weise Frau stand schützend in der Tür. Ihre Hand war abwehrend ausgestreckt.

»Bring das bloß nicht herein!«, schrie sie.

Charlie hielt inne und sah den Weißdorn an.

»Es hat den Geruch des Todes!«, rief sie. »Es bringt Pech, wenn man es in ein Haus bringt.«

Vor Schreck ließ Charlie den Zweig fallen, und da die weise Frau immer noch abwehrend ihre Hand ausgestreckt hatte, schubste Charlie es zusätzlich mit dem Fuß weg.

»Aber Ihr lasst es in Eurem Garten wachsen«, antwortete er unsicher.

»Wusstet Ihr nicht, dass man Weißdorn nicht in ein Haus bringt?«, fragte sie. »Ist das etwas, von dem Londoner keine Ahnung haben?« Die weise Frau schüttelte den Kopf, als täte es ihr leid, dass die Städter so unwissend waren. Sie verschwand kurz und kam mit einer Schüssel mit Salz und Salbei wieder. »Reinigt Eure Hände hiermit, bevor Ihr hereinkommt«, sagte sie.

Sie schüttelte immer noch ihren Kopf über seine Dummheit.

Er folgte ihr zu Maria hinüber, die mit großen Augen auf ihrer Schlafstelle saß.

»Ich …, ich wollte sie etwas über den Weißdorn fragen«, erklärte er und fühlte sich dabei, als wäre er bei einem Verbrechen ertappt worden.

An Marias Gesichtsausdruck sah er, dass sie verstand.

»Es wurde auf der Leiche meiner Schwester gefunden«, erklärte sie.

»Ich habe von Eva gehört«, nickte die weise Frau. »Wir haben Kerzen für deine arme Schwester angezündet. Und wir haben Gerüchte über einen weiteren Mord gehört«, fügte sie hinzu. »Die ›Hexen-Morde‹ nennen die Leute sie. Man hört von nichts anderem mehr, nur von den schrecklichen Einzelheiten.«

»Wir glauben, dass er einen allmächtigen Zauber bewirken will«, sagte Charlie. »Ein Tod für jede Himmelsrichtung. Weißdorn steht für Erde.«

»Weißdorn kann für Erde stehen. Aber darüber hinaus hat er viele gute magische Eigenschaften«, erwiderte die weise Frau.

»Es wächst unter dem Maimond. Der Mond der Entzauberung. Der Mond der Hinderung. Es hat einen Leichengeruch, der Pech bringt.«

»Aber was bedeutet es?«, fragte Charlie nach.

»Entzauberung kann für viele Dinge verwendet werden«, sagte die weise Frau. »Um das Begehren eines Freiers abzuwenden. Um der Kraft eines großen Feindes entgegenzuwirken oder um irgendein Ereignis aufzuhalten. Menschen, die sich gut damit auskennen, würden den Zauber nie in einem Haus ausüben«, fügte sie hinzu.

Charlie lächelte schwach, weil er nicht ganz verstand.

»Sind weiße Bänder Teil des Zaubers?«, fragte er, als er sich an die geschmückten Leichen erinnerte.

Die weise Frau nickte.

»Weiße Bänder werden verwendet, um etwas festzubinden und zu hindern.«

»Dann haben wir richtig gedacht«, sagte Charlie. »Er schafft irgendeinen Zauber gegen den König. Um einen Aufstand zu unterstützen.«

»Nur derjenige, der den Zauber wirkt, kennt die Gründe«, antwortete die weise Frau. »Er wird ein Symbol oder eine Art Erinnerungsstück bei sich haben, das zeigt, dass der Zauber durchgeführt wurde. Ein Objekt oder irgendetwas, das den Zauber am Leben hält. Wenn ihr das aufspürt, könnte man vielleicht herausfinden, zu welchem Zweck der Zauber gewirkt wurde. Aber ohne das bleibt er ein Rätsel.« Der Gesichtsausdruck der weisen Frau verhärtete sich. »Der Tod ist ein mächtiges Siegel für einen Zauber. Aber er ist nur für dunkle Zwecke zu gebrauchen. Er ist Teil einer uralten Magie.« Sie sah in Gedanken versunken aus. »Bei dem zweiten Mädchen wurde ein Vogelkäfig gefunden, nicht wahr?«

Charlie nickte.

»Und Federn hingen an ihr.«

»Dann stimme ich dir zu, dass es sich um einen allmächtigen Zauber handelt«, sagte die weise Frau. »Weißdorn steht für Erde. Und Vögel stehen für die Luft.« Sie zählte an ihren Fingern ab. »Feuer und Wasser bleiben übrig. Er plant, einen mächtigen Zauber mithilfe der Elemente zu wirken. Und dafür«, fügte sie hinzu, »müssen zwei weitere sterben.«

»Wir müssen uns beeilen und uns schnell auf den Weg machen«, sagte Maria. Sie hatte Schwierigkeiten, aufrecht zu sitzen. Eine lange, schmerzhafte Minute lang lehnte sie sich vor. »Wir haben einen halben Tag verloren, aber wir könnten Wapping immer noch vor ihm erreichen.«

»Maria, du hast doch wohl nicht vor, zu reisen?«

Charlie schaute sie besorgt an.

»Mir geht es schon besser.«

Sie sah geradeaus, aber hatte noch nicht versucht aufzustehen. Sie stützte sich auf ihre Hand, kippte vorwärts und schwankte dann, bis sie zum Stehen kam. Zu seiner Überraschung lehnte sie sich hinunter, um ihr Korsett aufzuheben, das die weise Frau neben sie auf den Boden gelegt hatte.

»Es wäre besser, wenn wir warten würden«, protestierte Charlie. »Und du hast nicht wirklich vor, dieses lächerliche Korsett wieder anzuziehen?«

Es kam vor, dass sich Leute erstaunlich schnell von der Ruhr erholten. Aber ein schwieriger Ritt auf einer staubigen Straße schien leichtsinnig.

Maria biss die Zähne zusammen und fing an, das steife Kleidungsstück über dem Unterhemd festzuzurren. Sie schnürte die Bänder zusammen und stieß dabei ein schmerzerfülltes Keuchen aus.

»Ich habe genügend Erfahrung mit Pferden, um ohne Probleme ein paar Stunden auf einem sitzen zu können«, sagte sie, während sie darum kämpfte, ihr Gesicht nicht zu verkrampfen. »Wir können ihn immer noch überholen, wenn wir schnell reiten. Aber wir werden jeden Vorteil verlieren, wenn wir jetzt nicht aufbrechen.«

Maria kam unsicher auf die Beine.

Die weise Frau stöberte in ihren Kräutern herum.

»Hier ist etwas Essen und eine Flasche Genever, um Euch vor der Pest zu schützen«, sagte sie und gab Charlie eine Flasche und ein prall gefülltes Tuch. »Die Pest hat Wapping fest im Griff. Sie streift auf den Straßen umher und alles ist dem Tode geweiht. Ihr müsst äußerst vorsichtig sein«, fügte sie hinzu. »Maria geht es noch nicht wieder gut. Und der Weg dorthin ist mit Männern gesät, die es darauf abgesehen haben, Londoner umzubringen.«

Ihr fiel noch etwas ein und sie beugte sich hinunter, um etwas unter dem Tisch hervorzuholen.

»Die hat ein Bürgerkriegssoldat hier gelassen, und ich habe sie nie gebrauchen können.« Sie hielt ihm eine schwer aussehende Pistole entgegen. Charlie nahm sie in die Hand. »Sie hat nur einen Schuss«, erklärte sie. »Aber ein Schuss könnte reichen, wenn die Banditen Euch erwischen.«

»Danke.« Charlie gab Maria die Pistole. »Am besten nimmst du sie«, sagte er. »Ich habe andere Mittel, mich zu verteidigen.«

Maria nahm die Pistole unsicher in die Hand.

»Dann müsst Ihr auch etwas bekommen«, beharrte die weise Frau mit einem Blick auf Charlie. Sie nahm eine Schere von ihrem Gürtel und gab sie ihm. »Mit ihr könnt Ihr Dochte abschneiden«, sagte sie, »um Eure Reise zu erhellen.«

Charlie nickte dankend und fragte sich, wo um alles in der Welt er Kerzen anzünden sollte. Sie gingen zur Tür.

»Gott segne deinen Vater, Anna-Maria«, sagte die weise Frau, »und vergebe deiner Mutter.«

Charlie sah, wie etwas in Marias Augen aufflackerte und dann erlosch. Sie drückte die Tür stärker auf, als er es in ihrem schwächlichen Zustand für möglich gehalten hatte, und trat vor ihm hinaus.

Kapitel 40

Es dämmerte, als der Wagen holprig über den unebenen Weg fuhr. Unter der Kapuze des Pest-Doktors schwitzte Thomas bereits in der Hitze des Tages. Er lächelte in sich hinein. Während die Pest über den Osten herfiel, war der Handel im Westen der Stadt noch in vollem Gange. Bald würde seine Kontamination in der Stadt explodieren und sich weitreichend und schnell in ganz England verbreiten. Seine letzten Pläne waren fast vollendet.

Ein Schlagbaum erschien vor ihm auf der Straße und er machte sich bereit. Er drehte den Kopf, um nach seiner Frau zu sehen. Teresa saß hinten im Wagen, hatte die Arme um die Beine geschlungen, und ihr blondes Haar fiel wie ein Vorhang über ihre Schultern. Er wusste, dass sie verängstigt war, weil sie hier draußen sein musste.

Thomas zog an den Zügeln und brachte die sechs Pferde unter Schwierigkeiten zum Stehen. Er griff in seinen Mantel, zog zwei Gesundheitszertifikate heraus und hielt sie hoch.

Sein Status verlieh ihm die Berechtigung zu reisen, ohne aufgehalten zu werden. Und dank des königlichen Wappens konnte er die Außenposten auf dem Land zügig passieren, während andere angehalten wurden.

Der Mann, der neben dem Schlagbaum stand, hielt Abstand zu dem Wagen. Er hatte fast seinen gesamten Kopf in sein eigenes Hemd gehüllt.

»Ihr dürft nicht passieren.«

Thomas blickte ihn ungläubig an. Der Mann hielt eine Mistgabel, die in einem nicht gerade gefährlich wirkenden Winkel aufragte.

»Geht zur Seite!«, rief Thomas vom Kutschbock.

»Ihr dürft nicht passieren.«

Der Mann fing an, ängstlich hin und her zu trippeln, und hatte offensichtlich Angst, näherzukommen. Sein Blick fiel auf Thomas' Frau, die im Wagen saß, und er stand da und starrte sie einen Moment lang an.

»Meine Frau mag den Staub der Straße nicht«, erklärte Thomas.

Der Mann starrte Teresa weiter an und fragte sich offensichtlich, wieso eine so attraktive Frau mit so einem Monster reiste.

Teresa schob ihren Kopf weiter in ihre Armbeuge, sodass nur ihre Augen zu sehen waren.

»Geht zur Seite«, wiederholte Thomas ausdruckslos.

Die Stimme des Mannes schwoll an, als er Mut in seiner eigenen Ankündigung fand.

»Wir hier in der Gegend wissen, was Ihr treibt, und wir haben genug davon. Unter dem Vollmond zu reisen. Leichen in dem Wagen dort zurückzutransportieren.« Er deutete mit der Mistgabel. »Nie wieder wird ein Diener des Teufels durch unser Dorf reisen«, schloss er und streckte dabei seine Brust heraus. »Unsere Männer haben dies beschlossen und werden Euch mit Gewalt vertreiben, wenn es sein muss.«

»Und doch sehe ich keine anderen Männer außer Euch.«

Es war mehr eine Aussage als eine Frage, die Thomas amüsiert mit dem Kopf zur Seite geneigt aussprach. Er wusste, dass seine Reisen nach Wapping die Aufmerksamkeit der Einheimischen erregt hatten, aber da dies seine letzte Reise sein würde, kümmerte es ihn wenig.

»Sie sind noch nicht aufgestanden«, gab der Mann mit einem ängstlichen Blick über die Schulter zu. »Aber das werden sie bald.«

Thomas drehte seine Schnabelmaske demonstrativ, um die leeren Felder hinter dem Schlagbaum zu überblicken. Er senkte seine Stimme.

»Ich werde Euch zwei Optionen geben.«

Der Mann umklammerte seine Mistgabel noch fester.

»Ihr dürft am Leben bleiben«, fuhr Thomas fort, »und lasst mich passieren. Oder Ihr dürft sterben und lasst mich passieren. Für mich macht es keinen Unterschied.«

Er zog sein Schwert aus der Scheide und betrachtete gelangweilt die Klinge.

Der Mann fing an zu zittern, gab aber nicht nach. Erst als Thomas sich anschickte, vom Wagen zu steigen, wich er auf seinen Posten zurück.

»Ihr müsst Euren Namen in das Buch eintragen«, sagte er und hielt dabei den Blick auf Thomas gerichtet. »Alle, die passieren, müssen ihren Namen eintragen. Königlicher Befehl.«

Thomas rutschte vom Bock hinunter, ging auf den Mann zu und warf einen vorsichtigen Blick auf den Wagen. Teresa hatte sich außer Sichtweite gebracht.

»Für Eure Mühen«, sagte Thomas und warf dem Mann eine Münze zu.

Der Mann fing sie mit einer geübten Bewegung, untersuchte sie und sah in überraschter Dankbarkeit auf. Wie Thomas vorausgesehen hatte, beruhigte das Geld den Mann. Er trat nicht weiter zurück, sondern wartete, während Thomas auf ihn zukam, um sich in das Buch einzutragen.

Der Mann sah nicht einmal, wie das Schwert aufblitzte. Es schlitzte seinen Bauch auf, bevor er eine Chance hatte zu schreien. Er starrte auf die tödliche Wunde hinunter und auf seinem Gesicht machte sich stumme Verwunderung breit.

Thomas ließ sein Schwert mit einem dumpfen Schlag in das Gras fallen. Er ließ seine behandschuhten Finger spielen und trat auf die offene Wunde des Mannes zu. Mit einer geübten Bewegung tauchte Thomas seine Hand hinein, durch die Eingeweide hoch bis in den Brustkorb.

Der Mann wankte, während er an Thomas' erhobener, blutiger Hand hing. Sein Mund öffnete sich und machte ein Würgegeräusch.

»Fühlst du das?«, fragte Thomas. »Das ist dein Herz, das ich zusammendrücke.« Ein Blutstrom ergoss sich aus dem zerrissenen Bauch des Mannes. »So haben sie meinen Vater getötet«, fuhr Thomas fort. »Nachdem sie seine Hände zu schwarzen Stummeln verbrannt hatten.« Thomas drückte noch fester zu. »Ihr seid alle Verräter. Und ich werde dafür sorgen, dass Euer König als Verräter stirbt, wie er es verdient.«

Der Mann würgte weiter und rang nach Luft.

In seiner behandschuhten Faust fühlte Thomas das letzte schwache Zittern, den letzten Versuch des Herzens, zu leben. Dann sackte der Kopf des Mannes hinunter und Thomas kniete sich hin, um die Leiche auf den Boden zu legen. Er riss seinen blutigen Unterarm aus den Überresten des Mannes heraus. Das Herz in seiner Hand war ein zerfetzter Klumpen Gewebe. Sie ließen sich nicht immer ganz heraustrennen. Thomas betrachtete es eine Weile.

Das hier würde seine letzte Reise nach Wapping und seine letzte Ladung sein. Die Kontamination würde schon bald unaufhaltsam sein.

Sie hatten ihm am Hafen gesagt, dass er niemals Männer finden würde, die seine grausame Fracht laden würden. Für keinen Preis. Aber sie hatten unrecht. Menschen waren käuflich. Man musste einfach nur wissen, wo man sie suchte.

Thomas nahm die Feder, die neben dem Buch lag. Er benetzte ihren Kiel mit dem blutigen Herzen. Und während er unter seiner Maske lächelte, trug er seinen Decknamen ein.

In diesem Teil des Landes war Angst eine nützliche Währung. Die Einheimischen sollten wissen, vor wem sie sich fürchten sollten.

Kapitel 41

Das Land um London herum war eine wilde Gegend. Aber trotz der unbändigen Felder war die Luft rein. Gold-grüne Feldfrüchte wuchsen auf beiden Seiten des von der Sonne gehärteten Weges. Aber die Straße war fast leer.

Charlie und Maria ritten an einem riesigen Wirtshaus vorbei, an dem normalerweise Postkutschen Rast machten. Es hatte einen Ofen zum Backen von Brot, eine Scheune zum Brauen und eine Hütte zum Räuchern, aber alles war mit Brettern zugenagelt.

Maria keuchte und schwankte auf ihrem Pferd, weigerte sich aber, anzuhalten.

»Es ist nur der Staub«, sagte sie mit müder Stimme. »Mir geht es gut.«

Charlie entwickelte eine widerwillige Bewunderung für sie. Er wusste, dass sie sich schwach und krank fühlen musste. Sie war definitiv zäher als er ursprünglich angenommen hatte.

»Nicht dort entlang.« Maria schüttelte den Kopf, als er versuchte, sein Pferd auf einen Seitenweg zu lenken. »Dieser Weg verläuft durch die Sümpfe von Hackney«, erklärte sie. »Er ist gefährlich für die Pferde.«

Charlie rief sich die Karte im Geiste vor Augen. Wenn sie nicht durch die Sümpfe ritten, würden sie einen Tag bis nach Stratford brauchen. Davon abgesehen, dass sie so lange wie möglich vor Malvern ankommen mussten, hatten sie nur ein kleines Paket mit Proviant von der weisen Frau.

Im Augenwinkel sah er etwas Graues im Straßengraben. Es war ein Zelt aus Leinen. Jemand hatte es aufgeschlagen, aber nun stand es verlassen da.

»Warte hier«, sagte er, während er an der Seite seines Pferdes herunterrutschte. »Vielleicht haben sie etwas Essen dagelassen.«

»Warte!«, rief Maria. »Es könnte gefährlich sein!«

»Wenn da etwas drin ist, was uns hilft, sollten wir es mitnehmen«, entgegnete Charlie. »Für mich sieht das nach einem Glückstreffer aus.«

Er krabbelte in den Graben und ging auf das Zelt zu. Es war hastig in einem kreisförmigen Stil aus Leinen und Ästen erbaut worden. Er hob einen Stock vom Boden auf und hob damit die Klappe am Eingang hoch.

Sonnenlicht schien in das Zelt hinein und erleuchtete die Gesichter darin.

In dem Zelt lagen die blutigen Überreste eines Mannes und einer Frau.

Er fiel nach hinten und bedeckte seinen Mund. Die Klappe fiel herunter und Charlie lehnte sich einen Augenblick lang auf die Kante. Dann kletterte er so schnell er konnte den Graben hinauf.

»Was ist los?«, fragte Maria, als sie sah, dass er trotz der Hitze des Tages blass geworden war.

»Leichen«, murmelte er und versuchte, wieder auf das Pferd zu steigen. »Es sieht aus, als seien die Banditen erst vor Kurzem hier gewesen.«

Maria deutete unsicher auf die Felder. In einiger Entfernung standen drei Bauern. Sie waren mit Werkzeugen vom Bauernhof bewaffnet und sahen aus, als seien sie auf Blut aus.

Charlie griff nach Maria.

»Hier entlang«, sagte er heftig und zog sie und die Pferde auf das im Wind wehende Grasland des Sumpfes zu.

»Aber das ist Sumpfgebiet«, protestierte Maria.

»Das sind wahrscheinlich die gleichen Männer, die die Leute im Zelt ermordet haben«, zischte Charlie. »Sie sind zurückgekommen, um die Leichen zu verstecken, damit sie für ihr Verbrechen nicht gehängt werden können.«

Er zog sie von der Straße hinunter und hinein in den Sumpf.

Die Sümpfe von Hackney breiteten sich vor ihnen aus. In einem Flechtwerk von Wasser und Schlamm schauten Inseln aus hohem Reet und Gras heraus. Es war unmöglich zu sagen, wie tief und morastig die Sümpfe waren. Aber das Gras wuchs hüfthoch und war relativ weich und grün.

»Sie werden durch das Gras erkennen, wohin wir gegangen sind«, sagte Maria unsicher.

Aber sie nahm Charlie die Zügel ab und führte die Pferde vorsichtig auf dem sumpfigen Boden weiter. Sie schnalzte beruhigend mit der Zunge, um sie vorwärts zu locken. Die Pferde waren einen Fuß höher als das wehende Gras.

»Wir müssen dort hinüber.« Charlie zeigte auf einen dichteren, höheren Flecken Grasland. »Dort können die Pflanzen sowohl uns als auch die Tiere verdecken.«

Er machte ein paar Schritte darauf zu und sank bis zum Knie in die morastige Erde ein. Die Männer waren nun nahe genug, dass sie ihre Stimmen hören konnten.

»Beeil dich«, drängte Charlie, während er seinen Fuß aus dem Schlamm riss. »Sie werden die Pferde sehen.«

»Warte«, flüsterte sie. »Sie haben etwas über einen Wagen gesagt, ich bin mir sicher.«

»Vielleicht kommen Wagen hier durch, Maria. Es wird keinen Unterschied machen, wenn sie uns umbringen.«

Die beiden Pferde waren über dem Gras gut sichtbar und das Dickicht schien weit entfernt. Maria, deren Gespür für Pferde ans Übernatürliche grenzte, brachte beide Tiere dazu, sich hinzuknien und dann im Sumpf niederzulegen. Als er erkannte, dass es zu spät war, um zu flüchten, kniete sich Charlie neben sie und betete, dass die Tiere sie nicht verraten würden.

»Bist du sicher, dass er es war?«, hörten sie eine Stimme fragen. »Bist du sicher, dass es der Pest-Doktor war?«

Charlie erstarrte. Er sah zu Maria hinüber, die sich anstrengte, jedes Wort zu verstehen.

»Ja«, sagte eine andere Stimme. »Der letzte Name, der ins Zollbuch eingetragen wurde, ist Thomas Malvern.«

Sie hörten, wie jemand auf den Boden spuckte.

»Malvern hat uns zum letzten Mal vorgeführt, wenn ihr mich fragt. Uns wissen zu lassen, dass er es war, der den armen Zöllner umgebracht hat.«

»Wir hätten beim letzten Vollmond mutiger sein sollen«, sagte der dritte Mann. »Wir hätten dem Ganzen dort schon ein Ende bereiten sollen. Ihm, der mit seiner schrecklichen Ladung Leichen durch unser Dorf fährt.«

»Genau«, stimmte der zweite Mann zu. »Denn immer dann, wenn der Leichensammler kommt, sterben junge Mädchen.«

»Bist du sicher, dass er den Zöllner umgebracht hat?«

»Überall war Blut. Nur kein Zöllner. Was, denkst du, ist wohl passiert?«

»Wir sollten über eine Sache froh sein«, sagte der zweite Mann. »Wenn er den Zöllner umgebracht hat, muss das seine letzte Reise durch diese Gegend gewesen sein.«

Maria sah Charlie in die Augen und runzelte vielsagend die Stirn.

»Was, glaubst du, hat er mit der Leiche getan?«, fragte der erste Mann.

Nach einer langen Pause hörten sie nochmals einen der Männer spucken.

»Möge Gott uns davor schützen, das herauszufinden«, erwiderte der dritte Mann. »Kommt jetzt«, fügte er hinzu. »Wir sollten uns um diese verstümmelten Leichen kümmern. Wir können sie im Sumpf versenken, dann wird man sie niemals finden.«

Eines der Pferde schüttelte seinen Kopf und schnaubte.

»Was war das?«, fragte einer der Männer.

»Was?«

»Dieses Geräusch! Sei ruhig. Hör hin!«

Eine lange, quälende Stille setzte ein. Charlie hielt den Atem an, sah zu Maria hinüber und hoffte, dass die Pferde ruhig bleiben würden.

»Vielleicht verstecken sich noch mehr Städter am Rand des Sumpfes. Wir sollten die Ränder absuchen.«

Charlie hob einen Stein vom Gras auf, zielte und warf ihn weit über den Sumpf. Einen Moment später flatterte ein aufgeregter Vogel schnatternd aus dem Gras hoch.

»Es ist nur ein Sumpfvogel, du Dummkopf«, sagte der erste Mann. »Lasst uns endlich die Leichen verstecken, bevor wir alle dafür gehängt werden.«

*

Fast eine Stunde verging, bevor sich die Männer wieder auf den Weg machten und die Beweise ihres Verbrechens in einem anderen Teil des Sumpfes versenkt hatten.

»Hast du das gehört?«, fragte Maria. »Thomas Malvern. Er reist bei Vollmond mit Leichen.«

Charlie nickte, war aber mehr damit beschäftigt, einen Fluchtweg zu finden.

»Und er war erst heute Morgen dort«, fuhr Maria fort. »Wir könnten immer noch schneller da sein als er.« Ihre Augen leuchteten, als sie die Optionen durchdachte. »Stratford ist in der

Nähe, und er muss es durchqueren. Mit etwas Glück könnten wir dort die Justiz informieren, bevor er ankommt, und ihn verhaften lassen.«

Charlie schob sich aus dem Schlamm hoch und dachte, dass sie viel mehr Glück bräuchten als sie ahnte, um die Wachen von Stratford davon zu überzeugen, sie hineinzulassen.

Und vorher hatten sie ein noch viel dringenderes Problem.

»Wir können das Risiko nicht eingehen, auf die Hauptstraße zurückzukehren«, sagte er. »Diese Männer überwachen sie, und es könnten noch mehr da sein. Wenn wir weiterkommen wollen, Maria, müssen wir den Sumpf durchqueren.«

Kapitel 42

Amesbury überprüfte die Informationen auf seinem Blatt Papier. *Vorderer Hafen in Shadwell, rote Tür.* Er drehte sich zu Blackstone um.

»Wir sollten sie in einem dieser Bordelle finden«, sagte er.

»Und Ihr seid sicher, dass das die gleiche Jenny ist, die sich mit Malvern getroffen hat?«

Amesbury nickte.

»Sie hat die Spielbank mit ihm verlassen. Und dann ist sie in das Bordell ihrer Mutter geflüchtet. Das ist in dieser Straße.«

Blackstone fragte sich, wie Amesbury an diese Informationen gelangt war. Aber da er annahm, dass sie von seinem riesigen Netzwerk aus Spionen stammten, hielt er es für diplomatisch, nicht zu fragen.

Die beiden Männer überflogen die heruntergekommene Ansammlung an Bordellen und Tavernen, die sich am Wasser wie eine Reihe fauler Zähne zusammendrängten.

»Ich erinnere mich aus meinen Tagen als Seefahrer an diesen Ort«, sagte Blackstone. »Selbst nach monatelangen Kämpfen auf See haben wir die Bordelle hier gemieden. Sie sind nur für diejenigen etwas, die zu betrunken sind, um ihr Leben wertzuschätzen.«

»Es wird nicht lange dauern«, erwiderte Amesbury, »und dann könnt Ihr wie versprochen zu Euren Pest-Ämtern zurückkehren.«

Blackstone nickte, freute sich aber nicht gerade beim Gedanken daran, auf die Straße nach Wapping zurückzukehren.

»Dieses dort«, sagte er und zeigte auf eine rote Tür.

Die beiden Männer gingen auf das Haus zu. Amesbury hob die Hand, um anzuklopfen, überlegte es sich dann noch einmal, stieß die verrottende Tür auf und trat mit Blackstone im Gefolge ein.

Drinnen war das Haus dunkel und hatte staubige Dielen. Ein einfacher Tisch stand darin, auf dem sich eine halb leere Flasche Wein befand.

Drei Frauen saßen etwas von dem Tisch entfernt auf einer langen Bank. Jede von ihnen hatte ihren Rock bis zur Taille hochgestülpt und saß mit gespreizten Beinen da, um zu zeigen, was der Kunde für sein Geld bekommen würde.

Eine von ihnen sah aus, als sei sie etwas wohlhabender als die anderen, bemerkte Blackstone. Vielleicht war sie eine ehemalige Kurtisane, die vor Kurzem von ihrem Schutzherrn versetzt worden war. Shadwell war für Seemänner da, und jede Londoner Prostituierte, die die Wahl hatte, mied Seemänner.

Die wohlhabender aussehende Frau trug ein Korsett aus rosafarbener Seide, das abgeschnitten worden war, um ihre Brüste zu präsentieren. Sie hatte zwei dunkle Ringellocken so geformt, dass sie ihre katzenartigen Augen einrahmten, und sah aus wie Mitte zwanzig.

Ihr Ausdruck und die Art, wie sie ihr Haar frisiert hatte, erinnerte Amesbury an Louise Keroulle, die Mätresse des Königs. Amesbury hatte Blackstone erzählt, dass er Louise nicht traute. Er hatte sie erst kürzlich dabei erwischt, wie sie die privaten Dokumente des Königs durchsucht hatte. Und Amesbury pflichtete dem Gerücht bei, dass sie und ihr Bruder George französische Spione sein könnten.

Die Prostituierten links und rechts der Frau sahen zehn Jahre älter aus. Eine hatte sich falsche Augenbrauen aus Maushaar angeklebt, durch die sie aussah, als sei sie ewig empört.

Die andere hatte einen riesigen Busen, dessen alternde Form ungeschickt in ihr enges blaues Kleid gezwängt worden war. Ihr Dekolleté war mit einem Netzwerk aus weißen Schwangerschaftsstreifen überzogen, das sich, wie Blackstone vermutete, bis zu ihrem korpulenten Bauch hinunterzog.

Die Attraktivste der drei stand auf, um Wein einzuschenken, aber Amesbury hob die Hand. Blackstone nahm an, dass er nicht genügend Bargeld bei sich hatte, um die Preise zu riskieren, die das Haus für ein Glas Wein verlangen könnte. Die Frau setzte sich wieder hin und betrachtete ihn mit einer Mischung aus Neugier und Verärgerung.

Eine Tür knallte und ein riesiger Mann trampelte in das Zimmer. Zuerst dachte Blackstone, er sei ein Kunde. Dann aber sah er die Furcht in den Augen der Frauen und nahm an, dass der Mann hier das Sagen hatte.

Der Besitzer hatte fettige, schwarz-graue Haare und ein trauriges, heruntergezogenes Stück Haut an der Stelle, an der sich einmal sein linkes Auge befunden hatte. Sein Hemd war schmutzig und hing lose herunter, aber seine Kniehosen waren neu und im längeren Stil der Seemänner geschnitten.

Das einsame Auge des Mannes blinzelte zuerst die beiden Männer und dann die Frauen anklagend an.

»Warum habt ihr unseren Gästen noch keinen Wein angeboten?«

»Das haben sie«, sagte Amesbury. »Ich habe abgelehnt.«

Das Gesicht des Bordellbesitzers verzerrte sich vor Wut. Er ging zum Tisch und hob die Flasche hoch.

»Man geht nicht in ein Bordell und lehnt dann ab zu trinken«, sagte er, während er die dünne rote Flüssigkeit achtlos in einen Becher schüttete. Er schob Amesbury den Becher zu.

»Nehmt ihn!«, forderte er, füllte einen zweiten und drängte ihn Blackstone auf.

Langsam legte Amesbury seine schwieligen Finger um den Becher. Blackstone sah ihm zu und tat es ihm gleich. Die Verärgerung des Bordellbesitzers schien sich etwas zu legen.

»Seid Ihr aus der Stadt?«, fragte er misstrauisch.

Amesbury nickte und nahm einen Schluck des dünnen Weins.

»London ist ein widerlicher Ort«, meinte der Mann, füllte sich einen Becher mit Wein und trank. »Ich war erst letzte Woche da. Um eine Salbe zu kaufen«, fügte er hinzu und griff sich als Erklärung an die Hoden. »Denn Seemänner sind eine dreckige Rasse und sie geben es durch die Frauen an mich weiter.«

Er kratzte sich wie ein Philosoph am Kopf und nahm dann noch einen Schluck Wein.

»Ich werde nicht mehr dorthin gehen«, fuhr er fort, »denn man hört schlimme Dinge. Eintausend Leichen sind über Nacht im Friedhof der Fen Church aufgetaucht. Niemand weiß, woher sie kamen. Die Einheimischen haben panische Angst, denn der Teufel muss seine Hand im Spiel haben.«

»Die Einheimischen übertreiben«, entgegnete Amesbury mit einem abschätzigen Schlenker des Weinbechers. »Die Pest macht sie schreckhaft wie Weiber.«

»Ich habe es selbst gesehen«, sagte der Bordellbesitzer finster, »ein riesiges Armengrab. An einem Tag leer. Am nächsten bis zum Rand gefüllt.«

»So etwas ist nicht möglich«, versicherte ihm Blackstone. »Selbst wenn die halbe Stadt über Nacht gestorben wäre …«

»Ich sage Euch, ich habe es gesehen!«, rief der Mann und der Wein schwappte aus seinem Becher. »Und ein riesiges Monster mit einem Schnabel besucht nachts die Kirche. Das sagen die Leute. Der Teufel selber füllt die Gräber Londons.«

Amesbury warf Blackstone einen Blick zu.

»Vielleicht ist das etwas, dem wir nachgehen sollten«, sagte er endlich.

Blackstone nickte.

»Ich werde den Friedhof besuchen, wenn ich zurück bin.«

Der Bordellbesitzer schien mit dieser Information zu ringen. Nach einer Weile nickte er den Frauen zu, da er anscheinend entschieden hatte, dass die Unterhaltung zu Ende war. Sie richteten sich auf.

»Lasst Euch nicht davon irritieren, dass sie etwas älter aussieht«, sagte der Bordellbesitzer im Plauderton, während er auf das Gesicht mit den Maus-Augenbrauen deutete. »Sie wird alles tun, was Ihr wollt. Alles.« Er drehte sich zu Blackstone um. »Ihr scheint mir ein ordentlicher Kerl zu sein«, stellte er fest. »Sie wird Euch reichen. Ihr werdet sehen, sie hat sehr gute Proportionen. Ich kenne sie persönlich.«

Ein bellendes Geräusch, das einem Lachen ähnlich war, kam aus dem Mund des Besitzers.

»Wir sind hier, weil wir ein anderes Mädchen suchen«, sagte Amesbury vorsichtig. »Ein Mädchen, von dem mir gesagt wurde, dass es hier arbeitet.«

»Man kommt nicht in mein Haus, trinkt meinen Wein und fragt dann nach einem anderen Mädchen«, erwiderte der Bordellbesitzer.

Seine Wut schwappte wieder hoch.

»Ein Mädchen namens Jenny«, sagte Amesbury.

Das Gesicht des Besitzers spannte sich an. Auf dem Gesicht der Frau mit den Maus-Augenbrauen zeigte sich eine Reaktion.

»Wenn Ihr etwas über Jenny wissen wollt, fragt eine der Huren«, entgegnete der Besitzer.

Er nahm noch einmal die Flasche und füllte Amesburys Becher, der sowieso schon voll war bis zum Rand.

»Zwei Guinees für den Wein«, fügte er hinzu und streckte seine Hand aus. »Außer, Ihr wollt auch noch für eine blutige Nase zahlen.«

Amesbury durchsuchte seinen Geldbeutel und Blackstone war erleichtert, als er sah, dass er voll mit Münzen war.

»Eine Guinee«, sagte Amesbury gleichgültig und ließ eine Münze in die schmutzige Hand des Mannes fallen.

Der Bordellbesitzer grunzte akzeptierend. Die Münze würde reichen, um mehrere Kisten des Weins zu kaufen, den er auftischte, schätzte Blackstone.

»Wenn Ihr sie etwas fragen wollt, müsst Ihr sie bezahlen, wie sonst auch«, meinte der Besitzer finster.

Amesbury drehte sich zu den Frauen um. Sie sahen verängstigt aus. Seine Augen blieben an den Maus-Augenbrauen hängen.

»Dann nehme ich sie«, sagte er.

»Und Ihr?«, fragte der Bordellbesitzer Blackstone.

»Ich werde den beiden Gesellschaft leisten.«

»Wie Ihr wünscht.« Der Besitzer zog ein paar komplizierte Grimassen. »Wie ich schon sagte, sie wird alles tun, um das Ihr sie bittet. Aber Ihr müsst Steuern für ihre Benutzung zahlen.«

Amesbury griff in seinen Geldbeutel und ließ noch ein paar Münzen auf den Tisch fallen. Die Augen der Frauen wurden groß. Eilig nahm der Besitzer das Geld in die Hand.

»Lasst Eure Schwerter hier«, fügte er hinzu. Blackstone schüttelte mit einem schwachen Lächeln den Kopf. »Es ist sicher«, sagte der Besitzer. »Hier gibt es keine Diebe.«

»Wir haben Euren Wein getrunken«, erwiderte Blackstone. »Wir werden unsere Schwerter nicht hier lassen. Wir sind keine sechzehnjährigen Seemänner mehr.«

Amesbury lächelte anerkennend. Er hatte schon immer angenommen, dass unter der Fassade des pausbäckigen

Beraters ein stählerner Kern ruhte. Unter den schwarzen Amtsgewändern hatte der Mann die Furchtlosigkeit eines Soldaten. Amesbury hatte schon immer Mut in einem Mann erkennen können.

Der Besitzer verzog verärgert seinen Mund, schien es aber zu akzeptieren. Es war eine weit verbreitete Gewohnheit, Schwerter, Waffen und andere Wertgegenstände zu stehlen, die in einem Bordell abgelegt wurden.

»Hier rein.«

Er zeigte auf eine Tür, die nach hinten führte.

Die Frau stand von der Bank auf, spuckte in ihre Hand und rieb sich damit zwischen den Beinen ein. Dann schlenderte sie vor den Männern her und hielt dabei ihren Rock hoch über ihrem nackten Unterkörper. Sie folgten ihr. Blackstones Blick fiel auf ihren nackten Hintern, der einen tiefroten Abdruck vom Sitzen auf der Bank aufwies.

Sie führte sie in ein Zimmer mit zwei durchhängenden Hanfsäcken, die mit Stroh gefüllt waren, sowie einer offenen Kiste mit Kondomen aus Schweineblasen. Einige von ihnen waren immer noch mit den Hinterlassenschaften früherer Besucher gefüllt.

Die Frau fischte in der Kiste nach dem saubersten und legte es auf ihren Unterarm.

»Von vorne oder hinten, ist mir egal, kostet beides das Gleiche«, sagte sie und sprach damit Amesbury an. »Ihr könnt Euren Mund überall hin stecken, wo Ihr wollt. Aber ich kann ihn nicht an meinem haben, denn ich habe eine Wunde.«

Sie zog ihre Lippe seitlich herunter, um ihnen eine offene Wunde an ihrer Wange zu zeigen. Nachdem sie ihre Erklärung beendet hatte, setzte sie sich mit gespreizten Beinen auf die knisternden Hanfsäcke.

»Wir suchen nach einem Mädchen namens Jenny«, sagte Amesbury.

»Wollt Ihr nicht erst nehmen, wofür Ihr bezahlt habt? Er wird es nicht mögen, wenn Ihr es nicht tut«, fügte sie hinzu und zeigte mit dem Finger in Richtung Eingangstür.

Amesbury schüttelte den Kopf.

»Sie ist von einer Spielbank geflohen, in der sie gearbeitet hat«, erklärte er. Die Maus-Augenbrauen zogen sich zusammen. »Sie schuldet kein Geld, aber wir versuchen, etwas mehr über den Mann zu erfahren, mit dem sie zuletzt gesehen wurde.«

Die Frau atmete lang und schnaufend aus und Amesbury warf eine Handvoll Münzen auf die Säcke. Die Frau betrachtete sie, hob sie aber nicht auf.

»Wir wollen ihr nichts Böses. Wirklich nicht. Wir wollen einen Mörder fangen«, sagte Blackstone.

Die Frau starrte ihn einen Moment lang an, als ob sie seine Aufrichtigkeit abschätzen wollte.

»Was für einen Mörder?«, fragte sie.

»Einen Mörder, der unschuldige Mädchen umbringt«, antwortete Amesbury. »Sie abschlachtet.«

Die Augen der Frau blickten von einem Mann zum anderen und zurück.

»Sie war hier«, sagte sie endlich, »für eine Weile. Dieser Mann, den sie in der Spielbank getroffen hat. Er hat sie sehr verängstigt. Sie sagt, er hatte vor, sie zu ermorden.«

»Hat sie sonst noch etwas gesagt?«, fragte Blackstone.

»Sie sagte, er hätte sie mit in eine Kirche genommen, die voll von verrottenden Lebensmitteln war.«

»Hat sie gesagt, welche Kirche?«

London hatte über fünfzig Kirchen in verschiedensten Größen. Die Frau schüttelte langsam ihren Kopf.

»Wo ist sie jetzt?«, fragte Amesbury.

»Sie ist weg«, meinte die Frau. »Die Pest breitet sich in der Gegend hier aus. Sie ist dorthin gegangen, wo sie sich vor ihr schützen kann.«

»Wohin?«, drängte Amesbury.

»Sie ist auf einem dieser Schiffe«, sagte die Frau. »Die, die draußen auf der Themse liegen und darauf warten, dass die Pest vorübergeht.«

Blackstone fühlte, wie seine Hoffnung, Jenny zu finden, schwand. Dutzende von Schiffen lagen dort vor Anker, und jedes von ihnen wehrte sich gegen Leute, die an Bord kommen wollten. Sie auf einem der Schiffe zu finden, würde unmöglich sein.

»Werdet Ihr ihr eine Nachricht bringen, wenn Ihr sie seht?«, fragte sie die Frau.

»Das werde ich, wenn ich kann«, sagte Amesbury.

»Sagt Ihr, sie soll in Sicherheit bleiben und sich von den gefährlichen Clubs in West-London fernhalten«, sagte die Frau. »Ich bin ihre Mutter, wisst Ihr«, fügte sie hinzu.

»Dann ist dieser Mann Euer Ehemann?«, fragte Amesbury und deutete in Richtung der Eingangstür und des untersetzten Mannes, der ihn bedrängt hatte, den Wein zu trinken.

»Mein Dritter«, antwortete die Frau. »Er ist nicht Jennys Vater. Aber ich habe Glück, denn er sorgt sich gut um mich. Bevor er kam und wir geheiratet haben, wurde ich grün und blau geschlagen. Seemänner, wisst Ihr«, fügte sie mit einem erklärenden Achselzucken in Richtung des Hafens vor dem Haus hinzu. »Nach Monaten auf der See haben sie mehr Drang als Geld. Und sie reagieren nicht gerade freundlich, wenn man ablehnt.«

Sie blickte die beiden Männer schwermütig an.

»Ich hoffe, Ihr werdet diesen Mann finden«, sagte sie. »Ich danke Gott jeden Tag, dass meine Jenny entkommen konnte. Es bricht mein Herz, wenn ich daran denke, dass eine andere Mutter vielleicht nicht so viel Glück haben könnte.«

Kapitel 43

Charlie und Maria tasteten sich tiefer in das Sumpfgebiet hinein und die verängstigten Pferde sanken mit jedem platschenden Schritt in den Morast. Abgesehen von ihrer Anwesenheit schien der Sumpf verlassen und still. Gespenstisch still. Die einzigen Laute waren die vereinzelten Schreie eines Vogels und das gelegentliche Summen von Insekten.

Als er noch in London war, hatte Charlie gedacht, dass es eine Erleichterung sein würde, das ewige Läuten, die Totenkarren, die roten Kreuze, den stickigen Rauch der Feuer und die Rufe der Quacksalber hinter sich lassen zu können. Aber jetzt hätte er lieber das Getöse der dahinsiechenden Stadt gehört als das gespenstische Raunen des Marschlands. Aus dem modernden Boden unter ihnen stieg ein stinkender Geruch auf, und Charlie fragte sich, wie viele Leichen während des Bürgerkriegs auf dem Grund dieses Moores ihre letzte Ruhestätte gefunden hatten.

Die Gräser wiesen eine Art Weg durch den Sumpf. Aber sie kamen immer wieder an Stellen, an denen sie durch Wasser waten mussten, dessen Tiefe unmöglich abzuschätzen war. Sie erreichten das Ende eines Grasstreifens und hielten inne, um die Gewässer überblicken zu können.

»Dort drüben«, sagte Charlie unsicher. »Ich glaube, ich kann den Grund sehen. Es ist nicht tief.« Er schützte seine

Augen mit der Hand vor der Sonne. »Es ist nur noch dieses Stück Wasser, Maria. Ich kann die Straße von hier aus sehen.«

Maria nickte und ihr Gesicht glänzte vor Schweiß. Es war anstrengend, sich durch die sumpfige Erde zu kämpfen, und sie tat stillschweigend einen mühsamen Schritt nach dem anderen.

Charlie trat vorsichtig prüfend mit einem Bein in das stinkende Wasser. Er sank bis zum Oberschenkel ein, stolperte und fiel beinahe in den widerlichen Schlamm. Er drehte sich nach hinten, griff nach dem hohen Gras und zog sich wieder auf festeren Grund zurück. Sein Herz hämmerte.

»Du hast dich geschnitten.«

Maria kniete an seiner Seite. Charlie bemerkte, dass Blut von seinem mit Schlamm verschmierten Bein hinablief. Er sah überrascht hinunter. Es war ein gerader Schnitt wie von einem Schwert oder einem Messer.

»Vielleicht steckt da unten irgendein spitzer Stock«, meinte er mit einem Achselzucken.

Die Wunde war nicht tief und er drückte einen Moment lang seine Hand darauf, um die Blutung zu stillen.

»Hoffen wir, dass der Schlamm die Wunde nicht infiziert«, murmelte Maria. Dann blieb ihr Blick an etwas hängen, das weiter hinten aus dem Wasser aufragte. »Das ist es, woran du dich geschnitten hast«, sagte sie und deutete darauf. »Sieh. Du musst sie gelockert haben, als du hineingestiegen bist, und jetzt steigt sie an die Oberfläche.«

In dem Sumpfwasser trieben die graubraunen Überreste einer Leiche mit dem Gesicht nach unten. Sie hielt ein rostendes Schwert in der Hand, das aufrecht nach oben durch das Wasser ragte. Aber die Leiche war größtenteils verwest und nur ein paar wenige Stofffetzen bedeckten das, was jetzt fast nur noch ein Skelett war.

»Das muss ein alter Soldat aus dem Bürgerkrieg sein«, sagte Charlie. »Vielleicht wollte er hier draußen entkommen und ist ertrunken.«

Aber Maria schüttelte den Kopf und sah auf das Wasser hinaus.

»Ich glaube, hier in der Nähe war eine Schlacht«, erwiderte sie.

Die erste aufsteigende Leiche hatte eine Kettenreaktion ausgelöst, und aus den stinkenden Tiefen stiegen nach und nach immer mehr Leichen auf. Eine gesamte Truppe blubberte langsam an die Oberfläche.

Charlie schluckte.

»Wir sollten überlegen, ob wir nicht besser umkehren«, sagte er.

»Umkehren?«

Maria sah ihn ungläubig an.

»Das hier ist ein Sumpf, Maria. Ich weiß nicht viel über Pferde und darüber, wie weit sie hier durchkommen, aber wenn sie ertrinken, müssen wir zu Fuß weitergehen. Und ohne Proviant, ohne Essen und Trinken, wird das sehr schwer werden. Wir könnten auf dem Weg sterben, an Hunger oder Schlimmerem, und niemand würde uns helfen«, fügte er hinzu.

»Du kannst umkehren, wann immer du willst«, entgegnete Maria. »Ich habe vor, das zu Ende zu bringen, was ich angefangen habe.« Sie musste husten und sah mit sich selbst unzufrieden aus. »Meine Familie ist vielleicht nicht mehr so reich wie einst, aber wir verdienen genauso Gerechtigkeit wie in besseren Tagen. Er wird nicht vergessen werden, ihr Tod.« Sie blinzelte auf das mit Leichen übersäte Wasser hinaus. »Diejenigen, die in Armut leben, lassen sich von ihr erdrücken. Sie stehen nicht auf, sondern akzeptieren, dass das Recht nicht auf ihrer Seite ist. Aber ich werde es nicht akzeptieren. Verstehst du? Ich brauche nur drei Männer. Einen, um die Sterbesakramente zu erteilen, einen, um den Galgenstrick zu knoten, und einen, um die Falltür zu öffnen. Und ich werde Gerechtigkeit bekommen.«

Sie starrte ihn wütend an.

Charlie sah Maria einen Moment lang an. Er hatte ihr sein Versprechen gegeben. Seine Hand griff nach dem Schlüssel um seinen Hals.

»Ich glaube, sie würden unser Gewicht halten können«, sagte er endlich, wobei er auf die treibenden Überreste der toten Soldaten zeigte.

Maria erwiderte nichts, aber ihre Augen stimmten ihm lautlos zu.

Charlie streckte ein Bein aus und trat auf die nächstliegende Leiche. Sie bewegte sich nur wenig. Er stieg hinauf, wedelte wild mit den Armen und fand dann sein Gleichgewicht wieder. Unter seinen bloßen Füßen fühlte er, wie die feinen Knochen zerbrachen. Aber der Körper gab nicht nach.

»Sie werden uns halten«, sagte er. »Aber ich bin mir nicht sicher, was wir mit den Pferden machen sollen.«

»Lass die Pferde meine Sorge sein«, antwortete Maria, schnalzte mit der Zunge und führte sie hinter sich her.

Charlie streckte seine Hand aus und half Maria auf die erste treibende Leiche hinauf. Sie stolperte und fiel nach vorne in seine Arme. Einen Augenblick lang konnte er den Duft ihrer Haare und ihrer Haut riechen. Dann richtete sie sich auf.

»Sie sind fest genug«, stimmte sie zu. »Ich glaube, die Pferde werden es schaffen.«

Sie stolperten Stück für Stück vorwärts. Unter ihnen bewegten und drehten sich die Leichen im Wasser. Aber zusammen bildeten sie eine Fläche, die fest genug war, um darauf gehen zu können.

Die verängstigten Pferde tauchten in das Wasser und wieherten, aber Maria gelang es, sie genügend zu beruhigen, um sie hinter sich her führen zu können.

Charlie deutete auf eine Frischwasserzufuhr, die in das Gewässer führte, über das sie wateten.

»Die Leichen müssen von dort hierher getrieben sein«, sagte er. »Vermutlich ist dort ein Fluss, in den die Leichen geworfen worden sind.« Er schüttelte den Kopf. »So viele schreckliche Tode im Namen des Krieges. Weiß Gott, wie diese armen Männer gestorben sind.«

Während er sprach, sah er einen dunklen Schemen in der Nähe der Mündung des Stroms. Es war ebenfalls ein toter Mann. Aber anders als die anderen hinterließ dieser eine hellrote Spur, die sich wie anklagend bis dorthin zog, wo der Körper an Land gespült worden war.

»Schau«, sagte Charlie. »Das ist keine alte Leiche. Das Blut ist frisch.«

Maria starrte.

»Glaubst du, er wurde von den Banditen umgebracht?«

Charlie schüttelte den Kopf.

»Sieh dir seine Kleidung an. Das ist ein Zöllner.«

Sie blickten einander an.

»Die Männer haben darüber gesprochen, dass Malvern einen Zöllner umgebracht hat«, sagte Maria.

Charlie nickte. Er watete in die Richtung der Leiche.

»Sei vorsichtig!«, rief Maria und blieb stehen. »Dort, wo du gerade hintrittst, sieht es noch sumpfiger aus!«

Charlie ging näher an den toten Mann heran. Das Gesicht des Zöllners war vor Überraschung verzerrt. Der Großteil seines Körpers war tief unter die Oberfläche gesunken. Aber seine geballte Faust ragte aus dem Wasser heraus. Charlie ging noch näher heran. Er bemerkte etwas Silbernes, das zwischen den Fingern aufblitzte.

»Er hat etwas in der Hand«, murmelte Charlie. »Es könnte eine Münze sein.« Er sah genauer hin. »Ich bin mir sicher, er hält noch immer eine Münze fest!«, rief er Maria zu.

Charlie beugte sich vorsichtig herunter und öffnete die kalte, tote Hand Stück für Stück.

»Was tust du da?«, rief Maria angeekelt, während er die Münze herauszog. »Du nimmst doch wohl dem Toten kein Geld ab?«

»Alle Londoner Münzen werden in Prägen hergestellt«, sagte Charlie, während er sich aufrichtete und die Münze auf seiner Handfläche springen ließ. »Jede Präge versieht ihre Münzen mit ihrem eigenen Zeichen.«

»Was hilft uns das?«, fragte Maria. »Es gibt über hundert Orte in der Stadt, an denen Münzen geprägt werden.«

»Und ich kenne sie alle«, antwortete Charlie. »Ich bin ein Diebesfänger, Maria.«

Er stolperte planschend zu Maria zurück.

»Und wo wurde diese Münze hergestellt?«, fragte sie.

»Nicht hier in der Gegend«, erwiderte Charlie. »Ich glaube, das muss Thomas Malverns letzte Bezahlung an diesen armen Zöllner gewesen sein.« Er hielt einen Schilling hoch. »Aber sie stammt auch nicht aus irgendeiner Londoner Präge.«

»Wie meinst du das?«

»Diese Münze ist gefälscht.« Er dachte nach. »Ein Mann, der in der Stadt angesehen, aber arm genug ist, um mit gefälschten Münzen zu zahlen«, sagte er. »Irgendetwas stimmt da nicht.«

Plötzlich spritzte das Wasser und Marias Pferd gab ein Wiehern von sich, das ihnen das Blut in den Adern gerinnen ließ. Seine Hinterbeine sanken blitzschnell in den Sumpf ein. Charlie und Maria griffen gleichzeitig nach den Zügeln. Aber das Pferd war bereits bis zum Bauch im Schlamm eingesunken.

»Geh vorwärts!«, rief Maria und riss mit all ihrer Kraft an den Zügeln. »Strampele dich frei!«

Sie zogen beide, aber das verängstigte Pferd drehte seinen Kopf und kämpfte gegen die Zügel an. Es sank noch weiter ein.

»Nimm das andere Pferd!«, rief Maria. »Es wird in Panik geraten und ebenfalls in den Schlamm einsinken!«

Charlie griff nach den Zügeln seines Pferdes und versuchte, es beruhigend zu tätscheln. Maria versuchte vergebens, das versinkende Pferd zu retten, indem sie ihm zurief und es anflehte. Aber das Tier verschwand Stück für Stück im Sumpf.

Sie drehte sich mit tränenüberströmtem Gesicht zu Charlie um.

»Wir können sie nicht ertrinken lassen«, schluchzte sie. »Sie wird Stück für Stück weiter einsinken und dabei Todesängste ausstehen.«

»Gibt es irgendeine Möglichkeit, sie herauszuholen?«, fragte Charlie, während er überlegte, was er über Pferde wusste.

Maria schüttelte den Kopf.

»Nein. Nicht einmal, wenn wir einen Karren und andere Pferde hätten, um sie zu ziehen. Wir sind zu weit im Sumpf.«

Maria hörte auf, an den Zügeln zu zerren, und kniete neben dem verängstigten, ertrinkenden Pferd nieder. Sie legte ihre Wange auf seine Nüstern. Das Pferd hörte auf, sich zu wälzen, und starrte sie mit traurigen Augen an.

»Sie weiß es«, flüsterte Maria. »Sie weiß, dass sie sterben wird.«

Charlie schluckte. Er ging ein paar Schritte auf sie zu, während er mit einer Hand sein eigenes Pferd hielt.

»Was ist mit der Pistole, Maria?«

Sie sah ihn mit Tränen in den Augen an. Dann nickte sie und tastete in ihrem Kleid nach der schweren Pistole, die ihnen die weise Frau gegeben hatte.

»Hier.«

Sie hielt sie ihm hin.

Charlie wollte widersprechen, sah dann aber ihren hilflosen Gesichtsausdruck.

»Dann geh«, sagte er. »Sieh dieses Pferd hier an, und ich werde es tun.«

Er fühlte das kalte Metall in seiner Hand, während sie sich zu dem zweiten Pferd hinüberschleppte. Dann kniete er neben dem versinkenden Tier nieder und streichelte seine Nüstern.

»Es ist besser so«, flüsterte er. »So wirst du weniger leiden.«

Maria schluchzte und wandte sich ab.

Als Charlie den Auslöser betätigte, ließ die Explosion jeden Sumpfvogel innerhalb einer Meile kreischend in die Luft aufsteigen. Das Pferd, das Maria hielt, versuchte, sich aufzubäumen, aber sie zog gekonnt an den Zügeln und beruhigte es.

»Wir sollten uns beeilen«, sagte Charlie, während die Augen des Pferdes sich langsam schlossen und sich das umliegende Wasser rot färbte. »Der Schuss wird jeden Banditen in einem Umkreis von mehreren Meilen aufmerksam gemacht haben. Und jetzt haben wir nur noch ein Pferd, das uns beide tragen muss. Und keine Kugeln mehr.«

Kapitel 44

Thomas saß geduldig wartend vor dem Beichtstuhl. Er hörte jedes Wort der innigen Beichte seiner Frau.

»Wir haben in unserer Ehe gesündigt«, sagte Teresa, während Thomas seine Ohren spitzte, um sie besser verstehen zu können.

»Wie habt Ihr gesündigt?«, fragte der Priester.

»Wir leben nicht so zusammen, wie Eheleute es tun sollten.« Teresas Stimme war kaum mehr als ein Flüstern. »Ich habe meinem Mann keine Kinder geschenkt.«

Der Priester hielt einen Moment lang inne.

»Es ist Eure Pflicht als Ehefrau«, sagte er.

Teresa antwortete mit Schweigen.

Draußen vor dem Beichtstuhl überkam Thomas ein altbekanntes Schuldgefühl. Teresa war mit ihm verheiratet worden, damit ihre Mitgift die Kriegsanstrengungen unterstützen würde. Aber das ganze Geld war ausgegeben worden, ohne dass das Ziel erreicht worden war. Nach seiner Entlassung aus dem Gefängnis wollte Thomas seine Frau nicht mit seinem dunklen Verlangen beschmutzen. Das sparte er für protestantische Mädchen auf.

Seine Begegnungen waren anfangs eine Art Befreiung für ihn gewesen. Eine Art Rache an den Vätern und Brüdern von Cromwells England. Zu Beginn hatte er es genossen, ketzerische Frauen zu schänden. Aber bald war es nicht mehr genug gewesen, sie zu erniedrigen und zu entwürdigen. Thomas' Treffen mit Frauen sanken immer tiefer in eine Welt aus Verderbtheit. Bis er eines Tages bemerkte, dass Blutvergießen ihm eine neue Dimension offenbarte.

Thomas schüttelte sich aus seiner persönlichen Hölle aus Selbstekel und Scham wach. Der Priester war immer noch dabei, Teresas Beichte abzunehmen.

»Spricht der Teufel oft mit Euch?«, fragte der Priester.

»Er sagte mir, ich solle mir das Leben nehmen«, gab Teresa zu, »nachdem die Soldaten bei mir gewesen sind.«

»Aber Ihr seid der Versuchung nicht erlegen?«

»Niemals. Obwohl ich viele Male versucht war. Ich wurde nach Holland geschickt, damit die Soldaten mir nicht noch einmal etwas antun könnten«, fügte sie hinzu. »Und doch habe ich befürchtet, dass sie wiederkommen könnten.«

Eine Pause setzte ein.

»Betet weiter, Teresa. Ich werde mit Eurem Mann darüber sprechen, was zu tun ist, um Eure Seele zu schützen.«

Einen Augenblick später kam Teresa aus der kleinen Beichtzelle heraus. Thomas deutete ihr, sie solle zurück in den Wagen steigen, und ging hinüber, um mit dem Priester zu reden. Instinktiv trat der heilige Mann einen Schritt zurück, als er näherkam.

»Sie hat Angst, wenn sie draußen ist«, erklärte Thomas und ignorierte die Reaktion des Priesters. »Seit dem Krieg hat sie Angst vor Männern, die sie nicht kennt. Nur weil Ihr ein heiliger Mann seid, kann sie es überhaupt ertragen, dass Ihr mit ihr sprecht«, fügte er hinzu.

Thomas musterte den Priester. Wie die meisten katholischen Geistlichen hatte er unglaublich viele Gewalttaten über sich ergehen lassen müssen. Mehrere komplizierte Brüche hatten seine Nase gekrümmt. Und die Hälfte seiner Finger der linken Hand fehlten.

Der Priester sah zu Teresa hinüber, die sich gerade in ihrer schlanken Taille drehte, um zurück in den Wagen zu klettern.

Auf seinem Gesicht spiegelten sich verschiedenste Gefühle, bei denen die Angst letztendlich den Hass übertraf, als er sich zurück an Thomas wandte.

»Behandelt Ihr sie gut? Ihr tut Ihr keine Gewalt an?«

Seine Stimme war voll von Misstrauen.

»Nein.«

Es entstand eine Pause. Thomas fühlte, wie die Abscheu des Priesters in hohen Wellen zu ihm hinüberschwappte. Auf seiner letzten Reise hatte Thomas es nicht lassen können, mit einem Mädchen aus der Gegend zu sündigen. Der heilige Mann hatte seine Beichte gehört und viele schlimmere zuvor.

»Vielleicht hat der heiße Sommer ihren Zustand verschlechtert«, sagte der Priester endlich. »Habt Ihr eine angemessene Bleibe für sie, wenn Ihr Euer Ziel erreicht?«

Thomas nickte.

»Ich kenne Wapping gut. Während des Krieges habe ich beim Bau des Gefängnisses geholfen. Dort gibt es alte Zellen, die nicht mehr benutzt werden. Sie wird dort unterkommen.« Der Priester wurde blass. »Teresa würde in einer Herberge oder einem Wirtshaus, in der fremde Männer ein- und ausgehen, zu viel Angst haben«, erklärte Thomas. »Ihr und ich halten eine Zelle vielleicht für einen seltsamen Ort, aber sie beruhigt die Sicherheit dort.«

»Sicherlich wollt Ihr Eure Frau doch nicht an Wachen und rauen Verurteilten vorbeiführen?«, protestierte der Priester. »Denn das würde sie schrecklich verängstigen.«

»Es gibt einen geheimen Eingang«, antwortete Thomas, »den nur ich kenne. Sie wird gar nichts vom Rest des Gefängnisses mitbekommen.«

Aber noch während Thomas die Worte aussprach, bemerkte er ein ungutes Gefühl in seinem Bauch. Eine Erinnerung an die Geister und schaurigen Gestalten des Bürgerkriegs.

*

Thomas' Wagen fuhr davon und der Priester wartete auf dem Weg und starrte ihm nach. Während das Gefährt davonrumpelte, entspannte er seine geballte Faust. Als er seine Finger langsam öffnete, kam ein Stück Papier zum Vorschein, das er fest in seiner Hand gefaltet hatte. Es war feucht von seinem Handschweiß. Aber die Feuchtigkeit hatte das Geschriebene darauf nicht verwischt.

Es war eine Art Karte – London, nahm der Priester an, auf der ein paar verstreute Kreuze eingezeichnet waren. Auf einer Papierrolle, die wie eine Nachricht einer Brieftaube aussah.

Sie war aus Thomas' Kleidung gefallen, als er seinen schweren Umhang ausgezogen hatte, um sich in den Beichtstuhl zu knien. Aber als der Wagen um die Ecke verschwand, machte der Priester keine Anstalten, das Papier zurückzugeben.

Kapitel 45

Als Charlie und Maria Stratford erreichten, mussten sie feststellen, dass Malvern vor ihnen dagewesen war. Sie hatten das kleine Dorf aus Backstein- und Fachwerkhäusern ohne Probleme betreten können. Die Pest war nun auch in Stratford ausgebrochen, und seine wenigen verbliebenen Einwohner sorgten sich schon lange nicht mehr darum, wer kam und ging.

Und sie hatten Glück gehabt, dass der Konstabler noch nicht geflohen war. Aber das war das Ende ihrer Glückssträhne gewesen. Ein Mann, der die Kleidung eines Pest-Doktoren trug, war bereits vor Stunden mit seinem Wagen durch das Dorf gekommen.

»Ich verstehe nicht, wie er schneller sein konnte als wir«, wiederholte Maria, während ihre Augen den Konstabler anflehten, ihr eine andere Antwort zu geben. »Sein Wagen war heute Morgen nur kurz vor uns. Wir sollten mittlerweile mehrere Stunden Vorsprung haben.«

»Ich weiß nicht, wie er mit diesem Wagen so schnell fahren kann«, sagte der Konstabler. »Aber wir haben gehört, dass dieses Monster und sein Wagen so schnell von den Straßen verschwinden wie sie auftauchen. Wir mögen das gar nicht.«

Charlie schüttelte wütend den Kopf.

»Er ist schlau«, sagte er zu Maria. »Malvern hat eine schnellere Route gefunden. Einen Weg, auf dem er nicht so einfach verfolgt werden kann.«

Charlie ging in Gedanken die Landkarte ab. Da war noch etwas anderes als Straßen, erinnerte er sich. Lillys Karte hatte die Marschrouten der königstreuen Armee gezeigt, die rot eingezeichnet gewesen waren.

»Was ist mit den alten Marschrouten des Militärs?«, fragte er den Konstabler. »Könnte ein Wagen darauf fahren?«

»Die alten Geisterwege?«, entgegnete der Konstabler. »Er müsste ein furchtloser Mann sein, wenn er sich auf diese Wege traut. Denn dort spuken die toten Soldaten des Bürgerkriegs.«

»Aber ein Wagen könnte ohne Probleme auf den breiten Marschrouten fahren«, sagte Charlie, laut denkend. Er drehte sich zu Maria um. »Das ist es, was er tut. Ich bin mir sicher. Er nimmt die alten Armee-Routen. Und das sagt uns noch etwas anderes über ihn, Maria.«

»Was?«

»Erstens, dass er schlau ist. Sehr schlau. Er trifft Vorkehrungen, um nicht verfolgt werden zu können. Zweitens, dass er im Bürgerkrieg gekämpft hat und dort eine hohe Position innehatte. Denn ein Fußsoldat hätte keinen Grund, sich eine Marschroute zu merken. Das würden nur Generäle und Kommandeure tun.«

»Ihr wollt doch wohl nicht nach Wapping reisen?« Das Gesicht des Konstablers war eine Maske des Schreckens. »Habt Ihr es nicht gehört? Es ist ein Kranken-Ghetto.«

Charlie nickte.

»Das haben wir gehört. Aber unsere Angelegenheit zwingt uns dazu, es zu riskieren.«

Der Konstabler schüttelte den Kopf.

»Die ersten Pest-Londoner sind dorthin geflohen«, sagte er. »Der gesamte Ort ist von der Pest geplagt, und es ist schon gefährlich, auch nur auf der Straße zu laufen.«

Maria sah Charlie unbehaglich an.

»Aber wenn die Pest so schlimm wütet, würden die Leute doch wohl in ihren Betten bleiben?«, äußerte sie vorsichtig.

Der Konstabler bekreuzigte sich jedoch nur und sah auf den Boden.

Charlie holte sich nochmals die Landkarte vor Augen.

»Wir haben immer noch eine Chance«, sagte er. »Auch wir haben eine Karte der Armee-Routen.«

»Aber wir haben nur ein Pferd, das uns beide tragen muss«, wandte Maria ein.

»Wenn wir schnell reiten und unser Pferd es aushält, könnten wir Malvern immer noch vor Wapping einholen.«

Maria sah das entkräftete Pferd an.

»Dann müssen wir uns beeilen«, antwortete sie. »Und beten, dass das Pferd unser Vorhaben versteht. Wenn sie nicht unter uns zusammenbricht, könnten wir vielleicht Glück haben. Wir sind immer noch schneller als ein Wagen.«

Am Horizont ging die Sonne unter.

»Wir könnten am Morgen in Wapping sein«, sagte sie.

Kapitel 46

Charlie betrachtete Maria vorsichtig aus dem Augenwinkel. Ihre langen Gliedmaßen hatten ihre Kraft verloren und schwangen seitlich mit dem Pferd mit. Ihr Atem ging schwer und sie saß tief über den Hals des Tieres gelehnt da.

Als sie tief in die Nacht hineinritten, fing das Pferd an, vor Erschöpfung zu schnauben, und Charlie lief neben ihm her, um seine Last zu lindern. Aber während die Sterne über ihnen funkelten, wankten sowohl das Tier als auch Maria dahin, als seien sie kurz vor dem Zusammenbruch.

Bis jetzt hatten sie es geschafft, die unheilvollen Fackelzüge zu umgehen, die die nächtliche Landschaft erhellten. Aber da das Pferd so erschöpft war, wusste Charlie, dass sie nicht entkommen könnten, wenn sie jetzt umzingelt werden würden.

»Wir werden uns eine Stunde lang ausruhen«, entschied er. »Es ist gefährlich, mit einem so müden Pferd weiterzureiten.«

Maria widersprach nicht und rutschte stumm vom Pferd. Ihre Augen konnte sie kaum mehr offen halten.

»Schlaf ein Stündchen und ich werde Wache halten«, sagte Charlie. Er sah sich um. »Wir sind hier hoch genug«, entschied er. »Wir sollten sehen, wenn jemand in unsere Richtung kommt, und zwar lange bevor uns jemand sehen kann.«

Obwohl sie Marias Zunderbüchse hatten, wagte er es nicht, ein Feuer anzuzünden. Aber er bereitete das bisschen Essen zu, das sie noch übrig hatten. Dann nahm er sein Messer heraus und schnitt ein paar dünne Äste vom Baum, die besonders viele Blätter trugen, und legte sie aus.

»Du kannst dich hier drauf ausruhen«, sagte er, während er die dickeren Äste abschnitt, sodass die Blätter sich in eine provisorische Bettstatt auffächerten.

Maria lächelte.

»Das solltest du dem Mann beibringen, den ich heiraten soll«, sagte sie. »Er schafft es kaum, ein Messer zum Butterstreichen zu verwenden.«

Dann sah sie verlegen auf den Boden, als hätte sie zu viel preisgegeben.

Sie nahmen ihr kleines Picknick ein und Charlie holte die Flasche mit dem Genever heraus. Maria nahm einen großen Schluck, bevor sie sie zurückreichte.

»Morgen werden wir endlich diesen Malvern verhaften lassen«, sagte sie schlaftrunken, »und sehen, was für ein Mensch er ist.«

Sie saßen wortlos da und reichten die Flasche hin und her. Charlie ließ die Wärme des Gins in sich hineinsickern. Im Mondschein sah Marias schönes Gesicht noch weicher und mädchenhafter aus. Sie war wirklich schön, dachte er, während das Getränk durch seinen Körper strömte.

Maria schien ebenfalls den Gin zu spüren. Sie lächelte ihn etwas benommen an.

»Als ich dich zum ersten Mal getroffen habe, dachte ich, du seist ein ordinärer Mann«, sagte sie. »Aber das sehe ich jetzt anders. Du bist gar nicht so schlecht, Charlie Diebesfänger.«

Charlie erlaubte sich ein schwaches Lächeln und vermutete, dass Maria wahrscheinlich noch nie Spirituosen getrunken hatte.

»Du hast das schlau gemacht«, fuhr sie fort, »dir die Landkarte von Lilly zu merken. Und du hast mir das Leben gerettet. Wenn du nicht gewesen wärst, wäre ich mit Sicherheit irgendwo auf der Straße gestorben.«

»Du bist auch gar nicht so schlecht«, meinte er. »Als wir uns das erste Mal getroffen haben, dachte ich, du seist ganz schön selbstherrlich und stolz.«

Sie sahen einander an, lächelten, und dann wurde der stille Moment plötzlich unangenehm.

»Die Sternenbilder sind auf dem Land heller«, sagte Charlie und starrte in den sternenklaren Himmel.

»Kennst du dich mit Astrologie aus?«

Er nickte.

»Ich habe mir als Junge alle Konstellationen selber beigebracht.«

»Ich habe dich nicht für die Art von Mann gehalten, der sich für das Universum interessiert.«

Charlie lächelte.

»Sie haben alle ihre Geschichte. Siehst du dort den hellen Stern neben den vier schwach leuchtenden? Das ist Perseus. Diese Formation dort ist Andromeda, seine Mutter. In der Legende rettet Perseus sie vor einem reichen, bösen König. Als Junge war das meine Lieblingsgeschichte.«

Maria betrachtete sein Gesicht genau.

»Der Sohn rettet die Mutter?«

Charlie sah weg.

»Erzähl mir von deiner Frau«, bat sie, während sie näher herankam, »der Schauspielerin.«

Sie lag nun so nahe neben ihm, dass Charlie den Duft ihrer Haut einatmete. Es war ein irritierend sinnlicher Duft, und er musste sich dazu zwingen, sich auf die Unterhaltung zu konzentrieren.

»Lynette war eines von Mutter Mitchells Mädchen«, erzählte er und bemerkte, dass seine ehemalige Frau das Letzte war, woran er gerade denken wollte. »Wir haben uns ineinander verliebt. Dann ist der König zurückgekehrt, die Theaterbühnen wurden wiedereröffnet, und Frauen durften erstmals auftreten. Jedes Mal, wenn Lynette vom Theater zurückkam, hatte sie ihre Handschuhe mit Geld von Adeligen vollgestopft, die hofften, ihr Gönner sein zu dürfen.«

»Und du warst eifersüchtig?«

»Ich habe mit vielen Männern gekämpft wegen der Art, in der sie über sie geredet haben«, entgegnete Charlie.

»Also hast du sie von dir weggetrieben?«

Charlie verzog den Mund, während er versuchte, Worte zu finden, mit denen er Lynette am besten beschreiben könnte.

»Sie ist eine Frau, deren Gefühle oft wechseln«, sagte er endlich. »Und sie benimmt sich nicht immer ehrenhaft. Aber es ist unmöglich, ihr nicht zu vergeben.«

Maria gab ein Schnauben von sich, das sich nicht gerade damenhaft anhörte.

»Es hört sich an, als sei deine Frau egoistisch, hätte aber ein schönes Gesicht«, meinte sie.

Charlie war einen Moment lang stumm, denn er war überrascht, wie nah Maria an der Wahrheit lag.

»Wir haben uns oft gestritten. Besonders über Geld. Und wir sind übereingekommen, zu sagen, dass unsere Ehe nie stattgefunden hat«, erwiderte er.

»Und wie endet die Geschichte, Charlie Diebesfänger?«

»Wie meinst du das?«

»Willst du viel Geld machen in der Hoffnung, deine Frau zurückzugewinnen? Ist das der Plan?«

»Vielleicht ein bisschen, teilweise«, gab er zu.

Er hielt kurz inne, um darüber nachzudenken. Dann griff er in seinen Mantel und zog ein abgewetztes, zusammengefaltetes Blatt Papier heraus. Charlie glättete es.

Maria betrachtete die Zeichnung eines Gebäudes und sah ihm dann fragend in die Augen.

»Ich plane, eine Spielbank zu bauen«, sagte er schüchtern. »Südlich des Flusses.«

»Es sieht eindrucksvoll aus«, erwiderte sie überrascht.

»Land ist billig südlich des Flusses«, erklärte Charlie. »Die Leute glauben, es sei ein Überschwemmungsgebiet. Aber dieses Jahr haben sie ein Wasserrad gebaut. Der Fluss wird umgeleitet.«

»Also ist dein Plan, dort Land zu kaufen?«

Charlie nickte.

»Ich werde billig bauen. Und wenn es fertig ist, kann ich meinen Bruder einstellen und ihn von seinen gefährlichen Machenschaften abhalten.«

»Das ist ein guter Plan«, sagte sie nach einem Augenblick. »Wenn es dein Ziel ist, Geld zu machen.« Sie machte eine Pause. »Ist das der Grund, warum du Malvern suchst?«, fragte sie. »Du glaubst, deine Mutter hat dir ein Vermögen vermacht?«

Charlie dachte darüber nach.

»Nein. Aber ich möchte wissen, was mit meiner Mutter passiert ist«, antwortete er. »Rowan glaubt, es gibt nichts darüber zu sagen. Aber ich werde das Gefühl nicht los …« Er zögerte einen Moment, um nach einem weniger kindischen Grund zu suchen. »Ich würde mich rächen, wenn irgendein Mann oder eine Frau meine Mutter gezwungen hätte, uns aufzugeben«, schloss er ab.

»Dann ist das ein schlechtes Ziel, das du dir gesetzt hast«, sagte sie. »Denn du könntest genauso gut deine Rache vergessen und einfach nur glücklich sein.«

Charlie schüttelte den Kopf.

»Ich könnte es niemals vergeben, wenn ich herausfinden würde, dass meine Mutter gezwungen wurde, uns wegzugeben.«

»Meine Mutter hat uns verlassen«, sagte Maria.

Charlie setzte sich im Dunkeln etwas auf.

»Sie hat unser ganzes Geld genommen und ist abgehauen«, fuhr Maria fort. »Und danach wollte der Junge, mit dem ich verlobt war, mich nicht mehr heiraten. Denn sein Vater hat ihm geraten, kein Mädchen ohne Mitgift zu heiraten. Und er war ein Feigling, wie sich herausstellte.«

»Was ist mit deinem jetzigen Verlobten?«, fragte Charlie. »Der, dem du in Pest-Zeiten nicht an einen sicheren Ort gefolgt bist?«

Maria zuckte mit den Schultern.

»Ich habe es mit Liebe versucht, aber es funktioniert nicht. Also habe ich endlich gelernt, mit meinem Kopf Entscheidungen zu treffen. Mein Verlobter wird sich um mich kümmern und bei mir bleiben.«

Er bemerkte, dass ihre Hände zitterten. Sie sah, wie er sie anschaute und faltete sie schnell in ihrem Schoß zusammen.

»Aber du liebst ihn nicht?«, mutmaßte Charlie.

»Nein. Aber Liebe kann wachsen. Sagen sie. Ich respektiere ihn, das ist genug. Und wenn die Kinder da sind, wird es noch mal besser werden.« Im Dunkeln fühlte Charlie, wie sich ihre Schulter an seine schmiegte. »Es ist schön, dass wir jetzt fast Freunde sind«, sagte sie schlaftrunken. »Ich bin mir sicher, dass deine Frau ihren Mann vermisst.«

Charlie legte seinen Arm um sie, und als sie sich nicht wehrte, küsste er ihre Haare.

»Für Frauen ist die Welt härter als du denkst«, murmelte sie. Er fühlte, wie sie sich an ihn schmiegte. Dann nahm sie seine Hand in ihre. »Charlie?« Sie drehte sich so, dass ihre Gesichter sich fast berührten. Er sah etwas in ihren Augen, das er noch nie zuvor gesehen hatte. »Bei dir fühle ich mich sicher«, sagte sie.

Charlie legte seine Hand um ihr Kinn und sie wehrte sich nicht, sondern schloss ihre Augen und legte ihren Kopf in seine Hand. Er spürte ihren warmen Atem auf seinem Gesicht. Sie öffnete ihre Augen und Charlie bewegte sich langsam vorwärts, um sie zu küssen. Ihre Lippen berührten sich und plötzlich verlor Charlie sich in ihrem Duft und ihren Lippen. Seine Arme umschlossen ihre Taille und zogen sie zu sich heran.

Maria drückte sich an ihn, während er seine Finger tief in ihre Haare wob und seinen Mund und seinen Körper dicht an sie drückte. Dann fühlte seine Hand die harte Barriere ihres starken Korsetts. Und plötzlich wurde sie steif in seinen Armen und zog sich zurück.

Charlie starrte sie verwirrt an. Ihre plötzliche Leidenschaft hatte ihn völlig überrascht. Wie konnte sie so schnell wieder verschwunden sein?

»Es ist nicht so, dass ich dich nicht mag, als Mann«, sagte sie. »Aber ich könnte niemals … Nicht mit einem Mann, der nicht … Du bist verheiratet«, beendete sie ihr Stammeln endlich.

»Wir haben uns getrennt«, erwiderte Charlie. »Nichts hält mich davon ab, mit einer anderen Frau zusammen zu sein.«

Seine Arme umschlossen immer noch Marias Taille und er konnte ihr pochendes Herz spüren. Er lehnte sich noch mal vor, um sie zu küssen, aber sie drehte sich weg und seine Lippen streiften lediglich ihre Wange.

»Ich bin verlobt«, sagte sie und wand sich aus seiner Umarmung. »Und mein zukünftiger Mann ist ein guter Mensch. Ich kann ihn nicht mit einem Mann wie dir betrügen.«

Ihr Gesicht wurde hart und zeigte nun wieder den abweisenden Ausdruck, den er so gut kannte.

»Ein Mann wie ich?«, würgte Charlie hervor.

»Ich habe es nicht so gemeint«, entgegnete Maria. »Aber ich bin dazu erzogen worden, aus Vernunft zu heiraten.«

»Das bist du«, sagte Charlie, ohne die Verachtung in seiner Stimme zu verstecken. »Und ich wünsche dir viel Glück damit. Denn ich kenne viele glückliche Mädchen, die sich einen Mann nach Geld und Stand aussuchen.«

Er ging nicht so weit zu sagen, dass es eine Bezeichnung für diese Art von Frauen gab.

»Ich muss an meine Familie denken«, antwortete Maria. »Ich wollte dich nicht beleidigen. Aber du musst doch selber sehen, dass wir kein gutes Paar wären.«

Charlie antwortete nicht. Stattdessen rutschte er ein ganzes Stück zur Seite, warf sich seinen Mantel über und legte sich zum Schlafen hin.

Vor allem hatte ihn ihre Selbsttäuschung beleidigt. Vor ein paar Augenblicken noch war ihre Sehnsucht wie in Wellen zu ihm hinübergeschwappt. Und jetzt versuchte sie, so zu tun, als hätte ihre keusche Fassade nie auch nur gebröckelt.

»Es gibt keinen Grund, sich wie ein Kind zu verhalten«, sagte Maria.

Charlie ignorierte sie. Und da sie keine Antwort erhielt, legte sie sich auf das feuchte Gras.

Er konnte an ihrem unruhigen Atem hören, dass sie weit entfernt davon war, zu schlafen. Er legte seinen Mantel über sie, starrte in den Sternenhimmel und versuchte, die plötzliche Wachheit, die die Situation ausgelöst hatte, zu ignorieren.

Im nächtlichen Himmel hatte sich eine Wolke über Perseus gelegt. So ließ er seine Augen über das Sternenbild der Jungfrau schweifen. Die gute Ehefrau.

Charlies Ärger über Maria keimte wieder auf. Er schloss seine Augen und versuchte, sich von der Dunkelheit einhüllen zu lassen. Morgen früh würde er Malvern finden und seinen Diebesfänger-Lohn einfordern.

Als er langsam einnickte, waren seine Gedanken immer noch bei Maria. Es gab keinen Grund, warum es ihm etwas ausmachen sollte, wenn sie glaubte, zu fein für ihn zu sein. *Ich mag sie noch nicht einmal*, murmelte er in Gedanken, *sie ist stolz und unhöflich und stellt außerdem viel zu viele Fragen.*

Und dennoch tat es genauso weh.

Als der Schlaf ihn einholte, trieb Charlie in einem kreischenden, blitzenden Mahlstrom vertrauter Bilder. Marias Schwester, die in blutverschmierte Bänder gewickelt war. Und dann noch mehr Bänder aus einer lange vergangenen Zeit, die um ein Buch gewickelt waren. Kräuter, die geworfen, und Kerzen, die angezündet wurden.

Eine Stimme, die er für die seiner Mutter hielt, sagte ihm, sie würde ihn beschützen.

Und dann war er in einem niedrigen, dunklen Zimmer mit einer schlurfenden Tiergestalt in der Ecke. Die *Dame im verborgenen Zimmer*. Schön. Ihr blondes Haar ein wehender Vorhang.

Sie lächelte und winkte ihm zu. *Komm, Charlie. Ich werde dir alle Geheimnisse verraten.*

Ihre Stimme passte nicht. Sie war krächzend und hart. Dann fuhren Schlangen aus ihren Augen und ihr weißes Gesicht löste sich in blutige Dornen und Federn auf.

Kapitel 47

Charlie erwachte von dem Geruch nach Rauch und wusste sofort, dass etwas nicht stimmte. Er rollte sich im Dunkeln lautlos zu Maria hinüber, stieß sie an und legte seinen Finger auf seine Lippen, während ihre Augen anfingen zu blinzeln. Die Stimmen von Männern schallten in der Nachtluft zu ihnen hinüber.

»Banditen«, zischte Charlie. »Hört sich an, als seien sie ganz nah bei uns. Wir müssen gehen.« Maria nickte und ging, um das Pferd zu satteln. Aber Charlie schüttelte den Kopf. »Sie ist zu erschöpft, um schnell laufen zu können«, flüsterte er. »Das Pferd wird unsere Flucht behindern. Wir müssen sie hier lassen.«

»Aber dann müssen wir Meilen lang laufen!«, protestierte sie.

Sie war das lächerlichste Mädchen, das er jemals getroffen hatte, dachte Charlie, der immer noch von ihrer Abfuhr verletzt war. Trotz ihres vornehmen Gebarens und ihrer Beteuerung, sie wäre hoch geboren, hatte sie in einem baufälligen, gemieteten Haus in einem schlechten Stadtteil gelebt. Und jetzt bestand sie darauf, von einem Pferd getragen zu werden.

Die Rufe und wehenden Fackeln kamen jetzt über die Hügelkuppe. Charlie griff Maria am Arm, bevor sie Gelegenheit hatte zu antworten, und zog sie in Richtung eines kleinen Wäldchens in der Nähe.

»Dort drüben«, sagte er, »sind wir außer Sichtweite.«

Die Morgendämmerung brach an und ein dünner Streifen glühend orangefarbenen Lichts erschien am Horizont. Charlie und Maria flohen und stolperten in die Finsternis des kleinen Wäldchens hinein. Von hier aus hörten sie die Männer und sahen, wie ihre Fackeln hin und her schwankten. Die Banditen hatten sich um das Pferd versammelt und schienen miteinander zu diskutieren.

»Mit etwas Glück werden sie denken, dass sie sich von ihrem Herrn losgerissen hat«, flüsterte Charlie.

Das ganze Wäldchen, abgesehen von dem Funkeln der durchbrechenden Sonne in den Feldern dahinter, lag im Halbdunkeln. Charlie trat vorsichtig in den Schatten der Bäume und zog Maria hinter sich her. Er blickte in die Baumkronen hinauf, um einen Hinweis darauf zu finden, wie tief das Wäldchen war. Dann bemerkte er etwas im Licht der Morgendämmerung.

Zwischen den Bäumen war ein Weg aus abgeknickten Ästen gefurcht worden, als ob sie etwas Großes, Schwerfälliges niedergewalzt hätte. Und die beschädigten Äste reichten bis zu einer Höhe von zwei Männern hoch. *Die Höhe von zwei Männern*, dachte Charlie, *oder die Höhe eines großen Wagens.*

Er ließ sich auf den Boden fallen und prüfte die Erde mit den Fingern. Sie war hart, festgewalzt. Und er konnte gerade noch ausmachen, wo die breiten Wagenräder auf dem mit Laub bedeckten Boden Spurrillen hinterlassen hatten. Einen Moment lang verklangen die Rufe in der Ferne im Nichts, während Charlie darüber nachdachte, was dies bedeutete.

»Hier ist vor Kurzem ein großer Wagen durchgefahren«, flüsterte er Maria zu. »Er muss den gleichen Weg wie wir gekommen sein und dann auf diesen Pfad umgelenkt haben.«

Ohne auf eine Antwort zu warten, fing er an, die Spur durch die Bäume hindurch zu verfolgen, wo der Wagen die Äste beschädigt hatte. Er hörte ein stumpfes Geräusch hinter sich, als wäre jemand gestolpert. Maria gab einen halb unterdrückten Schmerzensschrei von sich.

»Pst!«, flüsterte er. »Sie werden uns hören.« Er hielt einen Augenblick lang inne, um sicherzugehen, dass sie sie nicht gehört hatten. »Was ist los?«, fragte er endlich, als er sicher war, dass sie gut versteckt waren.

»Auf dem Boden«, sagte Maria. »Da ragt etwas raus. Ich bin im Dunkeln dagegengelaufen.« Sie machte eine kurze Pause. »Es ist ein Kreuz. Wir müssen uns auf einer Art Grabstätte befinden.«

Im Licht der Morgendämmerung erkannte Charlie nicht nur ein, sondern Dutzende von Holzkreuzen. Die Wagenspur hatte sie zu einem verborgenen Friedhof geführt. Die Kreuze waren aus Ästen der umliegenden Bäume gefertigt worden und standen in Hüfthöhe überall um sie herum.

»Ehrliche Leute verstecken ihre Leichen nicht in Wäldern«, bemerkte er. »Dieser Friedhof liegt absichtlich im Verborgenen.« Dann sah er die dunkle Form zwischen den Bäumen. »Jemand hat etwas gebaut«, sagte er, »eine Hütte oder … eine Kirche.«

Das Gebäude hatte die Höhe eines Fachwerkhauses und war primitiv aus ineinandergeflochtenen Zweigen, die mit nachlässig gebundenem Reet bedeckt waren, erbaut worden. Die Seitenwände bestanden aus schweren Holzblöcken, die nur winzige Löcher für das Sonnenlicht aufwiesen.

Charlie konnte nicht erkennen, wie weit die Kirche sich in den Wald hinein erstreckte, aber der Höhe des provisorischen Gebäudes nach geschätzt, hatte es eine für das Land beachtliche Größe.

»Ich glaube, das ist eine geheime Kirche«, erwiderte Maria. »Ich habe von ihnen gehört«, fügte sie hinzu, als Charlie verwirrt die Stirn runzelte. »Sie wurden von Katholiken erbaut.

Denn sie dürfen in England doch nicht beten. Wenn ihre Priester dabei erwischt werden, wie sie einen Gottesdienst abhalten, werden sie gehängt.«

»Dann müssen das hier Gräber für katholische Bürgerkriegssoldaten sein, die für den König gekämpft haben«, sagte Charlie.

Ihre Augen wanderten über die Ansammlung der hüfthohen Holzkreuze.

»Ich werde mich in der Kirche umsehen«, meinte Charlie. »Thomas Malvern ist Katholik. Vielleicht macht er hier auf seinem Weg nach Wapping Halt und hat irgendeinen Hinweis hinterlassen.«

Maria umklammerte seinen Arm.

»Sei nicht dumm. Wenn diejenigen, die diese Kirche gebaut haben, entdeckt werden, werden sie gehängt oder schlimmer. Du kannst da nicht einfach reingehen, um dich umzusehen. Sie werden denken, dass du das Gesetz mitbringst, und um Leben und Tod kämpfen.«

»Sie sieht verlassen aus«, äußerte Charlie vorsichtig. »Und ich bin geübt darin, mich ungesehen in Gebäude zu schleichen. Warte hier. Ich bin gleich zurück.«

Charlie schlich vorsichtig auf die offene Kirchentür zu und ging hinein, wobei er mit dem Rücken zur Holzwand blieb.

Der Geruch des Waldbodens war drinnen noch stärker und der feuchte Geruch der Blätter vermischte sich mit etwas anderem. Weihrauch, bemerkte er. Gleichzeitig erblickte er eine große Weihrauchschale, die von der Decke hing. Es glühte nicht mehr, aber der Geruch hing noch in der Luft.

Auf der gegenüberliegenden Seite flackerte eine Kerze. Charlie blieb das Herz stehen. Jemand war erst kürzlich hier gewesen. Seine Augen tasteten das leere Gebäude ab.

Große Holzblöcke bildeten eine Gruppe von Sitzbänken, die aber alle leer waren. Das Gebäude war nicht groß, aber dadurch, dass die Fenster so klein waren, lag sie größtenteils in Dunkelheit da.

Sein Blick blieb an etwas Geschriebenem auf der gegenüberliegenden Wand hängen, das von der flackernden Kerze erleuchtet wurde. Er ging darauf zu, während sein Kopf sich schnell nach links und rechts drehte, um mögliche Bewegungen wahrzunehmen.

Es war ein flaches Holzbrett, in das eine Liste mit Namen und Zahlen geritzt worden war. Daten. Wer auch immer diese Kirche erbaut hatte, musste sich sehr sicher sein, dass sie niemals entdeckt werden würde, dachte er, wenn er die Namen derer, die seine illegalen Messen besuchten, aufschrieb.

Vielleicht waren sie aber alle auch schon tot und begraben. Aber die letzten Daten lagen nur ein paar Jahre zurück. Waren es vielleicht ihre Sterbedaten? Er war sich nicht sicher.

Er schaute angestrengt die Namen an und begann, sie zu lesen, wobei seine Lippen die Worte formten. Er erreichte das Ende der Tafel, ohne ihm bekannte Namen zu entdecken. Nichts, was ihm einen Hinweis auf Malverns Aufenthaltsort geben könnte.

Die dicke Wachskerze unter der Tafel fing an zu blaken. Der Docht musste beschnitten werden und er fragte sich, ob jemand die Kerze stehen gelassen hatte, bis sie von alleine ausging.

Er lauschte genau und vergewisserte sich, dass er alleine in der Kirche war. Dann sah er die Kerze an und haderte mit sich. Wenn sie ausgehen würde, würde er gar nichts mehr sehen.

Er erinnerte sich an die Schere, die die weise Frau ihm gegeben hatte, nahm sie aus seiner Tasche und machte einen Schritt auf die Kerze zu. Als er die Schere um den Docht schloss, drehten sich die Klingen in seiner Hand ohne Vorwarnung. Die Flamme wurde zwischen ihnen eingeklemmt und erlosch. Plötzlich tauchte die Tafel mit den Namen in das Schwarz der Dunkelheit ein.

Wohl doch nicht so hilfreich, wie die weise Frau gehofft hatte, dachte er. Charlie fühlte, wie sein Herzschlag in der Finsternis schneller wurde. Dann gewöhnten sich seine Augen an das schwache Licht.

Die Struktur der Holztafel war nun als Relief zu sehen und er bemerkte eine zerkratzte, schraffierte Stelle weiter oben. Jemand hatte einen der Wohltäter in der Mitte der Liste ausgekratzt. Charlie tastete die Stelle mit den Fingern ab und konnte geradeso die Buchstaben erkennen, die einmal dort eingeritzt waren. Es war ein T und dann ein H.

Er ließ seine Hand über die anderen Buchstaben gleiten und wusste plötzlich, wie die Worte lauteten, noch bevor er sie ertastet hatte.

Thomas Malvern.

Er zog seine Hand erschrocken zurück. Während er dies tat, vernahm er plötzlich ein Geräusch hinter sich. Charlie fuhr herum und sah, wie sich eine Gestalt lautlos durch die Schatten bewegte. Dann sah er ein Flackern und auf der gegenüberliegenden Seite der Kirche wurde eine Kerze angezündet, die einen Mann mit einer Armbrust in der Hand beleuchtete.

Er war in das Gewand eines Priesters gekleidet und hielt den Pfeil direkt auf Charlie gerichtet. Sein Gesicht war das eines Boxers und seine mehrmals gebrochene Nase lag fast flach auf seinem Gesicht.

»Seid Ihr aus London hergekommen?«, fragte der Priester, dessen Stimme von Furcht getränkt war.

Charlie bemerkte, dass an der Hand, die die Armbrust hielt, mehrere Finger fehlten.

»Das bin ich«, antwortete Charlie, der über die Schlussfolgerung erstaunt war.

»Hat das Parlament Euch also geschickt?«

Charlie schüttelte stumm den Kopf. Und dann verstand er, was der Priester ihn fragte.

»Ich habe kein offizielles Amt und ich bin nicht hergekommen, um Euch zu verraten«, erklärte er.

Der Priester hob die Armbrust etwas an.

»Ich kann es nicht riskieren, dass Ihr anderen von uns erzählt«, sagte er.

Sein Gesicht sah traurig aus, als er seinen Finger fester um den Auslöser legte.

»Wartet!« Charlie hielt seine Hände hoch. In seiner Verzweiflung entschied er, das Risiko einzugehen. »Ich suche den Mann, dessen Name auf dieser Tafel stand: Thomas Malvern.«

Der Priester senkte die Armbrust ein kleines Stück. Charlie sah die Angst in seinen Augen aufflackern.

»Ihr seid gekommen, um ihn zu verhaften?«, fragte der Priester, indem er seine Stimme zu einem Flüstern absenkte.

Er suchte die dunkle Kirche mit den Augen ab, als ob er befürchtete, dass sie beobachtet werden könnten.

Charlie schluckte, hielt aber seine Aufmerksamkeit auf die Armbrust gerichtet. Die falsche Antwort könnte den Pfeil durch sein Herz jagen.

»Er hat eine Freundin von mir ermordet«, sagte er endlich. »Ein junges Mädchen.«

Der Priester kniff das Gesicht zusammen und zu Charlies Überraschung füllten sich seine Augen mit Tränen.

»So viele junge Mädchen«, flüsterte er. »Und nichts wird getan.«

»Ihr … Ihr kennt ihn also?«, fragte Charlie.

Der Priester nickte.

»Ich nehme ihm jedes Mal, wenn er vorbeikommt, die Beichte ab.« Er schüttelte den Kopf. »Ihr müsst das verstehen. Ich bin durch meinen Herrn gebunden, der selbst höher als der König ist. Ich kann keine Beichtgeheimnisse preisgeben. Es ist ein heiliger Schwur.«

»Aber Ihr müsst Euch seine Vergehen anhören und könnt nichts dagegen tun«, sagte Charlie, als er plötzlich verstand.

Der Priester starrte Charlie an.

»Wenn Ihr ihn verhaften lassen wollt, müsst Ihr vorsichtig sein«, warnte er. »Er ist ein mächtiger Mann und er reist nicht unter seinem echten Namen. Nach dem Krieg hat er diese Gegend verlassen. Aber er hat irgendeine Art Handel zwischen Wapping und London aufgebaut.«

Der Priester hielt einen unangenehmen Augenblick lang inne.

»Was für einen Handel?«, fragte Charlie.

Er zögerte.

»Manche Leute sagen, Malvern transportiere Leichen.«

»Leichen?«

»Ich weiß es nicht sicher«, erwiderte der Priester. »Nur, dass ihm sein Handel in London einen Spitznamen eingebracht hat.«

»Und was für ein Spitzname ist das?«

»Sie nennen ihn den ›Leichensammler‹. Und es gab Gerüchte, dass er die königliche Sache nie aufgegeben hätte. Dass er von der Idee eines katholischen Aufstands besessen sei.« Der Priester wählte seine Worte vorsichtig und Charlie fragte sich, was ihm noch alles im Beichtstuhl zu Ohren gekommen war. »Er hat irgendwelche Pläne mit dem Hafen«, fügte der Priester bedeutungsvoll hinzu.

Charlie nickte, denn er verstand den Hinweis. Wie sie vermutet hatten, hatte Malvern vor, irgendetwas, das seinen Plan unterstützen würde, zu importieren oder zu exportieren.

»Ich glaube, er könnte mit einer Art … dunkler Magie beschäftigt sein«, sagte Charlie in der Hoffnung, damit an den Glauben des Priesters zu appelieren. »Ich befürchte, dass er noch einen Mord plant.«

Aber zu seiner Verwunderung schüttelte der Priester entschieden den Kopf.

»Thomas Malvern würde niemals etwas tun oder sagen, was seinem katholischen Glauben widerspricht. Wenn Ihr nach jemandem sucht, der in irgendwelche unheiligen Sachen verwickelt ist, sucht Ihr nach dem falschen Mann.« Charlie sah ihn verwirrt an. »Während des Krieges ist Thomas Malvern durch Kanonenfeuer zu den königstreuen Booten hinausgeschwommen, um die Kruzifixe der toten Männer an Bord zu retten«, fügte der Priester hinzu.

Charlies Gedanken verhedderten sich. Die Morde, die Reisen bei Vollmond. Sicherlich musste im Kern all dessen eine Art schwarze Magie liegen? Vielleicht war Malvern seit dem Bürgerkrieg irgendwie verwirrt geworden und der Priester sprach ihm mehr Religiosität zu, als er tatsächlich an den Tag legte?

»Soweit ich weiß, plant Malvern einen Aufstand«, berichtete Charlie. »Wir haben Beweise gefunden, dass er Waffen anfertigen lässt.«

Der Priester dachte darüber nach.

»Ich würde Euch gerne weiterhelfen, das würde ich wirklich«, sagte er. »Aber ich bin an meinen Schwur gebunden. Es gibt nur eins«, fügte er hinzu, »vielleicht möchtet Ihr selber mal im Beichtstuhl nachschauen.«

Er deutete auf ein fragiles Gebilde aus Flechtwerk und Hanfstoff in einer Ecke der Kirche.

»Nicht, um zu beichten«, fügte der Priester hinzu, als er sah, dass Charlie zögerte. »Vielleicht aus Interesse, um in den Beichtstuhl hineinzusehen. Er ist dort drüben«, fügte er hinzu. »Ich werde sichergehen, dass dort keine katholischen Symbole zu sehen sind, die Euch beleidigen könnten.«

Und damit drehte er sich um und ging in den hinteren Teil der Kirche hinüber.

Charlie sah dem sich entfernenden Priester nach und versuchte zu verstehen, wie er das gemeint hatte. Der Priester duckte sich in den Beichtstuhl hinein und kam dann wieder heraus, bevor er ganz verschwand.

Charlie ging zu dem Beichtstuhl hinüber, betrachtete ihn vorsichtig und fragte sich, ob es sein Glaube erlauben würde, hineinzuschauen. Er entschied, dass es zulässig wäre, und hob den Vorhang an.

Nichts darin sagte ihm auch nur irgendetwas, und er wollte gerade den Vorhang fallen lassen, als er ein gefaltetes Blatt Papier auf dem Boden bemerkte. Hatte der Priester es dort fallen lassen, damit er es fand? Er beugte sich schnell nach unten und hob es auf.

Es war eine Stadtkarte von London, erkannte er, während er sie auseinanderfaltete. Mit scheinbar bedeutungslosen Kreuzen versehen.

Seine Gedanken gingen die eingezeichneten Orte auf der Suche nach einer Art Muster ab, aber er fand keines. Die Kreuze schienen verschiedenste Orte zu markieren. Eine Taverne hier, einen Markt dort.

Während er die Karte betrachtete, sah er im Augenwinkel noch ein Stück Papier auf dem Boden. Charlie beugte sich hinunter, um es aufzuheben. Es war winzig, nicht breiter als ein Finger. Ein paar Worte waren mit Tinte darauf geschrieben worden, und es rollte sich zusammen, als wäre es zu einer winzigen Schriftrolle zusammengebunden gewesen. Langsam las er den Inhalt. Und dann hob er das Papier noch näher heran, um besser zu verstehen, was er da sah – und was die Kreuze bedeuteten.

Die Schrift hatte genau die gleichen Schnörkel wie die, die er auf Malverns Gesundheitszertifikat gesehen hatte. Es war eine Nachricht, bemerkte er, die für eine Brieftaube bestimmt war. Und der Satz war kurz, aber unmissverständlich:

Kontamination Londons beginnt mit dem August-Vollmond.

Er glich das Datum mit seinem eigenen Mondkalender ab, den er sich in Gedanken aufrief.

Vollmond war morgen.

Kapitel 48

In der Hitze des Sommerabends wälzte sich Thomas im Bett, das von seinem Schweiß durchnässt war. Seine Erinnerungen an die Zeit nach dem Krieg bohrten sich in seine Tagträume und wanden sich ihren Weg in seinen Schlaf. Die Szenen aus der Zeit nach dem Krieg, als die Königstreuen gefangen worden waren, ließen seine Träume nicht los.

Das Clink-Gefängnis war für vierzig Männer erbaut worden. Aber nach Cromwells Sieg waren dreihundert Königstreue in seine engen Zellen gesperrt worden. Männer, die die Roundheads, die Anhänger des Parlaments, bekämpft hatten, bekämpften nun einander, um ein kleines Stück des Steinfußbodens für sich zu gewinnen.

Diejenigen, die zu schwach waren, um sich zu behaupten, mussten vierundzwanzig Stunden am Tag stehen. Während die Sonne am Himmel stand, hallten die Schreie der Folteropfer durch den Kerker und die Läuse räkelten sich in dem warmen Wetter und bissen.

Nach sechs langen Monaten suchte ein Wärter Thomas für eine spezielle Aufgabe im Namen Cromwells aus. Er sollte durch die Folter Geständnisse aus katholischen Verschwörern gegen die Republik herauspressen.

Thomas schaffte es nicht mehr, sich zu verweigern oder sich auch nur darum zu sorgen.

Die Augen seines ersten Opfers waren vor Schrecken aufgerissen, als das Werkzeug herausgeholt wurde, und sein Flehen wurde zu leisem Murmeln. Und als sich der erste gequälte Schrei erhob, fühlte Thomas etwas, das er seit langer Zeit nicht mehr gefühlt hatte. Ein leichtes Ziehen, ein Gefühl. Als ob der Hunger in seinem Herzen endlich einen kleinen Krümel abbekommen hätte.

Mit einem Ruck wachte er auf und erkannte, dass er sich nicht in seinem eigenen Bett befand. Die rauen Leinentücher gehörten der Herberge in Wapping, in der er ein Zimmer für die Nacht bezahlt hatte.

Thomas musterte das unbekannte Zimmer und zwang seinen Herzschlag, langsamer zu werden. Er war so oft in seinen Träumen gestorben, dass er sich manchmal nicht mehr sicher war, ob er noch lebte.

Durch die Dielen des Zimmers im Obergeschoss driftete die Unterhaltung des Inhabers zu ihm hinauf.

»Der Fettwanst schreit im Schlaf«, verkündete er.

Die Frau des Inhabers kicherte. Thomas fühlte, wie sich eine Kälte um sein Herz legte.

Der Inhaber war ein ehemaliger Soldat, der mit ihm gedient hatte. Sie hatten die Hungersnot der Belagerung zusammen überlebt. Und Thomas hatte seinen alten Kameraden in Wapping aufgesucht, da dieser jetzt Betten an Reisende vermietete. Während der Pest-Zeit war es seine einzige Möglichkeit, ein Bett zu bekommen.

Das Wiedersehen war nicht so verlaufen, wie Thomas es geplant hatte. Er war voller Zuversicht auf seinen Kameraden aus der Kriegszeit zugegangen und hatte lediglich ein ausdrucksloses Starren als Antwort erhalten.

Er erinnert sich nicht an mich, dachte Thomas. Und dann, als er sich mit seinem Namen vorstellte, kam die Erkenntnis: *Er erkennt mich nicht wieder.*

Sein ehemaliger Waffenbruder blinzelte ihn an, verdaute die Vorstellung, und dann lief sein Gesicht rot an, als er versuchte, seine Abscheu zu verbergen. Einen plötzlichen, schrecklichen Moment lang sah Thomas, was aus ihm geworden war. Die groteske Masse seiner aufgequollenen Gestalt. Die Augen, die zu einer reptilienartigen Grausamkeit reduziert worden waren.

Er sieht mich so, wie ich damals war, bemerkte Thomas mit einem Schlag. *Als ich noch Gefühle hatte. Aber die sieht er jetzt nicht mehr. Er sucht in mir nach etwas, das nicht mehr da ist.*

Er sah sich selbst vor Augen, wie er als Junge gewesen war. Der junge Mann mit der aufrechten Haltung, der für König und Vaterland in den Krieg gezogen war. Was war aus ihm geworden? Wann war der Junge in ihm verschwunden?

»Thomas?« Der Mann blickte ihm angespannt in die Augen. »Es ist viele Jahre her.«

Thomas schaffte es, ein wenig zu lächeln. Seine einstudierten Gefühlsbekundungen funktionierten selbst unter seinem anfänglichen Schock automatisch. Seine Lippen verhärteten sich zu einem breiten Lächeln.

Der Mann verzog sein Gesicht zu einem Ausdruck, den Thomas gut kannte. Der Mund, der versucht, die Angst in den Augen zu überspielen. Er fühlte sich erleichtert. Es war eine Situation, an die er gewöhnt war. Es wäre dumm gewesen, irgendeine sentimentale Geschichte hervorholen zu wollen.

»Was bringt dich zurück an diesen Ort?«, fragte der Mann.

»Handel«, erwiderte Thomas. »Ich muss eine letzte Ladung abholen und nach London zurückbringen. Vermietest du diese Zimmer alleine?«

»Ich habe geheiratet. Gegen Ende des Krieges.«

Der Mann trat vor dem Eingang seiner Wohnung ein bisschen zur Seite, als wollte er die Frau darin schützen.

Thomas dachte angestrengt nach. Er erinnerte sich nur vage an ihre letzten Tage in Wapping. Die Schüsse, die durch die Straßen hallten, als ihre Kommandeure ohne Verurteilung erschossen worden waren, und das Stöhnen der Gefangenen, als sie zur Folter gekarrt wurden.

»Lebt deine Frau noch?«, fragte der Mann.

Seine Gesichtszüge versuchten zu entscheiden, ob es besser für sie wäre, wenn sie tot oder lebendig war.

»Sie lebt«, antwortete Thomas.

Der Mann runzelte die Stirn, als würde er eine entfernte Erinnerung hervorziehen wollen.

»Du hast eine katholische Erbin geheiratet, oder nicht?«

Thomas nickte.

»Es war für uns beide eine Vernunftehe, denn ihre Mitgift wäre verwirkt gewesen, hätte sie nicht geheiratet. Aber sie ist mir eine pflichtbewusste Ehefrau gewesen.«

»Wenn ich mal so schlau gewesen wäre«, sagte der Mann und schüttelte den Kopf. »Denn damals gab es genügend katholische Mädchen mit Mitgiften, die uns alle hätten reich machen können.« Er warf einen Blick über seine Schulter. »Obwohl meine Nancy mich auch glücklich macht«, fügte er hinzu, »und sie arbeitet hart.«

»Die gesamte Mitgift ist dem Krieg zugute gekommen«, sagte Thomas. »Die Ehe hat mir nichts als eine unglückliche Frau eingebracht.«

Der Mann nickte mitfühlend, da er ähnliche Geschichten schon oft gehört hatte.

»Und hast du deine Frau mitgebracht?«

»Sie … übernachtet woanders im Ort.«

»Du übernachtest nicht mit deiner Frau?«

»Sie hat bestimmte Bedürfnisse«, entgegnete Thomas.

Er sah ihr trauriges Gesicht vor sich, als er sie in ihre nasskalte, leere Zelle im Gefängnis von Wapping gebracht hatte.

Der Mann lachte zum ersten Mal befreit.

»Wer hätte das gedacht, Thomas? Du, der berühmte Kämpfer, und deine Frau erweicht dir das Herz.« Der Mann schüttelte den Kopf. »Der junge Charles hat uns schon wieder betrogen«, sagte er traurig, »nach all dem, was sein Vater uns versprochen hat.« Seine Augen blickten plötzlich hoch. »Hast du deine Ländereien zurückbekommen, als der zweite König Charles zurückgekehrt ist?«

Thomas schüttelte den Kopf.

»Keine meiner Ländereien. Obwohl ich eine Petition dafür eingereicht habe. Der neue König Charles hat ein paar Ländereien an die Höchstgeborenen verteilt und den Rest von uns verrotten lassen.«

»Wie der Vater, so der Sohn«, bemerkte der Mann.

Thomas nickte und fühlte den altbekannten Schmerz. Es war ein Gefühl, an das er gewöhnt war. Egal, wie viel er auch aß, er konnte den Schmerz des Verrats nicht tilgen. Hunger. Hungrig. Ausgehungert. Er hatte verschiedene Arten, es zu beschreiben, aber alle fühlten sich gleich an.

Thomas erinnerte sich plötzlich an eine Gruppe von Frauen, die sich prostituiert hatten, als er durch den besseren Teil von Wapping gekommen war.

Dort war ein kleines Mädchen gewesen, kaum größer als eine Zehnjährige, aber sie hatte das faltige Gesicht einer viel älteren Frau gehabt. Das grüne Kleid, das sie getragen hatte, hatte einen seltsamen Kontrast zu den gedeckten Farben der restlichen weiblichen Bevölkerung des Ortes gebildet, und sie hatte eine passende, riesige grüne Haube getragen, die über ihrem Kopf einen Turm zottiger Rüschen gebildet hatte.

Das Mädchen hatte gelächelt und ihre Röcke angehoben. Während er näher an ihr vorbeigegangen war, hatte sie gleichzeitig ihr Lächeln und ihre Kleider ohne eine Veränderung in ihrem Ausdruck gesenkt. Etwas an diesem Bild hatte sich in sein Gehirn eingebrannt. Und jetzt kam es hoch und verlangte Befriedigung.

»Ich habe noch etwas im Ort zu erledigen«, sagte er kurz angebunden zu seinem neuen Gastgeber.

Der hatte lediglich erleichtert genickt. Und so hatte Thomas sich auf den Weg in Richtung des Mädchens mit der grünen Haube gemacht.

Kapitel 49

Während sich Charlie und Maria die letzten paar Meilen nach Wapping schleppten, war der Weg gespenstisch leer. Nicht einmal Banditen, so schien es, wollten ihr Leben in der Nähe eines Pest-Ortes riskieren.

Charlie hatte ein seltsames Geräusch in der Ferne vernommen und hielt einen Moment lang an, um genauer hinzuhören.

»Was ist los?«, fragte Maria.

»Hörst du das?«, fragte er. »Die letzten zwanzig Minuten ist es immer lauter geworden.«

»Vielleicht sägt jemand Holz«, sagte Maria, die anhielt, um ebenfalls zu horchen. »So hört es sich jedenfalls an.«

Charlie ließ sich das Geräusch durch den Kopf gehen. Es erinnerte ihn tatsächlich an das Sägen von Holz. Aber er konnte sich nicht vorstellen, dass dies jemand auf der Pest-Straße nach Wapping tat. Beunruhigt signalisierte er Maria, dass sie weiterlaufen sollten.

»Du kannst mich hier verlassen«, sagte Maria. »Ich werde dich auf jeden Fall bezahlen, denn du hast dir dein Geld mehr als verdient.«

Charlie schüttelte den Kopf.

»Und was machst du dann, Maria? Ohne Schutz in einen Pest-Ort spazieren? Wapping hat einen Hafen. Dort ist es selbst ohne Pest gefährlich. Du würdest keine einzige Nacht überstehen.«

»Und was ist dann dein Plan, wenn nicht, in den Ort zu gehen und Malvern zu finden?«

»Ich würde mehr über ihn herausfinden und darüber, wo er hingeht«, antwortete Charlie. »Der Priester hat angedeutet, dass er irgendetwas am Hafen zu tun hat.«

»Er reist mit hoher Autorität«, sagte Maria. »Glaubst du, der König kennt den Mann?«

Charlie dachte einen Augenblick lang nach.

»Der König hat genügend Leute um sich, die ihm etwas würden antun wollen «, erwiderte er. »Es gibt viel Gerede über seine Mätresse Louise Keroulle und ihren Bruder – dass sie für die Franzosen spionieren. Und viele Männer bei Hofe haben für seinen Vater gekämpft und sind nicht entlohnt worden.«

Er versuchte, sich zu erinnern, was er sonst noch wusste.

»Es ist möglich, dass er ein Arzt ist«, fügte er hinzu. »Er trägt immerhin ihre Kleidung. Und dieser Status würde zu einem Mann passen, der es sich leisten könnte, Antoinette zu kaufen.«

Charlie erinnerte sich plötzlich daran, wie William Lilly die Dokumente in seinen Schreibtisch gestopft hatte. Es gab so viele Männer wie ihn in der Stadt, die unter dem Machtwechsel gelitten hatten und Rache suchen mochten. Und die gefälschte Münze. Das wies auf eine Person hin, die nicht die Mittel eines königlichen Gefährten hatte. Er konnte sich schwer vorstellen, dass Louise Keroulle jemals knapp an Mitteln sein könnte.

»Aber Malvern verbreitet eine Kontamination«, grübelte Maria. »Das ist es doch, was du im Beichtstuhl gefunden hast.«

»Wir wissen nicht, ob das sein Plan ist«, antwortete Charlie. »Die Kreuze auf der Karte. Sie passen nicht dazu. Denn er hat nicht die am dichtesten bevölkerten Orte ausgewählt.«

»Er hat Tavernen und Märkte markiert«, erwiderte Maria. »Dort sind doch viele Leute.«

»Aber keine Kirchen und keine Häfen«, sagte Charlie. »Wenn ich einen Ort aussuchen würde, wo viele Leute aufeinandertreffen, würde ich St. Paul's Cathedral oder den Hafen von St. Katherine's wählen.«

»Und doch scheint dieser Malvern mit Leichen zu handeln und rüstet sich für einen Aufstand«, entgegnete Maria. »Was für einen dunklen Plan hat er? Sicherlich will er mit seinen Zaubern die Pest verbreiten?«

Charlie schüttelte den Kopf.

»So etwas ist unmöglich, Maria. Niemand weiß, was in der Luft die Pest verursacht. Selbst wenn ein Mann etwas so Fürchterliches tun wollte, könnte er es nicht. Außerdem«, fügte er hinzu, »war der Priester sich sicher, dass Malvern ein wahrer Katholik ist und niemals seine Seele mit Magie aufs Spiel setzen würde. Ich glaube, es gibt da etwas, das wir nicht sehen. Malvern ist schlau. Erinnerst du dich daran, welche Wege er genommen hat, damit er nicht einfach verfolgt werden konnte? Ich habe Prozesse von Leuten miterlebt, die der Hexerei oder der Teufelsanbetung bezichtigt wurden … Sie schienen alle etwas dümmlich zu sein, Maria. Dieser Malvern scheint mir härter zu sein und vorsichtiger.«

»Geld also«, sagte sie. »Er versucht, auf irgendeinem illegalen Weg Geld zu machen.«

Charlie fühlte Verärgerung in sich aufsteigen.

»Nicht alles hat mit Geld zu tun, Maria. Manche Leute haben ein höheres Ziel im Leben, als einen reichen Mann zu heiraten.«

»Zum Beispiel, Diebe an den Galgen zu bringen?«

Sie drehte sich wütend zu ihm um.

»Ich übergebe nur diejenigen, die es verdient haben«, antwortete Charlie, »aber die armen Leute, die du ohne Grund verhaften lässt, solche überlasse ich nicht ihrem Schicksal.«

»Dann bist du noch nicht einmal in dem dummen Beruf, den du dir selber ausgesucht hast, erfolgreich«, sagte sie mit einem Schnauben.

»Und was erwartet dich?«, fragte er, während seine Wut überschwappte. »Du, deren Schwester fein genug war, um sich zu prostituieren.«

Maria lief tiefrot an.

»Du wagst es? Du bist doch nur wütend, weil ich dich nicht in irgendeinem Feld am Straßenrand geküsst habe. Weil ich für jemand Besseren bestimmt bin als für einen Diebesfänger.«

»Du hältst zu viel von dir. Es gibt tausende schönere Frauen mit besserem Benehmen, die ich in Betracht ziehen würde, bevor ich mich an eine Hyäne wie dich hängen würde.«

»Und du bist der letzte Mann auf Erden. Der letzte Mann. Den ich jemals in Betracht …«

Maria holte Luft, um ihre letzte Schmähung auszusprechen, stoppte dann aber.

Vor ihnen war die Quelle des seltsamen Sägegeräusches plötzlich deutlich zu erkennen. Ein schwarzer Schwarm Fliegen summte wie eine überirdische Gewitterwolke vor ihnen herum. Die schwärmenden Insekten bedeckten eine Fläche, die so groß wie ein Marktplatz und so hoch wie ein Haus war.

Marias Kinnlade klappte vor Entsetzen herunter. Schnell bedeckte sie ihren Mund mit beiden Händen. Auch Charlie legte seine Hand auf den Mund.

»Das ist eine Pest-Grube«, sagte er. »Jemand hat eine Pest-Grube außerhalb von Wapping angelegt. Aber sie haben es nicht zu Ende gebracht.«

Totengruben wurden normalerweise mit ein paar Schaufeln Kalkerde pro Leiche bedeckt, um die Verrottung aufzuhalten, bis die Grube zugeschaufelt werden würde. Aber dieses Grab war verwaist. Die Grube war genauso breit wie die Fliegenwolke, die sich wie eine schwarze Spirale über sie zog, und Charlie vermutete, dass hier mindestens eintausend Tote hineingeworfen worden waren, um in der Sommersonne zu verrotten.

»Wenn wir nach Wapping gehen wollen, müssen wir hier vorbei«, bemerkte er. »Das Stadttor ist auf der anderen Seite.«

Eine Sommerbrise wehte den Gestank der verwesenden Leichen zu ihnen herüber. Maria machte ein würgendes Geräusch und drehte sich mit Tränen in den Augen von der Straße weg.

»Du musst nicht weitergehen«, sagte Charlie sanft. »Ich kann alleine nach Wapping gehen. Ich werde dir alles erzählen, was ich herausfinde.« Maria schüttelte den Kopf, die Hand immer noch vor dem Mund. »Ich glaube, ich kann dort hinten eine Art Torhaus sehen«, fuhr Charlie fort. »Es könnte sein, dass es besetzt ist, selbst in diesen Zeiten.«

»Dann lass uns gehen«, antwortete Maria und nahm ihre Hand vom Mund.

Sie würgte kurz und fing sich dann wieder. Charlie fühlte, wie sich sein Magen umdrehte, als eine weitere Brise stinkender Luft zu ihnen hinüberwehte.

»Komm«, sagte er, »wir werden bald in Wapping sein.«

Kapitel 50

Blackstone befeuchtete seine Feder und fing an, im Schein der flackernden Kerze zu schreiben. Er und Amesbury hatten sich in Wapping getrennt – der alte General, um den Diebesfänger zu finden, und Blackstone, um seine offiziellen Geschäfte für den Bürgermeister zu erledigen. Lawrence hatte Blackstone gebeten, ihn über die Pläne des Königs auf dem Laufenden zu halten, denn man munkelte, dass er die Stadt verlassen wolle, um in Oxford die Pest abzuwarten. Und so war es Blackstones neuer Auftrag, die wenigen Informationen zusammenzutragen, die er über die Rückkehr Seiner Majestät nach London finden konnte.

Bürgermeister Lawrence hatte um täglichen Bericht gebeten, und obwohl es keine Post gab, die diesen hätte zustellen können, tat Blackstone wie ihm befohlen.

Es ist alles eingetroffen, was wir befürchtet hatten. Der König ist aus London geflohen. Und die meisten Leute glauben, dass dies der Überzeugungskraft von Louise Keroulle zu verdanken ist. Denn sie findet ein offenes Ohr beim König und hat immer nur ihre eigenen, egoistischen Ziele im Kopf. Mehr, als wir vermuteten, wie Ihr bald sehen werdet.

Der König und sein Hof verstecken sich nun in Oxford. Und London ist dem Chaos verfallen. Meine größte Angst ist, dass sich irgendeine rachedurstige Partei diese dunklen Zeiten zunutze macht und wankelmütige Männer dazu überredet, sich gegen den neuen Monarchen zu erheben.

Aber es gibt böse Gerüchte über den Hof in Oxford, wo der König sich vor der Pest versteckt. Ein Hofmann, mit dem ich befreundet bin, hat mir eine schockierende Nachricht überbracht.

Er hatte Anlass, die Räume des Königs zu besuchen, und hört dort seltsame Geräusche. Der Hofmann weiß, dass der König seiner Frau gerade einen seiner seltenen Besuche abstattet. Also weiß er nicht, was er davon halten soll.

Er betritt das Schlafgemach des Königs und sieht dort Louise Keroulle, die Mätresse des Königs. Zumindest sieht er einen Teil von ihr. Den unteren Teil. Und da sie komplett nackt ist, weiß er im ersten Moment nicht, dass sie es ist. Aber er hört jetzt, woher die Geräusche kommen, und versteht, dass er Zeuge einer Vergewaltigung ist.

Die Frau liegt über dem Bett ausgestreckt und ihr Oberkörper ist in die Laken gepresst. Sie wird von einem Mann hinuntergedrückt, der nur einen Teil seiner Kniehosen heruntergelassen hat. Er nimmt sie grob von hinten, sagt der Hofmann, und mit so viel Gewalt, dass er der Dame sehr wehtun muss.

An ihren Schreien erkennt er nun, dass es Louise Keroulle ist, und diese Erkenntnis lässt ihn schaudern. Denn Zeuge einer solchen Situation zu sein, könnte seinen Tod bedeuten.

Der Hofmann greift nach seinem Schwert und überlegt, was er tun soll. Wenn es ein Adliger ist, der dieses Verbrechen begeht, muss er vorsichtig sein. Denn es wäre Hochverrat, ihm Gewalt anzudrohen. Wie die meisten am Hof hält er nicht viel von Louise Keroulle und glaubt, sie übe einen schlechten Einfluss auf den König aus. Aber er weiß auch, dass jede Frau in den Händen eines solchen Tieres Hilfe verdient.

Der Hofmann tritt vorsichtig vorwärts. Louises Beine sind flach ausgestreckt und der Mann hält ihren Kopf an einem Haarbüschel fest und drückt ihr Gesicht in das Bett, um ihre Schreie zu ersticken.

Dann, zwischen ihren Schreien, sagt Louise etwas auf Französisch, das den Mann wütend macht. Und er benutzt noch mehr Kraft. Der Hofmann zieht sein Schwert, da er glaubt, der Mann könnte sie mit all seiner Gewalt töten. Aber wie die meisten am Hof versteht der Hofmann etwas Französisch, und die Bedeutung von Louises Worten formt sich langsam in seinem Kopf.

Er versteht plötzlich, dass Louise nicht um Gnade gefleht, sondern dass sie den Mann angespornt hat. Und der Hofmann versteht nun mit schrecklicher Gewissheit, dass er nicht, wie zuerst angenommen, Zeuge einer Vergewaltigung ist. Er ist Zeuge eines barbarischen Akts der Lust zwischen Louise Keroulle und einem Mitglied des königlichen Hofes.

Aber jetzt ist es zu spät, ungesehen zu entkommen. Denn das Geräusch, das das Schwert des Hofmanns machte, als er es aus der Scheide zog, hatte ihnen verraten, dass er da war.

Louises Liebhaber dreht sich um. Und der Hofmann sieht, dass es kein anderer ist als George Keroulle, Louises eigener Bruder, den er während des Akts mit ihr gestört hat.

Jetzt weiß der Hofmann, dass er dem Tod geweiht ist, wenn er nicht schnell genug davonkommt, und er rennt aus dem Zimmer.

Hinter sich hört er Schreie in Französisch und ein Stolpern, als George versucht, ihn einzuholen. Aber da seine Hosen halb herunterhängen, ist er langsam, und der Hofmann flüchtet vom Hof in Oxford. Von dort reiste er auf einem der Nebenwege Richtung Süden und fand einen Ort, der sicher genug war, um mir diese Informationen zu schicken.

Ihr könnt Euch sicher vorstellen, was für Auswirkungen diese Nachricht auf den Hof haben würde. Und deshalb müssen wir vorerst unter uns entscheiden, wie wir sie am besten nutzen.

Die Meinung, dass Louise und ihr Bruder Hexen sind, ist unter dem Pöbel weit verbreitet. Und diese Vorkommnisse helfen sicher nicht, diese Meinung zu ändern.

Blackstone hob die Feder einen Moment lang an und dachte nach.

Das ist alles, was ich vom Hof weiß, schrieb er. *Was meine Aufgabe angeht, Euch über Neuigkeiten aus den Pest-Bezirken zu berichten, befürchte ich, dass mein Bericht nicht annähernd so lebhaft ausfallen wird.*

Seit der König die Stadt verlassen hat, ist alles dunkel, und das Gesetz gibt es nicht mehr. Die Menschen begehen schlimme Taten und brauchen keine Angst zu haben, dass sie dafür zur Rechenschaft gezogen werden.

Ich bin hier in der Nähe der London Wall, wo einst Marktstände standen. Aber jetzt ist alles wie leergefegt, dass man nicht einmal einen Apfelgriepsch mehr findet.

Meine Gemütslage ist im Kern erschüttert. Wo sich die Leichen aufhäufen, gibt es keine Gruben, in denen sie begraben werden können, und die Leute haben sich so an die Leichen gewöhnt, dass die schrecklichsten Dinge passieren.

Es gibt eine Gruppe von Männern, die durch die Straßen ziehen auf der Suche nach jungen, weiblichen Leichen, um die sie kämpfen und die sie in ihre Häuser zurückschleppen. Und nur Gott weiß, was für schreckliche Dinge sie mit ihnen tun.

Mittlerweile kommen keine Lebensmittel vom Land mehr nach London und die Leute beginnen zu verhungern. Und es gibt niemanden, der Essen verkaufen würde, selbst wenn die Handelsroute wieder aufgenommen werden würde.

Blackstone legte seine Feder einen Augenblick beiseite, als er bemerkte, dass seine Hände zitterten. Er schrieb noch ein paar letzte Zeilen:

Ich habe gehört, dass die Reichen im Westen sich immer noch zu belustigen wissen. Aber Tag für Tag wächst die furchterregende Infektion und ganze Teile Londons werden vom Rest des Landes abgeschnitten.

Kapitel 51

Das Stadttor Wappings stand offen wie ein riesiger, schwarzer, gähnender Mund. Charlie und Maria gingen näher heran, aber es war kein Wächter zu sehen.

»Sollen wir hineingehen?«, fragte Maria unsicher.

Vor ihnen lag die Hauptstraße, zwischen deren Kopfsteinpflaster Gras und Wiesenkerbel wuchsen. Es sah verlassen aus. Gespenstisch. Wie eine Geisterstadt.

»Dort sind frische Wagenspuren, die durch das Tor führen«, sagte Charlie. »Sie sind von einem großen, schweren Wagen. Und sie sind noch nicht getrocknet.«

»Du glaubst, Malvern ist mit seinem Wagen hier durchgefahren, obwohl der Ort verlassen ist?«, fragte Maria.

»Ich glaube, jemand ist hier vor Kurzem mit einem Wagen durchgefahren«, erwiderte Charlie. »Wir können uns erst sicher sein, dass es Malvern war, wenn wir hineingehen und fragen.«

Sie gingen näher an den dunklen, steinernen Torbogen heran. Das Holztor stand halb offen.

»Wachen?«, rief Charlie.

Als Antwort hörte er nur Stille.

Sie liefen durch das Tor und blickten die Hauptstraße entlang. Unter ihren Füßen waren die Pflastersteine dort, wo das Unkraut unter ihnen wuchs, lose und zerbrochen. Charlie erinnerte sich daran, dass Wapping ein belebter Ort gewesen sein musste, als der Hafen noch von Schiffen angefahren wurde, die Holz und Stahl aus Schweden in den Lagerhallen des Hafens verluden. Jetzt aber war nichts und niemand zu sehen.

»Wachen?«, rief Charlie laut die Straße hinunter.

Nichts als Echos waren zu hören. Dann vernahmen sie plötzlich ein Geräusch. Ein Kratzen und Schaben aus einer der Seitengassen. In der verlassenen Gasse war plötzlich der Schatten eines Mannes zu erkennen.

»Wer ist da?«

Charlies Stimme klang dünn vor Verunsicherung. Er hörte, wie Maria neben ihm die Luft anhielt. Eine Stimme antwortete ihm. Aber sie war unverständlich und er musste genau hinhören. Aus dem taumelnden Schatten wurde ein torkelnder Mann.

»Es ist ein Betrunkener«, bemerkte Maria erleichtert.

Aber Charlies Hand griff nach dem Messer. Der Mann versuchte, auf sie zuzugehen.

»Geh zurück«, sagte Charlie und schob Maria hinter sich. »Etwas stimmt mit ihm nicht.«

Der Mann versuchte, etwas zu rufen, aber sie hörten nur Gemurmel, und einen Moment lang dachte Charlie, dass er doch vielleicht nur betrunken sei. Dann fingen die Worte an, Sinn zu machen. *Bitte. Helft. Mir.*

Die Erscheinung spurtete plötzlich auf sie zu. Charlie drehte sich um, um davonzurennen, und fasste Marias Kleid, um sie mit sich zu ziehen. Aber sie stand vor Angst wie angewurzelt. Charlie versuchte, sie zu greifen und mit sich zu ziehen, als er einen Blick auf den mit Blasen übersäten Hals, die schwarzen Fingerspitzen und den offenen, vor Schmerz erstarrten Mund des Mannes erhaschte.

»Maria, wir müssen hier weg!«

Die Worte rüttelten sie aus ihrem Schockzustand und sie drehte sich um, um wegzurennen, kam aber nur ein paar

Schritte weit, bevor sie über die zerbrochenen Pflastersteine stolperte und hinfiel.

Charlie beugte sich hinunter, um sie auf die Beine zu ziehen. Der Mann zerrte an seinem eigenen Körper und sein Hemd hing in Fetzen hinunter. Er kam immer näher und zog sein zerschmettertes Bein, das nur noch aus rohem Fleisch bestand, hinter sich her.

Seine Hand streckte sich nach Maria aus, die rückwärts über die Pflastersteine krabbelte. Er hielt ihr ein paar schmutzige Münzen hin.

»Bitte«, keuchte er, »eine Pistole …«

Plötzlich wurde von hinten ein schweres Holzbrett auf den Kopf des Pest-Kranken geschmettert. Der Mann stürzte auf den Boden. Hinter ihm stand – ohne sein geliebtes Holzgebiss – Bitey.

Er schwenkte ein langes Brett und hielt kurz inne, um sein Gebiss mit der freien Hand einzusetzen. Dunkles Eichenholz grinste sie an.

Charlie blinzelte erstaunt zu ihm hoch. Er hatte Bitey noch nie außerhalb der dunklen Räume des *Blutigen Eimers* gesehen. Die vom Wetter gezeichnete Kleidung des alten Mannes, der Kavaliershut und der scheckige Bart muteten fast heroisch. Besonders, weil er jetzt mit je einem Messer an den Hüften offen bewaffnet herumlief.

»Warum treibt Ihr Euch hier draußen auf der Straße herum?«, rügte er. »Habt Ihr keinen Verstand?«

Charlie starrte ihn an und sah, wie er ihn plötzlich erkannte.

»Charlie!« Bitey hielt ihm die Hand hin und zog ihn hoch. »Ich dachte, du wärst schon lange tot! Und wer ist das?« Das uralte Gesicht grimassierte. Dann verbeugte Bitey sich und nahm seinen schäbigen Hut hochachtungsvoll ab. »Eine neue Frau, Charlie?«

»Nein«, sagte Charlie. »Das ist Maria.«

Biteys Blick schweifte über ihre Gesichter, die ihm eine Art Antwort zu geben schienen.

»Na gut«, meinte er.

Maria stand auf und starrte den Mann am Boden an.

»Ich glaube, Ihr habt ihn getötet«, sagte sie.

Bitey zuckte mit den Schultern.

»Er war sowieso schon tot«, erwiderte er. »Ein lebender Toter. Ich habe ihm einen Gefallen getan.«

»Was ist hier passiert?«, fragte Maria. »Was ist mit dem Ort passiert?«

»Viele ärmliche Leute dachten, Wapping sei ein sicherer Ort, um sich zu verkriechen und die Pest abzuwarten«, sagte Bitey. »Die Idee hatte ich auch«, fügte er hinzu. »Denn ich habe kein Pest-Zertifikat, mit dem ich in den Westen kommen könnte. Aber wo viele Leute auf einem Haufen sitzen, kommt die Pest früher oder später auch. Es braucht nur einen Infizierten.« Bitey zögerte einen Moment lang. »Ihr seid gesund, oder nicht?«

»Soweit ich weiß, ja«, antwortete Charlie.

Maria nickte kurz.

»Dann ist ja alles gut«, verkündete Bitey. »Kommt, wir gehen nach Hause, wo es sicher ist.« Er legte eine väterliche Hand auf Charlies Schulter. »Am besten, ihr beide haltet euch erst einmal an mich, was? Ich habe einen sicheren Ort, an dem wir eine bessere Waffe als diese Messer hier finden können. Man kann in diesen schrecklichen Zeiten nicht alleine auf den Straßen laufen. Nicht, solange die lebenden Toten unterwegs sind.«

»Lebende Tote?«

»So nenne ich die Pest-Kranken, die durch die Straßen geistern«, sagte er. »Die meisten Infizierten legen sich ins Bett und stehen nicht wieder auf. Manche sterben innerhalb einer Stunde. Andere brauchen länger. Drei Tage, vier Tage. Eine Woche. Aber es gibt noch eine andere Sorte, Charlie, so sehe ich es jedenfalls. Lebende Tote. Sie verkriechen sich nicht, um zu sterben, sondern werden von ihren Qualen auf die Straßen getrieben und irren dort herum. Die Schmerzen und das Leiden machen sie verrückt. Die Krankheit treibt sie hinaus, um nach einem Geistlichen zu suchen oder einer Möglichkeit, ihre Qualen zu beenden. Sie wissen nicht, was sie tun, die armen Seelen. Denn sie greifen nach jedem, den sie sehen, und man darf nicht riskieren, dass sie einen erwischen und einem ihren verdorbenen Atem einhauchen.« Er sah sein Brett abwägend an. »Es ist besser, wenn man für solche Fälle eine Waffe trägt«, schloss er ab.

»Kommt«, sagte er plötzlich. »Wir sollten von den Straßen weggehen und uns richtig bewaffnen.« Ein plötzlicher Schrei zerriss die Luft. »Wir sollten gehen«, wiederholte er. »Bevor hier noch mehr von diesen wandelnden Toten auftauchen.«

Kapitel 52

»Die Geräusche, die ihr hört, sind das Stöhnen und Schluchzen der Sterbenden oder Trauernden«, erklärte Bitey, während er Charlie und Maria durch die Hintergassen von Wapping führte. »Man gewöhnt sich daran. Es ist nicht gefährlich. Nur macht es traurig.«

»Wir brauchen deine Hilfe, Bitey«, sagte Charlie. »Wir sind hier, weil wir nach einem Mann suchen. Jemand namens Thomas Malvern. Wir glauben, er plant einen Aufstand. Er hat irgendetwas am Hafen zu tun.«

»Das kann er nicht von hier aus machen, Charlie«, erwiderte Bitey, als sie aus den engen Gassen auf den Weg kamen, der entlang des Wassers verlief. »Der Hafen wurde letzten Monat geschlossen. Wegen der Pest, weißt du.«

Bitey deutete auf den leeren Hafen.

»Was kann er dann hier wollen?«, fragte Maria Charlie verwirrt.

Charlie blieb stumm und betrachtete das Wasser. Es lagen keine Schiffe vor Anker. Aber der Priester hatte ihm gesagt, dass Malvern irgendetwas mit einem Schiff zu schaffen hatte. Es ergab keinen Sinn.

»Am besten kommt ihr mit mir mit und weg von den Straßen, während ihr darüber nachdenkt«, sagte Bitey und deutete auf einen Hof, der für die königlichen Truppen bestimmt war.

Charlie nickte. Bitey ging auf die verlassenen Stallungen ganz hinten zu und deutete ihnen, ihm zu folgen.

»Sicherlich brechen wir das Gesetz, indem wir hier sind«, flüsterte Maria, während sie die herrschaftlichen Gebäude betrachtete, die die Stallungen umgaben.

»Der König ist nicht in London, um seinen Gesetzen Geltung zu verschaffen«, entgegnete Bitey. »Und seine Truppen auch nicht. Rauf auf den Heuboden, und wir sind in Sicherheit.«

Charlie und Maria folgten ihm durch den leeren Hof. Auch hier wuchs das Gras mittlerweile zwischen den Pflastersteinen.

»Da sind wir«, sagte Bitey und deutete nach oben. »Durch dieses Tor, die Leiter hinauf und schon sind wir sicher.«

»Ihr haust in den Ställen des Palastes?«, fragte Maria.

»Es ist eine schlaue Idee, oder nicht?« Bitey tippte seine Nase an. »Man darf nicht den Kopf verlieren, wenn man am Leben bleiben will«, meinte er. »Und man muss sich einen Schlafplatz suchen, der sowohl vor Dieben als auch Pest-Kranken sicher ist.«

»Diebe?«, fragte Charlie.

»Räuber, Einbrecher«, bestätigte Bitey und zwängte sich grunzend und mit Mühe durch die Stangen des Stalltores.

Sie überquerten den verlassenen Hof und Bitey kletterte eine Leiter auf den nächsten Heuboden hinauf.

»Sie sind hungrig und verzweifelt und plündern, was sie können, um an Essen zu kommen.«

»Wie kommt Ihr an Lebensmittel?«, fragte Maria und starrte die Leiter hinauf ihm nach.

»Ich schleiche mich in Häuser hinein und nehme mit, was ich kann«, sagte Bitey, der den Widerspruch anscheinend nicht erkannte. »Ich habe immer noch ein halbes großes Fass Bier. Essen nehme ich, wenn es geht, aus der Erde«, fügte er hinzu. »Die, die geflohen sind, haben kleine Gärten hinterlassen, in denen noch ein bisschen Gemüse wächst.«

Er hievte sich mit einem Grunzen hoch. Charlies schlankere Gestalt schlüpfte hinterher und drehte sich dann um, um Maria und ihren sperrigen Röcken zu helfen.

»Die, die geblieben sind, um zu plündern, sind gefährlich«, warnte Bitey. »Sie brechen in Häuser ein und töten dich, ohne mit den Augen zu zwinkern, um das Hemd, das du trägst, zu bekommen. Denn es gibt keine Gesetze mehr, die vorschreiben, was Männer anderen Männern antun können. Jedenfalls nicht hier.«

Bitey war nun oben im Heuboden und Charlie ließ Maria vor, damit sie hinter Bitey hochgehen konnte. Oben befand sich ein riesiger, leerer Speicher, aber kein Anzeichen eines Bettes.

»Es gibt keine Binsen oder Stroh oder so etwas«, sagte Bitey. »Denn Stroh zieht Ratten an, Ratten Katzen und Katzen Hunde. Und sie alle würden die verpestete Luft mit sich bringen.«

In der Ecke stand ein offener, geflochtener Korb, unter dem ein einzelnes Huhn gackerte. Bitey schob seine fleckige Hand unter den Korb, um die weichen Federn zu streicheln.

»Ich habe sie herumirrend gefunden«, erklärte er. »Ich bekomme ein paar Eier von ihr, die ich roh trinke.«

»Warum zündet Ihr kein Feuer an?«, fragte Maria, die gerade versuchte, mit Charlies Hilfe von der Leiter auf den Boden zu steigen und diesen nun zum ersten Mal sah.

»Es gibt zwei Regeln in Pest-Zeiten«, antwortete Bitey und zählte einen einzigen Finger ab, während Maria den letzten ihrer Röcke durch die Öffnung zwängte. »Keine Kerzen, keine Leuchter, keine Lichter. Die Leute würden sie sehen und dich in deinem Bett überfallen oder die Pest auf dich hauchen.«

»Würden Pest-Kranke zu dir kommen?«, fragte Charlie.

Bitey nickte, während er in einer Ecke des Bodens herumwühlte.

»Sie stehen fürchterliche Qualen aus. Sie laufen auf der Suche nach einer Pistole herum oder einer gnädigen Seele, die ihnen den Kopf einschlägt. Eine junge Frau dort drüben hat es vor ein paar Tagen gewagt, ein Feuer zu entfachen. Innerhalb einer Stunde war ihr Häuschen voll von Pest-Kranken. Und jetzt hat sie selber die Pest. Wenn sie Glück hat, wird sie heute sterben, denn ihre Schreie hören sich schrecklich an.«

Bitey brachte ein kleines Fass zutage und rollte es über den Boden zu seinen Gästen hinüber.

»Das habe ich Anfang der Woche in einem Tauschhandel ergattert«, sagte er. »Es ist Rum. Und gut, um dem Herzen einzuheizen.«

Er hielt das Fass hoch, damit Maria daraus trinken konnte. Charlie vermutete, dass sie noch nie direkt aus einem Fass getrunken hatte.

»Öffne deinen Mund unter dem Zapfen«, erklärte er. »Bitey wird ihn weit genug öffnen, damit ein Mundvoll Rum herausfließen kann.«

Er dachte, sie würde sich weigern, aber stattdessen öffnete Maria ihren Mund und ließ Bitey einen großzügigen Schluck Alkohol zwischen ihre Lippen gießen.

Sie schluckte, biss die Zähne zusammen, schauderte am ganzen Körper und schüttelte den Kopf.

»Das ist gut«, sagte sie.

Bitey hielt Charlie das Fass hin, und dann nahm Charlie es auf die Schulter, sodass Bitey einen Schluck nehmen konnte.

»Was ist die zweite Regel?«, fragte Maria, der der Rum die Röte ins Gesicht trieb. »Ihr sagtet, es gäbe zwei«, fügte sie hinzu und drehte sich zu Charlie, um sicherzugehen.

»Halte dich vom Gefängnis in Wapping fern. Es trieft nur so vor Pest. Und die Wachen nehmen jeden gefangen, der durch die Straßen wandert. Sie nennen es einen Dienst an der Öffentlichkeit. Um die Verbreitung der Infektion zu verhindern. Es ist im Westen«, fügte er hinzu und zeigte in die entsprechende Richtung, »weit weg vom Wasser.«

»Weißt du, ob irgendjemand darüber Bescheid wüsste, wer im Ort kommt und geht?«, fragte Charlie, dessen Gedanken immer noch um den möglichen Aufenthaltsort Thomas Malverns kreisten. »Der Mann, den wir suchen, ist ein Mörder, und wir haben vor, ihn seiner gerechten Strafe zuzuführen.«

Bitey warf den Kopf zurück und lachte.

»Hier werdet ihr keine Gerechtigkeit finden«, erwiderte er. »Wenn ein Mörder in diese Gegend flieht, ist er sicher vor dem Gesetz.«

Marias Mund war angespannt.

»Wir werden diesen Mann zur Rechenschaft ziehen«, antwortete sie. »Es muss eine Möglichkeit geben«, fügte sie hinzu und blickte Charlie hilflos an.

»Wir können seine Identität herausfinden«, sagte Charlie, während er Bitey anschaute. »Er reist unter falschem Namen. Aber wir glauben, dass er in der Stadt ein wichtiger Mann ist.«

»Wenn er ein wichtiger Mann ist, ist die Chance noch geringer, dass ihr Gerechtigkeit bekommt«, entgegnete Bitey.

»Trotzdem«, sagte Charlie, »haben wir vor, es zu versuchen.«

Seine Hand umschloss fest den Schlüssel.

Bitey sah es und kratzte seinen wilden Bart.

»Woher wisst ihr, dass er nicht schon an der Pest gestorben ist, dieser Mann, den ihr sucht?«, fragte er einen Augenblick später.

»Soweit wir wissen, ist er erst vor ein paar Stunden angekommen«, erwiderte Charlie.

»Und er ist mächtig, sagst du.« Bitey dachte einen Moment lang nach. »Es gibt bestimmte Bezirke in diesem Ort, die besser bewacht werden«, räumte er ein, »wo ein reicher Mann vielleicht unterkommen könnte und sicherer wäre als andere. Aber wenn ihr Informationen über Neuankömmlinge haben wollt, müsst ihr zur Schenke *Zur Pferdekutsche* gehen.«

»Es gibt noch eine Schenke, die offen hat?«, fragte Charlie.

Bitey schüttelte den Kopf.

»Der Wirt und seine Frau haben sich vor ein paar Wochen mit ihrem Bier und Essen darin verbarrikadiert. Sie haben außerdem Waffen, Musketen, und sie schießen auf jede verdächtige Person, die sich nähert. Der gesamte Bezirk ist voll von Pest-Kranken, die von den Schussgeräuschen angezogen wurden«, fügte er hinzu.

»Und wie sollen wir dann dort hineinkommen?«, fragte Maria entmutigt.

Bitey hockte sich hin.

»Der Wirt kennt mich«, erklärte er. »Ich habe bei ihm Essen gegen Getränke getauscht. Er weiß, dass ich schlau genug bin, mich von Pest-Kranken fernzuhalten. Vielleicht reicht das, um euch hineinzuschleusen.«

Er untersuchte die nackten Bodendielen und lockerte dann eine, unter der sich eine Ansammlung rostiger Schwerter versteckte.

»Ich habe ein paar Waffen«, sagte er zu Charlie, »vielleicht reichen sie, um die Dame zu schützen. Du kennst dich mit Schwertern aus?«, fragte er, während er eine staubige Scheide heraushievte und sie Charlie zuwarf.

»Ich kenne mich mit Messern aus«, antwortete Charlie. »Ich glaube, das wird reichen.«

Bitey nickte.

»Alle Männer in meinem Alter können ein Schwert genauso gut schwenken wie ihren eigenen Arm«, sagte er mit einem traurigen Unterton. »Bürgerkrieg, wisst ihr. Er hat uns alle zu Monstern gemacht.«

Kapitel 53

Bitey schlich mit Charlie und Maria im Schlepptau vorsichtig die Straßen von Wapping entlang. Bevor sie dem Heuboden den Rücken zugekehrt hatten, hatte Bitey darauf bestanden, dass sie jeder noch mehrere Schlucke vom Rum nehmen sollten, um sich Mut anzutrinken. Charlie nahm an, dass Maria inzwischen betrunken war. Er behielt sie gut im Auge, während sie mit einem matten Lächeln hinterherschlenderte.

Bitey erstarrte plötzlich und Charlie sah, dass seine Aufmerksamkeit auf die Tür eines der eleganten Häuser gerichtet war. Sie öffnete sich langsam.

»Wir müssen leise sein.«

Bitey drückte sie beide zurück an eine Wand und hob seinen Knüppel.

Aus der Tür kam ein kleiner Junge heraus. Er schob sich Zentimeter um Zentimeter mit dem Rücken zur Straße hinaus, und Charlie reckte den Hals, um sehen zu können, warum er sich so langsam bewegte. Als seine Arme in Sichtweite kamen, sahen sie, dass er etwas zog. Eine weibliche Leiche, fein gekleidet und durch die Krankheit grotesk entstellt.

»Es ist seine Mutter«, sagte Charlie. »Der arme Kerl zieht seine tote Mutter aus dem Haus.«

Er konnte sehen, dass die Pest-Beulen hinter den Ohren des Jungen bereits ausgeprägt waren.

Charlie fühlte eine tiefe Traurigkeit in sich. Er sehnte sich danach, dem Jungen zu helfen, seine Mutter zu begraben, sich seiner anzunehmen und ihn zu trösten. Aber dann würden sie selber mit großer Wahrscheinlichkeit an der Pest verrecken. Und das Kind war schon so gut wie tot.

»Was ist los?«, fragte Maria, deren Stimme dank des Rums laut die Straße hinunter hallte.

»Pst!«, zischte Charlie.

Aber die Warnung kam zu spät. Das Kind drehte sich um, sah sie, ließ die Arme der Leiche fallen, machte wimmernd einen Schritt auf sie zu und verfiel dann in einen Trab.

»Bleib zurück!«, rief Bitey, der sein Schwert hervorzog und es nach vorne richtete.

Der kleine Junge hielt an, sein Gesicht verzogen. Er fing an zu heulen und seine Augen und Nase trieften.

»Ich meine es ernst, Junge«, sagte Bitey. »Du tust mir wirklich leid. Aber wir können dir nicht helfen. Du musst zurückgehen.«

Er gestikulierte in die entgegengesetzte Richtung. Der kleine Junge lief langsam davon.

Maria hatte nun mitbekommen, was vor sich ging, und wollte dem Jungen folgen.

»Er braucht unsere Hilfe!«, verkündete sie, entrüstet darüber, dass keiner der Männer Hilfe anbot.

Charlie griff sie am Arm und zog sie zurück.

»Warte«, flüsterte er. »Ich weiß, dass du ihn trösten willst. Aber er hat bereits Pest-Beulen.«

»Wir müssen ihm helfen!«

Maria war plötzlich wütend.

»Er hat nicht mehr lange auf dieser Welt«, sagte Bitey mitfühlend. »Du musst lernen, dein mitfühlendes Herz zu ignorieren, wenn du in diesen Zeiten überleben willst. Kommt«, fügte er mit einem Winken hinzu. »Die Schenke ist nicht weit.«

Die Schenke *Zur Pferdekutsche* war ein dreistöckiges Fachwerkhaus. Wo einst Bleikristallfenster gewesen waren, hingen nun dicke Holzplanken. Riesige Schiffsnägel waren durch sie hindurch in die Wände und über die Tür getrieben worden.

Auf der anderen Seite der Straße, die aus den ramponierten Überresten von Pflastersteinen bestand, lag eine Kirche. Und vor ihren riesigen Türen lagen haufenweise Menschen.

»Sind sie hergekommen, um vor den Augen Gottes zu sterben?«, flüsterte Maria mit einem Blick auf die Leichen.

Bitey drehte sich abgelenkt von seiner Untersuchung des Hauses um.

»Sie sind nicht tot«, sagte er. »Die Leute kommen in der Hoffnung, dass ein Pfarrer auftaucht, um ihnen ihre letzte Ölung zu geben. Oder, dass irgendeine christliche Seele das tut, wozu sie nicht imstande sind, und ihr Leben beendet«, fügte er hinzu, »denn selbst in den Todesqualen der Pest sind viele immer noch mutig genug, Selbstmord auszuschließen und ihre Seelen vor den Tiefen der Hölle zu retten.«

Charlie trat schützend vor Maria, die weiterhin auf den Haufen Pest-Kranker starrte.

»Sie müssen tot sein«, murmelte sie, während Bitey den Eingang in die Schenke suchte.

»Es ist dieses Brett hier«, sagte er und streckte sich, um an einer Planke weiter oben zu ziehen. »Sie haben es lose gelassen, sodass diejenigen, die davon wissen, hineinkommen können.«

Charlie half ihm, an dem Brett zu ziehen, aber es schien festzusitzen.

»Ein bisschen fester, als ich in Erinnerung hatte«, meinte Bitey, der das Brett griff und sich zurücklehnte, um sein Körpergewicht einzusetzen. Das Brett quietschte plötzlich und ein Stück, so breit wie ein Arm, brach ab. Charlie schaffte es gerade noch, Bitey aufzufangen, der seine Balance verloren hatte und nach hinten kippte.

»Vielleicht ist das doch nicht die richtige Planke«, sagte Bitey, der verlegen auf den Schaden starrte, den er verursacht hatte. »Vielleicht auf der anderen Seite«, fügte er hinzu und rückte seinen Hut gerade.

Aber das Geräusch des brechenden Holzes hatte den Haufen Pest-Kranker aufgeweckt. Sie hörten Stöhnen und das Schlurfen von Füßen auf der sonst leeren Straße. Die Leute fingen an, sich in ihre Richtung zu bewegen.

Charlie sah Bitey an.

»Wir müssen uns beeilen«, zischte er. »Wir haben die Pest-Kranken aufgeweckt. Sie werden herkommen, um uns anzuflehen, sie zu erschlagen.«

Ein Mann hatte sich schneller als der Rest hochgehievt und sich auf seinen wackeligen Beinen aufgerichtet. Fast sein ganzes Hemd war zerrissen, aber nach seinen Kniehosen zu urteilen, schien er ein reicher Mann zu sein. Seine gelben Augen richteten sich auf Maria, und er begann, auf sie zuzustolpern.

Sie griff nach Charlies Arm.

»Sag ihm, er soll sich beeilen«, sagte sie. »Ein Pest-Mann kommt auf uns zu.«

Bitey hatte einen Schritt zurückgemacht, um die Schenke verwirrt zu überprüfen.

»Mein Gedächtnis ist nicht mehr das, was es mal war«, gab er zu.

Der Pest-Mann schloss schnell auf und war nun so nah bei ihnen, dass sie die violette, verbeulte Haut sehen konnten, die unter seinen Armbeugen wuchs.

»Du siehst wie meine Tochter aus«, sagte er zu Maria in einer Stimme, die einem Krächzen ähnelte. »Du wirst doch sicher Mitleid mit mir haben.«

»Stell dich hinter mich!«, befahl Charlie, während er das rostige Schwert aus der Scheide zog.

Der Mann machte zwei weitere, stolpernde Schritte, und dann hörte man ein ohrenbetäubendes Donnern, das die Fenster in der leeren Straße erbeben ließ. Der Pest-Mann fiel auf den Boden und unter ihm breitete sich eine Blutlache aus. Sie hörten ein zweites Donnern und Charlie fühlte einen Schmerz in seinem Oberarm. Er sah, dass er von dem Schuss einer Muskete gestreift worden war.

»Sie schießen aus der Schenke auf uns!«, rief er und zog Maria und Bitey in Richtung der Wand zurück. »Sie glauben, dass wir Pest-Kranke sind, die versuchen, hereinzukommen.«

»Es gibt keinen Grund, das zu denken«, sagte Bitey und kratzte sich am Kopf. »Wartet, ich werde mit ihnen sprechen.«

Bitey schwang sich zurück zu der Öffnung, die er verursacht hatte, und Charlie zog ihn gerade rechtzeitig zurück, bevor der dritte Schuss losging. Auf der anderen Seite der Straße wirkten die Schüsse elektrisierend auf die Pest-Kranken. Der Haufen bewegte sich. Weitere Körper richteten sich einer nach dem anderen auf.

Charlie lehnte sich zurück in Richtung der Öffnung.

»Wir sind keine Pest-Kranken!«, rief er den Bewohnern drinnen zu, ohne dass er sie sah.

Dabei schob er sein Gesicht so nahe an die Öffnung heran, wie er es wagte. Der Lauf einer Muskete schob sich nur Zentimeter von seiner Wange entfernt aus der Öffnung. Mit einer einzigen, schnellen Bewegung ergriff Charlie die Waffe mit beiden Händen und zog sie heraus. Auf der anderen Seite des Holzbretts hörte er einen Mann fluchen.

»Wir sind mit Bitey hier!«, fügte er hinzu und überprüfte, ob die Muskete geladen war. »Er kennt Euch!«

»Das tue ich!«, rief Bitey, der mit dem Rücken an der Wand des Gebäudes stand. »Und es wäre nett, wenn Ihr uns hineinlassen würdet, denn es kommen Pest-Kranke auf uns zu!«

Charlies Blick fiel wieder auf die Kirche. Mindestens zehn Menschen hatten sich nun in Bewegung gesetzt. Manche krabbelten, andere liefen.

»Woher weiß man, welche Planke es ist?«, fragte Charlie, der seine Muskete auf den nächsten Pest-Kranken gerichtet hatte.

»Drei von oben, Westseite, die Planke mit dem Astloch, das wie eine Note aussieht«, erwiderte Bitey. »Ich dachte, ich hätte die Richtige«, fügte er hinzu.

Charlie blickte zur Sonne hoch.

»Wir sind auf der Nordseite«, sagte er. »Wir müssen um das Gebäude herum gehen.«

Er deutete mit seinem Arm und ging rückwärts, wobei er den Lauf der Muskete auf die Pest-Kranken gerichtet hielt.

»Maria!«, rief er. »Kannst du die Planken zählen?«

»Natürlich kann ich zählen«, sagte sie. »Und Musik lesen kann ich auch. Ich weiß, wie eine Note aussieht.«

Charlie drehte seinen Kopf und sah, dass sie die Westseite des Gebäudes untersuchte.

»Astloch in Notenform«, murmelte sie und tastete mit der Hand eine Planke ab.

Ein älterer Mann war an der Spitze der Gruppe und begann nun, watschelnd auf sie zuzurennen. Charlie versuchte, seinen Körper gerade zu halten, zielte mit der Muskete und drückte auf den Auslöser. Der Mann schwankte zur Seite und fiel dann um.

»Das war mein einziger Schuss!«, rief Charlie. »Wir müssen hinein!«

»Ich habe sie gefunden«, sagte Maria. »Hier.«

»Das ist sie«, bestätigte Bitey erfreut. »Jetzt erinnere ich mich.«

Der alte Mann fuhr mit den schwieligen Fingern über die Planke und drehte sie. Sie fiel heraus und gab die Sicht auf eine breite Öffnung frei.

»Hilf Maria als Erstes durch«, sagte Charlie zu Bitey. »Versuch, niemanden da drinnen zu beleidigen, bevor wir nachkommen«, fügte er an Maria gerichtet hinzu, während Bitey sie mit dem Kopf zuerst durch die Öffnung schob.

Mit einem Rascheln ihrer Röcke stieß sie sich vorwärts und verschwand.

»Ich hoffe, du hast recht, was diese Öffnung angeht«, bemerkte Charlie, der die Muskete Maria hinterher durch die Öffnung schob. »Sie könnten sie ermorden, noch bevor wir drinnen sind.«

»Das sind friedliebende Leute«, entgegnete Bitey, der sich an einer Holzplanke abstieß, um sich durch die Öffnung zu befördern. »Du darfst ihnen nicht übelnehmen, dass sie auf uns geschossen haben.«

Mehrere der krabbelnden Kranken hatten mittlerweile gut aufgeholt. Eine junge Frau, die vielleicht siebzehn Jahre alt war und groteske Pest-Beulen neben den Ohren hatte, ein mittelalter Mann und ein Junge schoben sich über die Pflastersteine.

Charlie drehte sich um und sah, dass Bitey immer noch halb in der Öffnung hing, und gab dem alten Mann einen kurzen Schubs, um ihn ganz hindurchzustoßen. Er hörte einen gedämpften, vorwurfsvollen Schrei und dann war die Öffnung frei.

Die junge Frau kam schnell auf ihn zu. Sie hatte sich zu einem seltsamen, krummbeinigen Hinken aufgerafft, als ob ihre Muskeln nicht mehr funktionierten, und nur das Schwanken ihres Skelettes schob sie voran.

Charlie zog sein Schwert und schlug es laut auf die Pflastersteine, bevor er es so hoch er konnte über die Köpfe der Pest-Kranken warf. Der Mann, der am weitesten von ihm entfernt war, drehte sich um, um es aufzuheben, aber der Junge und die Frau sahen ihm nur nach und stolperten dann weiter auf ihn zu. Die junge Frau war nur noch wenige Meter von ihm entfernt.

Ihre Augen waren blutunterlaufen und sie hechelte durch leicht geöffnete Lippen wie ein Langstreckenläufer kurz vor dem Ziel.

Charlie trat auf die Planke und zog sich zu der Öffnung hinauf. Als er halb hindurch war, fühlte er eine Hand und scharfe Fingernägel, die seinen bloßen Fuß umschlossen. Er trat nach hinten und fühlte, wie sein Hacken etwas Hartes traf. Zähne. Und dann war sein Bein frei und er überschlug sich vorwärts und in die Schenke hinein.

»Schließt die Öffnung!«, befahl eine verärgerte Stimme.

Und Leute auf beiden Seiten von ihm hämmerten eine Planke fest.

Charlie blickte auf und sah, dass Bitey und Maria festgehalten wurden und Musketen auf sie gerichtet waren. Ein Mann mit Hasenzähnen starrte Charlie betrunken an.

»Wie ich gesagt habe«, lallte er. »Sie haben unsere Sicherheit aufs Spiel gesetzt. Wir müssen sie alle drei töten.«

Kapitel 54

König Charles klopfte etwas zu laut an die Tür und öffnete sie dann vorsichtig und entschuldigend. Auf dem Gesicht seiner Frau erkannte er Überraschung, als er in ihr Schlafgemach trat.

»Unsere Zusammenkunft war verabredet«, erinnerte er sie, während er die Tür hinter sich schloss.

Sie nickte, aber ihr Gesicht war immer noch von Verwirrung gezeichnet. Englisch war ihre Zweitsprache, und Charles war sich nie sicher, was sie verstand. Aber er wusste, dass sie die Vollziehung ihrer ehelichen Pflichten verabscheute.

Ihr Zimmer roch nach Siegelwachs. Königin Katharina von Braganza schrieb viele Briefe an ihre Familie in Portugal. Ihr Zimmer war eine kleine Enklave aus mediterranen Gold- und Rottönen in einem Palast, der nach englischem Geschmack ausgestattet worden war. Das Himmelbett war mit Bildwirkereien versehen, die die Nonnen aus dem Kloster gestickt hatten, in dem Katharina aufgewachsen war. Die Teppiche auf dem Boden hatte sie auf ihrer Wallfahrt zu einem beliebten Schrein in Lissabon erworben.

Charles ging auf sie zu und sie hielt ihm die Arme entgegen, wie ein Kind, bereit, sich entkleiden zu lassen. Er fing an, ihr ihre schweren Kleider abzunehmen und begann mit ihrem obersten Kleid.

»Ich höre Dinge vom Hof«, fing sie in ihrem stotternden, portugiesischen Akzent an. »Dass die Katholiken in England mit der Art unzufrieden sind, wie sie behandelt werden.«

Katharina war eine fromme Katholikin, eine Tatsache, die Charles mit Mühe vor dem englischen Volk zu verbergen suchte.

»Ich habe Briefe erhalten«, fuhr sie fort, »von einem Astrologen. William Lilly. Er bittet darum, seine Stellung im königlichen Haushalt wieder aufnehmen zu können, jetzt, wo Ihr zurückgekehrt seid.«

Charles zog das oberste Kleid herunter und legte es vorsichtig auf einen Stuhl.

»Ich erinnere mich an William Lilly«, sagte er, »und ich tue mein Bestes, damit er für seine Loyalität belohnt wird. Aber das Parlament ist gegen mich.«

»Da ist noch etwas«, beharrte Katharina.

Charles fing an, das nächste Kleid vorne zu öffnen. Einmal hatte er versucht, sie auf den Mund zu küssen. Aber sie hatte ihren Kopf weggedreht und eines der Ornamente in ihrer aufwendigen Perücke hatte sein Gesicht zerkratzt.

»Worum geht es?«, fragte er, während er sich bückte, um ihre Strümpfe hinunterzurollen.

Er fühlte, wie sich die Muskeln in ihren Beinen anspannten. Charles hatte alles Mögliche versucht, seine Frau an ihren ehelichen Pflichten mehr zu beteiligen. Aber bisher waren all seine Mühen umsonst gewesen. Jede Intimität führte dazu, dass seine Frau steif wurde und zusammenzuckte, als ob sie gefoltert werden würde.

Er stand auf, ging um sie herum und begann, ihre Mieder mit geübter Fingerfertigkeit aufzuschnüren. Seine Erfahrung mit Frauenkleidern, so hatte er das Gefühl, war eine der wenigen Talente, die seine Frau zu schätzen wusste.

»Dieses Symbol«, sagte sie. »Das, das angeblich von dem Hexen-Mörder verwendet wird. Du weißt, was es bedeutet. Ich habe gesehen, wie du es gezeichnet hast.«

Charles' Hand zögerte einen Augenblick und fuhr dann mit dem Aufschnüren fort. Die Mieder öffneten sich in seiner Hand und Katharina stand in nichts außer ihrem weißen Unterhemd da.

»Es ist ein sehr altes Symbol«, antwortete er vorsichtig. »Aus meiner Kindheit. Aus der Zeit, als mein Vater auf dem Thron saß.«

Er nahm ihre Hände und führte sie zum Bett. Sie legte sich gehorsam hin, und in dem Versuch, es ihr bequem zu machen, fing Charles an, Kissen um sie herum und unter sie zu legen. Der Ausdruck auf Katharinas Gesicht war unergründlich.

Sie sah aus ihrer Position, hingestreckt auf dem Bett, unbequem zu ihm hinauf.

»Was bedeutet es?«

»Es ist das Zeichen des versiegelten Knotens«, erklärte Charles. »Das war eine Gruppe königstreuer Adeliger, die geschworen haben, die Krone vor Cromwell zu schützen.« Katharina sah verwirrt aus. »Sie waren alle mächtige Männer«, sagte Charles. »Mächtig, erfahren und ohne Angst. Die Art von Männern, die man an seiner Seite haben will. Nachdem mein Vater exekutiert worden ist, haben sie im Untergrund gearbeitet, um mich auf den Thron zu bringen. Aber dann haben sie angefangen, sich gegenseitig zu bekämpfen.«

Er begann, ihr Unterhemd hochzuziehen. Unter ihren Kleidern war der Körper seiner Frau zierlich, fast der eines Kindes. Mit Brüsten, die wie ein nur teilweise ausgereifter Gedanke aussahen.

»Wo sind sie jetzt?«, fragte Katharina, die ihre Arme dicht um ihre nackte Brust legte.

Charles schüttelte den Kopf.

»Schon lange fort. Tot.«

Er streichelte ihren Körper und ließ dann seine Hand zwischen ihren Beinen liegen. Sie fühlte sich kalt und ausgetrocknet an. Er machte sich Sorgen, dass er ihr wehtun könnte. Als er zum ersten Mal die Enge des Körpers seiner Frau wahrgenommen hatte, hatte er gedacht, dass die anderen Frauen ihn belogen hatten, als sie sagten, sie seien Jungfrauen. Jetzt wusste er, dass es daran lag, dass sie ihre ehelichen Pflichten hasste. Der Gedanke war irritierend.

Er richtete seinen Blick auf den Punkt über Katharinas Kopf und stellte sich in Gedanken Louises Beine vor, die sich langsam für ihn öffneten. Das Bild ermöglichte es ihm, sich zu sammeln. Er stieß in den widerspenstigen Körper seiner Frau vor.

Katharina lag mit angespanntem Unterkiefer da und ihr Atem fuhr schnell durch ihren zusammengekniffenen Mund aus. Ihr Atem roch nach Orangenwasserparfüm. Und etwas anderem. Vielleicht Knoblauch.

Der Gedanke nahm ihm allen Enthusiasmus, den er gerade aufgebracht hatte. Er fühlte, wie er schlaff wurde, und fragte sich, ob sie es fühlen konnte. Charles suchte in seinen Erinnerungen nach irgendetwas, das ihn beleben könnte.

Er dachte an Louise mit ihrer Hand zwischen ihren Beinen und ihren Fingern, die sich fieberhaft und geübt bewegten. Er dachte einen Moment darüber nach, verlor das Bild aber wieder. In seiner aufsteigenden Panik suchte er tiefer in seinen Erinnerungen und Fantasien.

Louise mit einer der Mägde, ihre kleine weiße Hand tief in ihr, das Gesicht der Magd vor Ekstase verzerrt, Louises weiße Finger, die unnachgiebig tiefer hineindrängten.

Zu seiner großen Erleichterung ermöglichte ihm dieses Bild, den Akt zu vollziehen. Wenn auch in einer stillen Scham, die selbst die niedrigsten Prostituierten noch nicht an ihm erlebt hatten. Unter ihm zuckten Katharinas Augen hoch und runter, um ihn zu fragen, ob es vorbei wäre.

Charles rollte sich von seiner Frau herunter und sprach in Gedanken ein Stoßgebet, dass er sie endlich geschwängert haben mochte.

»Was, wenn irgendeiner dieser Männer noch lebte?«, fragte Katharina, ihre Augen immer noch in Richtung Decke blickend.

»Das«, sagte Charles, der den Wink mit dem Zaunpfahl verstand, aus dem Bett stieg und anfing, sich anzuziehen, »wäre tatsächlich sehr gefährlich.«

Kapitel 55

Bitey hatte einen Waffenstillstand mit der Handvoll alkoholisierter Insassen der Schenke *Zur Pferdekutsche* ausgehandelt. Sein überzeugendstes Argument waren die Hühnereier gewesen, die er auf geniale Art und Weise in seinem Hut transportiert hatte. Aber die Leute fühlten sich immer noch unsicher. Die Spannung war mit Händen zu greifen.

Es stellte sich heraus, dass die drei Männer in dem Haus die letzten Ordnungshüter und Gefängniswärter waren, die den Ort noch nicht verlassen hatten. Eine Tatsache, die Charlie nervös machte.

»Der Wirt ist der Einzige, der Euch etwas über das Kommen und Gehen im Ort sagen kann«, bestätigte ein schlaksiger Mann mit vorstehenden Hasenzähnen, der behauptete, der Konstabler von Wapping zu sein. »Er ist gerade nicht da. Er besucht den besseren Teil des Ortes, wo seine Tochter arbeitet.«

»Was ist der bessere Teil des Ortes?«, fragte Charlie Bitey und ließ dabei ein achtsames Auge auf dem Gefängniswärter ruhen.

»Der bewachte Teil, wie ich dir vorhin schon gesagt habe«, antwortete Bitey. »Ein paar Straßen, wo reiche Leute sicher vor der Pest sein können. Eine Handvoll Frauen darf diesen Teil betreten, um als Prostituierte zu arbeiten, und die Tochter des Wirts ist eine von ihnen.«

»Der Wirt wird in ein paar Stunden zurück sein«, fügte der Mann mit den Hasenzähnen hinzu.

Er bot ihnen nicht an, sich zu ihnen zu setzen. Die drei Männer saßen ein Stückchen entfernt an ihrem eigenen Tisch und sahen die Neuankömmlinge argwöhnisch an. Sie rauchten alle Pfeife, was ungewöhnlich war, bemerkte Charlie. Normalerweise war Tabak ein Luxus, der für die Reichen bestimmt war.

Er sah sich im Rest der Schenke um. Sie war simpel eingerichtet und hatte mehrere große Fässer Bier, von denen sich die Leute eingossen. Bitey füllte gerade seinen Becher.

Einer der Männer stand auf, um Maria etwas Wein aus einer Flasche anzubieten, die auf dem Tresen stand. Sie nickte und bemerkte nicht, dass er, während er den Becher füllte, ihr unbedecktes Haar und ihr modisches Kleid anstarrte.

»Das ist Burgunder, und wesentlich billiger als der, den man in London bekommt«, sagte sie, als sie zu Charlie zurückkehrte, der auf der anderen Seite der Schenke stand. »Es ist ein feines Getränk.«

Er bezweifelte insgeheim, dass der Wein ein echter Burgunder war. Vermutlich war es irgendein billigeres Getränk. Charlie fragte sich, ob der Rum, den Maria vorhin getrunken hatte, immer noch wirkte.

*

Mehrere Stunden später hatte Maria sich durch so einige Becher Wein gekämpft. Im Kerzenschein war die Traurigkeit von ihrem Gesicht verschwunden, und Charlie bemerkte, dass die Männer Maria nun alle offen anstarrten.

Mit einem Lächeln funkelte sie ihn an.

»Wir sollten sie fragen, was sie wissen«, verkündete sie. »Sie können uns gar nicht so feindlich gestimmt sein.«

Sie gestikulierte mit dem Becher in Richtung der Männer.

Charlie schätzte den Konstabler mit den Hasenzähnen ein, der im gleichen Tempo wie Maria immer betrunkener geworden zu sein schien.

»Am besten warten wir, bis der Wirt wiederkommt«, entgegnete er.

Obwohl der nagende Gedanke, dass Malvern unbehelligt in Wapping umhergehen konnte, seine Hände zucken ließ.

Bitey nickte zustimmend.

»Das sind grobe Männer«, gab er unbehaglich zu. »Und es wird nicht viel brauchen, damit sie uns für eine Gefahr halten.«

Aber Maria war unsicher aufgestanden. Und bevor Charlie sie aufhalten konnte, stand sie bei den drei Männern am Tisch.

»Was wisst Ihr über Hexerei in dieser Gegend?«, fragte sie, hob ihren Becher und prostete ihnen zu.

Der Konstabler mit den Hasenzähnen blickte sie mit neu erwachtem Misstrauen an.

Charlie ging schnell zu ihr hinüber.

»Sie interessiert sich für das Leben auf dem Land«, meinte er dürftig. »Und wir haben gehört, dass auf dem Land viele Hexen vor Gericht gebracht wurden.«

»Das wurden sie«, erwiderte der Konstabler, der immer noch Maria anstarrte. »Dreißig Männer und Frauen wurden erst diesen Frühling wegen Hexerei erhängt.«

»Und was für Zauber haben sie gewirkt?«, drängte Maria. »Woher wusstet Ihr, dass sie Hexen waren?«

Der Konstabler warf den Männern neben ihm einen Blick zu und sah dann wieder Maria an.

»Ich habe die Prozesse selber geleitet«, sagte er. »Sie haben es zugegeben, nachdem sie im Gefängnis in Wapping gefoltert worden waren. Sie hatten Satans Macht angerufen.«

»Aber sie haben keine Zauber gewirkt?«, beharrte Maria. »Mit Bändern und Kerzen und so?«

»Warum wollt Ihr das wissen?«

Der Konstabler spannte sich auf seinem Stuhl sichtlich an.

»Sie ist nur neugierig«, antwortete Charlie, fasste Maria bei der Taille und schob sie davon. »Was machst du da?«, zischte er in ihr Ohr. »Wir haben es nur ihrer Gnade zu verdanken, dass sie uns nicht getötet haben, und du hörst dich so an, als würden wir nur in den Ort gekommen sein, um dem Teufel zu huldigen!«

»Es kann nicht schaden zu fragen«, meinte Maria und drehte sich unsicher zu den Männern um.

Sie blickten sie finster an. Der Konstabler lehnte sich hinunter, um etwas in das Ohr seines Kumpanen zu flüstern.

»Sie glauben, dass wir ein Ehepaar sind«, fügte sie hinzu, lachte und sah sich in der Schenke um. »Es wäre gar nicht so schlimm, wenn wir das wären, oder, Charlie?«

Sie musste betrunkener sein als er angenommen hatte, entschied Charlie.

»Du hast mir vor nicht allzu langer Zeit gesagt, dass ich der letzte Mann auf der Welt sei, den du für so etwas in Betracht ziehen würdest.«

Maria lachte.

»Ach, komm schon, Charlie. Du wirst wegen Vergangenem doch keinen Groll hegen. Frauen meinen nicht alles so, wie sie es sagen. Ich habe vor, der Sicherheit wegen zu heiraten. Das ist keine Beleidigung dir gegenüber.«

Sie gab dies mit einer Endgültigkeit von sich, die ihn verärgerte. Charlie blickte finster drein und vergaß für einen Moment die drei Männer, die sie immer noch aus ihrer Ecke heraus anstarrten.

»So sprechen alte Witwen, keine zwanzigjährigen Mädchen.«

»Was denkst du, Charlie? Dass ich aus Liebe heiraten sollte? Das hieße, ich würde mich für ein Leben in Armut entscheiden.«

Er sah sie einen Augenblick lang an.

»Ich denke nicht, dass du das wirklich glaubst«, sagte er. »Ich glaube, du hast eine Menge Pech gehabt, und du hoffst, dass es dich abgehärtet hat. Aber du bist eine schlechte Schauspielerin.«

Ein schmerzerfülltes Flackern zeichnete sich kurz auf ihrem Gesicht ab.

»Du denkst vielleicht, du bist ein guter Menschenkenner, Charlie Diebesfänger. Aber du weißt nichts über mich.« Die Worte blieben ihr im Hals stecken. »Ich werde mir andere Gesellschaft suchen.«

Sie wollte gerade zu Bitey hinübergehen, als Charlie von seinen Gefühlen übermannt wurde und er sie am Handgelenk festhielt.

»Ich weiß, dass du mir nicht ins Auge sehen kannst, wenn du über deinen zukünftigen Ehemann sprichst«, sagte er. »Ich weiß, dass du nervös an deinem Kleidersaum ziehst, wenn du darüber sprichst, Kinder zu bekommen. Und ich weiß, dass du, sobald du etwas getrunken hast, von deinem armen zukünftigen Ehemann mit nichts als Verachtung sprichst.«

Es sah einen Moment lang so aus, als wollte sie ihn ohrfeigen. Dann entzog sie ihren Arm seinem Griff und stolzierte zu Bitey hinüber. Die drei Männer sahen interessiert zu.

Ein lauter Knall hallte durch die Bierschenke, und Charlie sah, dass die Planke durch die Öffnung gefallen war. Der Wirt der Schenke hievte sich gerade hindurch.

Bitey ging zu ihm, um ihm zu helfen, und Charlie fühlte eine Welle der Erleichterung. Die Spannung zwischen ihnen und den Einheimischen war mit Händen zu greifen gewesen. Jetzt konnten sie die Informationen, die sie benötigten, bekommen, und Malvern weiterverfolgen. Bevor sein Plan heute Nacht bei Vollmond unaufhaltsam vollendet werden würde.

»Wisst Ihr irgendetwas über einen Wagen, der vor Kurzem im Ort angekommen ist?«, fragte Bitey, als sich der Wirt auf seinen Arm lehnte, um sich aufrecht hinzustellen.

Aber das Gesicht des Wirts war vor Kummer verzerrt.

»Ich weiß nur eins«, erwiderte er und seine Stimme brach ab, während er sprach. »Meine Tochter. Meine wunderschöne Tochter ist verschwunden.« Der Wirt wandte sich an den Konstabler mit den Hasenzähnen. »Ihr liebt meine Lilieth, oder nicht?«

Der Konstabler nickte sprachlos.

»Dann müsst Ihr mir helfen, sie zu finden.«

Der Konstabler war bereits im Aufstehen begriffen. Er richtete einen letzten, hasserfüllten Blick auf Charlie und Maria.

»Ich habe Angst, dass sie die Pest bekommen und sich verkrochen hat, um alleine zu sterben«, sagte der Wirt, in dessen Augen die Qualen, die dieser Gedanke in ihm auslöste, zu erkennen waren. »Ich würde es mir nie verzeihen, wenn sie an irgendeinem einsamen Ort Todesqualen ausstehen müsste.«

Der Konstabler tätschelte ihm mitfühlend den Arm.

»Eure Lilieth passt gut auf ihre Gesundheit auf«, versicherte er ihm. »Vermutlich hat sie nur irgendeinen reisenden Kunden getroffen oder ist mit einem der anderen Mädchen etwas trinken gegangen.«

Der Wirt schüttelte den Kopf.

»Ihre grüne Haube wurde auf der Straße gefunden«, erklärte er. »Das ist das, was mir am meisten Angst macht. Denn sie hat diese Haube geliebt und würde sie niemals verlieren.«

»Wir werden dorthin gehen, wo sie gearbeitet hat«, schlug der Konstabler vor. »Vielleicht können wir dort etwas herausfinden.«

Und so verließen der Wirt und der Konstabler die Schenke wieder und ließen Charlie, Maria und Bitey mit den übrigen zwei Männern alleine. Sie sahen einander unbehaglich an.

Maria ließ sich auf den Stuhl plumpsen.

»Es ist hoffnungslos«, sagte sie. »Das war die eine Person, die uns hätte helfen können. Und er weiß nichts.«

Bitey zog, diese traurige Wahrheit kommentierend, die Schultern hoch.

Aber Charlies Gesicht legte sich vor Anstrengung in Falten.

Der Geruch des Tabaks lag schwer in der Luft.

Seltsam, dass sich so viele hier im Ort Tabak leisten können.

Seine Gedanken kreisten um den billigen Burgunder, den Maria getrunken hatte. Es muss ein Schmugglerort sein, überlegte er, und dachte an Marc-Anthonys Importgeschäft. Tabak und Wein waren beliebte Schmugglerwaren. Plötzlich ordneten sich die Fakten in seinem Kopf.

Der Vollmond. Der Hafen.

Nichts kann aus dem Hafen herausgeschifft werden. Aber was, wenn man etwas hineinschiffen konnte? Das ist der Grund, warum Malvern seine Reisen nach dem Mondkalender plant. Es hat nichts mit Hexerei zu tun. Er kommt in den Ort, wenn die Flut da ist.

Langsam stand Charlie auf. Sein Herz raste.

Also muss Malvern etwas schmuggeln, dachte er. *Etwas, das einen Aufstand unterstützen könnte.*

Er drehte sich zu Maria um.

»Wir müssen zurück zum Hafen«, sagte er.

Kapitel 56

Als der Konstabler und der Wirt vor Lilieths Arbeitsstelle ankamen, bemerkten sie, dass die Luft von einem schrecklichen, beißenden Rauchgeruch erfüllt war. Sie sahen einander an.

»Ich werde alleine hineingehen«, sagte der Konstabler. »Wenn es dort brennt, könnte es gefährlich sein.«

Er hatte Lilieth mehrere Male gefragt, ob sie ihn heiraten wolle, und sie hatte jedes Mal abgelehnt. Aber er war sich jedes Mal sicher, dass sie letztendlich Ja sagen würde. Der Konstabler bekreuzigte sich und untersuchte die Rauchschwaden in der Luft. Er weigerte sich zu glauben, dass ihr irgendetwas Schlimmes passiert sein könnte.

»Es riecht, als hätte jemand einen Braten am Spieß verkohlen lassen«, murmelte der Wirt.

Der Konstabler nickte.

»Vermutlich ist sie eingeschlafen und hat das Fleisch vergessen, das angebrannt ist.« Aber er konnte den Zweifel in seiner Stimme nicht verstecken. »Wartet hier«, fügte er hinzu. »Ich werde aus dem Fenster hinunterrufen, wenn ich Hilfe brauche. Es könnte sinnvoller sein, einen Mann auf der Straße zu haben und einen drinnen, wenn etwas … passiert ist.«

Der Konstabler schob die dicke Holztür auf, die zu drei einzelnen Räumen führte. Im Erdgeschoss schien nichts ungewöhnlich zu sein. Aber aus dem zweiten Stock quoll Rauch.

Der Konstabler zog sein Hemd und seinen Wams aus, ging dann die knarrenden Stufen hinauf und bemerkte, dass der Rauch sich lichtete. Was auch immer gebrannt hatte, das Feuer musste ausgegangen sein. Vermutlich war es, wie sie angenommen hatten, ein Braten, der verkohlt war und rauchte. Eine schreckliche Verschwendung in Pest-Zeiten. Aber besser, als wenn das Haus abgebrannt wäre.

Er betrat den einzigen Raum im Obergeschoss, ein schlicht dekoriertes Zimmer, das er schon oft gesehen hatte.

In der Mitte des Raumes stand ein einzelner Stuhl.

Der Konstabler stolperte.

Auf dem Stuhl saß, ihr grünes Kleid komplett verkohlt, die herabhängende, ausgebrannte Hülle einer Frau. Das Feuer war in ihrem Schoß entfacht worden, und die Überreste ihres Kopfes waren nach vorne gesackt. Breite, rußige Rinnsale flossen aus den Löchern, wo einst ihre Ohren gewesen waren. Ihre Nase war in zwei zerklüftete dunkle Höhlen zerschmolzen und die Lippen waren vollständig verkohlt, sodass der Mund einen endlosen, stillen Schrei auszustoßen schien.

Der Konstabler fühlte, wie ihm das Blut eiskalt durch jede Vene seines Körpers rann. Er stolperte noch einmal und fiel dann auf die Knie.

»Oh Gott«, sagte er. »Oh Gott.«

Jemand hatte sein Herz herausgerissen, und in dieser Lücke breitete sich ein allumfassender Schmerz aus.

Der Konstabler schob sich wie ein Schlafwandelnder zu der Leiche hinüber und versuchte, sich einzureden, dass er sich täuschte. Aber es gab keinen Zweifel, dass sie es war.

*

Rote Pusteln bedeckten ihren Kopf dort, wo ihr dunkles Haar gewesen war. Die großen blauen Augen, die er so gut kannte, waren in ihren Höhlen zerkocht und die langen Wimpern zu einer Kruste verbrannt.

Er dachte einen Moment lang, dass die seltsamen Geräusche von dem Stuhl kamen, auf dem sie saß. Dann bemerkte er, dass es das Geräusch seiner eigenen, schrecklichen Schluchzer war, die seinen Körper schüttelten.

Der Konstabler war nun nah genug bei ihr, um die beißenden Dämpfe zu riechen, die der Körper immer noch von sich gab, und er streckte eine Hand aus und berührte die verkohlte Schulter. In den Tumult seiner Gedanken bohrte sich die Frage, was für ein Verbrecher diese Tat begangen haben könnte.

Um den Körper waren Bänder gewickelt. Weiße Bänder. Aber sie waren blutig, nicht verbrannt. Auf dem Boden waren mit Blut Wörter geschrieben worden, aber er konnte sie nicht lesen.

Ein Zauber, dachte er. Irgendein gottloser Zauber war gewirkt worden.

Dann erinnerte er sich an die zwei Fremden aus der *Pferdekutsche*. Das Huren-Mädchen mit ihren unbedeckten Haaren und der Mann, mit dem sie dort gewesen war. Sie war an Zaubern und Hexen interessiert gewesen. Und er hatte sie daran gehindert, noch mehr zu fragen, als ob sie etwas zu verbergen hätten.

Im Wahn seiner Trauer fühlte der Konstabler, wie sich seine Hände zu Fäusten ballten. Er würde die beiden finden und ihnen den Prozess machen.

Kapitel 57

Als der Hafen in Sichtweite kam, erstarrte Charlie. Hinter sich hörte er, wie Maria den Atem anhielt. Der Hafen, den sie tagsüber gesehen hatten, war leer gewesen. Verlassen. Jetzt war das breite Gewässer voll von Ruderbooten. Es waren mehr als zehn Boote, deren Sturmlaternen in der Dunkelheit verstreut wie blinkende gelbe Augen aussahen.

Am Ufer schleppten breit gebaute Männer Ladungen von den Booten auf einen einzigen, riesigen Wagen. Sie hatten recht gehabt. Jemand importierte hier etwas. Es musste Malvern sein.

»Er importiert Leichen?«, flüsterte Maria, die auf die Ladungen starrte.

Charlie nickte. Die Ladung sah wie Leichen aus, die fest in Leichentücher aus Leinen gewickelt worden waren.

»Wir müssen außer Sichtweite«, murmelte er. Charlie sah sich nach einem Versteck um und entschied sich für ein verlassenes Ruderboot an der Seite des Hafens. »Hier hinter«, sagte er und zog sie am Arm.

Maria folgte ihm in das Versteck. Durch die Segel des Ruderbootes betrachtete Charlie das Geschehen. Die Männer, die mit dem Verladen beschäftigt waren, waren eine Truppe harter Burschen, und Charlie erkannte sofort, dass sie professionelle Schmuggler waren. Die meisten von ihnen wiesen die Art von Verletzungen auf, die man sich zuzog, wenn man sein Leben auf offener See ohne Hoffnung auf medizinische Behandlung verbrachte.

Ihre Gliedmaßen waren mit allerlei Objekten von Spatengriffen bis zu gebrochenen Rudern ersetzt worden. Viele von ihnen hatten offene Wunden vom Skorbut.

Charlies Herz schlug so laut, dass er sich wunderte, dass sie es nicht hörten. Schmuggler waren Männer, die sich aus Spaß gegenseitig ertränkten.

Er sah sich die Formen der Ruderboote genauer an, um herauszufinden, woher sie kamen. Steuerhinterzieher verschifften Whisky aus Schottland und Wolle aus Yorkshire sowie Luxusgüter wie Seide, Wein und Zucker aus der ganzen Welt. Illegale Handelsrouten in die Kolonien waren gut ausgebaut, und Piraten importierten alles, wofür sie genügend Geld bekamen.

»Malvern!«, rief eine raue Seefahrerstimme den Hafen hinauf.

Charlie starrte ungläubig. Zwischen den Männern lief ein Monster umher. Es gab kein anderes Wort, um es zu beschreiben. Die riesige Gestalt war in einen Umhang gehüllt und hatte einen langen Schnabel, der nach unten gerichtet war.

Während es den Hafen entlangschritt, zeichnete der Mondschein ein gespenstisches Muster auf seinen Kopf. Und anstatt irgendeines schauerlichen Gespenstes erkannte Charlie einen Mann in dem Kostüm eines Pest-Doktors.

Malvern. Also war er es. Der Mann, der Marias Schwester ermordet hatte, in seiner Mörder-Verkleidung. Seine riesige Größe verlieh seiner Gestalt eine zusätzliche bestialische Ausstrahlung. Er war enorm – mindestens so breit wie drei seiner stämmigen Schmuggler – und die Wirkung dieser riesigen Figur unter dem dicken Umhang war grotesk. Seine Brille aus Kristallglas funkelte im Mondlicht und machte es unmöglich, festzustellen, in welche Richtung er starrte, vermittelte aber den Eindruck, als könnte er alles sehen.

»Wir müssen hier weg«, flüsterte Charlie Maria zu. »Diese Männer werden uns töten, wenn sie uns entdecken. Und wir haben alles gesehen, was wir sehen wollten.«

Maria nickte und ihr Gesicht erschien geisterhaft blass im Mondlicht. Langsam krochen sie von dem Ruderboot weg und liefen schnell in die Straßen hinter dem Hafen.

»Wir sollten dorthin zurückgehen, wo Bitey wohnt, und uns dort verstecken«, sagte Charlie. »Dann können wir einen Plan schmieden, wie wir Malvern verhaften lassen könnten.«

Sie waren bereits in der Straße, in der Bitey den Heuboden bezogen hatte, als Charlie plötzlich einen Schmerz verspürte, und seine Hand schoss zu seinem Schlüsselbein hoch. Ihm lief Blut hinunter. Ein Stein oder ein Wurfgeschoss hatte ihn getroffen. Er sah sich verwirrt um und bemerkte zu spät, dass Bitey vom Heuboden herunter gestikulierte. Dann füllte sich die Straße mit Männern, die Fackeln und Pistolen trugen.

»Erinnert ihr euch an mich?«, fragte der Mann mit den Hasenzähnen.

Neben ihm kamen die anderen Männer näher heran.

Charlie fühlte, wie Maria sich anspannte.

»Ihr seid der Hexerei angeklagt«, sagte der Konstabler. »Und einen Mord an einem unschuldigen Mädchen begangen zu haben. Deshalb sind wir hier, um euch zum Gefängnis zu bringen, damit euch der Prozess gemacht werden kann.«

»Wir haben nichts Falsches getan«, erwiderte Charlie beschwichtigend, während er den Konstabler anschaute. »Ihr verschwendet Zeit, wenn Ihr uns verhaftet. Denn der wahre Mörder läuft weiterhin frei herum.«

Der Konstabler richtete die Pistole auf ihn.

»Wir werden bald genug herausfinden, ob ihr unschuldig seid oder nicht«, sagte er. »Auf dem Land werden Prozesse anders gehandhabt als in der Stadt. Sie sind wesentlich schneller.«

»Aber wie könnt Ihr in Pest-Zeiten ein Gericht zusammenrufen?«, fragte Maria verwirrt.

»Unser Gericht tagt im Gefängnis von Wapping«, antwortete der Konstabler mit einem bösartigen Grinsen. »In diesem Ort bedienen wir uns alter Sitten, um Verdächtigen den Prozess zu machen.«

Die Männer umzingelten sie, und Charlie verstand, was der Konstabler damit meinte. In London wurde auf moderne Art und Weise Gericht gehalten. Aber bevor es Richter und Gerichte gegeben hatte, war die Unschuld eines Menschen durch die Marter bestimmt worden.

Sträflinge wurden gefesselt und in Flüsse geworfen, ihnen wurden tödliche Wunden beigebracht oder tödliches Gift eingeflößt. Wenn der Verdächtige überlebte, nahm man an, dass Gott eingegriffen hatte und somit die Unschuld bewiesen war. Aber niemand überlebte jemals die Prozesse.

»Wir werden euch in das Gefängnis in Wapping bringen«, sagte der Konstabler, »und dort werdet ihr beide euer Gottesurteil erfahren.«

Kapitel 58

Charlie wehrte sich, als die Männer ihn an den Armen ergriffen. Er hörte, wie Maria kreischend ihre Unschuld beteuerte. Dann wurden sie an ihren gefesselten Handgelenken in Richtung des Gefängnisses von Wapping gezogen.

»Wir sind unschuldig!«, beharrte Maria.

»Wir werden das noch schnell genug herausfinden«, sagte der Konstabler. »Ein armes Mädchen ist verbrannt, und ihr werdet beide das gleiche Schicksal erleiden.«

Charlie schätzte ihre Umgebung und die Anzahl der Männer ein. Jetzt war nicht der richtige Zeitpunkt, die Flucht zu versuchen, entschied er. Die Männer hatten geladene Pistolen, und er vermutete, dass sie nicht zögern würden, sie zu benutzen. Und selbst wenn er sich befreien und weglaufen könnte, würde er Maria nicht zurücklassen.

Er fühlte mehr als dass er sah, wie Marias Angst größer wurde, als sie auf das Gefängnis von Wapping zugingen. Der Morgen brach heran und die schweren Steinmauern des Gebäudes wurden Stück für Stück sichtbar. Sie wehrten sich jetzt nicht mehr, sondern dachten nach.

»Glaubst du, sie wollen uns verbrennen?«, flüsterte Maria mit bebender Stimme.

»Vielleicht finden sie heraus, dass wir unschuldig sind, bevor sie uns den Prozess machen«, antwortete Charlie.

Maria presste ihre Lippen aufeinander und starrte geradeaus. Sie hatte Tränen in den Augen. Charlie dachte nochmals darüber nach, was er wusste. Das ermordete Mädchen war laut dem Konstabler verbrannt worden. Das Element Feuer. Das dritte. Er hatte angenommen, dass die Morde außerhalb Londons aufhören würden. Es machte immer noch keinen Sinn. Malvern, der Soldat auf dem Rachepfad, war hochgeboren, berechnend und schlau. Malvern als Hexen-Mörder … Seine Taten waren unlogisch und kleinbäuerlich. Irgendetwas stimmte da nicht.

Heute war der Tag, an dem Malverns Plan Früchte tragen sollte. Plante er bereits, ein viertes Mädchen umzubringen? Ein Wasser-Tod, der seinen allmächtigen Zauber komplettieren würde?

Die Wache winkte sie zum Gefängnis durch. Die dicken Mauern führten zu einer schweren Holztür. Drinnen war es kalt und sie sahen Stufen, die nach unten führten. Die Wache deutete ihnen, hinunterzugehen.

Und während sie weiter unter die Erde geführt wurden, wurde die Luft immer klammer und schien sich sofort auf ihre Lungen zu legen. Maria fing an, heftig zu husten, und Charlie erinnerte sich an ihren schwerfälligen Atem auf dem Weg nach Wapping. Er fragte sich, wie gut sie ihren durch die Ruhr verursachten schlechten Gesundheitszustand verheimlicht hatte.

Sie erreichten das Ende der rutschigen Wendeltreppe und die Wache führte sie den Gang entlang. Auf allen Seiten umschlossen sie unglaublich dicke Steinmauern. Eisengitter, so stark wie der Arm eines Mannes, trennten mehrere Zellen voneinander.

Am Ende des Gangs war eine nasskalte, offene Zelle. In ihr befanden sich um die dreißig Gefangene, die niedergeschlagen auf dem mit Stroh ausgelegten Boden saßen oder standen.

Ein Mann lag etwas entfernt von den anderen. Er wies unmissverständliche Zeichen auf. Er war im Todesstadium der Pest. Selbst in der Düsternis konnte Charlie die Schwellungen an seinem Hals erkennen. Die Pest-Beulen hatten seine Haut übermäßig gespannt. Sie war so straff, dass sie über den tiefen Schwellungen aus gehärtetem Blut pulsierte und glänzte.

Sein Hemd war zerrissen und gab die Sicht auf das gesamte Ausmaß der Infektion auf seinem gefolterten Körper frei. Ein Netz aus blauen Flecken und heraustretenden, weinroten Venen zog sich von seinen Armbeugen in weit hinaustretenden Blasen in Schwarz und Grün bis zu seiner Lendengegend hinunter.

Maria erstarrte und lief in die Wache hinein, die hinter ihr stand.

»Ihr könnt uns nicht dazu zwingen, hier reinzugehen!«, schrie sie. »Das ist der sichere Tod! Der Mann hat die Pest. Wo ist Euer Pest-Haus?«

»Das hier ist das Pest-Haus«, erwiderte die Wache. »Es wimmelt hier nur so von Pest-Kranken.«

»Wir sind noch nicht einmal für schuldig erklärt worden«, sagte Maria, »und Ihr verurteilt uns zum Tode.«

»Da drinnen ist ein Fass mit Pest-Wasser«, meinte die Wache, während er sie in die Zelle warf und die Gittertür hinter ihnen schloss. »Der Konstabler kommt gleich, um mit eurem Prozess zu beginnen«, fügte er hinzu und drückte dabei sein Gesicht gegen die Eisenstangen, um ihnen die Neuigkeiten zu überbringen.

Maria warf sich gegen die Tür, als die Wache ging, und begann, ihm ihre Unschuld hinterherzuschreien. Dann, als sie sicher war, dass sie weg war, lehnte sie sich mit dem Rücken an die Eisenstangen und ihr Gesicht nahm einen Ausdruck von Hoffnungslosigkeit an.

»Wir sollten hier am Gitter bleiben«, sagte Charlie und legte einen Arm um ihre Taille. »So weit wie möglich von den anderen entfernt.«

Er sah den sterbenden Mann und die anderen Gefangenen an und richtete dann seine Augen auf Maria. Ihre normalerweise ordentlichen Haare waren durcheinander und ihr Kleid war am Kragen zerrissen, als die Männer sie ins Gefängnis gezerrt hatten. Charlie hatte Maria noch nie so gesehen. Sie sah aus, als hätte sie aufgegeben zu kämpfen.

»Warte«, sagte er und legte eine Hand auf den Riss. »Hier ist ein Riss. Lass mich sehen, ob ich ihn irgendwie flicken kann. Da. Jetzt kannst du den Wachen so modisch wie eh und je entgegensehen.«

Er sah sie mit einem Lächeln an, aber etwas in ihrem traurigen Ausdruck ließ ihn innehalten. Seine Hand lag noch immer auf ihrem Schlüsselbein.

»Es wird alles in Ordnung kommen, Maria«, sprach er. »Ich werde dich hier rausholen.«

Ihre Lippen umschlossen plötzlich die seinen und er erwiderte ihren Kuss und drückte seinen Mund gegen ihren. Er fand seine Balance und schlang seine Arme um sie. Und für einen langen Moment verloren sie sich ineinander und ihre Umgebung verblasste um sie herum.

»Es tut mir leid, Charlie.«

Maria legte ihren Kopf zurück und starrte in seine Augen.

»Was?«

»Ich wollte dich. Neulich, in dem Feld. Und meine blöden Ansichten über das Heiraten haben mich davon abgehalten. Jetzt sind wir dazu verdammt, zu sterben, und ich werde meinen Stolz für immer bereuen.«

»Nein.« Er küsste sie auf den Mund. »So darfst du nicht reden. Wir werden hier drinnen nicht sterben, das verspreche ich dir.«

Sie sah so traurig aus, dass er fast fühlen konnte, wie sein Herz zerbrach.

»Ich schwöre es dir, Maria«, wiederholte er und füllte seine Stimme mit Überzeugung.

»Sie werden uns am lebendigen Leibe verbrennen.«

Ihre Stimme war kaum mehr als ein Flüstern.

»Sieh mir in die Augen.« Charlie legte ihr Kinn in seine Hand. »Ich werde niemals zulassen, dass dir etwas angetan wird. Sieh mich an. Glaubst du mir jetzt?«

Sie blinzelte, schluckte und nickte dann langsam.

»Das tue ich.«

»Wir kommen hier raus, Maria. Und wenn es so weit ist, werde ich die Guinee einfordern, die du mir schuldest.«

Sie lachte schwach und Charlie lächelte zurück. Aber in seinem Herzen konnte er sich keine Möglichkeit vorstellen, wie sie dem schrecklichen Schicksal, das sie erwartete, entkommen konnten.

Das plötzliche Rasseln der Schlüssel signalisierte ihnen, dass die Wache mit dem Konstabler zurückgekommen war. Widerstrebend trennten sich Charlie und Maria voneinander, um ihrem Schicksal entgegenzusehen.

»Wir müssen euch nacheinander den Prozess machen«, verkündete der Konstabler, als er die Gittertür öffnete. Sein Blick richtete sich auf Maria. »Sie hat nach Zaubern und solchen Sachen gefragt. Ihre Schuld sollte zuerst festgestellt werden.«

Charlies Arme umschlangen Maria.

»Ich gehe zuerst«, entgegnete er. »Es ist nicht rechtens, dass einer Frau der Prozess gemacht wird«, fügte er hinzu, während er sie widerstrebend losließ und vortrat.

»Nein, Charlie!«

Marias Augen hatten sich mit Tränen gefüllt. Sie griff nach seiner Hand.

»Ich bin bald zurück, Maria«, sagte er mit einem schwachen Lächeln. »Und wenn ich zurückkomme, werden sie wissen, dass ich unschuldig bin, und dir wird kein Prozess gemacht werden.«

Marias Hand umschloss fest die seine. Dann ergriffen der Konstabler und die Wache Charlie und zerrten ihn aus der Zelle.

»Ihr seid gute Männer, das weiß ich«, sagte er, als sie ihn weiter in das Gefängnis hineinzogen. »Lasst sie gehen, ich flehe Euch an. Sie ist unschuldig und hat außerdem Geld, um Eure Güte zu entlohnen.«

Der Konstabler schubste Charlie gewaltsam.

»Meine Lilieth wurde ermordet«, zischte er. »Und ihr werdet beide verbrennen.«

Kapitel 59

»Wir haben eine spezielle Zelle für unsere Prozesse«, sagte der Konstabler. »Sie ist nicht so schick wie die Gerichte in London, aber wir finden, sie erfüllt ihren Zweck.«

Charlie ließ die Worte in seinem Kopf herumschwirren, konzentrierte sich dabei aber auf die Bauweise des Gefängnisses und mögliche Fluchtwege. Der Gang war dunkel, eng und feucht. Er schlängelte sich von den anderen Zellen weg und endete in einer einzelnen, massiven Tür.

Der Konstabler ging vor und schloss die Tür mit einem großen Schlüsselbund auf. Sie öffnete sich einen Spalt breit auf ihren uralten Scharnieren und der Konstabler lehnte sich mit der Schulter dagegen.

Langsam kam der Raum dahinter zum Vorschein. Hier brannte eine einsame Fackel, die flackerte und die die Steinmauern, die mit rutschigem Schimmel bedeckt waren, zum Leuchten brachte.

In der Mitte des Raumes befand sich eine monströse, metallene Bahre, auf der ihm, so erkannte Charlie, der Prozess gemacht werden würde.

Eine große Metallplatte war grob geformt worden, um die Gliedmaßen eines Menschen aufnehmen zu können. Aber die Stelle, an der der Kopf liegen sollte, war nicht komplett, sondern bestand aus einem Loch.

An den Stellen, an denen die Fuß- und Handgelenke liegen würden, befanden sich dicke Metallfesseln. Und unter dem Bett stand eine Feuerschale, die bereits mit frischem Holz gefüllt worden war.

Charlie atmete langsam aus und nahm alles auf. Die Wache stieß ihn vorwärts und er trat in den Raum hinein. Er roch nach verbranntem Fleisch.

»Mach schnell!«, befahl der Konstabler dem Wachmann. »Leg ihn hin und schließe die Fesseln! Du bist sehr still«, fügte er zu Charlie gewandt hinzu, als sie ihn auf die Metallplatte zogen und seine Handgelenke fesselten. »Normalerweise schreien und heulen die Leute jetzt.«

Charlie fühlte, wie sich die Fesseln schlossen, und winkelte seine Handgelenke an, damit sie etwas lockerer bleiben würden. Aber die Wache zog sie so fest zu, dass sie den Blutfluss in seinen Händen abschnitten.

Der Konstabler fesselte seine Beine. Charlie ließ sie still liegen, aber er hatte das Gefühl, dass sie nicht so fest geschlossen waren wie die Fesseln an seinen Händen. Er ließ den Gedanken wie ein kleines, Wärme spendendes Glühwürmchen im kalten Wirrwarr seines Gehirns herumschweben.

»Das Holz verbrennt zuerst deine Füße«, erklärte der Konstabler. »Also solltest du anfangen zu beten, wenn es da unten warm wird. Dann werden die Flammen deinen Körper hinaufwandern«, fuhr er fort. »Wenn sie deinen Kopf erreichen, ist dort ein Loch, wie du fühlen kannst.«

Der Konstabler drehte sich, um die Wache in die Unterhaltung mit einzubeziehen.

»Wenn du schuldig bist, wird das Feuer schnell alle deine Haare verbrennen. Und dann wird dein Gehirn langsam in deinem Schädel gekocht.«

Er lehnte sich näher heran, um Charlie in die Augen sehen zu können.

»Wenn du meine Lilieth ermordet hast, ist das ein gnädiger Tod für dich. Denn du wirst innerhalb von ein paar Stunden oder weniger tot sein. Obwohl du Schmerzen erleiden wirst, die mit keinen anderen auf der Welt vergleichbar sind.«

»Und wenn ich unschuldig bin?«, fragte Charlie mit ruhiger Stimme.

»Dann wird Gott eingreifen«, erwiderte der Konstabler. »Und wir werden zurückkommen und dich lebend vorfinden, ohne irgendwelche Verbrennungen auf dem Körper.«

Der Konstabler stand auf und nahm die brennende Fackel aus ihrer Halterung. Dann beugte er sich hinunter. Charlie hörte ein knisterndes Geräusch, als das Holz Feuer fing, und Flammen stiegen in Rauchschwaden hoch. Er fühlte die erste Wärme an seinen Füßen.

»Wir werden bald zurück sein«, sagte der Konstabler.

Er tauchte seinen Becher in ein Fass mit Pest-Wasser am Eingang der Zelle und nahm einen großen Schluck.

»Und wenn du schuldig bist, hoffe ich bei Gott, dass du leidest.«

Die Tür schloss sich quietschend und Charlie war alleine mit der stärker werdenden Hitze. Er wand sich in den Fesseln und verwendete all seine Kraft darauf, seine Hände und Füße zu befreien.

Er verlor bereits das Gefühl in den Händen und ein pulsierender Schmerz breitete sich dort aus, wo die Fesseln angelegt waren. Seine Füße waren stärker gefesselt worden, als er anfangs gehofft hatte. Er trat und zog, aber sie kamen nicht frei.

Er fühlte jetzt, wie das Feuer intensiver wurde. Sein Gesicht und Körper waren mit Schweiß bedeckt und die Hitze unter seinen Füßen und Unterschenkeln hatte sich von einer sanften Wärme in eine starke Hitze verwandelt. Charlie drehte seine Beine so weit es ging in den Fesseln, damit ein anderer Teil seiner Haut erwärmt werden würde.

Das Feuer wurde immer stärker und es dauerte nur wenige Sekunden, bis der noch nicht erwärmte Teil seiner Beine unerträglich heiß wurde.

Mit den Augen tastete er die Wände der Zelle nach einem Fluchtweg ab. Die Steinmauern sahen dank ihrer glitzernden Feuchtigkeit erfrischend kühl aus. Aber es gab nichts, was ihm helfen konnte, sich zu befreien.

Das Feuer hatte mittlerweile seinen Torso erreicht und die Schmerzen wurden unerträglich. Er fühlte, wie sich eine Reihe Blasen seine Wirbelsäule hinauf bildete, und biss die Zähne zusammen, um nicht laut schreien zu müssen.

Er hörte ein krabbelndes Geräusch in einer Ecke der Zelle. Ratten. Charlie erwischte sich dabei, wie er darüber nachdachte, ob sie seine Überreste auffressen würden. Er schüttelte den Kopf und versuchte, logisch zu denken.

Die Fesseln waren seine einzige Hoffnung. Er fing noch einmal an, sich zu winden und zu ziehen. Aber seine Hände brannten nun schon alleine aufgrund der Blutleere, und der Schmerz, den er verursachte, wenn er an ihnen zog, war fast so schlimm wie der, der das Feuer unter ihm erzeugte. Er ignorierte den Schmerz und zog so stark er konnte. Er hatte das Gefühl, dass seine Haut sich ein Stück weit zog, aber dann blieb sie an den Metall-Fesseln hängen. Charlie fühlte, wie sich die Hitze an seinen Schulterblättern ausbreitete und wusste, dass es nicht mehr lange dauern würde, bis das Feuer seinen Kopf erreichen würde.

Seine Füße und Beine schmerzten qualvoll. Sie nur ein Stück zu bewegen, bedeutete, heiße Luft über die sengende Haut strömen zu lassen.

Das Feuer versengte die Platte unter seinem Hals. Charlie schloss die Augen und zog und trat mit den Füßen. Sie blieben fest umschlossen. Das starke Metall gab nicht nach.

Charlie hörte ein Zischen und roch die ersten verbrennenden Haare in seinem Nacken. Er wusste, es würde sich nur um

Momente handeln, bevor sein Kopf von einem Feuerball verzehrt werden würde. Charlie ließ den Schmerz über sich rollen.

Er fühlte einen plötzlichen Druck an seinen Handgelenken. Die Hitze, nahm er an, sengte nun die Fesseln an, die ihn festhielten. Dann ließ der Schmerz nach und er bemerkte plötzlich, dass seine Handgelenke frei waren.

Ohne nachzudenken, richtete er sich auf. Ein Feuerstrahl pulsierte plötzlich hinter ihm, dort, wo sein Kopf nur einen Augenblick zuvor gelegen hatte. Seine Beine brannten noch, und er sah die Form eines Menschen zu seinen Füßen, die seine Fesseln löste. Charlie rollte sich von dem brennenden Metallbrett herunter und fiel plump auf den Erdboden der Zelle, vor Erleichterung keuchend.

Seine Augen versuchten zu erkennen, wer oder was ihm die Freiheit geschenkt hatte. Die Person stand dort, wo er gelegen hatte, vornübergebeugt und war nur halb zu sehen im Flackern des Feuers und der glühenden Hitze, die von dem Brett aufstieg.

Charlie versuchte aufzustehen, aber seine Beine gaben nach. Dann richtete sich die Person auf und Charlie erkannte die Gesichtszüge einer Frau. Sie war vielleicht vierzig Jahre alt.

»Goid I nooit! Weinig Charlie Oakley«, sprach ihre leise Stimme auf Niederländisch.

In seinem Kopf übertrug er die niederländischen Worte ins Englische:

Ich glaube es nicht. Der kleine Charlie Oakley.

Kapitel 60

Ein weiteres Licht flammte in der Zelle auf und Charlie sah, dass die Frau einen kleinen Kerzenstummel in der Hand hielt. Die Flamme flackerte und wuchs dann zu einem warmen Lichtkreis an.

»Der kleine Charlie Oakley«, wiederholte sie auf Niederländisch. »Nach all den Jahren.«

Charlie stand im Halbdunkel, und vor Schrecken fehlten ihm die Worte.

»Ich hatte Angst, als sie dich hereingebracht haben«, erklärte die Frau. »In diesen Raum sollte eigentlich niemand kommen. Er ist nur für mich da. Deshalb habe ich mich versteckt.«

Das blonde Haar hatte weiße Strähnen bekommen und ihre großen blauen Augen waren mit dem Alter etwas trüber geworden. Aber er erinnerte sich gut an das schöne Gesicht.

»Ihr seid es«, sagte Charlie auf Niederländisch.

Ein paar verschwommene Erinnerungen kamen zutage. Diese Frau hatte ihm und seinem Bruder Niederländisch beigebracht. Sie war die Herrin eines großen Hauses gewesen, in dem seine Mutter gearbeitet hatte. Er versuchte, sich an mehr Einzelheiten zu erinnern, aber vergebens.

»Dann bin ich mutiger geworden und habe nachgeschaut und gesehen, dass du es bist«, fuhr die Frau fort. »Und ich habe dich nach all diesen Jahren wiedererkannt.«

Charlie klammerte sich an diese plötzliche Erkenntnis. Seine Mutter hatte in einem großen Haus gearbeitet. Das war immerhin etwas. Und jetzt hatte er einen Namen. Charlie Oakley. Er versuchte, den Klang des Nachnamens mit einem Gefühl zu verbinden, aber da war nichts. Diese Dame, so erinnerte er sich, hatte im Keller gewohnt.

Sie hob die Kerze an, um sein Gesicht zu betrachten.

»Also hat Sally Oakley euch in Sicherheit gebracht, wie sie es gesagt hat«, meinte sie nachdenklich.

Sein Gehirn war von der seltsamen Vertrautheit der ganzen Geschichte aufgewühlt. Den Namen zu hören, war wie ein elektrischer Schlag der Erkenntnis. Sally Oakley. Das musste der Name seiner Mutter sein.

»Wo ist meine Mutter jetzt?«, fragte Charlie, der nicht imstande war, die Tatsache, eine Waise zu sein, zu verdrängen.

»Sie hat euch doch in Sicherheit gebracht«, sagte die Frau.

Die melodische Stimme brachte eher ein Gefühl als eine Erinnerung hervor. Dass er als Junge manchmal vor ihr Angst gehabt hatte.

»Aber wohin ist sie gegangen?«

»Mein Mann hat sie weggeschickt, Charlie.« Sie schüttelte den Kopf. »Ich wollte es nicht, denn es war eine schöne Sache, eine Zofe zu haben.«

»Wo? Wohin ist sie gegangen?«

»Ich weiß es nicht.«

Charlies Gedanken überschlugen sich und er versuchte herauszufinden, was das bedeutete.

»Warum?«, beharrte er, ohne dass er die Verzweiflung in seiner Stimme verstecken konnte. »Warum hat er sie weggeschickt?«

»Deine Mutter hat seine Geheimnisse entdeckt und sie versteckt«, antwortete sie. »Geheimnisse über meinen Mann und den König. Die keiner wissen darf.«

Charlie erinnerte sich an den Schlüssel. Was, wenn seine Mutter diese Papiere versteckt und ihm die Möglichkeit gegeben hatte, sie zu finden?

Seine Augen richteten sich wieder auf die Frau. Teresa. Ihr Name trieb aus einer lange vergrabenen Erinnerung empor.

»Wie seid Ihr hierhergekommen?«, fragte Charlie, dessen Gedanken sich nun auf die Flucht, den Konstabler und die Wache konzentrierten, die bald zurückkommen würden.

»Mein Mann hat mich hierher gebracht«, sagte sie. »Ich bin nicht gerne in der Nähe von Männern, die ich nicht kenne. Deswegen verwahrt er mich hier, sicher und alleine.«

»Aber wie seid Ihr an den Wachen vorbeigekommen? Kennen sie ihn?«

»Mein Mann hat beim Bau dieses Gefängnisses geholfen«, erklärte sie. »Sie haben einen geheimen Eingang gegraben. Nur er kennt ihn noch.«

Die Hoffnung, mehr über seine Mutter herauszufinden, schlängelte sich immer wieder in Charlies Gedanken, und er unterdrückte sie nur mit Mühe. Die Wache und der Konstabler mussten bald zurück sein. Er musste entkommen. Wenn es einen geheimen Tunnel nach draußen gab, konnte er sich darin verstecken und Maria retten, wenn sie sie in die Folterzelle bringen würden.

»Könnt Ihr ihn mir zeigen?«, fragte er. »Den Weg nach draußen?«

Teresa schüttelte den Kopf. Aber es war etwas Unehrliches an ihrer Geste. Als ob sie Angst hätte, alleine gelassen zu werden.

»Nur mein Mann kennt ihn«, erwiderte sie.

Charlie sah, wie ihre Augen blitzschnell zu der Wand hinter ihm schossen.

»Vielleicht können wir ihn zusammen suchen«, sagte er vorsichtig, während er ihr Gesicht beobachtete und sich zur Rückwand schob.

Ihr Gesicht verhärtete sich. Und er erkannte, dass sie nicht wollte, dass er ging.

Charlie musterte Teresa sorgfältig. Sie war hochgewachsen und breitschultrig. Aber er könnte sie überwältigen, wenn er musste. Vielleicht wollte sie nur seine Gesellschaft, sagte er sich, wo sie doch ganz alleine hier festsaß, im Dunkeln. Er versuchte, sich daran zu erinnern, was er noch über sie wusste. Ein paar niederländische Worte kamen ihm in den Sinn.

Die Dame im verborgenen Zimmer.

Er und Rowan sprachen immer noch über sie. Aber sie war zu einem Gesprächsstoff geworden, dessen Ursprung nicht mehr sicher schien. Mit der Realität konfrontiert, wurde Charlies Erinnerung an ein einsames, verzaubertes Geschöpf von etwas Dunklerem abgelöst.

Er versuchte, das Wirrwarr seiner bruchhaften Erinnerungen zu unterdrücken und sich auf die Notwendigkeit der Flucht zu konzentrieren. Maria. Er musste Maria retten. Charlies Augen suchten die Wand ab. Die schweren Steine sahen sich alle sehr ähnlich, und er vermutete, dass, wenn hier eine Tür war, ihre Scharniere in dem dunklen Mörtel versteckt sein mussten.

Mit nur einer kleinen Fackel war es unmöglich zu erkennen, wo Anfang und Ende einer Tür waren. Es würde zu lange dauern, wenn er jeden Abschnitt Zentimeter für Zentimeter absuchen müsste.

Aus dieser Erkenntnis entwickelte sich eine Idee. Er ging zu dem Fass mit dem Pest-Wasser am Eingang der Zelle hinüber und drehte es vorsichtig ins Licht. Pest-Wasser wurde mit Eisenspänen versetzt. Ein Plan formte sich. Ein Fluchtplan.

»Was tust du da?«, fragte Teresa.

In ihrer Stimme war ein Hauch von Angst zu hören.

Charlie hob das Fass an. Eisenspäne. Eisen war magnetisch. Es würde an anderen Eisenobjekten hängen bleiben. Wenn die

Tür Eisenscharniere oder eine Klinke hatte, die irgendwo in der Wand versteckt waren, würde die Späne sie schneller finden als das bloße Auge. Er zielte vorsichtig und schüttete etwas Wasser in einem Bogen an einen Teil der Hinterwand. Dann nahm er die Fackel und hielt sie auf die schweren Steine gerichtet.

Erst dachte er, er sähe nichts. Dann glitzerten im Schein der Fackel ein paar Eisenfragmente auf, die an einem dunklen Eisenobjekt klebten, das in die Wand eingelassen worden war. Er schöpfte mit der Hand noch mehr Eisenspäne vom Boden des Fasses und warf sie in der Nähe der ersten Ansammlung gegen die Mauersteine.

Die Form einer Türangel. Er verfolgte sie, indem er noch mehr Späne auswarf, bis er die zweite gefunden hatte. Die Angeln lagen recht dicht beieinander. Es war also eine kleine Tür, aber groß genug, um hindurchzukriechen.

Er nahm den letzten Rest des Pest-Wassers und schüttete es in die Richtung, in der er die Öffnung vermutete. Und da war sie plötzlich, eingerahmt in glitzernde Eisenspäne. Ein kleines dunkles Loch, das Augenblicke zuvor noch unsichtbar gewesen war. Eine Öffnung.

Charlie nahm einen der Stöcke, der noch nicht verbrannt war, vom Feuer, und schob ihn in den Türspalt. Zuerst tat sich nichts, aber dann schwang die Tür mit einem staubigen Mörtelregen auf.

»Warte!«, rief Teresa. »Du darfst sie nicht öffnen!«

Sie ergriff seinen Arm.

Charlie drehte sich und entzog sich ihrem Griff, wodurch sie ein paar Schritte rückwärts stolperte. Er bemerkte plötzlich etwas Weißes an ihrer Brust aufblitzen. Etwas fiel aus ihrem Kleid heraus. Zuerst dachte Charlie, es sei ein Taschentuch oder ein kleiner Strauß. Dann richtete er seine Augen auf das, was herausgefallen war. Etwas Weißes und Rotes. Es war ein kleiner Haufen blutgetränkter Bänder.

Weiße Bänder. Charlie starrte darauf, und seine Gedanken ordneten sich. Die blutigen Bänder waren um eine Puppe aus Sackleinen gewickelt.

Für einen langen Moment standen sie beide da und starrten. Dann raffte Teresa sie zusammen und stopfte sie in ihr Kleid zurück. Aber Charlie hatte bereits erkannt, was er gesehen hatte.

Weiße Bänder. Blut. Ein Hexenzauber. Charlie erinnerte sich daran, was die weise Frau gesagt hatte. Dass derjenige, der den Zauber an Marias Schwester gewirkt hat, einen Teil der Magie bei sich haben würde.

Die Frau hatte Bänder bei sich, die aussahen wie die, die an den Leichen gefunden worden waren. Ein Wirrwarr aus Gedanken ballte sich zu einem einzigen zusammen.

»Ihr wart das.«

Teresa starrte ihn an. Ihre Hand versuchte verlegen, die blutbeschmierten Bänder weiter in ihr Kleid hineinzuschieben.

»Ihr wart es, die die Zauber gewirkt hat«, sagte Charlie.

Kapitel 61

Thomas hatte normalerweise keinen Grund, das Gefängnis zu betreten, und es war etwas, das er gezielt zu vermeiden versuchte. Er hasste die Verliese. Sie erinnerten ihn an seine Zeit im Clink-Gefängnis. Ganz zu schweigen davon, dass hier mittlerweile Pest-Fälle gemeldet wurden. Er dachte an seine Frau, die sicher in ihrer geheimen, separierten Zelle untergebracht war. Bald würde er sie abholen und sie könnten nach London zurückkehren.

Aber zuerst musste er das untere Verlies aufsuchen. Der Gefängniswärter hatte ihn darüber informiert, dass eine Frau verhaftet worden war. Ein junges Mädchen namens Maria.

Thomas genoss seinen leichten Zugang zu Frauen, die in Wapping verhaftet wurden. Normalerweise spielte er mit ihnen in ihrer Zelle. Aber da die Pest grassierte, würde er dieses Mädchen lieber mit nach London nehmen, um sich länger an ihr erfreuen zu können.

Seit dem Bürgerkrieg hatten sich seine Vorlieben verändert, und Schmerz hatte sich untrennbar mit Lust verbunden. Er gab Acht, nur mit protestantischen Mädchen zu sündigen. Und es überraschte ihn immer wieder, wie viel manche Frauen für nur ein paar mehr Münzen bereit waren auszuhalten.

Andere wiederum waren weniger bereitwillig, aber er hatte nichts dagegen, Gewalt anzuwenden. Die Mädchen sprachen nie darüber, was geschehen war. Nicht eine von ihnen wusste, wer er war. Und was er imstande war zu tun.

Teresa. Das Bild seiner Frau, die mit blutigen Überresten hantierte, tauchte plötzlich in seinen Gedanken auf. Wie sie Kerzen anzündete. Worte sprach.

Unter seiner heißen Maske schloss Thomas seine Augen ganz fest.

Es war ihm nicht möglich gewesen, seiner Frau ihre Wünsche auszuschlagen. Nicht, nachdem er sie das erste Mal im Stich gelassen hatte. Was konnte er anderes tun, als ihr die Opfer zu bringen, um die sie für ihre Hexerei gebeten hatte?

Früher hatte er ihr Tiere gebracht. Aber als Teresa seine Untreue entdeckt hatte, hatte ihr Blutrausch einen Sinn angenommen – ihn zu bestrafen. Sie wollte seine Frauen als Buße. Die dreckigen, protestantischen Mädchen, die ihren Ehemann befleckt hatten.

Thomas, der ein Leben voller Schuld wie ein Kreuz auf seinem Rücken trug und mit einer Halbtoten verheiratet war, suchte auf seinem Seelengrund und fand kein Argument, ihr zu widersprechen.

Er sah die Zauber nie und glaubte nicht an ihre Wirkung. Aber er hinterließ ihr eine Spur bereitwilliger Mädchen, an denen sie ihre Schreckenstaten ausleben konnte. Und unter dem Pest-Doktoren-Kostüm, angetrieben von der Aussicht, ihre gottlose Aufgabe zu verrichten, war Teresa mutig genug, ihren dunklen Keller zu verlassen und die Mädchen persönlich aufzusuchen.

Seine Schnabelmaske verlieh ihm einen beruhigenden Schutz vor der verdorbenen Luft. Dann sah er etwas, das seine Gedanken komplett von der Infektion ablenkte. Einen blonden Haarschopf.

Er war an seinem Ziel angekommen. Und er schritt voran, um weiter in die Zelle hineinschielen zu können. Er war erstaunt zu sehen, dass ihm das attraktive Gesicht bekannt vorkam. An wen erinnerte ihn das Mädchen? Dann wusste er es.

Thomas war mit den Petitionen der Katholiken beschäftigt gewesen, die versuchten, ihre Ländereien zurückzufordern, als er sie gesehen hatte. Eva hatte ihr Kleid tief genug getragen, um klarzustellen, was sie zum Kauf anbot, aber auf ihrem Gesicht war ein überhebliches Selbstwertgefühl zu erkennen gewesen. Sie hatte seinen Blick herausfordernd erwidert, und als er sich ihr genähert hatte, hatte sie sich umgedreht und war weggegangen. Allerdings nicht so schnell, dass er ihr nicht hatte folgen können.

Er ging ihr durch die Hintergassen nach, bis sie plötzlich anhielt und sich umdrehte.

»Denkt nicht, dass ich mich verkaufe«, sagte sie, während sie ihn auf eine Art anschaute, die das Gegenteil besagte. »Hier.« Sie lehnte sich vor und drückte ihm ein Stück Papier in die Hand. »Ihr könnt mich abends hier finden, wenn Eure Absichten ernsthafter sind, als nur eine Prostituierte zu finden.«

Sie verschwand daraufhin und ließ Thomas alleine stehen. Das Stück Papier in seiner Hand war mit Tinte beschrieben worden, und er las den Namen einer Schenke, was darauf hindeutete, dass das Mädchen lesen und schreiben konnte. Und obwohl er in seinem Herzen wusste, dass der Ausdruck ihrer Augen gespielt war, fühlte Thomas, wie sich etwas in ihm rührte.

Er suchte sie später am selben Tag auf. Eva war eine der vielen, die nach London gekommen waren und glaubten, dass ihre Schönheit ihnen einen Weg aus der Armut garantieren würde. Ihre Familie schmachtete in einem billigen Mietshaus in Holborne vor sich hin. Eine Situation, mit der sie, wie sie klarstellte, sich nicht mehr lange zufriedengeben würde.

»Denn die Herren können armen Mädchen gegenüber großzügig sein«, sagte sie und sah ihm vorsichtig durch lange

Wimpern in die Augen. »Und ich bete dafür, dass mich ein Mann als Kurtisane kauft, sodass ich ein gutes Leben in der Stadt leben kann.«

Thomas hatte seine Augen ohne Scham über sie gleiten lassen, während sie sprach. Es hatte keinen Zweifel gegeben. Sie war genau richtig gewesen für seine Zwecke.

Thomas fühlte, wie sein Bauch unter seinem schweren Umhang rumorte. Es war nicht Eva. Er konnte das jetzt klar erkennen. Aber in dem feuchtkalten Verlies strahlte das Mädchen die gleiche Art von Attraktivität aus wie Eva – sie sah aus wie ein Engel. Er bemerkte, dass er durch die Hitze schwer und angestrengt atmete.

Thomas winkte den Gefängniswärter heran.

»Öffnet die Tür!«

Kapitel 62

Die engelsgleiche Ruhe schwand aus Teresas Gesicht. Sie schlurfte wütend knurrend nach hinten und ihre Hände umschlossen schützend die blutigen Bänder, die sie in ihrem Kleid versteckt hielt.

»Ich weiß, dass Ihr es wart«, sagte Charlie. »Diese Bänder sind Teil Eures Zaubers. Niemand anderes als die Hexe, die den Zauber gewirkt hat, würde sie bei sich tragen.«

Teresas Augen zuckten vor und zurück, als ob sie nach einer Möglichkeit suchte, die Anschuldigungen zu leugnen. Dann antwortete sie:

»Ja«, zischte sie. Die Melodie war aus ihrer Stimme gewichen. »Ich habe mich entschlossen, mich zu rächen.«

»Rache, wofür?«, flüsterte Charlie.

Teresas Gesicht verzerrte sich.

»Diese Mädchen. Dafür, was sie mit meinem Mann getan haben.« Sie starrte Charlie einen Moment lang an, als würde sie ihn dazu herausfordern, zu antworten. »Thomas tut, was ich will, denn er weiß, dass er gesündigt hat. Er hat mich entehrt und muss Wiedergutmachung leisten.«

Charlies Gedanken schwirrten in seinem Kopf herum und er versuchte, den Sinn zu verstehen.

»Thomas bringt Euch Mädchen, damit Ihr Eure Zauber an ihnen wirken könnt?«, stellte er fest.

Teresa nickte und schien erfreut, dass er sich dafür interessierte.

»Seit dem Krieg hat Thomas seinem Verlangen nach protestantischen Mädchen nachgegeben«, sagte sie. »Warum sollte er mir das Gleiche verwehren?«

Charlie war stumm vor Schrecken.

»Die Erste«, meinte sie. »So ein habgieriges Mädchen. Sie hat ihrer Familie gesagt, sie hätte die Pest, damit Thomas sie einfacher besuchen kommen könnte.«

Sie bedeckte ihren Mund mit der Hand, um ein Kichern zu unterdrücken.

»Wie die Leute vor mir in Thomas' Kostüm des Pest-Doktors zurückgeschreckt sind!«, freute sie sich hämisch. »Seitdem die Soldaten dawaren, hatte ich Angst, nach draußen zu treten. Aber verkleidet und mit Maske wurde ich immer kühner. Und meine Stimme habe ich mit Nieswurz-Sirup rau gemacht, damit niemand merken würde, dass ich eine Frau bin.« Teresas Augen glitzerten. »Ihr Hals war noch warm, als ich das Messer anlegte«, triumphierte sie. »Dann ist das ganze Blut herausgeflossen. Und ich hatte genügend Zeit, um meinen Zauber zu wirken.«

Teresa schien es zu genießen, ihm erzählen zu können, wie schlau sie war.

»Ich wurde wie ein Stück Vieh für meine Mitgift verkauft«, fügte sie bitter hinzu, »und nachdem die Soldaten bei mir gewesen waren, weigerte sich mein Mann, das Bett mit mir zu teilen. Und diese Mädchen hatten vor, aus meinem Unglück Geld zu schröpfen.«

»Also habt Ihr die Zauber gegen Euren Mann gewirkt?«

Charlie konzentrierte sich halb darauf, den Fluchtweg zu finden, und halb darauf, sie durch die Unterhaltung abzulenken.

Teresa lächelte schalkhaft.

»Nicht gegen meinen Mann. Dagegen, dass er zu ihnen zurückkehrt. Zum *Versiegelten Knoten.* Zu denjenigen, deren Symbol du trägst.«

Sie zeigte auf den Schlüssel, der um Charlies Hals hing.

»Sie waren es, die mich verkauft und meine Mitgift vergeudet haben. Und jetzt sind sie wieder da.« Teresa schloss ihre Augen und ihre Stimme wurde zu einem leisen Singsang. »Ich habe die Bänder gewickelt. Und ich habe die Kerze abgebrannt, um die Wörter zu formen: ›Er kehrt zurück‹ – um seine Rückkehr zum *Versiegelten Knoten* zu verhindern. Ich weiß, dass meine Kräfte wirken«, fügte sie hinzu, »denn nachdem ich den Zauber gewirkt habe, ist ihr König, der Verräter, aus London getrieben worden. Blutzauber sind mächtig.«

Ihr Blick richtete sich kurz auf seinen Hals und kehrte dann zurück.

»Du suchst deine Mutter«, murmelte sie. Die Melodie ihrer Stimme war fast vollständig zurückgekehrt. »Ich könnte sie zu uns rufen.«

Ihre Augen suchten sein Gesicht ab und hielten dann inne.

»Wir könnten Sally Oakley beschwören«, flüsterte sie. »Mit dem Blut in deinen Venen würde es ganz einfach sein.«

In Charlies Kopf leuchtete ein klitzekleiner Hoffnungsschimmer auf. Was, wenn ihre Kräfte tatsächlich existierten? Er verdrängte den Gedanken, aber er wurde größer.

»Ich werde einen Teller mit Wasser für uns füllen«, sagte sie. »Nur ein paar Tropfen Blut und eine Kerze. Die richtigen Worte. Sie wird sich uns zeigen.«

Charlie wusste, dass er nicht neugierig sein und den Zauber ablehnen sollte. Aber er merkte, wie er sich vorwärts lehnte, hypnotisiert, um zu sehen, was Teresa vorhatte.

Sie zog ein Bündel mit verschiedenen Dingen aus einer Ecke der Zelle. Als sie sah, worauf sein Blick gerichtet war, zog sie das Bündel näher heran und versteckte es hinter ihrem Körper. Dann fing sie an, dorthin zurückzuschlurfen, wo er stand, und sah ihn hungrig an.

Ihre Bewegungen erinnerten ihn an etwas, das Mutter Mitchell ihm erzählt hatte, als das erste Mal zu ihrem Haus gekommen war. *Sei nicht dumm und glaube nicht, dass eine schöne Frau harmlos sein muss*, hatte sie gesagt. *In dieser Stadt kann eine Frau eine Waffe genauso gut verstecken wie ein Mann.*

Er reagierte gerade noch rechtzeitig. Teresa hatte nach ihm ausgeholt, ein langes Messer blitzte in ihrer Hand. Er konnte die Klinge gerade noch ablenken, als sie seinen Hals streifte. Der Rest des Bündels polterte zu Boden. Ein blutbeschmierter Becher und eine Glocke rollten im Dreck.

Charlie umklammerte ihre Handgelenke, aber sie war stark, und das Blut, das jetzt von seinem Hals herunterlief, hatte sie in Wahn versetzt. Ihre blauen Augen blitzten entschlossen auf und ihre Worte formten einen lallenden Monolog.

»Blut«, sagte sie, »mächtiges Blut.«

Er richtete sie beide auf, während er immer noch ihre Handgelenke umklammerte. Das Messer in ihrer Hand zeigte in Richtung seiner Halsschlagader. Der Wahn verlieh ihr übernatürliche Kräfte.

Verzweifelt trat Charlie mit dem Fuß und traf die schwere Metallplatte, die über den Flammen gelegen hatte. Funken und heißer Zunder flogen in die Höhe. Teresa schrie auf und schützte ihr Gesicht vor dem Funkenregen. Charlie sah seine Chance, stieß sie von sich und stürzte sich auf die Öffnung in der Wand.

Seine Schultern schrammten an beiden Seiten entlang und er landete auf der anderen Seite der Zelle in kompletter Dunkelheit.

Kapitel 63

Als Maria erwachte, bemerkte sie, dass sie immer wieder schmerzhaft gegen einen staubigen Holzboden gestoßen wurde. Sie versuchte, ihre Hände zu bewegen, aber es gelang ihr nicht. Sie waren fest zusammengebunden, und als sie versuchte, sie hochzuheben, fuhr ein heftiger Schmerz durch ihre Handgelenke und Arme.

Ihr Mund war staubig und trocken und ihr Kopf pochte. Sie versuchte, sich daran zu erinnern, wie sie hierhergekommen war. Da war das Gefängnis gewesen. Sie suchte in dem Chaos in ihrem Kopf nach weiteren Erinnerungen. Aber selbst das bereitete ihr Schmerzen. Als ob sie die Stelle, an der ein Zahn gewesen war, mit der Zunge befühlen würde. Die Zelle. Pest.

Die Erinnerung kam dröhnend zurück. Der Pest-Doktor. Ihr Magen füllte sich mit Eis.

Der Pest-Doktor.

Das Letzte, an das sie sich erinnern konnte, war, wie sie aus der Zelle gezogen worden war. Sie hatte getreten und geschrien, und die Wachen hatten sie ihm übergeben. Sie schienen zu glauben, dass er ein wichtiger Mann war.

Dann …, sie hatte Schwierigkeiten, sich zu erinnern. Er hatte sie aus dem Gefängnis gebracht und ihr befohlen, still zu sitzen, während er ihre Füße und Hände fesselte. Wie betäubt hatte sie zugesehen, wie er das Seil um ihre Hand- und Fußgelenke gezerrt hatte.

Dann hatte er angefangen, ihre Röcke hochzuschieben und ihr gesagt, sie solle nicht schreien. Sie hatte versucht, ihn abzuwehren. Aber er hatte sie am Nacken festgehalten. Die Kraft seiner Finger war unmenschlich gewesen, und er hatte einen Nerv getroffen, wodurch ihr Körper von einem fürchterlichen Schmerz durchbohrt worden war.

»Quäle dich nicht«, hatte er zu ihr gesagt, »das ist nur eine kleine Kostprobe von dem, was ich mit dir machen kann.«

Der Schmerz und die Enge ihres Korsetts hatten sie vermutlich in Ohnmacht fallen lassen. Denn danach konnte sie sich an nichts erinnern. Sie versuchte, ihre Knie zu bewegen und herauszufinden, ob er ihr irgendetwas angetan hatte, während sie ohnmächtig war. So weit sie es beurteilen konnte, war nichts passiert. Was hieß, dass er wollte, dass sie mitbekommen würde, was auch immer er mit ihr vorhatte. Und das machte ihr noch viel mehr Angst.

Maria wand sich auf dem Boden des Wagens und versuchte, einen Weg zu finden, wie sie entkommen konnte. Die Wände des Wagens sahen dick aus. Sie bewegte sich probeweise über die Bretter unter ihr. Die Planken waren unnachgiebig, und jedes Mal, wenn sie gegen den Boden prallte, fuhr ein reißender Schmerz durch ihre Hüfte und Schulter.

Sie vermutete, dass sie sich an ihren Beinen und ihrer Schulter Prellungen zugezogen hatte, als er sie in den Wagen geschmissen hatte. Maria zog ihre Schulter noch einmal an, und der Schmerz flutete mit noch mehr Kraft zurück. Sie befürchtete, sie könnte ausgerenkt sein.

Am hinteren Ende des Wagens konnte sie mit dem Sonnenlicht, das durch das fahrende Gefährt schoss und wieder verschwand, einen Haufen Formen erkennen.

Zuerst dachte sie, ihre Augen würden sie trügen.

Leichen?

Es gab keinen Zweifel. Jede von ihnen war sorgfältig in ein Leichentuch eingewickelt worden. Aber die Gesichter waren verdeckt. Was ungewöhnlich war. Und jetzt, wo sie darüber nachdachte, roch sie auch nichts. War es etwas anderes als Leichen, das er transportierte?

Maria zog sich einen schmerzvollen Zentimeter nach dem anderen zu den Formen hinüber. Jede Bewegung ließ ihre Schulter erneut schmerzen. Etwas zog mit einem ominösen Klirren an ihrem Fuß. Sie hatte eine Fessel um ihr Fußgelenk. Sie war an der Seite des Wagens angekettet. Er musste also eine Verbindung zu Gefängnissen haben, dachte sie. Kein normaler Mensch hatte Zugriff zu Fußeisen.

Die Kette hielt sie fest, aber wenn sie ihren verletzten Arm weit genug ausstrecken würde, dachte sie, könnte sie vielleicht eines der Leichentücher herunterziehen und sehen, was er transportierte.

Sie hielt einen Moment lang inne, als der heiße Schmerz plötzlich ihre Schulter zittern ließ. Langsam schob sie nochmals die Hand vor. Dann biss sie die Zähne zusammen und versuchte, sie das letzte Stück weit auszustrecken.

Ihre Hand berührte die nächste Leiche. Sie war kalt. Hart. Sie zog ihre Hand erschrocken zurück und rang nach Luft, als sich die Bewegung durch ihre Schulter zog. Langsam streckte sie noch mal ihre Hand aus. Ihre Fingerspitzen tasteten die harte Leiche ab. Und dann wusste sie, was es war. Metall. Sie fühlte etwas Metallenes. Maria scharrte mit den Füßen, um näher heranzukommen, schaffte es aber nicht.

Sie verspürte einen plötzlichen Ruck und merkte, wie sie auf dem Boden des Wagens zurückrutschte.

Ihr Herz fing an zu rasen. Der Wagen hatte angehalten.

Sie hörte, wie der Fahrer langsam abstieg und mit schweren Schritten am Wagen entlangging.

Ihre Tasche hing immer noch an ihrer Hüfte und sie durchwühlte sie in Gedanken nach etwas, das ihr helfen könnte. Sie konnte an ihrem Gewicht fühlen, dass die Pistole nicht mehr da war. Alles, was sie hatte, waren ein paar Münzen und etwas kosmetisches Wachs zum Röten ihrer Wangen.

Beim Gedanken an ihre eigene Eitelkeit hätte sie fast laut geseufzt. Warum hatte sie sich nicht mit einem Messer bewaffnet, anstatt unnütze Kosmetik einzustecken? Ihre Zunderbüchse hatte sie Charlie gegeben. Hatte sie vielleicht eine Nadel? Sie dachte, sie könnte eine haben. Das war immerhin etwas.

Ein Schlüssel war im Schloss zu hören und ein Sonnenstrahl blendete sie. Sie versuchte, ihre Arme zu heben und blinzelte in dem ungewohnten Sonnenlicht. Ein riesiger Metallschnabel spähte in die Dunkelheit hinein. Die Kristallbrille war so flach und kalt wie die blauen Augen, die sie verdeckte. Der Pest-Doktor wuchtete seine riesige Masse in den Wagen. Und dann stand er über ihr. Sie konnte seinen Schweiß riechen.

»Sie tut weh«, sagte er und hob eine behandschuhte Hand langsam in Richtung ihrer Schulter.

Es war keine Frage, aber sie nickte trotzdem. Der Pest-Doktor stand für einen langen Augenblick da und betrachtete sie.

»Ich fühle solche Dinge nicht mehr«, erklärte er. »Aber ich sehe sie gerne in anderen Menschen. Es zeigt mir, dass ich noch am Leben bin.«

Er streckte einen Fuß aus und drückte mit dem Stiefel auf ihre lädierte Schulter. Maria fühlte heiße, qualvolle Wellen des Schmerzes durch sich hindurchfließen. Sie presste ihre Lippen aufeinander und fühlte, wie die Tränen von ihren Augen herunterliefen.

»Nach dem Krieg hat man mir unaussprechliche Dinge angetan«, sagte er. Unter seinem Fuß hatte ihr gesamter Arm angefangen zu pulsieren. »Wenn dein Körper auf diese Art benutzt wurde, fühlst du nichts mehr. Fast nichts«, korrigierte er sich selber. »In Zeiten wie diesen kann ich wenigstens etwas fühlen. Wenn ich dein Gesicht beobachte.«

Er drückte stärker. Maria biss die Zähne zusammen.

»Ja«, sagte er, »ein bisschen.«

Er sah sie eine Weile lang interessiert an. Vorsichtig hob er seinen Fuß. Dann lehnte er sich vor, band ihr einen Knebel fest um den Mund und öffnete ihre Fußkette.

»Bald sind wir in London«, meinte er, während er sie hochzog. »Aber erst muss ich meine Frau abholen. Sie wird sehr glücklich sein, wenn ich ihr dich ausliefere.«

Kapitel 64

Charlie zog den Rest seines Körpers gerade in dem Moment durch die Öffnung, als die Klinge des Messers sein bloßes Fußgelenk einritzte.

»Komm zurück, Charlie!«, rief Teresa. »Ich werde dir mehr über deine Mutter erzählen!«

Kerzenlicht schimmerte hindurch und zeichnete ihre hochgewachsene Silhouette ab. Das Licht erhellte einen Tunnel, der groß genug war, um darin stehen zu können, gab aber keinen Hinweis darauf, wohin er führte.

Er stand auf, tastete mit den Händen nach dem, was er nicht sehen konnte, und humpelte blindlings in die Dunkelheit hinein. Das Licht war stark genug, um erkennen zu können, dass hier ein begehbarer Tunnel gegraben worden war, dessen Wände mit winzigen Fliesen wie Mosaike belegt worden waren. Dann erlosch das Licht und alles wurde dunkel.

Hinter sich hörte er, wie Teresa sich durch die Öffnung schob und ihr Messer gegen Stein schliff.

Charlie streckte seine Arme nach vorne und trabte stolpernd vorwärts.

»Warte, Charlie Oakley!«, rief Teresa. »Ich werde dir die Geheimnisse deiner Mutter verraten!« Sie wechselte ins Englische und rief: »Komm zurück und wir finden heraus, wohin sie gegangen ist!«

Charlie ließ alle Vorsichtsmaßnahmen fallen und fing zu rennen an. Er musste zu Maria gelangen. Schnell. Der Boden unter ihm war uneben und er stolperte über raue Erdhaufen und hatte Mühe, nicht hinzufallen.

Er konnte hören, dass die Frau in einen unbeholfenen Trab verfallen war, aber es war unmöglich zu erraten, wie schnell sie war. Seine Schultern prallten gegen die geflieste Wand und er fluchte, als diese seine Haut aufschürfte.

Teresas Stimme hallte durch den Tunnel. Er stolperte weiter. Dann prallte er mit einem Schmerzensschrei mit dem Gesicht zuerst auf eine massive Erdwand.

Es war eine Sackgasse. Der Tunnel war blockiert. Er ging seine Optionen durch. Trotz ihrer Größe war er stärker als sie. Aber wenn er blind und unbewaffnet gegen ihr Messer ankämpfte, würde er der Klinge nur mit unglaublich viel Glück entkommen können.

Er stützte sich mit einer Hand an der Wand hinter sich ab, um ins Gleichgewicht zu kommen, und dabei fühlte er ein paar dünne Wurzeln. Irgendetwas wuchs auf der anderen Seite der Erde. Das bedeutete, das Ende des Tunnels konnte nicht zu weit von der Oberfläche entfernt sein. Die feinen Wurzeln ließen darauf schließen, dass es eine Pflanze war, die nicht tief wuchs.

Er schabte und fuhr mit der Hand in die weiche Erde hinein. Sie brach fast sofort heraus und er konnte die warme Luft auf der anderen Seite spüren. Als er seinen Arm herauszog, brach ein Lichtstrahl durch die herunterfallende Erde.

In dem schmalen Sonnenstrahl konnte er das Ende des Tunnels erkennen. Und zu seiner Überraschung war nur ein paar Schritte von ihm entfernt eine Holztür mit einer Klinke.

Ein hastiges Gebet blieb ihm im Hals stecken, als er seine Hand auf die große Klinke legte und sie mit all seiner Kraft hinunterdrückte. Unter dem Gewicht seines Körpers schob sich die

Tür ein paar Zentimeter weit auf und durch den Spalt wurde ein kleines Stück der Außenwelt sichtbar.

Sie muss wahnsinnig stark gebaut sein, dachte Charlie und benutzte seine Beine, um sie weiter aufzudrücken. Die Tür quietschte und schob sich quälend langsam auf. Plötzlich sah er Teresas verrückt entstelltes Gesicht aus der Finsternis des Tunnels auf ihn zukommen.

Charlie schlüpfte durch die schmale Öffnung und ließ die Tür gerade in dem Moment zurückfallen, in dem Teresa sich von der anderen Seite dagegen warf. Die Tür zerschmetterte ihr Handgelenk und drehte das Messer um, während sie nach vorne fiel. Die Klinge klappte wie ein Taschenmesser gegen die Tür und verschwand irgendwo tief in ihrem Körper. Er hörte einen Schrei und dann rang sie würgend nach Luft.

Charlie drehte seinen Körper, um die Tür festzuhalten, und drückte dagegen, da er nicht riskieren wollte, dass sie ihn noch einmal austrickste.

Die Außenseite der Tür war mit Torf bedeckt und war in einer nahezu vertikalen Wand versteckt. Er lehnte sich dagegen. Charlie hielt inne, um sich seiner Entdeckungen klar zu werden und seine Umgebung kurz zu überprüfen.

Der Tunnel hatte ihn zum Ufer gebracht. Er stand in einem abgesunkenen Grasstreifen und hinter ihm war die Tür in das Gefängnis nun fast unsichtbar, da sie in einen schrägen Hang hineingebaut worden war.

Die zerbrochenen Mauern des alten Hafens ragten über ihm auf und zeichneten lange Schatten in dem Licht des späten Nachmittags. Sein Herz hämmerte, als er seine Situation einschätzte.

Maria. Er würde irgendwie in den Tunnel zurückkehren müssen. Es war seine beste Chance, sie aus dem Gefängnis zu befreien.

Er trat von der Tür weg und stand einen Augenblick lang da. Wenn Teresa wirklich schwer verletzt war, könnte er einfach durch den Tunnel zurückgehen. Aber es könnte genauso gut ein Täuschungsmanöver sein, um ihn zurückzulocken. Sein Gehirn überflog seine Optionen.

Plötzlich fühlte er, wie seine Muskeln nachgaben. Charlie zwang sich, sich über das Geschehene klar zu werden, und versuchte, den Schmerz auszublenden, der von seinem verbrannten Rücken und den Beinen ausging und plötzlich wieder zu spüren war.

Es war nicht Malvern, der diese Mädchen ermordet hat. Es war seine Frau. Charlie versuchte zu verstehen, was das bedeutete. Wenn Malvern nichts mit dunkler Magie zu tun hatte, musste sein Aufstand berechnender sein und logischer, als sie bisher angenommen hatten. Was war es, das er, eine Wagenladung nach der anderen, zurück nach London brachte?

Ein großer Schemen verdeckte plötzlich die Sonne und warf einen kalten Schatten auf ihn. Charlie sah auf. Seine Neugier verwandelte sich augenblicklich in Furcht. Ein riesiger Wagen, der von sechs schwarzen Pferden gezogen wurde, war auf der Straße aufgetaucht. Von seinem Blickwinkel aus dem mit Gras bewachsenen Graben aus schlossen die enormen Hufe auf, bis sie auf Kopfhöhe mit ihm waren. Dann folgten langsam die riesigen, sich drehenden Räder.

Charlie erstarrte einen Moment lang und fragte sich, ob er gesehen werden konnte. Dann fiel ein langer Schatten über das Gras neben ihm. Er hatte die Form eines gebogenen Schnabels.

Der Pest-Doktor war gekommen.

Kapitel 65

Charlie musterte seine Umgebung prüfend, duckte sich tief und sprintete hinter eine nahe gelegene Hecke. Er warf sich keuchend hinter ihr nieder und schielte durch die Äste, um sicherzugehen, dass er nicht gesehen worden war.

Das schwere Gefährt stand bewegungslos da. Es war ein geschlossener Wagen – eine riesige schwarze Kiste auf Rädern. Malvern stieg gerade vom Bock hinunter und ging zum hinteren Teil des Wagens. Er öffnete die Türen und Charlie bemerkte einen blonden Haarschopf im Inneren.

Maria.

Er starrte schreckerfüllt auf die Szene, die sich ihm darbot. Malvern musste sie aus dem Verlies geholt haben. Aber warum? Die möglichen Erklärungen drehten ihm den Magen um.

Er konnte nicht sehen, ob sie lebte oder tot war, aber er konnte erkennen, dass ihre Hände und Füße gefesselt waren. Charlie biss die Zähne zusammen. Sie konnte nicht tot sein. Er konnte es nicht glauben.

Malvern verschloss die Tür des Wagens mit einem schweren Vorhängeschloss und drehte sich dann in Richtung der Hecke um, hinter der Charlie sich versteckte. Für einen Augenblick starrte die Schnabelmaske in seine Richtung. Charlie blieb bewegungslos liegen und hielt den Atem an. Langsam schritt

Malvern auf ihn zu. Als er näherkam, wurde das rostige Blut am Saum seines Mantels sichtbar.

Dann ging er auf die Tür zu, die in dem Grashang versteckt lag und in das Verlies führte. Charlie sah zu, wie er eine kurze Metallstange in einen verborgenen Teil der Tür einführte.

Mit beiden Armen zog er die schwere Tür auf, die die Sicht auf den dunklen Tunnel dahinter freigab. Charlie sah die zusammengesackte Leiche zuerst. Teresa fiel mit glasigen Augen vorwärts und die Bewegung ihrer toten Gliedmaßen war steif. Ein dunkler Kreis aus Blut befleckte ihr abgewetztes weißes Unterhemd. Ihre Hand, auf der das Blut geronnen war, umschloss das Messer, das sie nicht mehr hatte herausziehen können. Es steckte bis zum Griff in ihrem Bauch.

Ihr Schrei war also echt gewesen, dachte Charlie. Teresa war in ihre eigene Klinge gerannt, als die Tür gegen sie geprallt war. Er sah zurück zum Wagen und kämpfte gegen den Instinkt an, hinauszulaufen und an dem Vorhängeschloss zu ziehen. Es war vermutlich simpel genug, dass er es knacken konnte. Aber er würde länger brauchen als die paar Augenblicke, die er vermutlich haben würde. Er versuchte, ruhig zu atmen und sich zu ermahnen, dass er Maria nicht helfen würde, indem er sich erschlagen ließ.

Charlie richtete seine Aufmerksamkeit wieder auf Malvern. Er war auf seine Knie gesunken und untersuchte den Körper seiner toten Frau. Es war unmöglich zu sagen, was sich hinter seiner Maske abspielte.

Malvern griff das Messer und zog es heraus. Dann hob er es in den Sonnenschein und sah die blutige Klinge eine Weile lang an. Ein leises, gequältes Knurren war zu hören. Malvern gab ein würgendes Wehklagen von sich. Einen Moment später verklang das Geräusch und er hievte den Körper auf seine Schulter und ging zum Wagen zurück. Malvern war achtsam und blickte nach links und nach rechts.

Er hievte die Leiche seiner Frau mit mehr Feingefühl in den Wagen, als er Maria gegönnt hatte, und die Brille aus Kristallglas starrte, ohne zu blinzeln, in das dunkle Innere des Wagens. Charlie sah einen blonden Schopf und dann einen Haufen Leichen, die in Leinentücher gewickelt waren.

Dann schloss Malvern die schweren Türen und verriegelte sie mit dem großen Vorhängeschloss. Er ging zur Vorderseite des Wagens, kletterte schwerfällig auf den Bock und trieb die Pferde mit einem Schnippen der Zügel an. Der Wagen setzte sich schwankend in Bewegung.

Kapitel 66

Charlie beobachtete, wie der Wagen langsam davonrollte, und er versuchte, seine aufsteigende Panik, Maria könne tot sein, zu unterdrücken.

Vorsichtig richtete er sich hinter der Hecke auf. Das Gefährt bewegte sich immer noch langsam. Es würde ein paar Minuten auf offener Straße dauern, bis der Wagen seine volle Geschwindigkeit erreichen würde.

Der Wagen war wie ein verschlossener Bretterschuppen auf Rädern. Er hatte hinten eine Tür, die von dem Hängeschloss gesichert wurde, und vorne einen Bock, auf dem Malvern saß. Charlie war sich sicher, dass die Hintertür des Wagens nicht einfach vom Fahrer aus zu sehen war.

Er fing an zu rennen und folgte dem Wagen in sicherer Entfernung entlang der Uferstraße. Der Wagen rollte durch den menschenleeren Süden des Ortes und auf die Straße nach London.

Auf dem breiten Feldweg schnippte Malvern noch einmal mit den Zügeln. Die Pferde fielen in einen kurzen Galopp, wodurch das Gefährt auf der ausgefahrenen, ungepflegten Straße auf und nieder federte.

Charlie ließ sich zurückfallen, um nicht entdeckt zu werden, und fasste dann einen Entschluss. Unter der Hintertür mit dem Vorhängeschloss war ein dünner Holzbalken. Wenn er rennen würde, könnte er vielleicht darauf springen und genügend Fuß fassen, um sich festzuhalten.

Dann könnte er versuchen, das Schloss zu knacken, während der Wagen fuhr. Es würde nicht einfach sein. Aber jede noch so geringe Chance, Maria zu retten, war das Risiko wert.

Charlie sprintete los. Aber der Wagen raste weiter davon. Er merkte, dass er die Geschwindigkeit der sechs Pferde unterschätzt hatte. Der Wagen prallte in schneller Geschwindigkeit immer wieder von der Straße ab und warf dabei jedes Mal einen Schauer aus Kieseln in seine Richtung. Er schützte sein Gesicht mit seinem Arm vor den scharfen Geschossen und zwang sich, schneller zu laufen.

Die Tür kam näher.

Charlie wurde einen Moment langsamer und rannte dann mit aller Kraft auf den Wagen zu. Er sprang, setzte einen Fuß auf die schmale Kante und hielt sich mit den Händen an den Seiten des Wagens fest.

Die Holzkante unter seinen Füßen splitterte fast komplett ab. Sein Fuß krachte schmerzhaft durch das beschädigte Holz. Aber es gelang ihm, mit dem anderen gerade so Fuß zu fassen. Seine Hände, die sich an den Seitenkanten des Wagens festhielten, waren vor Anstrengung weiß.

Der Wagen wurde langsamer. Und er erkannte, dass Malvern den Aufprall gespürt haben musste und anhielt, um sein Fahrzeug zu inspizieren. Charlie sah zurück die Straße entlang. Er hatte keine andere Wahl, als herunterzuspringen und sich zu verstecken. Aber Malvern würde den Schaden sehen und wissen, dass er verfolgt wurde. Charlie schloss seine Augen. Er konnte nicht. Er konnte nicht abspringen.

»Maria«, zischte er, während er seinen Mund gegen die Tür drückte. »Bist du da?«

Aus dem Inneren des Wagens war nichts zu hören. Die Pferde waren langsamer geworden und trabten nun.

»Bitte, Maria. Bitte sag, dass du lebst.«

Nichts.

Der Wagen schwankte plötzlich. Er gewann wieder an Geschwindigkeit. Charlie hielt die Luft an, bis er sich sicher war. Malvern musste sich gegen eine Verspätung entschieden und die Pferde wieder angetrieben haben.

Charlie untersuchte das Schloss und hatte Mühe, seinen Dietrich herauszuziehen, während er sich mit einer Hand an dem rüttelnden Wagen festhielt. Bei dem Gewackel auf der ausgefahrenen Straße war es unmöglich. Um Schlösser zu knacken, musste man feine Bewegungen ausführen, was ihm hier nicht möglich war. Er schwenkte eine Hand zum Schlüsselloch hinüber und fluchte, als der Draht des Ohrrings abglitt.

Charlie hielt seinen Arm gerade und zielte noch einmal auf das Schloss. Der Wagen scherte plötzlich zu einer Seite aus, und sein Fuß rutschte hinunter. Unter ihm knackte der letzte Teil der Holzkante unheilvoll. In seiner Verzweiflung holte er nach dem Schloss aus und der Draht rutschte noch einmal hinein. Der Wagen wippte und holperte, aber er hatte das Gefühl, dass er den Mechanismus im Inneren des Schlosses fühlen konnte.

Eine Furche auf der Straße warf ihn ein ganzes Stück weit in die Luft. Er hielt den Atem an, schaffte es jedoch, seine Hand am Schloss zu lassen. Es gab nur einen Hebel im Schloss, der bewegt werden musste. Charlie drehte den Draht, um das Schloss zu öffnen. Dann bäumten sich die Pferde auf und schossen vorwärts, wodurch die Räder hinter ihnen vor und zurück schlingerten.

Sein Fuß drückte fest auf den Rest der Kante nieder. Er splitterte unter seinem Gewicht weg. Charlies Hände scharrten einen Moment lang an den Seitenkanten des Wagens. Dann fiel er mit dem Gesicht zuerst auf den Feldweg. Charlie fühlte, wie der Aufprall ihm den Atem aus dem Körper presste, und dann nichts mehr.

Und vor ihm raste der Wagen ohne ihn in Richtung London weiter.

Kapitel 67

Bürgermeister Lawrence hustete leise und ausgiebig. Er hatte die letzten paar Tage damit verbracht, die Beseitigung von sechstausend Leichen von den Straßen und Häusern der Stadt persönlich zu überwachen. Vermutlich hatte er zu hart in der Nähe der vielen Feuer in der Stadt gearbeitet, entschied er.

Nach dem Tod seiner Dienstmagd war Lawrences gesamte Familie in rascher Abfolge gestorben. Und jetzt fragte er sich, warum er so lange so hart an Dingen gearbeitet hatte, die nur seiner Selbstgefälligkeit gedient hatten. Er hätte jede einzelne seiner Amtsketten in die Themse geworfen, um nur einen Tag mehr mit seiner Frau verbringen zu können.

Da niemand mehr zu Hause auf ihn wartete, hatte Lawrence angefangen, sich mit Dingen zu befassen, die vorher unter seiner Würde gewesen wären. Zuerst war er lediglich entsetzt gewesen, dass es nicht genügend Angestellte gab, um die sich aufhäufenden Leichen zu entfernen. Aber da er sich um sein eigenes Leben kaum mehr sorgte, hatte es nicht lange gedauert, bis er sich selbst der Sache angenommen hatte.

Die zerlumpten, verzweifelten Männer, die immer noch Leichen entsorgten, fanden den Einsatz des Bürgermeisters seltsam. Aber Lawrence war das egal. Die schreckliche Arbeit half, die Erinnerung an seinen eigenen furchtbaren Verlust zu unterdrücken.

In der Brewer Street waren die Schreie eines Säuglings gemeldet worden und Lawrence hatte vor, der Sache nachzugehen. Er graute sich vor dem, was er vorfinden würde. Persönlich auf die Straße zu gehen, hatte ihm die Augen geöffnet.

Das Haus war ein feines Backsteinhaus und die Tür war fest von innen verriegelt. Er klopfte an ein Fenster und sah hinein. Ein gut ausgestatteter Empfangsraum zeugte von dem Reichtum der Besitzer. Soweit er sehen konnte, war das Haus verlassen worden.

Dann hörte er es. Das unverwechselbare Schreien eines Babys. Lawrence schluckte und ging zur Eingangstür zurück. Er klopfte laut und warf dann seine massige Statur gegen die Tür, ohne auf eine Antwort zu warten. Beim zweiten Versuch splitterte das Holz und er stieß sich mit der Schulter seinen Weg in das Haus hinein.

Das Weinen war jetzt lauter, untröstlich. Es kam aus dem hinteren Teil des Hauses und Lawrence lief durch den ersten Empfangsraum in ein zweites, kleineres Zimmer. Plötzlich hielt er inne. In dem Zimmer, ausgestreckt auf einer Chaiselongue, lag eine tote Frau. Sie trug ein feines Seidenkleid, das vorne heruntergezogen war. Und an eine ihrer freiliegenden Brüste gepresst lag in der Beuge ihrer kalten, toten Arme ein schreiender Säugling. Lawrence erstarrte einen kurzen Moment. Dann schluckte er und ging auf das Kind zu.

»Ist schon gut, ist schon gut«, flüsterte er und seine Angst wurde kurzzeitig von seinem Verlangen, das Baby zu trösten, übertroffen.

Er ging auf die Leiche zu und drehte seinen Kopf, um zu sehen, wie er das Kind am besten aus ihrer Umarmung ziehen könnte.

So nahe bei ihr konnte er die Pest-Beulen sehen, die die Brust der Frau bedeckten. Sie lösten eine plötzliche, schmerzhafte Erinnerung daran aus, wie sein eigener kleiner Haushalt von der Pest dezimiert worden war.

Seine Dienstmagd Debs war innerhalb von Stunden nach der Entdeckung der ersten Anzeichen an ihrem Körper gestorben. Aber seine Frau hatte vier lange Tage gebraucht, um zu sterben.

Er unterdrückte die Bilder und konzentrierte sich darauf, den Säugling aus der Umarmung seiner Mutter zu befreien. Vorsichtig zog Lawrence an dem Kind. Die Leichenstarre des Arms klemmte das Kind fest ein, und einen schrecklichen Augenblick lang dachte er, dass er den Knochen brechen müsste. Dann rutschte das Baby unerwartet aus der Umklammerung seiner toten Mutter heraus, und Lawrence hatte den warmen kleinen Körper des Säuglings im Arm. Er starrte das winzige Gesicht an. Das Kind konnte nicht mehr als ein paar Wochen alt sein.

»Jetzt gibt es keinen Grund mehr, so zu schreien«, sagte er, gluckste und wiegte das Kind. »Wir werden etwas zu essen für dich finden.«

Lawrence dachte über die Möglichkeiten nach. Er konnte sich nicht vorstellen, wie er an Milch kommen könnte. Aber er war sicher, dass er eine Lösung finden würde.

»Ich wollte schon immer selber ein Kind haben«, erzählte er dem Säugling, während er ihn durch den Flur trug. »Aber meine Frau und ich wurden voneinander getrennt, bevor wir die Möglichkeit dazu hatten. Ich werde sicherstellen, dass für dich gut gesorgt wird«, fügte er hinzu.

Das Baby wand sich in seinen Armen. Es hatte aufgehört zu schreien und machte saugende Geräusche mit seinem Mund. Eine Bitte um Nahrung, folgerte Lawrence. Er steckte seinen Fingerknöchel in den Mund des Kindes und wurde mit einem enthusiastischen Saugen belohnt. Das heiterte ihn auf.

»Vielleicht sollte ich erst einmal schauen, ob hier im Haus frische Kleider für dich sind«, murmelte er und nahm an, das Baby würde das lange Taufkleid, das es trug, vollgemacht haben.

Er schob das Kleid hoch, um darunter nachzusehen.

Seine Hand erstarrte.

Die Pest-Beulen waren überall auf dem Körper des Babys verteilt.

Etwas in seiner Bewegung musste das Kind beunruhigt haben, denn es fing wieder an zu schreien. Aber er bemerkte, dass es gedämpfte Schreie waren, als würde es nicht mehr genügend Kraft haben.

Lawrence setzte sich schwerfällig mit dem Kind in den Armen auf die staubigen Bodendielen. Innerhalb einer Stunde hatten sich die Schreie in abgehackte, sterbende Atemzüge verwandelt. Und nach zwei Stunden war der warme Körper kalt geworden.

Lawrence stand mit Mühe auf und trug die winzige Leiche zurück in das Zimmer, in der er das Kind gefunden hatte, und legte es vorsichtig zurück in die toten Arme seiner Mutter. Dann bedeckte er es mit dem Taufkleid. Zwei große Tränen rollten Lawrences Gesicht hinunter und auf den Kopf des Babys hinab. Er wischte sie ab.

»Du wirst es bei deiner Mutter besser haben«, flüsterte er. »Die Engel werden sich an euch beiden erfreuen.«

Dann ging er zurück durch den Flur und versuchte, das Zittern zu beruhigen, das er in seinen Beinen spürte. Er schloss die Tür, setzte sich auf die Stufen, stützte seinen Kopf auf seine Hände und schluchzte. Es musste ein langer Moment vergangen sein, bevor ein Bote ihn am Arm berührte.

»Ihr habt noch einen Brief bekommen«, sagte der Bote und schaute ihm nachdrücklich in die Augen. »Mr Blackstone schreibt von seinem Fortschritt außerhalb der Stadt. Er hat es geschafft, einen Boten zu finden, der mir dieses Schreiben übergeben hat.«

Lawrence sah auf und öffnete seine Hand. Der Bote drückte ihm eine einzelne Seite in die Hand und er überflog sie mit

Tränen in den Augen. Blackstone meldete unerwarteten Fortschritt im Fall der Hexen-Morde. Lawrence setzte sich etwas auf.

Während er weiterhin König Charles verfolgte, war Blackstone unerwarteterweise über das Symbol einer vor langen Zeiten aufgelösten Gruppe von Männern gestolpert, die sich der *Versiegelte Knoten* nannte.

Lawrence hörte für eine Weile auf zu lesen und fragte sich, ob er die Energie hatte, sich um solche trivialen Dinge zu sorgen. Fast alle Amtsleute der Stadt waren geflüchtet und die Pest hatte sich bereits fünfmal durch die tausend Mann starke Truppe aus Boten gefressen. Sie hatten in Stepney und Shoreditch riesige Gruben ausgehoben, die nun übervoll waren. Und Essenslieferungen hatten komplett ausgesetzt.

Er flog mit den Augen über die letzten paar Zeilen des Berichts, interessierte sich jedoch kaum für den Inhalt. Aber die Worte reichten aus, um ihn zu überraschen.

Der *Versiegelte Knoten*, schrieb Blackstone, bestand aus vielen mächtigen und wichtigen Männern. Die meisten waren gestorben oder nach dem Bürgerkrieg verschwunden. Aber ein Name von ganz oben auf der Liste arbeitete immer noch in der Stadt.

Amesbury war ein Mitglied des *Versiegelten Knotens* gewesen.

Kapitel 68

Charlie kam zu sich, den Mund voller Staub. Er setzte sich auf, um herauszufinden, wo er war. Das blendende Sonnenlicht und der leere Feldweg gaben ihm keinen Hinweis. Er rieb sich sein Gesicht und versuchte, sich daran zu erinnern, wie er hierhergekommen war. Dann fiel es ihm ein.

Der Wagen.

Und Maria. Maria war weg.

Der Aufprall hatte Schmerzen hinterlassen, mühsam stand er auf und humpelte ein paar Schritte in die Richtung, in der der Wagen verschwunden war, bevor er akzeptierte, dass eine Verfolgung zwecklos war. Malverns Gefährt musste schon vor längerer Zeit verschwunden sein.

Charlie dachte über seine Situation nach und entschied dann, dass es schlimmer als hoffnungslos war. Er konnte nicht mehr als ein paar Meilen außerhalb von Wapping sein. Und der direkteste Weg nach London war der gefährlichste. Es würde Tage dauern, bis er über den Norden in die Stadt hineinkommen würde. Malverns Pläne würden bald ausgeführt werden. Aber noch schlimmer war, was er Maria antun könnte.

Charlie stampfte mit dem Fuß hilflos in den Sand. Und, da er keinen besseren Plan hatte, fing er an zu gehen. Die Themse war immer noch in der Nähe, und er ging auf sie zu.

Etwas, das nach weißen Segeln aussah, flatterte in der Ferne hinter den Büschen am Straßenrand. Schiffssegel. Auf dem Fluss lagen einige Schiffe vor Anker. Vermutlich die privaten Schiffe der Londoner, die den Fluss hinaufgefahren waren, um der Pest zu entkommen. Er erinnerte sich, dass Marc-Anthony ihm gesagt hatte, dass auch er dieser Strategie folgen würde, wenn die Pest in London ihren Höhepunkt erreicht hätte.

Charlies Augen wanderten über die Segel und er stellte sich vor, dass sein Freund auf einem dieser Boote war. Und dann traf es ihn wie ein Schlag. Marc-Anthony war vermutlich auf einem dieser Boote. Als ihm die Möglichkeit, die ihm diese Tatsache bot, klar wurde, fing er an zu rennen.

Wenn er den Fluss hinunterfahren würde, könnte er Malvern immer noch einholen. Wasser war langsamer als ein Wagen. Aber der Weg war direkter. Der Fluss durchschnitt London ohne irgendwelche Hindernisse.

Charlie rechnete es grob nach. Wenn er Marc-Anthony finden und ihn von seinem Plan überzeugen könnte, hatte er eine Chance, eine kleine Chance, Maria vor dem zu retten, was auch immer Malvern mit ihr vorhatte.

Kapitel 69

Charlie starrte auf die Themse hinaus. Der Fluss war in der Nähe von Wapping breit und hatte deshalb eine große Ansammlung von Schiffen angezogen, die hier Schutz vor der Pest suchten. Sie schaukelten wie eine ungleichmäßige Festung in argwöhnischem Abstand zueinander auf dem Wasser.

Charlie konnte improvisierte, einfache Wehranlagen erkennen. Manche Schiffe hatten Wachmänner, die Gewehre auf das Meer gerichtet hatten. Andere schützten leichter zugängliche Teile des Schiffsrumpfes, indem sie sie mit Teer beschmiert und abgebrochene Flaschen hineingedrückt hatten.

Es waren mindestens vierzig Schiffe, und obwohl Marc-Anthony mit Stolz von seinem Schmugglerschiff gesprochen hatte, hatte Charlie es noch nie gesehen. Er kniff die Augen zusammen, sah zu den Booten hinaus und versuchte abzuleiten, welches das seines Freundes sein konnte. Sicherlich konnte er die ganzen kleinen Ruderboote ausschließen. Sie waren nicht voluminös genug, um große Ladungen, wie sie ein Schmuggler benötigte, aufzunehmen. Die zwei besonders großen Schiffe, entschied er, würden beim Zoll zu sehr auffallen. Das ließ etwa zwanzig Großsegler übrig, die alle, soweit er sehen konnte, für das Schmugglergeschäft geeignet waren.

Charlie durchforschte seine Kenntnisse über die Seefahrt. Wie die meisten Londoner, die am Fluss lebten, fuhr er regelmäßig mit der Fähre. Aber mit der Seefahrt kannte er sich nicht aus.

Er versuchte, sich zu erinnern, was er über Marc-Anthonys Handel wusste. *Marc-Anthony segelt nur nach Frankreich. Er sagt, die Kolonien seien zu riskant.* Charlie sah zurück auf das Wasser und schloss ein paar weitere Schiffe aus, deren verwitterte Rümpfe auf transatlantische Reisen schließen ließen.

Was würde sonst noch Marc-Anthonys Boot kennzeichnen? Seine Augen wanderten erneut über die Schiffe. Für ihn sahen sie sich alle sehr ähnlich. Die Segel flatterten träge in der Brise und die Takelage hing wie Spinnweben herunter.

Charlie versuchte, sein Gehirn zu entspannen und die Panik, die Marias Entführung in ihm ausgelöst hatte, zu unterdrücken und sein Talent für Beobachtung arbeiten zu lassen.

Dort! Sein Blick fiel auf eine Besonderheit eines der Schiffe. Die zwei Ankerketten waren mit Slipknoten auf halber Höhe befestigt. Charlie dachte nach. Ein Slipknoten bot die Möglichkeit, schnell zu entkommen. Im Notfall könnte das Schiff einfach seine Anker zurücklassen, statt sie einziehen zu müssen.

Er bemerkte noch etwas an dem Schiff, das ihm nun offensichtlich vorkam, da er danach suchte. Der Bug dieses Schiffes war gegen die Strömung gerichtet, während alle anderen den Fluss hinunter gerichtet waren.

Charlies Kenntnisse über Strömungen reichte aus, um zu wissen, dass dies eine schlechte Gepflogenheit war. Gegen die Strömung gerichtet zu sein, hieß, dass der Wellengang das Boot direkt von vorne traf und so unangenehm durchrüttelte.

Aber er würde Geld darauf verwetten, dass die Slipknoten an den Ankern und die Ausrichtung gegen die Strömung den gleichen Grund hatten. Alte Gewohnheiten lassen sich schwer überwinden. Marc-Anthony hatte sein Schmugglergeschäft nicht fünfzehn Jahre lang ohne ein übernatürliches Talent für Vorsicht geleitet. Er hatte es nicht lassen können, sein Schiff so zu positionieren, dass er schnell entkommen konnte.

Das ist Marc-Anthonys Schiff. Ich bin mir sicher.

Und ohne weiter zu zögern, sprang Charlie in das Wasser.

*

Marc-Anthonys Schiff war nicht mit bewaffneten Wachen besetzt. Aber als Charlie näher herankam, begann die Besatzung zu rufen und ihm zu drohen.

»Holt Marc-Anthony!«, rief Charlie, als er das erste Ankerseil erreichte. »Wir sind Freunde.«

Aber anstatt den Kapitän zu rufen, klemmte sich der Seemann, der Charlie am nächsten war, ein Messer zwischen die Zähne und fing an, am Seil zu rütteln.

»Ruft Marc-Anthony!«, rief Charlie verzweifelt. »Er kennt mich gut! Ich helfe ihm, seine Sänfte zu tragen.«

Er versuchte, sich an dem schlüpfrigen Seil festzuhalten, während es hin und her schwang, wodurch er es mit beiden Händen umklammern musste.

Da er den Eindringling nicht abschütteln konnte, kletterte der Seemann wie ein Affe das Seil hinunter, das Messer immer noch zwischen seinen gefletschten Zähnen.

»Ich will euch nichts Böses!«, rief Charlie, während das dreckige Wasser der Themse in sein Gesicht schwappte. »Ich möchte nur in die Stadt kommen.«

»Lass los!« Der Seemann hatte das Messer aus dem Mund genommen, um die Warnung aussprechen zu können. Es war eine geübte Bewegung und seine geschmeidigen Füße hielten ihn wie einen Affen fest, der mit nur einer Hand an einer Liane schaukelte. »Lass den Anker los!«

»Bitte! Wenn Marc-Anthony an Bord ist, ruf ihn.«

Der Seemann steckte das Messer wieder zwischen seine schwieligen Lippen und kletterte weiter das Seil hinunter.

»Warte!«, rief Charlie. »Stopp!«

Aber es sah aus, als bliebe ihm nichts anderes übrig, als das Schiff zu verlassen oder seine Finger zu verlieren. Er versuchte es mit einer letzten Bitte.

»Ich weiß, dass er auf diesem Schiff sein muss! Er hat mir gesagt, dass er hier warten würde, bis die Pest vorbei ist!«

Der Gesichtsausdruck seines Angreifers sagte alles. Er wollte Charlie um jeden Preis vom Schiffsrumpf jagen.

»Warte!«

Eine vertraute Stimme war auf dem Deck über ihnen zu hören und der Seemann drehte seinen Kopf verwirrt hoch.

»Lass ihn an Bord!«, sagte die Stimme. »Ich kenne ihn. Er ist ein Freund.«

Der Seemann kniff die Augen zusammen. Er schien unwillig, die neuen Anweisungen zu befolgen, während der Eindringling immer noch am Anker hing.

Ein Lockenkopf erschien über der Reling des Schiffes. Zu seiner großen Freude sah Charlie das vertraute Gesicht von Marc-Anthony.

»Hallo Charlie!«, rief Marc-Anthony. »Er wird dich sofort hoch lassen. Lass ihn hoch, Davie! Es ist alles in Ordnung.«

Und zu Charlies großer Erleichterung fing der Seemann an, das Seil hochzuklettern.

*

Als Charlie die Ereignisse, die zu Marias Entführung geführt hatten, erläutert hatte, sah Marc-Anthony ihn ernst an.

»In London gibt es keine Amtsleute mehr«, sagte er. »Selbst wenn du diesen Verbrecher findest, kannst du ihn nicht verhaften lassen. Manche Teile sind komplett leergefegt.«

»Aber ich war vor weniger als einer Woche in der Stadt«, entgegnete Charlie, »und da war der Westen noch sehr belebt. Sicherlich kann sich das nicht in so kurzer Zeit geändert haben.«

»Wir können nur im Osten anlegen, Charlie. Der König hat die Stadt verlassen. Und mit ihm sind alle Gesetze außer Kraft getreten. Nur ein paar mutige Totengräber und Stadträte sind übrig.«

»Ich muss sie finden, Marcus. Ich muss zurück nach London.« Charlie sah seinen Freund an. »Wenn du deine Besatzung überreden kannst, zurück in Richtung Stadt zu segeln, könnte ich ihn noch einholen. Es ist eine kleine Chance, aber es ist möglich.«

»Was hast du vor in der Stadt?«

»Ich werde zum Alders Gate gehen. Dort kommen Wagen vom Osten her in die Stadt. Ich werde dort nach Malvern fragen. Wenn ich es schaffe, vor ihm dort zu sein, könnte ich ihm folgen und Maria finden.«

Marc-Anthony schüttelte den Kopf.

»Es wird niemand am Tor sein«, sagte er geduldig. »Ich sage dir, ich habe es gesehen, da ist nichts und niemand mehr im Osten. In diesem Teil der Stadt sind alle tot oder geflüchtet. Alle.«

»Ich muss sie finden! Verstehst du nicht? Er hat sie. Er hat sie aus weiß Gott was für einem Grund entführt. Ich habe keine Zeit herauszufinden, was er mit ihr vorhat. Wenn ich zum Tor komme, könnten dort zumindest Spuren sein. Oder … oder irgendetwas anderes …, irgendeine andere Möglichkeit, ihn zu finden.«

»Du liebst dieses Mädchen, nicht wahr?«

»Ich …, ich muss zurück nach London, das ist alles.«

»Jedenfalls ist sie es dir wert, dein eigenes Leben zu riskieren.« Marc-Anthony rollte seine Augen dem Himmel entgegen. »Ich habe immer gesagt, dass die dümmsten Taten in der Welt diejenigen sind, die man für die Liebe tut. Aber wo wären wir ohne sie, Charlie?«

»Bitte, Marcus. Ich flehe dich an. Kannst du mich in die Stadt bringen?«

»Die westlichste Stelle, an der wir dich absetzen können, ist der Tower«, sagte Marc-Anthony. »Ich kann die Männer an Bord nicht in Gefahr bringen. Aber die Tide ist langsam. Es ist unwahrscheinlich, dass wir ihn einholen werden. Und was ist dein Plan, wenn er bereits da ist? Du hast keine Ahnung, wohin dieser Malvern will.«

Es stimmte, erkannte Charlie mit sinkendem Herzen. Wenn sie zu langsam waren, um den Wagen einzuholen, hatte er keine Chance. Malvern würde mit Maria irgendwo in der Stadt verschwinden und vielleicht niemals gefunden werden. Der Gedanke löste eine neue Welle der Verzweiflung in ihm aus.

»Charlie Tuesday!«, sagte plötzlich eine Stimme hinter ihm. »Ich verdanke Euch mein Leben.«

Charlie drehte sich um und sah ein Gesicht, das er irgendwoher kannte. Dann fiel es ihm ein. Es war der alte Fischermann, dem er im *Blutigen Eimer* ein Zertifikat verkauft hatte.

»Euer Zertifikat hat mich und meine Tochter sicher zum Hafen gebracht«, fuhr der Mann fort. »Ich stehe in Eurer Schuld.«

Charlie lächelte schwach, denn er wusste, dass das Versprechen des Fischermanns nutzlos für ihn war.

»Ich bin froh, dass Ihr London verlassen habt, aber ich muss dahin zurück«, antwortete Charlie abgelenkt.

»Das dürft Ihr nicht!«, antwortete der Mann bestürzt. »Dort gibt es nur Sterben.«

»Ich suche einen Mann«, erklärte Charlie. »Malvern. Er hat jemanden entführt …, eine Person, die mir wichtig ist.«

Etwas flackerte in den Augen des Fischermanns auf. Es verschwand sofort wieder, aber Charlies Instinkt als Diebesfänger hatte es bemerkt. Er konnte diesen Ausdruck selbst auf dem besten Pokergesicht erkennen.

»Ihr habt den Namen schon einmal gehört?«, fragte er. »Malvern?«

Das Gesicht des Fischermanns war blass geworden. Er schüttelte langsam den Kopf. Charlie ergriff seine Schultern.

»Es geht um Leben und Tod«, drängte er. »Wenn Ihr etwas wisst, bitte. Ihr müsst es mir sagen.«

Der Mann schien innerlich mit sich zu ringen.

»Ich habe Euch mein Wort gegeben«, sagte er endlich, »dass ich Eure Güte vergelten werde, und jetzt, mit Gottes Gnade, ist meine Zeit gekommen. Ich bete nur, dass ich nichts Falsches tue.«

Charlie blinzelte ihn an und fragte sich, was in aller Welt der Mann meinte. Und sicherlich hätte ein Fischermann aus Billingsgate keine offensichtlichen Möglichkeiten, Maria zu finden.

»Meine Tochter«, fuhr der Mann fort. »Meine Tochter wurde beinahe von Eurem Malvern gefangen genommen. Aber sie hat sich befreien können und versteckt sich auf diesem Boot. Ich habe bisher niemandem gesagt, dass sie sich hier verbirgt. Aber ich sage es Euch, Charlie Tuesday. Weil ich Euch mein Wort gegeben habe.«

Marc-Anthony sah aus, als wollte er eine Bemerkung über das Pech von Frauen machen, die während der Pest-Zeit auf Schiffen lebten. Aber er sah Charlies Gesichtsausdruck und überlegte es sich anders.

»Dann bringt uns zu ihr«, sagte er.

*

Die Tochter des Mannes war blond und hübsch. Obwohl sie die letzten paar Tage unter einem Leinensack verstaut gewesen war. Im Gegensatz zu ihrem Akzent waren die Kleider, die sie trug, teuer, was darauf schließen ließ, dass sie ihren Körper verkaufte, zumindest zeitweise.

»Na los, Jenny«, sagte ihr Vater. »Sag ihnen, was du über Malvern weißt.«

Jenny sah Charlie unsicher an.

»Er ist ein böser Mann«, sagte sie mit einem verängstigten Starren.

Offensichtlich hatte sie ihr Status als blinder Passagier vorsichtig werden lassen.

Ihr Vater nickte ermutigend.

»Sprich weiter.«

»Ich … Ich weiß nicht viel mehr über ihn«, gab Jenny zu. »Nur, dass er mir bekannt vorkam, wie jemand, den ich schon einmal gesehen hatte.«

»Aber Ihr wisst nicht, wer?«, drängte Charlie.

Sie sah ihren Vater an. Er nickte, sie sollte fortfahren, und sie schüttelte traurig den Kopf.

»Sag dem Diebesfänger alles, was du weißt«, drängte der Vater. »Wir beide sind ihm etwas schuldig. Denn es war sein Zertifikat, das uns zum Hafen gebracht hat.«

»Ich weiß, dass Malvern Wetten abschließt«, sagte Jenny unsicher und sah dabei von Charlie zu ihrem Vater.

»Wisst Ihr wo?«, fragte Charlie, der versuchte, so schnell wie möglich eine Anlaufstelle zu ermitteln.

Jenny nickte.

»Im *Smith and Widdles*. In der Botolph Lane. Ich habe gesehen, wie er seinen Namen in das Wettbuch eingetragen hat. Er hat viel Geld gesetzt«, fügte sie hinzu, »darauf, dass die Pest sich in den Westen der Stadt ausbreiten wird. Wo die reichen Leute leben.«

»Die Pest ist dort noch nicht so schlimm«, sagte Marc-Anthony unsicher. »Also sieht es aus, als würde er verlieren, wenn es das ist, worauf er gewettet hat.«

Charlie registrierte diese Tatsache mit Unbehagen. Vielleicht hatte Malvern vor, viel Geld zu gewinnen, um einen Aufstand zu finanzieren. Aber wenn das der Fall wäre, müsste er die Ausbreitung der Pest irgendwie kontrollieren können. So etwas war unmöglich. Er drehte die Möglichkeit in Gedanken hin und her, konnte sie aber nicht mit dem in Einklang bringen, was er über Malverns Pläne wusste.

»Hat er auch eine Adresse in dem Wettbuch angegeben?«, fragte Charlie hoffnungsvoll. »Irgendeinen Ort, an dem ich ihn finden könnte?«

Aber Jenny schüttelte den Kopf.

»Wenn er das getan hat, habe ich es nicht gesehen.«

»Seid Ihr zu ihm nach Hause gegangen?«, drängte Charlie. »Vielleicht erinnert Ihr Euch an die Straße?«

»Er hat mich zu einer Kirche gebracht«, antwortete Jenny und ihr Gesicht sah mitgenommen aus. »Sie war voll mit verrottenden Lebensmitteln.« Sie schauderte und fuhr fort. »Ich konnte nur entkommen, indem ich mich in einem Priesterloch versteckt habe. Aber er hatte eine Sammlung entsetzlicher, blutverschmierter Werkzeuge bei sich. Gott bewahre, was er mir angetan haben könnte.«

Charlie versuchte, den qualvollen Gedanken zu unterdrücken, dass Maria die gleichen Werkzeuge zu spüren bekommen könnte.

»Wo war die Kirche?«, fragte er und rang um Fassung.

»Ich weiß es nicht«, gab Jenny zu. »Nur, dass wir eine Weile lang durch Hintergassen gelaufen sind. Mädchen wie ich sind in Kirchen nicht willkommen«, fügte sie entschuldigend hinzu.

Charlie fühlte, wie ihn ein schreckliches, lähmendes Gefühl übermannte. Dass er sie nicht finden würde. Er dachte an Malverns Karte, aber sie war ihm keine Hilfe. Es waren keine Kirchen eingezeichnet gewesen, und die Kreuze ergaben kein Muster, das auf einen Hauptstandort hinweisen würde.

»Wie groß war die Kirche?«, versuchte er es. »Gab es irgendetwas, was besonders an ihr war?«

Jenny schüttelte langsam den Kopf.

»Ich nehme an, man würde sie als groß bezeichnen«, sagte sie langsam. »Jedenfalls schien sie mir groß zu sein. Und es stank da drinnen«, fügte sie mit einem Nasenrümpfen hinzu.

Charlie atmete tief aus.

»Hatte sie einen Friedhof?«, versuchte er es wieder, um einen Weg zu finden, die Auswahl einzuschränken.

Jenny nickte.

»Ich glaube, ja. Ja. Sie hatte einen. Wir sind hindurchgegangen. Ich erinnere mich, dass ich versucht habe, einen Witz darüber zu machen, dass wir auf Gräbern tanzten.«

Charlie ging in Gedanken die Stadtkarte von London ab und ließ sie um Botolph Lane kreisen. Sieben Kirchen waren in Fußnähe. Nur drei von ihnen hatten einen Friedhof. Fen Church, St. Clements und All Hallows. Was unterschied die Kirchen voneinander?

»Ihr sagtet, sie hatte ein Priesterloch?«, fragte Charlie und ergriff Jennys Arm mit Nachdruck. »In dem Ihr Euch versteckt habt?«

Jenny nickte.

»Ich habe mich versteckt und gezittert, weil ich um mein Leben gefürchtet habe«, bestätigte sie.

»Das kann nur St. Clements oder Fen Church sein«, entschied Charlie. »All Hallows hat nie Priester versteckt.«

Er spielte in Gedanken die Fakten durch. Aber er konnte sie nicht weiter eingrenzen. Es war zu wenig Zeit. Er würde raten müssen.

Von den zweien war Fen Church näher am Fluss gelegen. Es war nicht mehr als eine wohl begründete Vermutung, aber wenn Malvern einen Aufstand plante, könnte die Nähe zur Themse einen taktischen Vorteil bieten.

»Kannst du mich zum Hafen am Tower bringen?«, fragte Charlie und drehte sich zu Marc-Anthony um.

»Aber dieser Teil von London ist extrem gefährlich, Charlie. Die Pest hat aus ihm ein Niemandsland gemacht. Du solltest dich auf das Schlimmste vorbereiten.«

»Was ist das Schlimmste?«

»Ich glaube, du wirst schockiert sein, Charlie. Wenn du siehst, was aus deiner Stadt geworden ist.«

»Trotzdem muss ich dorthin, und zwar schnell«, entgegnete Charlie.

Marc-Anthony signalisierte seinen Männern, die Anker zu lichten und die Segel zu setzen. Das Schiff drehte sich in die anschwellende Strömung und Charlie fühlte sich erleichtert, etwas unternehmen zu können.

Marc-Anthony verschwand kurz und kam mit einem langen Gewehr zurück.

»Du solltest das mitnehmen«, sagte er und gab Charlie die Waffe. »Es ist nur eine Hasenbüchse, aber sie ist die beste Waffe an Bord.«

Charlie nahm die Waffe.

»Bist du dir sicher, dass du ohne sie auskommst?«

Marc-Anthony winkte ab.

»Sie schießt einen Sprühstrahl aus Schrot, der vielleicht einen Mann verlangsamen könnte«, meinte er. »Wenn du gut zielst und das Gesicht triffst, könnte sie mehr Schaden anrichten.«

»Danke, Marcus.«

»Es tut mir leid, dass ich dich nicht besser ausrüsten kann«, sagte Marc-Anthony traurig. »Aber du weißt, wie es ist, Charlie. Alle guten Gewehre gehören den Reichen. Das ist das Beste, das wir haben, aber besser als nichts, was? Wenn sich schreckliche Männer herumtreiben.«

Kapitel 70

Maria fühlte den harten Steinboden unter sich und dem Grabstein, an dem sie lehnte. Ihre Hände waren immer noch fest mit einem Seil gefesselt und ein Knebel aus einem rauen Stoff schnitt ihr die Wangen ein. Sie war in einer Kirche. Aber das Gebäude wurde für einen anderen Zweck genutzt. Ein schrecklicher Gestank hing in der Luft. Wie bei den Fleischern in Smithfield an einem heißen Tag. Als ob Fleisch aufgehäuft worden wäre und verrotten würde.

Maria drehte den Kopf, um ihre Umgebung besser überblicken zu können. Die Kirche war mit unendlich vielen Stapeln an Waffen gefüllt. Sie sah haufenweise Schwerter und Hunderte von Piken lehnten an der Wand. Sie sahen aus, als wären sie alle gebraucht. Die meisten waren in Kämpfen abgesplittert oder zerkratzt worden und trugen die Zeichen von Bürgerkriegsregimentern. Manche waren neuer und vermutlich einem reichen Hausherrn abgekauft, der eine größere private Sammlung gehabt hatte. Malvern musste schon seit einiger Zeit Bestände angehäuft haben.

In einem ordentlichen Stapel in der Ecke befanden sich Gegenstände eines feinen Haushalts. Vielleicht hatte Malvern, wie andere wohlhabende Hausherren, sein Hab und Gut hierher gebracht, um es vor Pest-Plünderern zu schützen. Da waren Stühle und Tische. Zusammengerollte Teppiche, Wandteppiche und Truhen. Ein vertrautes Symbol stach ihr ins Auge. Die Krone mit der Schlaufe aus Knoten.

Es war aus Metall gefertigt und an einer ungewöhnlich aussehenden Truhe im niederländischen Stil befestigt. Es war die größte Truhe, die sie jemals gesehen hatte. Eine Seemannskiste, entschied sie, als sie sie genauer betrachtete. Die Art robuster Kiste, die man benötigte, um all seine irdischen Kostbarkeiten auf einer Reise zu verstauen und sie vor den Elementen zu schützen.

Sie dachte an Charlies Schlüssel. Zu klein für eine Tür. Zu groß für eine Truhe. Aber diese Truhe. Diese riesige Truhe könnte die passende Größe haben.

Sie hörte ein flatterndes Geräusch. Tauben. Sie hatte einen Taubenkäfig im Wagen gesehen. Er benutzte die Vögel, um Nachrichten zu verschicken, und sie hatte gesehen, wie er den Käfig auf dem Friedhof vor der Kirche abgestellt hatte. Ohne Zweifel waren sie Teil seines Plans. Aber dieses Wissen war in ihrer momentanen Situation nutzlos.

Maria wand sich in ihren Fesseln. Das Seil war so fest zugeschnürt worden, dass es in ihre Haut schnitt und jede Bewegung schmerzte. Sie bereitete sich auf die Schmerzen vor, krümmte und wand sich und schaffte es, ihre gefesselten Hände zu ihrer Hüfte hinunterzuschieben, wo ihre Tasche hing.

War dort eine Nadel drin, wie sie gehofft hatte? Ihre Finger tasteten umher und fanden den Saum ihrer Tasche. Sie unterdrückte einen Schmerzensschrei, als das Seil tiefer einschnitt.

Endlich konnte sie ihren kleinen Finger in die Tasche schieben. Sie tastete umständlich hin und her und weiter in die Tasche hinein. Ihre Fingerspitzen griffen nach dem Wachs-Kosmetikum, und sie fluchte. Sie griff tiefer hinein und betastete die Seiten, um irgendwo eine versteckte Nadel zu finden.

Aber da war nichts außer ein paar Münzen. Eine riesige Welle der Hoffnungslosigkeit stieg in ihr auf, und sie unterdrückte das Bedürfnis, zu weinen.

Das Geräusch einer schweren, sich schließenden Tür hallte durch die Kirche und sie erstarrte. Schritte hallten über die Steinplatten. Einen Augenblick lang sah sie ein Stück des schweren Umhangs. Und dann stand der Pest-Doktor mit seiner grässlichen Eisenmaske vor ihr.

Sie fühlte, wie sich ihre Lunge zusammenzog. Der Schnabel lehnte sich zur Seite und dann wieder zurück. Und dann wurde die große Maske gesenkt, um ihr mit ihren glitzernden Gläsern aus Kristallglas ins Gesicht zu sehen. Zwei schwarze Löcher starrten sie unverwandt an. Maria wand ihren Blick ab und versuchte, ihren Atem zu beruhigen.

Das Monster sprach und ihr Herz fing erneut an zu pochen.

»Du erinnerst mich an meine Frau.«

Die Stimme klang durch die Maske leise und verzerrt.

Maria starrte die Glasaugen an.

»Soll ich dir sagen, was ihr passiert ist?« Der Pest-Doktor kam noch etwas näher und Maria presste ihren Körper an den Grabstein hinter sich. »Sie wurde zu ihrem eigenen Schutz in ein Nonnenkloster gebracht«, sagte er. »Denn der Bürgerkrieg war in vollem Gange, und du hast wahrscheinlich gehört, was protestantische Soldaten den Frauen reicher Katholiken angetan haben.«

Malvern betrachtete einen Moment lang ihr Gesicht.

»Du bist zu jung, um dich daran zu erinnern«, entschied er. »An die schrecklichen Taten, die damals verübt wurden. Du meinst vermutlich, heutzutage sei es schlimm, ein Katholik in London zu sein.« Er lachte leise und humorlos. »Menschen haben ihren eigenen Landsleuten nie etwas Schlimmeres angetan, als sie es im Namen Gottes getan haben. Ich war noch ein Junge, als ich zusehen musste, wie Soldaten meine Eltern ermordeten. Sie ließen mich am Leben. Aber manchmal frage ich mich, ob sie das wirklich aus Gnade getan haben.« Er legte seine behandschuhten Finger dorthin, wo sein Mund sein musste. »Man denkt nicht mehr so wie früher«, sagte er. »Manche Dinge, die man sieht, ändern die Art, wie man darüber denkt. Man fühlt für seine Mitmenschen nicht mehr, wie man es einst getan hat. Als der Bürgerkrieg endlich vorbei war, hatte ich alles verloren«, fuhr Malvern fort. »Aber ich hatte immer noch meine Frau. Wenigstens war sie sicher vor all diesem Schrecken.«

Er sah nachdenklich aus, als ob das Bild seiner Frau ihm geholfen hatte, Schlimmes zu überstehen.

»Und dann haben sie es mir erzählt«, sagte er und alle Emotionen waren aus seiner Stimme verschwunden. »Zuerst wollte ich es nicht glauben. Als ich sie fand …« Eine lange Pause entstand. »Als ich sie fand, hielten sie sie in der Scheune eingeschlossen. Sie kroch auf allen vieren umher. Keinen Deut besser als die Tiere, die mit ihr eingepfercht waren.«

Die behandschuhten Hände fingen an, gegeneinander zu reiben.

»Ich habe nie herausgefunden, was sie ihr angetan haben.« Er hielt inne, als sei er nicht imstande, die Erinnerung in Worte zu fassen. »Diejenigen von uns, die für den König gekämpft haben, dachten, wir würden belohnt werden. Und jetzt ist sein Sohn zurückgekehrt und hat uns verraten.« Er nahm eine Papierrolle aus seinem Mantel. »Dies ist sein Untergang. Diese kleine Papierrolle. Wenn sie ankommt, wird London fallen. Und dann England. Der König wird zurückkehren und sein Land ruiniert vorfinden.«

Ein Geräusch, das ein Lachen gewesen sein konnte, kam hinter der Metallmaske hervor.

»Sie denken, dass ich die Pest verbreite, diese Landpöbel, die versuchen, meine Reisen zu behindern«, sagte er. »Aber ich verbreite etwas viel Mächtigeres in der Stadt. Die Kontamination, die ich mit mir bringe, wird den Verräter-König in die Knie zwingen. Und es ist die Habgier seiner eigenen Leute, die seinen Untergang vorantreibt, denn sie verteilen meine Kontamination in allen Stadtteilen Londons.«

Malvern kam plötzlich näher an Maria heran.

»Er hat mich immer interessiert, der Unterschied zwischen Katholiken und Protestanten. Was in der Stille ertragen werden kann.«

Die leise Stimme hatte nun eine andere Klangfarbe.

Maria bemerkte die Tasche. Sie musste in Malverns Umhang versteckt gewesen sein, aber er hatte sie herausgenommen, während er sprach. Abgewetztes Leder, wie die Tasche eines Arbeiters. Innen sah sie das Glitzern von eisernen Werkzeugen. Brandzeichen und Pinzetten. Folterwerkzeuge. Die Werkzeuge, die der Schmied im Swan Court gefertigt hatte, kamen ihr in den Sinn.

»Meine Frau ist nicht mehr bei uns«, sagte Malvern. »Aber ich schulde ihr einen letzten Zauber. Einen Wasser-Zauber.« Er dachte einen Moment lang nach. »Ich weiß nicht, wie sie ihn wirken würde, also werde ich improvisieren«, sprach er und kam näher.

Malverns Hand glitt ehrfurchtsvoll über die Werkzeuge aus Eisen. Seine Augen glitzerten.

Marias Körper hatte sich in kaltes, hartes Eis verwandelt.

»Was, denkst du, wird aus deinem Glauben werden?«, fragte Malvern. »Wenn dir unaussprechliche Dinge angetan werden?«

Kapitel 71

Es dauerte mehr als vier Stunden, den Fluss hochzusegeln, und Charlie fühlte mit jeder Sekunde, wie seine Angst größer wurde. Dann kam endlich der Hafen von St. Katherine in Sicht. Ein Windstoß fuhr das Schiff entlang und die Männer riefen, dass die Segel gedreht werden sollten.

»Warte noch ein bisschen und wir werden dich sicher an Land setzen«, sagte Marc-Anthony. »Du solltest in Pest-Zeiten besser nicht im Wasser schwimmen.«

Das Warten war quälend und die Aussicht immer schrecklicher, je näher sie dem Ufer kamen.

Im Hafen von St. Katherine lag das Zollhaus, und diese Gegend wimmelte normalerweise nur so vor Seemännern und Amtsmännern, Händlern und Kaufmännern, die alle mit importierten Gütern handelten. Heute war niemand zu sehen.

Charlie sah zu Marc-Anthony hinüber, das Gesicht seines Freundes sagte alles. Er dachte offensichtlich, dass eine Reise in das Herz Londons ein Himmelfahrtskommando war.

Das Schiff lag nun parallel zur Hafenmauer und Charlie bedankte sich aus tiefstem Herzen, bevor er an Land sprang. Hinter ihm setzten sich die Seemänner in Bewegung und schwangen die Segel mit lauten Rufen herum, um eilig wieder auf den Fluss hinauszukommen.

Charlie betrachtete den verlassenen Hafen. Das einzige Ladegut auf dem sonst so betriebsamen Platz war ein verlassenes Fass, über dem Fliegen schwirrten. Es war eine Ladung aus Kabeljau und Erbsen, die aufgebrochen und verrottet war.

Charlie wandte sich von der traurigen Szene ab und folgte dem Fluss westwärts in Richtung der London Bridge. Die großen Lagerhäuser entlang des Ufers waren geplündert worden. Als er an der London Bridge vorbeiging, blieb ihm vor Schrecken die Luft weg.

Die London Bridge bestand aus breiten Bogen, die den Fluss in der Sommerzeit zu einem Schneckentempo verlangsamten und ihn im Winter komplett gefrieren ließen. Die schmalen Öffnungen waren mit Hunderten von aufgeblähten, blauen Leichen verstopft. Eine Handvoll hingen am Ufer fest, aber die Strömung hatte den Rest in ein dichtes Knäuel verwandelt, das sich an der Verengung durch die Backsteinbrücke in der Form eines Flaschenhalses staute. Es waren so viele, dass sie einen makaberen Damm für die Gezeiten bildeten.

Die Leichen waren nackt oder in dünne Überreste verrotteter Kleidung gehüllt. Die spärliche Bekleidung gab die Sicht auf ihre Gliedmaßen frei, von deren Haut sich schwarze Geschwüre ablösten. Ihre aufgeblähten Bäuche schwammen an der Oberfläche, ausgedehnt und riesig, während ihre Beine und Arme schlaff unter Wasser hingen.

Charlie suchte nach Anzeichen dafür, dass irgendjemand versuchte, den Wasserweg von seiner furchtbaren Fracht zu befreien. Es gab keine. Niemand hatte es auch nur versucht.

Charlie schluckte und drehte sich landeinwärts. Die Zeit lief davon. Er nahm den Weg nach Alders Gate, der ihn durch die sonst belebtesten Orte der Stadt führte. Aber der Anblick verwandelte das Unbehagen in seinem Magen in blankes Grauen. In Leadenhall sah er einen leeren Stand nach dem anderen, und der

Wind hatte Dreck über den ungepflegten Marktplatz verteilt. Er kam an einer Kirche vorbei, deren Massengräber überfüllt waren und wo sich die verrottenden Londoner über der Erde aufhäuften.

Zuerst erkannte er die Fen Church Street überhaupt nicht. Gras und Disteln schossen zwischen den Pflastersteinen empor. Die Pest muss hier monatelang ungebremst gewütet haben, dachte er, ohne dass die Amtsmänner bemerkt hatten, wie weit sie sich hier verbreitet hatte. Die Natur hatte den Bezirk schon zur Hälfte wieder eingenommen. Noch einen Monat, dachte er, und der Boden würde komplett von Unkraut bedeckt sein.

Charlie hatte erwartet, dass die Pest ihm Freunde nahm, um die er trauern würde. Aber er hätte nie gedacht, dass es seine eigene Stadt treffen könnte, um die er trauern würde.

Kapitel 72

Einatmen. Ausatmen. Einatmen. Ausatmen. Es bedurfte Bürgermeister Lawrences volle Konzentration. Die Atemnot war ganz plötzlich gekommen. Er hatte von Pest-Fällen gehört, bei denen ein Opfer über Kopfschmerzen geklagt hatte und innerhalb einer Stunde tot war. Aber er hatte noch nicht einmal die Kopfschmerzen gespürt. Nur das plötzliche Gewicht des Atems, als seine Lungen angefangen hatten, aufzugeben.

Es ist so schnell gekommen. Lawrence versuchte, sich zu erinnern, wann ihm das Atmen zum ersten Mal schwergefallen war, um ausrechnen zu können, wie lange er noch Zeit hatte. Eine Stunde? Zwei?

Er sah Blackstone am Türrahmen.

»Bleibt mir fern«, schaffte er zu sagen.

Ihm kam in den Sinn, dass es ihm peinlich sein sollte, dass ihn jemand wie ein Hund krabbelnd auf dem Boden seines eigenen Büros vorfand. Aber unter den Umständen war er lediglich froh, dass Blackstone zurückgekommen war.

»Soll ich einen Geistlichen rufen?«

Lawrence lächelte durch seine Schmerzen hindurch. Blackstone wusste immer, was zu tun war.

»Es gibt keine …, es gibt keine meines Glaubens in der Stadt.«

Das Sprechen erschöpfte ihn.

»Etwas Essen vielleicht? Oder Wasser?«

Lawrence schüttelte den Kopf.

»Ich habe gute Neuigkeiten«, sagte Blackstone. Er wartete nicht darauf, dass Lawrence antwortete. »Es ist der König. Er kehrt zurück.«

»Der König … glaubt, … die Pest sei vorbei?«

Blackstone antwortete vorsichtig.

»Er weiß von den guten Taten, die wir verrichten, um die Straßen von den Leichen zu befreien«, sagte er. »Und die Zahlen sind ein wenig gefallen. Es könnte ein gutes Zeichen sein.«

Lawrence versuchte, sich zu konzentrieren.

»Blackstone?«

»Ja, Sir?«

»Ich habe … Vorkehrungen getroffen. Für Euch.«

Blackstone schwieg.

»Ich habe es … Ratsherr. Eingesetzt.«

»Danke, Sir.«

Blackstone sah auf den Boden. Er und Lawrence waren Kollegen, aber nie eng miteinander befreundet gewesen. Auf jeden Fall hatte er nicht erwartet, dass er auf Bürgermeister Lawrences Empfehlung hin jemals eine höhere Stellung einnehmen würde.

»Da ist etwas …«, sagte Lawrence.

»Was?«

»In der Stadt. Priester. Könntet Ihr … einen herschicken?«

Blackstone schüttelte traurig den Kopf.

»Alle protestantischen Priester sind geflohen. Diejenigen, die man jetzt noch predigen hört, sind Katholiken. Sie sind gekommen, um sich um ihre eigene Herde zu kümmern.«

»Bitte«, sagte Lawrence. »Egal, was für einen Priester … Ihr finden könnt.«

Blackstone nickte wortlos.

»Sagt es niemandem«, bat Lawrence.

Die Tränen rollten seine Wangen hinunter.

»Ihr müsst Euch keine Sorgen um die Stadt machen, Sir«, sagte Blackstone.

»Da sind Dokumente in meinem Büro«, brachte Lawrence heraus. »Amesbury. Ihr müsst seine Verbindung zum *Versiegelten Knoten* herausfinden. Ich glaube, er hat vor, den König zu verraten.«

»Ich würde Ihnen in ein Bett helfen«, fing Blackstone an, aber Lawrence schüttelte den Kopf.

Blackstone ging in Lawrences Zimmer zurück. Auf dem Schreibtisch lagen mehrere Dokumente verstreut herum. Sie zeigten die Zahlen der Toten, die seit Februar stetig gestiegen waren. Auf dem letzten Blatt sah er, dass es mittlerweile einhunderttausend Tote waren.

»Ein Viertel der Stadt«, murmelte er. »Und der Rest geflohen.«

Als er die Dokumente durchging, stieß er auf die Zahl der toten Amtsmänner und Angestellten der Stadt. Adelige, Parlamentsmitglieder, Boten und Krankenschwestern. Der Tod behandelte alle gleich. Obwohl die Armen, wie immer, besonders am Anfang wehrloser gewesen waren. Dann bemerkte er etwas an den Zahlen. Oder genauer gesagt an den Berufen, die diejenigen, die gestorben waren, ausgeübt hatten. Die Rattenfänger schienen von der Pest stärker betroffen zu sein als alle anderen Berufsstände.

Er setzte sich einen Moment lang hin, um über diese Entdeckung nachzudenken. Und dann hörte er eine laute Stimme von draußen. Blackstone sah aus dem Fenster mit den diamantenförmigen Fensterscheiben hinaus. Was er dort draußen sah, ließ ihn zum ersten Mal seit Monaten aufrichtig lächeln. Vielleicht in Jahren. Es war ein katholischer Priester. Er hatte sich eine Kanzel gesucht und predigte nun öffentlich im Zentrum von London. So etwas hatte es in Blackstones gesamtem Leben nicht gegeben.

Er lehnte sich zurück und genoss das Gefühl der Verwunderung. Dann richtete er seine Augen wieder auf die Zahlen der Toten. Eine Weile blieb sein Blick an einem Blatt mit Amesburys Namen hängen. Und einem vertrauten Symbol.

Langsam stand Blackstone auf. Er bündelte die Dokumente und schob sie in eine Schublade. Dann schloss er sie vorsichtig.

Er hatte wichtige Dinge zu erledigen.

Kapitel 73

Als sich Charlie der Kirche in der Fen Church Street näherte, hörte er ein leises Stöhnen. Er erinnerte sich an Wapping. Dass die Toten zu den Kirchen krochen, um mit ihrem Anblick zu sterben.

Als die Tür der Kirche in Sichtweite kam, bemerkte Charlie eine dichte Meute infizierter Londoner. Manche von ihnen kratzten halbherzig an der Tür und versuchten, hineinzukommen, aber viele andere saßen einfach nur da und starrten das Gebäude an, als könnte es sich durch ihre Blicke öffnen.

Einige von ihnen sahen aus wie ganz normale Bürger, aber bei den meisten waren die Zeichen der Krankheit klar zu erkennen. Blaue Finger, geschwollene Hälse oder violette Venen, die ihre Wangen überzogen. Zusammen gaben sie ein entsetzliches Summen aus Schmerzen und Verzweiflung von sich.

Charlie hielt sich vom Eingang fern und schlich zu einer anderen Seite der Kirche. Zu seiner Erleichterung waren die Pest-Kranken nicht in den Friedhof eingedrungen, und der Zaun war niedrig.

Er kletterte ohne Probleme in den Friedhof hinüber. Innerhalb der eingezäunten Fläche wuchs das Gras lang um die uralten Gräber lange verstorbener Londoner herum. Die Nacht war mittlerweile vorangeschritten und in der Finsternis ragten die weißen Grabsteine wie riesige Zähne hervor.

Charlie ging zum hinteren Teil des Friedhofs und holte Luft. Die Grabsteine waren zur Seite geworfen worden. Er suchte die Kirche nach einem Eingang ab. Dann sah er eine riesige Grube, die frisch ausgehoben worden war und in der Mitte des Friedhofs offen lag.

Er ging näher heran. Auf dem Boden der Grube lagen in Tücher gehüllte Leichen, die kopfüber hineingeworfen worden waren und nun übereinanderlagen. Pest-Gruben werden nicht mit Leichen gefüllt, die in Leichentücher gehüllt sind. Sie sind für die Leichen der Armen gedacht.

Er hörte ein Gurren. Als ob eine Schar Tauben in der Nähe wäre. Das war es wahrscheinlich, was Malvern transportierte, dachte Charlie. Etwas, das in dieses Grab geworfen und als Leichen getarnt worden war.

Er sah zur Kirche hinauf. Malverns Pläne zu kennen, könnte von Vorteil sein, wenn es darum ging, Maria zu befreien, wenn er schnell war. Einen Moment lang verließ Charlie der Mut. In der Dunkelheit war es unmöglich zu sagen, ob die Totengrube echt oder von Malvern angelegt worden war.

Er nahm all seinen Mut zusammen, hockte sich hin und sprang hinab. Seine Füße trafen auf hartes Metall, und der Aufprall ließ ihn unter Schmerzen auf die Knie sinken. Die Hasenbüchse, die Marc-Anthony ihm gegeben hatte, fiel herunter, aber zu seiner Erleichterung löste sich kein Schuss.

Ohne Zeit zu verlieren, steckte Charlie sein Messer in den Stoff und riss ihn auf. Der verborgene Inhalt der Leichentücher funkelte im Mondlicht. Es waren Silbermünzen. Tausende davon. Er schlitzte noch ein Tuch auf und der gleiche funkelnde Inhalt quoll heraus.

»Schillinge.«

Er sprach es laut aus, während die winzigen Silbermünzen im Grab glitzerten. Das also war Malverns Fracht. Schillinge.

Sein erster Gedanke war, dass irgendjemand Malvern finanzierte, damit er eine Armee aufbaute. Aber es machte keinen Sinn. Warum würde jemand so kleine Münzen verschicken? Größere Geldeinheiten wären viel einfacher zu transportieren und zu schmuggeln. Juwelen, Goldbarren, es gab so viele bessere Möglichkeiten, jemanden illegal zu bezahlen. Außer …

Er griff in seinen Mantel und zog die Karte heraus, die er im Beichtstuhl gefunden hatte. Dann nahm er eine der Münzen in die Hand und untersuchte sie gründlich. In der Dunkelheit verbreitete sich langsam die Erkenntnis auf Charlies Gesicht. Fälschungen. Es waren gefälschte Münzen.

Die Kreuze auf der Karte markierten nicht die belebtesten Orte. Sie markierten Orte, an denen viel gehandelt wurde. Märkte, Geschäfte und Tavernen. Malvern wählte Orte, an denen Geld schnell in den Wirtschaftskreislauf hineinfloss und keine Spur hinterließ. Verkaufsstellen, die Münzen in alle Ecken von London verteilten.

Also das war der Plan. Das war die Kontamination, die Malvern geplant hatte. Das Geld wurde nicht verwendet, um einen Aufstand zu finanzieren. Es wurde verwendet, um die englische Wirtschaft zu ruinieren.

Charlie atmete langsam aus. Also verbreitete Malvern tatsächlich eine Art Infektion in London. Aber es war keine ansteckende Krankheit. Er plante, falsche Münzen zu verteilen.

Charlie dachte nach. Ein paar gefälschte Münzen könnten einfach vom System aufgenommen werden. Aber wenn man genügend gefälschte Währungseinheiten auf einmal in Umlauf brachte, würde das die Staatskasse schwächen. Die Preise würden in den Himmel steigen, während Münzen an Wert verlieren würden. Und dann würde die künstlich aufgeblasene Wirtschaft kollabieren.

Plötzlich war der Plan offensichtlich. Malvern hatte vor, den König dort zu treffen, wo es am meisten schaden könnte

– in seiner Staatskasse. Vermutlich würden die Waffen später zum Einsatz kommen. Nachdem die Monarchie gefallen war.

Aber um die Staatskasse nachhaltig zu schwächen, würde Malvern Tausende von Münzen verteilen müssen, und alle zur gleichen Zeit. Wie würde er sie alle gleichzeitig ausgeben können?

Dann erinnerte Charlie sich an Malverns Wetten in der Spielbank. Und auf einmal machte alles Sinn. Er wettet nicht, um zu gewinnen. Er wettet, um seine Münzen zu verlieren.

Malvern wettete, um zu verlieren. Und wenn dies passieren würde, würden die Spielbanken seine gefälschten Münzen in einer einzigen Flut an die reichen Aristokraten im Westen auszahlen.

Leichentücher zu verwenden, um die Fracht zu verbergen und das Geld in einem Friedhof zu begraben, war ebenfalls eine geniale Idee. Kein Bürger würde sich näher als eine Meile an eine Pest-Grube herantrauen und schon gar nicht die Leichentücher öffnen.

Charlie erkannte, dass er Malvern unterschätzt hatte. Er hatte geglaubt, er sei ein Verrückter, der nur Zauber im Kopf hatte. Aber dieses Vorgehen bezeugte, dass er viel kälter und gnadenloser war. Malvern war bereit, sein eigenes Land dem Untergang zu weihen, um seine Rache am König ausüben zu können. Charlie starrte die dunklen Mauern der Kirche hinauf. Er wusste, dass er Malverns Pläne stoppen musste. Aber erst musste er Maria befreien.

Er betete, dass Maria in der Kirche war, taxierte die dunklen Mauern, und seine Gedanken rasten hin und her, angetrieben von seiner Entdeckung. Mehrere Bäume wuchsen neben dem Glockenturm. Wenn er hinaufklettern und das Dach entlanggehen konnte, würde er vielleicht hineingelangen können.

Bevor er zurück aus der Totengrube kletterte, warf Charlie einen langen, letzten Blick auf die Hasenbüchse. Er konnte sie nicht mitnehmen, entschied er. Der lange Lauf würde ihn lediglich aufhalten, und er hatte bereits fast aus Versehen einen Schuss gelöst. Außerdem war sie nicht stark genug, um jemanden zu töten. Er beschloss, sie bei Malverns Fracht liegen zu lassen.

Ein Schrei durchschnitt die Luft und dann hörte er einen Chor aus Rufen, die ihn begleiteten. Während er seine Arme um den Stamm des höchsten Baums legte und anfing zu klettern, konnte er eine Ansammlung dunkler Köpfe am Eingang der Kirche erkennen. Noch mehr von ihnen standen auf und bewegten sich auf die verschlossene Tür zu. Sie baten darum, hineingelassen zu werden.

Charlie kletterte am dicksten Ast entlang in Richtung des Kirchendaches. Er sprang auf das Schieferdach und blieb einen Moment lang sitzen, um Luft zu holen. Vor ihm war der Kirchturm, und plötzlich ging in der Kirche ein Licht an, als hätte es nur auf ihn gewartet.

Kapitel 74

Charlie lief auf Zehenspitzen das Dach bis zum unteren Teil des Glockenturms entlang. Hier befand sich eine kleine Tür, die an einer Seite des Turms eingelassen worden war. Sie musste eingebaut worden sein, um Leuten zu ermöglichen, das Dach zu reparieren, vermutete Charlie. Er hielt die Luft an und drückte die Klinke hinunter. Sie öffnete sich und gab den Blick auf ein paar winzige dunkle Steinstufen frei.

Er zwängte sich hinein und hielt inne, um zu lauschen. Die Geräusche der Pest-Kranken draußen schienen bis in das Kirchenschiff unter ihm zu hallen. Aber soweit er hören konnte, war es im Inneren der Kirche still.

So leise wie möglich stieg er die Stufen hinab und hoffte, dass das Gejammer von draußen jegliche Geräusche, die er machte, überdecken würde.

Unten angelangt sah er, dass jemand eine Laterne in der Mitte der Kirche aufgehängt hatte. Das konnte erst vor Kurzem geschehen sein, denn sie schwang noch vor und zurück, hinein und hinaus aus seinem Sichtfeld.

Charlie erstarrte und suchte nach Hinweisen auf die Person, die die Laterne aufgehängt hatte. Dann wurden seine Augen groß, als er sah, was sich in dem Kirchenschiff befand. Überall waren Lebensmittel. Aber alle waren verrottet und verdorben. Der Geruch war entsetzlich.

Dann richtete sich sein Blick auf die Waffensammlung. Gewehre und Schwerter waren zu Haufen aufgetürmt worden. Genug für eine Armee. Hier also versteckte Malvern sein Waffenarsenal.

Er hörte ein Klopfen. Ein langsames, stetiges Pochen. Er wartete einen Augenblick lang und versuchte, die Quelle des Geräuschs zu ermitteln. Und dann verstand er. Es waren die Pest-Kranken draußen, die darum baten, in die Kirche gelassen zu werden.

Charlie drehte sich von dem Geräusch weg in das Licht der Laterne und auf einmal sah er es. Die Krone mit der Schlaufe aus Knoten.

Das Symbol war aus funkelnden Nagelköpfen an einer Seite einer riesigen Seemannskiste eingehämmert worden. Sie bestand aus dichtem Teakholz und stand einfach da, unverrückbar und unzugänglich. Breite Streifen aus schwarzem Stahl umschlossen einen kompliziert aussehenden Schließmechanismus.

Charlies Blick fiel auf die detaillierten Metallarbeiten weiter oben, die die Scharniere der riesigen Kiste bildeten. Es war eine niederländische Bauweise.

Eine niederländische Truhe.

Langsam fuhr Charlies Hand zu dem Symbol hoch, das um seinen Hals hing. Das Schlüsselloch der Truhe starrte ihn an wie ein einzelnes, herausforderndes Auge.

Sie stand zwischen verschiedenen Haushaltsgegenständen, und Charlie brauchte einen Moment, um den Zusammenhang zu verstehen. Er erkannte einen aufgerollten Teppich und dann ein verziertes Tischbein. Die Objekte waren ihm so vertraut, dass er einen Augenblick lang dachte, er würde träumen. Es waren die Möbel aus dem herrschaftlichen Haus seiner Kindheit.

Malvern muss seinen Haushalt vor Pest-Plünderern sichergestellt haben. Und hier war diese Truhe, mittendrin. War es möglich, dass sie all die Jahre lang verschlossen gewesen war und Charlie der Einzige war, der einen Schlüssel für sie hatte? Er hielt den Atem an und ging näher heran. Lautlos nahm er den Schlüssel von seinem Hals.

Malvern kommt. Er hörte ein entferntes Flüstern und hielt inne, da er dachte, dass jemand gesprochen hätte. Dann ging er noch einen Schritt vorwärts. Die Möglichkeit, herauszufinden, was seine Mutter ihn hatte finden lassen wollen, war plötzlich in greifbarer Nähe, und er fühlte, wie seine Beine ihn vorwärts trieben.

Als er an der Truhe war, nahm er den Schlüssel, kniete sich hin und drehte ihn langsam im Schloss um. Die Vorrichtung drehte sich. Der große Mechanismus aus miteinander verbundenen Riegeln setzte sich in Bewegung. Und Charlie hob den Deckel. Die Truhe war mit einem selbstschließenden Schloss ausgestattet, das er noch nie zuvor gesehen hatte. Eine federgelagerte Vorrichtung innen schloss sich automatisch, wenn die Truhe zugeklappt wurde. Er hatte von ähnlichen Erfindungen gehört, die in Schmuckkästen eingebaut wurden, aber noch nie in einer Truhe dieser Größe. Sie war gebaut worden, um eine Menge Geld auf dem Seeweg zu transportieren.

Im Inneren lag ein Haufen Dokumente. Er bemerkte ein königliches Siegel und niederländische Wörter. Seine Augen überflogen den Inhalt, obwohl er wusste, dass er nicht riskieren konnte, sich die Zeit zu nehmen, den Text zu übersetzen. Er runzelte die Stirn und versuchte, den Zusammenhang zu verstehen.

Das königliche Wappen. Und die Niederlande. Seine Mutter hatte diese Dokumente versteckt. Was für einen Grund kann sie gehabt haben? Er fand ein anderes Blatt mit englischem Text. Zitternd vor Kälte zog er es heraus.

Charlie blickte zu der riesigen Eichentür hinüber, an der sich langsam ein Riss bildete. Er konzentrierte sich wieder auf das Dokument in seiner Hand. Auf der Seite waren so viele winzige Wörter, dass sein Kopf schmerzte. Charlie konnte ausreichend, aber nur langsam lesen. Das Blatt Papier erschien ihm wie ein Mahlstrom aus Wörtern.

Er runzelte die Stirn und überflog das Dokument nach Hinweisen. Es hatte ein königliches Siegel unten. Und eine Unterschrift, die Charlie erkannte. Thomas Blackstones Handschrift. Mit Teresa Blackstones Unterschrift darunter.

Charlies Blick fiel auf den oberen Rand des Blattes. Zwei große Wörter formten die Überschrift, und er fuhr sie mit dem Finger nach. Heiratserlaubnis. Das also war Thomas Blackstones Ehezertifikat.

Charlie ließ das Dokument in seiner schlaffen Hand liegen, dachte darüber nach und versuchte, das immer lauter werdende Dröhnen der Pest-Kranken an der Kirchtür zu ignorieren. Warum sollte Sally Oakley Thomas' Ehezertifikat verstecken?

Charlie kniff die Augen zusammen, um das Gekritzel besser erkennen zu können. Es schien kein Kirchenname festgehalten worden zu sein. Also war das Dokument für eine Hochzeit auf See ausgestellt worden – die Art, die von unehrenhaften Priestern durchgeführt wurden, die dort ihre Dienste anboten. Eine recht fragwürdige Entscheidung für einen wohlhabenden Mann.

Charlie konzentrierte sich darauf, den Namen der Person zu finden, die die Hochzeit abgesegnet hatte, aber die große Menge an Text konnte er einfach nicht schnell genug lesen. Er brauchte Zeit, um das Dokument sorgfältig zu studieren. Aber Zeit war etwas, das Charlie nicht hatte. Blackstone hatte Maria.

Plötzlich donnerte ein lauter Schlag durch die Kirche, als einer der Pest-Kranken die Tür mit besonders viel Kraft attackierte. Charlies Hand zog sich vor Schrecken zurück, wodurch der Deckel der Truhe herunterklappte und das Dokument auf den Boden fiel, während er seine Hand schnell wegzog. Das

Krachen hallte unheilvoll durch die Kirche. Dann hörte er ein Klicken, und die Truhe verschloss sich von selbst. Charlie wollte sie gerade wieder öffnen und die Dokumente herausnehmen, da hörte er es noch mal, dieses Mal deutlicher. *Malvern kommt!*

Er konnte später weitermachen, entschied er. Als Erstes musste er Maria finden. Draußen vor der Kirche hatten sich die infizierten Leute in einen Fieberanfall hineingesteigert. Sie klopften erneut und hämmerten verzweifelt mit den Fäusten. Charlie sah zu der riesigen Eichentür hinüber. Sicherlich würde sie nicht mehr lange standhalten.

»Charlie?«

Es war Marias Stimme.

Er wirbelte herum, konnte aber in dem verlassenen Kirchenschiff nichts sehen.

»Maria?«

»Charlie!« Die Stimme war gedämpft. »Komm nicht näher!«

Er rannte auf die Stimme zu und fand sie gefesselt hinter einem Grabstein liegen. Sie war geknebelt worden, hatte es aber geschafft, den Knebel halb zur Seite zu schieben. Genug, um eine Warnung zu krächzen. Charlie zog den Knebel heraus und fing an, ihre Fesseln zu lösen.

»Nicht, Charlie«, bettelte sie. »Du musst gehen. Es ist nicht sicher hier. Er wird die Leute klopfen hören und wissen, dass jemand hereingekommen ist.«

Das Klopfen war lauter denn je. Charlie drehte seinen Kopf kurz nach links und rechts, sah aber nichts und löste weiter die Seile.

»Er wird kommen«, beharrte sie. »Er wird jede Minute hier sein. Du musst gehen und Alarm schlagen.«

»Ich werde dich nicht hier lassen, Maria«, sagte Charlie.

Das Klopfen mischte sich mit dem Geräusch von knackendem Holz. Es hörte sich an, als würden sich die Leute draußen mit dem Körper gegen die Tür werfen.

»Du musst gehen, Charlie.«

Marias Hände waren nun frei und sie schubste ihn von sich weg. Er fiel rückwärts auf den Steinboden. Als er sich verwirrt wieder aufrichtete, hob sie warnend eine Hand.

»Hat er dir wehgetan?«, fragte er und dachte, sie würde vielleicht versuchen, eine Verletzung vor ihm zu verbergen.

Maria schüttelte den Kopf.

»Er hatte es vor«, antwortete sie. »Und dann hat er die Zeichen gesehen.« Sie zog ihre Röcke hoch und ihre weißen Beine kamen zum Vorschein. Zuerst dachte er, sie würde ihm ein kleines Muttermal zeigen. Ein weinroter Daumenabdruck auf halber Höhe innen am Schenkel. Und dann sah er noch einen. Und noch einen.

»Du kannst mich nicht retten, Charlie«, sagte sie und ihre Augen starrten in die seinen. »Ich bin bereits tot.«

Die Zeichen zogen sich über ihre Beine und breiteten sich in ineinandergreifende blutrote Flecken und hervorstehende Venen weiter oben aus.

»Ich kann nicht mit dir mitkommen«, erklärte sie.

Charlie fiel mit offenem Mund auf die Knie.

»Maria, ich …«

»Du musst gehen. Es gibt eine Chance, dass du Malverns Pläne noch durchkreuzen kannst. Er hat vor, eine Nachricht zu verschicken. Hast du den Käfig mit den Tauben draußen gesehen?«

Charlie schüttelte den Kopf. Dann erinnerte er sich an das Gurren, das er gehört hatte, kurz bevor er in die Totengrube gesprungen war.

»Ich glaube, ich habe sie gehört. Auf dem Friedhof.«

»Es waren Brieftauben in einem Käfig, die du gehört hast«, sagte sie. »Ich habe sie gesehen. Die Vögel sollen verwendet werden, um zu signalisieren, wann die Infektion beginnen soll. Aber er hat es noch nicht getan. Er wollte erst ein besseres

Mittel gegen die Pest suchen, damit er sicher sein würde. Vor mir.« Charlie beugte sich zu ihr hinüber, aber sie schubste ihn grob zurück. »Wenn du zu den Vögeln gelangen kannst, könntest du verhindern, dass die Nachricht verschickt wird. Alles, was du tun musst, ist, den Käfig zu öffnen und sie zu befreien.«

Aber Charlie hörte nicht zu.

»Wir können einen Doktor finden. Es gibt irgendeine Medizin oder Tinktur.« Er lehnte sich vor und ergriff ihre Hand. »Komm. Steh auf. Wir bringen dich in ein warmes Bett, und du kannst alles ausschwitzen.«

»Seine Pläne können immer noch durchkreuzt werden«, wiederholte Maria. »Aber du musst jetzt gehen.«

»Es gibt den Theriak aus Venedig«, stammelte Charlie verzweifelt. »Das hat manchen Leuten geholfen.«

»Wem?«, fragte Maria. »Wem hat es geholfen, Charlie? Niemand überlebt die Pest. Halte Malvern auf. Das ist alles, was du für mich tun kannst.«

Er schüttelte den Kopf.

»Ich lasse dich nicht alleine.«

»Dann wird Malvern gewinnen. Und ich werde für nichts sterben und …« Sie wurde von dem Geräusch einer sich öffnenden Tür unterbrochen. Ihre Augen wurden vor Angst größer. »Er ist hier«, flüsterte sie. »Geh!«

Kapitel 75

»Ich weiß, dass jemand hier ist.«

Malverns Stimme polterte durch das Kirchenschiff. Das Donnern an der Tür schien immer nachdrücklicher zu werden und hallte durch die Kirche.

»Ich habe euch miteinander sprechen gehört.«

Die Stimme verstummte einen Moment lang, sodass nur noch das Klopfen zu hören war.

»Und er ist immer noch hier«, sagte Malvern.

Charlie hockte auf dem Boden, fühlte, wie Maria ihn trat, und bewegte sich von ihr weg zum vorderen Teil der Kirche hin. Noch verbarg ihn der Grabstein, aber es würde nicht lange dauern, bis Malvern ihn entdecken würde. Er hatte recht gehabt, was Malverns Identität anging, bemerkte er. Die vertraute Stimme hatte es bestätigt.

Schwere Schritte und das Rascheln eines Umhangs waren zu hören. Charlies Blick fiel auf die dicke Eichentür. Sie vibrierte unter den Angriffen von draußen. Die Mitte splitterte bereits, und bevor er wusste, was das bedeutete, war es schon passiert.

Die Tür wurde eingetreten und eine Lawine von Leuten taumelte in die Kirche hinein. Zerborstene Venen an ihren Hälsen und in den Gesichtern ließen sie wie Untote aussehen – als ob sie gerade aus den Gräbern im Friedhof gestiegen wären.

Sie humpelten auf Füßen, die mit Gewebebrand befallen waren, und sich krümmenden schwarzen Fingern herein. Aber auf ihren Gesichtern war Hoffnung zu erkennen. Sie waren gekommen, um bei einem Geistlichen Trost zu finden, und so wankten sie vergebens suchend weiter.

Die Verwirrung nutzend, stand Charlie auf, bedeckte seinen Mund und rannte hinaus. Er streifte an festen Pest-Beulen und vereiterten Gliedmaßen entlang, während er rannte, aber die Meute schien ihn kaum zu bemerken in ihrem verzweifelten Versuch, Schutz in der Kirche zu finden. Charlie drehte sich um und sah Malvern in seinem Kostüm des Pest-Doktors, der schockiert herumwirbelte, als die Kranken auf ihn zustürmten. Und dann verschwand er in dem Tumult. Maria war nicht zu sehen.

Charlie rannte in die mondhelle Nacht hinaus und auf das offene Grab zu. Er hörte die Tauben, bevor er sie sah. Maria musste sich hinter dem Grabstein versteckt haben, glaubte er, und er konnte nur hoffen, dass sie sich lange genug in Sicherheit bringen konnte, bis er irgendwie Malvern überwältigen könnte. Dann würde er sie irgendwo hinbringen, wo sie behandelt werden könnte. Es musste etwas geben. Sie würden die Stadt durchkämmen und ein Heilmittel finden.

Die gurrenden Tauben führten ihn zum Käfig. Seine Finger schlossen sich um die Tür und tasteten nach dem Riegel. Von hinten war eine Stimme zu hören.

»Du siehst deiner Mutter sehr ähnlich.«

Charlie drehte sich um.

»Ich habe jahrelang nach dem gesucht, was sie mir gestohlen hat«, fuhr Malvern fort. »Und jetzt habe ich dich endlich gefunden. Denn ich weiß, dass sie mein Geheimnis bei einem ihrer Söhne versteckt haben muss.«

Er hatte die sich wehrende Maria mitgebracht und warf sie auf den Boden, während er sprach. Charlie bewegte sich auf sie zu, aber Malvern zog warnend sein Schwert.

Die Maske neigte sich zur Seite.

»Sie hat euch beide so schlau versteckt, dass ich dich und deinen Bruder nie gefunden habe. Obwohl ich täglich in den Elendsvierteln von London gesucht habe.«

Malverns Blick blieb an dem Schlüssel um Charlies Hals hängen. Ein leises Lachen war zu hören.

»Dort also hat sie es versteckt. In meiner eigenen Truhe. Sehr schlau. Aber es ist vorbei. Gib mir den Schlüssel.« Charlies Hand umklammerte den Schlüssel. »Gib ihn mir. Und ich werde dir sagen, wo deine Mutter ist.«

»Meine Mutter ist tot.«

Es schmerzte ihn, es auszusprechen.

»Weißt du das sicher? Willst du nicht ganz sicher sein? Ich werde dich nicht anlügen, Junge. Ich werde dir genau sagen, wo sie ist.« Eine tiefe Sehnsucht breitete sich in Charlie aus. »Du hast es doch sicher dein ganzes Leben lang wissen wollen«, sagte Malvern. »Du musst es dich immer gefragt haben. Jetzt hast du eine Chance, es ein für allemal herauszufinden.«

»Sie ist tot«, erwiderte Charlie. »Wenn meine Mutter am Leben wäre, wäre sie zu uns zurückgekommen.«

»Dein Vertrauen rührt mich, Junge. Aber was, wenn du falsch liegst? Was, wenn dies deine letzte und einzige Chance ist, zu erfahren, wo sie ist?«

»Ich …, ich glaube nicht, dass sie noch am Leben ist.«

»Und doch hörst du dich unsicher an. Vergeude diese Gelegenheit nicht, Charlie Oakley. Wenn deine Mutter lebt und du sie finden kannst, wäre es sehr schade, wenn du nicht die entscheidenden Details wüsstest.«

»Ich werde nicht mitansehen, wie Ihr das Land ruiniert«, sagte Charlie.

»Hat der König so viel für dich getan? Dein dummer Monarch hat mich selber im Dienste Londons angestellt, sodass ich dem Bürgermeister direkt unter seiner Nase falsche Berichte über seine Mätressen habe schicken können.« Malvern hielt inne, um zu sehen, ob seine Worte gewirkt hatten. »Ich möchte nur den Schlüssel haben«, fuhr er fort, aber seine Stimme veränderte sich. »Ich werde dir erlauben zu leben.« Er sah auf Maria hinunter. »Euch beiden. Du wirst endlich sicher wissen«, Malverns Stimme war zu einem Flüstern geworden, »wo deine Mutter ist.«

»Nein!«

Er hörte Maria von dort rufen, wo sie hingefallen war, aber er konnte sich nicht dazu durchringen, sie anzusehen.

»Du hast mein Wort, Junge. Ich werde dir alles erzählen.« Malvern war angespannt. »Du kannst nicht gewinnen.«

Charlies Blick schweifte zu Maria hinüber und dann wieder zurück. Seine Finger tasteten den Schlüssel ab.

»Gib ihn mir.«

Malverns behandschuhte Kralle krümmte sich ungeduldig.

»Er wird ihn niemals hergeben!« Marias Vertrauen in ihn kam unerwartet. Charlie schaute sie an. »Du würdest ihn niemals gewinnen lassen«, sagte sie.

Charlie sah wieder Malvern an. Seine Hand löste sich von dem Schlüssel.

»Ich werde ihn Euch nicht geben«, sagte er. »Ich würde lieber sterben, als das Andenken an meine Mutter zu verraten.«

Hinter Malverns Maske war ein leises Knurren zu hören. Unerwartet schnell schoss er vorwärts und ergriff Marias blonde Haare. Er legte die scharfe Klinge seines Schwertes an ihren Hals.

»Na gut, Junge. Da du keine Gefühle für deine eigene Mutter hast, ist dir vielleicht dieses Mädchen mehr wert.«

Maria schüttelte den Kopf.

»Gib ihn ihm nicht, Charlie. Ich bin sowieso schon tot. Du wirst nichts gewinnen, wenn du ihm hilfst, seine Pläne zu verwirklichen.«

»Na schön«, meinte Malvern. »Wenn du zusehen willst, wie ich ihr Blut vergieße, kannst du das haben.«

Mit einer geübten Ruhe setzte er das Schwert noch näher an ihrem Hals an.

»Nein!«, rief Charlie.

Maria rang nach Luft.

»Halt! Bitte! Ich werde ihn Euch geben.«

Malvern sah auf. Die Klinge hielt er still.

»Also?«

Charlie tastete nach dem Schlüssel.

»Charlie! Nein!«

Er ignorierte sie und warf ihn auf den Boden neben Malverns Füße.

Malvern ließ Maria zu Boden fallen und hob ihn auf. Charlie ging auf sie zu, aber Malvern hielt ihm warnend sein Schwert entgegen.

»Komm nicht näher.«

Malverns Augen glitzerten und seine Stimme hatte all ihre vorherige Überzeugungskraft verloren.

»Deine Mutter hat mich bestohlen, und ich habe sie erdrosselt. Ich habe natürlich erst später bemerkt, dass sie meine Geheimnisse versteckt hatte. Ich dachte, ihre Söhne würden die Antwort haben, aber ich konnte euch nicht finden.«

»Sie hat uns in Sicherheit gebracht«, entgegnete Charlie. »Im Waisenhaus.«

»Das ist Mutterliebe«, erwiderte Malvern.

Charlie starrte die Glasbrille an und Malverns Maske kippte zurück, um den Mann vor sich mustern zu können.

»Wir sind gar nicht so verschieden, du und ich«, sagte er. »Wenn ich dir sagen würde, was die Soldaten meiner Mutter angetan haben, würde dir schlecht werden. Im Vergleich dazu hatte Sally Oakley ein barmherziges Ende. Also sind wir gleich, Charlie Oakley, zumindest was unsere Wut angeht.«

Ihre Blicke trafen sich.

»Vielleicht in unserer Wut«, antwortete Charlie.

Er fühlte sich am ganzen Körper kalt. Ein Teil von ihm hatte immer gewusst, dass seine Mutter tot sein musste. Aber etwas in ihm war zerbrochen, und diese Stelle füllte sich mit einer leeren, bleiernen Verzweiflung. Er wollte davonkriechen und nachdenken. Die Wut, die im Hintergrund immer in seinem Leben herumgeschwommen war, hatte nun ein festes Ziel. Thomas Malvern. Ihre Intensität machte ihm Angst.

Die einzige Möglichkeit, Rache auszuüben, stand nahe bei ihm. Der Vogelkäfig. Er könnte die Brieftauben freilassen und Malverns Pläne vereiteln. Er bewegte sich ein kleines Stück näher zu den Vögeln hin und ging in Gedanken durch, wie er sie am schnellsten freilassen konnte.

Malvern machte einen Schritt auf ihn zu.

»Denk nicht, dass ich so dumm bin, dass ich nicht mitbekomme, was du vorhast«, sagte er. »Ich werde deinen Arm von deinem Körper trennen, bevor ich dir erlaube, diese Vögel freizulassen.«

Ein plötzliches Geräusch brachte sie beide dazu, sich umzudrehen. Es war Maria. Sie war aufgestanden und wankte nun auf Malvern zu. Als sie in den Mondschein trat, waren die Venen an ihrem Hals und im Gesicht deutlich zu sehen. Ihr Atem war abgehackt und schwerfällig.

Trotz des Schutzes durch sein Pest-Doktoren-Kostüm trat Malvern unsicher zurück. Seine behandschuhten Hände versuchten, mit der Pistole zu zielen, aber Maria hatte sich auf ihn geworfen, bevor er sie abfeuern konnte. Sie griff mit ihren Händen nach oben und zog ihm die Maske vom Kopf. Malverns Verkleidung fiel auf den Boden und gab seine blauen Augen und die schwarzen Haare preis. Sein Mund öffnete sich schockiert, als Maria ihm in die Augen spuckte.

Unter der Kapuze sahen sie den Berater des Bürgermeisters. Thomas Blackstone.

Kapitel 76

Blackstone fiel hin, versuchte, sich mit den Händen das Gesicht abzuwischen, und Maria drehte sich zu Charlie um.

»Jetzt!«, rief sie. »Lass die Vögel frei!«

Charlie war so überrascht, dass er einen Moment zögerte, bevor er auf den Käfig zusprang und den Riegel zurückschob. Einen Augenblick später erklang ein Schuss, wodurch die Vögel im Käfig in Angst gerieten und hintereinander hinausflogen. Sie schwärmten in einer großen Masse aus Federn hoch und in den Himmel.

»Nein!«

Blackstone rannte den fliehenden Vögeln hinterher, aber sie waren zu schnell für ihn. Wie eine große, graue Wolke flogen sie in die Nacht hinein.

Charlie sah dorthin, wo Maria gewesen war. Sie stand nicht mehr, sondern war rückwärts gefallen. Ein roter Fleck breitete sich auf ihrem weißen Unterhemd aus. Er rannte zu ihr hinüber.

»Es war Gnade, Charlie«, sagte sie, als er neben ihr auf den Boden fiel. »Ich sterbe lieber so als auf anderem Wege.«

Hinter ihm hörte er, wie Blackstone auf den offenen Käfig zuraste und wild daran zog, um nach verbliebenen Tauben zu suchen. Er stieß einen plötzlichen Jubelschrei aus und Charlie drehte sich mit sinkendem Herzen um. Ein Flügelschlagen bestätigte seine Befürchtung. Eine einzelne Taube kauerte hinten im Käfig, zu verängstigt, um wegzufliegen. Blackstone knallte die kleine Tür zu, um den Vogel festzuhalten.

Marias Hand glitt aus Charlies Hand. Er sah, wie das Blut langsam aus ihrer Brust gepumpt wurde und dann versiegte.

»Nein.«

Er drehte ihren Kopf in seine Richtung, aber je tiefer er ihr in die Augen starrte, umso mehr entfernte sich ihr Blick von ihm. Während Maria von ihm schied, verdichteten sich die Erinnerungen an sie in seinem Kopf. Aber dann sah er Bilder aus seiner Kindheit im Waisenhaus. Wie er hatte zusehen müssen, wie sein Bruder Tag für Tag dünner wurde, und Bilder von toten Kindern in den Betten.

»Bitte, Maria.«

Er glaubte, etwas zu sehen. Einen letzten Funken. Dann schlossen sich ihre Augen. Nur seine schwarze Wut blieb zurück. Er stand auf, um Blackstone gegenüberzutreten, und die Worte quollen abgewürgt aus ihm heraus.

»Ihr habt meine Mutter ermordet!«

Seine Wut kam in so hohen Wellen, dass er die Worte regelrecht hervorkeuchte. Charlie schritt auf Blackstone zu.

Blackstone kannte den Gesichtsausdruck vom Schlachtfeld und sein Gesicht verhärtete sich. Er zog sein Schwert.

»Glaub nicht, dass ich nicht schon Tausende wie dich im Krieg vernichtet habe«, entgegnete er.

Aber das Selbstvertrauen, das er vorhin noch gezeigt hatte, schien etwas geschwächt.

»Acht Jahre lang haben mein Bruder und ich als Waisen gehungert«, sagte Charlie.

Ohne langsamer zu werden, hob er einen Ast vom Boden auf und reckte ihn drohend in die Höhe. Blackstone schwang sein Schwert mit Leichtigkeit herum, um seinen Griff als Knüppel zu benutzen.

Sie kamen einander näher, der barfüßige Mann mit dem Ast und der bewaffnete Kavalier. Dann schlug Charlie in seiner Wut unvermittelt zu. Der Ast krachte herunter und Blackstone stolperte rückwärts. Mit dem ganzen Gewicht des Schwertgriffs holte er aus.

Charlie bewegte sich gerade rechtzeitig. Das Schwert verpasste seinen Schädel, schlug aber mit voller Kraft auf seine Schulter ein.

Er fühlte, wie seine Schulter aus der Gelenkpfanne sprang und sein Körper sich vom Boden abhob. Der Schlag ließ ihn weit nach hinten fallen und er landete mit einem heftigen Aufprall in dem offenen Pest-Grab.

Einen Moment lang lächelte Blackstone. Mit der eiskalten Berechnung eines erfahrenen Soldaten sah er hinunter, um zu überprüfen, ob sein Gegner ihm immer noch gefährlich werden konnte, und ging dann zu dem Taubenkäfig hinüber.

Er nahm den letzten gurrenden Insassen heraus, streichelte ihm sanft den Kopf und befestigte eine Nachricht an seinem Bein.

»Diese hier geht an den Palast«, sagte er, »und verkündet im Namen des Bürgermeisters, wohin sich die Pest in der Stadt ausbreitet. Sobald das getan ist, wird jede reiche Spielbank in London meine gefälschten Münzen verteilen.«

Blackstone warf seine Hände in die Höhe und sah zu, wie die Taube unsicher in die Luft stieg. Charlie sah mit sinkendem Herzen zu.

Blackstone ging zu dem offenen Grab zurück und lehnte sich hinüber.

»Du siehst, es ist vollbracht«, erklärte er. »Die Nachricht ist verschickt und der König wird bald bemerken, wie hoch der Preis seines Verrats ist.«

Charlie verspürte einen unerwarteten Druck. Etwas bohrte sich in seinen Rücken. Die Hasenbüchse. Er hatte vergessen, dass er sie vorhin im Grab hatte liegen lassen.

Vorsichtig schob er seine Hand darunter, bis seine Finger sich um die Waffe schlossen. Er konnte Blackstone nicht töten, das wusste er. Aber er konnte ihm wehtun. Ihn verletzen. Der Gedanke entfachte eine bittere Stärke in ihm.

Blackstone blinzelte, als er bemerkte, dass er in einen Gewehrlauf starrte. Er unterdrückte ein Lächeln. Vielleicht hatte der Junge die Waffe zur Einschüchterung bei sich. Aber er wusste nichts über Waffen. Es war eine Hasenbüchse. Vermutlich würde er sie in der feuchten Luft noch nicht einmal abfeuern können. Über ihnen flog der weiße Bauch der Taube in den Himmel hinein. Und Malvern wusste, dass sein Plan nicht mehr zu stoppen war.

»Dann töte mich doch«, sagte er und spielte mit der Unwissenheit des Jungen. »Übe deine Rache aus. Wir sind genau gleich, du und ich. Wir beide sind verraten worden und verwaist. Wir beide wollen Rache üben an denjenigen, die uns Unrecht getan haben.«

Charlie konnte Marias Leiche nicht sehen, aber stattdessen sah er in Gedanken ihr Gesicht. Statt ihrer Todesangst sah er eine Ruhe auf ihrem Gesicht. Seine Wut schwand ein wenig.

Blackstone bemerkte seinen Stimmungswandel. Es war unglaublich. Der Junge hatte Angst, den Auslöser zu betätigen. Obwohl er die Chance hatte, sich an dem Mann zu rächen, der seine Mutter getötet hatte, war er jetzt unsicher. Das war der Grund, warum der Aufstand funktionieren würde. Weil Männer wie er selber nicht zögern würden.

»Deine Mutter wäre nicht gerade stolz gewesen, zu sehen, wie schwächlich ihr Sohn ist«, sagte er, während er sich langsam vom Grab weg bewegte.

Er sah, wie sich Charlies Ausdruck verhärtete und hielt einen Augenblick lang inne. Vielleicht würde der Junge tatsächlich mit einem Mordversuch seine unsterbliche Seele aufs Spiel setzen. Und es würde es wert sein, sein Gesicht zu sehen, wenn die Waffe nicht wie gehofft funktionieren würde.

Aus den Tiefen des Grabes heraus fühlte Charlie, wie sich das Monster in ihm rührte.

»Ihr glaubt vielleicht, dass ich schwach bin, aber ich bin stärker als Ihr«, sagte er.

Blackstone lächelte kalt.

»Du weißt nicht, was Stärke ist. Ihr Protestanten glaubt, ihr seid zusammen stark, aber das ist nichts gegen einen Mann, der bereit ist, seine Religion mit dem Leben zu schützen.«

»Es hat nichts mit der Anzahl von Menschen oder mit Gewalt zu tun«, erwiderte Charlie. »Ich bin stärker als Ihr, weil ich keine Rache brauche.«

Und er drückte ab.

Kapitel 77

Der Schuss löste sich, vernebelte Charlie mit einer Wolke aus Schießpulver die Sicht und drückte ihn in die Grube zurück. Am Rande der Grube sah er Blackstone, der erschrocken zurücktrat. Und dann fiel zu Charlies großer Erleichterung die letzte Brieftaube vom Himmel. Er hatte nicht gewusst, wie hoch die Waffe feuern würde. Aber als er die weißen Flügel über sich gesehen hatte, war er überzeugt gewesen, dass der Schrotstrahl sein Ziel treffen würde. Die Federn schneiten beruhigend auf ihn herunter.

Charlie hatte keine Ahnung, was Malvern veranlasst hatte, sich abzuwenden. Er schloss seine Augen und wartete auf die grausame Vergeltung. Aber es passierte nichts. Stattdessen erschien eine Gestalt, weiß wie ein Engel. Er blinzelte ungläubig, als sie am Rand der Grube schwebte, geisterhaft blass im Mondlicht. Durch den Schuss hatte er ein lautes Piepsen in den Ohren. Charlie starrte hoch und kniff seine Augen zusammen, um die himmlische Erscheinung besser sehen zu können.

»Du solltest besser aufstehen und aus dem Grab herauskommen«, sagte sie mit einer erstaunlich vertrauten Stimme.

»Maria?«

Seine Stimme blieb ihm vor Schock fast im Hals stecken.

»Wer sonst?«

Charlie setzte sich vorsichtig auf und kletterte aus der Grube. Er ergriff ihre Schultern und schloss sie dann in seine Arme. Sie war warm und fest. Charlie beugte sich zurück, um ihr ins Gesicht zu sehen.

»Ich kann nicht glauben, dass du es bist.«

»Warum, Charlie?«

»Du bist erschossen worden«, sagte er. »Und mit der Pest infiziert.«

Maria lächelte.

»Es war nur etwas Bienenwachs und Beerensaft. Ein Kosmetikum, das ich immer bei mir habe.« Sie hob ihre Hand und rubbelte an einem der Flecken an ihrem Hals. Dann hielt sie ihm ihre rot gefärbte Hand entgegen. »Es ist eigentlich dafür da, meine Lippen zu verschönern. Und letztendlich war es nützlicher als ein Messer«, fügte sie mehr mit sich selber sprechend hinzu.

Maria legte ihren Kopf in den Nacken, um zu ihm hinaufzusehen.

»Wäre es Tag, hätte diese Täuschung nie funktioniert. Aber im Kerzen- und Mondlicht sahen sie echt genug aus. Genug, um Blackstone zu täuschen«, fügte sie hinzu, »und ihn so zu verängstigen, dass er mir nichts antat.«

»Warum hast du es mir dann nicht gesagt?«, verlangte er zu wissen. »Ich dachte, du hättest die Pest, Maria. Ich dachte …«

Er verkniff es sich, ihr den Tumult seiner Gefühle darzulegen, den sie in ihm ausgelöst hatte.

»Ich wusste, dass du Zeit vergeuden würdest, um mich loszubinden«, sagte Maria einfach. »Ich dachte, es wäre sinnvoller, wenn du dich darauf konzentrieren würdest, die Tauben freizulassen.«

»Blackstone hat auf dich geschossen«, klagte Charlie, »ich habe dich sterben sehen.«

Maria schüttelte den Kopf und klopfte sich an die Brust.

»Der Schuss hat mich nicht mit voller Kraft getroffen, denn ich hatte mich von ihm abgewandt. Und die Kugel ist nicht weit eingedrungen.« Sie klopfte auf ihr dickes Reet-Korsett. »Und du sagst, modische Kleidung sei dumm. Außerdem«, fügte sie hinzu, »habe ich nur ein bisschen geblutet, bevor es aufgehört hat. Ich war überrascht, dass du das nicht bemerkt hast, Charlie. Ein Mensch muss länger als nur ein paar Sekunden bluten, um von einem Musketenschuss zu sterben. Ich habe sogar versucht, dir mit den Augen zu signalisieren, dass ich nur spiele, bevor ich sie geschlossen habe.«

»Ich …, ich kann dir nicht sagen, wie glücklich ich bin, dass du lebst.«

Sie umarmten sich einen Moment lang – ein warmes Glimmen auf dem kalten, dunklen Friedhof.

Maria löste sich plötzlich von ihm.

»Wo ist Blackstone?«, fragte sie. »Ich kann ihn nicht sehen.«

Charlie sah sich schnell um. Überall lagen Federn.

»Ich habe ein Stück eines Grabsteins gefunden und ihm damit ordentlich auf den Kopf geschlagen, während du in der Grube warst«, fügte Maria hinzu. Sie sah sich verwirrt um. »Er ist hingefallen, aber ich weiß nicht, wo er jetzt ist.«

Charlie hielt Marias Hand fest und ging zu einem der größeren Grabsteine hinüber. Der Anblick war erbärmlich. Blackstone saß keuchend da. Die Masse seines Körpers drückte sich gegen das Grab. Er war einfach zusammengesackt, und obwohl seine Augen offen waren, waren sie glasig und schienen ins Nichts zu starren.

»Hast du mit dem Stein seinen Schädel eingeschlagen?«, flüsterte Charlie.

»Das glaube ich nicht«, antwortete Maria. »Es fühlte sich nicht so an, als wäre sein Kopf gebrochen, als ich ihn mit dem Stein geschlagen habe. Er ist nur hinuntergesackt.«

Sie standen einen Augenblick lang da und betrachteten die Gestalt. Dann hob Charlie langsam die Hand, um auf etwas zu zeigen. Auf dem weißen Fleisch von Blackstones Hals war ein unverwechselbarer roter Kreis, eine Pest-Beule, zu sehen.

»Er hat sie.«

Maria nickte, sagte aber nichts.

»Er muss sie schon länger haben«, fügte Charlie hinzu.

»Das glaube ich nicht«, erwiderte Maria. »Es gibt ein paar Fälle, in denen die Pest plötzlich ausbricht. Er muss diese Art haben.«

Dann sprach Blackstone.

»Bitte«, murmelte er. »Ihr müsst mir einen Priester holen, damit ich meine Beichte ablegen kann. Bitte lasst meine Seele nicht ohne Absolution aus dieser Welt scheiden.«

Seine Augen flackerten, rollten hoch und schlossen sich dann langsam. Seine große Brust hob sich weiterhin in bebenden Atemzügen und aus seiner Hand fiel der Schlüssel auf den Boden.

Charlie und Maria sahen einander an.

»Es gibt nichts, was wir tun können«, sagte Maria.

Charlie nahm den Schlüssel an sich und starrte die schmerzerfüllte Gestalt an, die die Tragödie seines Lebens widerspiegelte. Eine Welle des Mitleids kam über ihn.

»Wir könnten ihm immer noch einen Priester holen«, flüsterte er. »Zumindest könnten wir es versuchen.«

»Er verdient keinen. Außerdem, willst du nicht gehen und die Truhe öffnen, die dir deine Mutter hinterlassen hat?«

Charlie lächelte schwach.

»Manche Leute vergiften ihr Leben mit Rachegelüsten. Aber ich möchte nicht, dass wir diesen Weg einschlagen.«

Sie antwortete nicht, aber er fühlte, wie sich ihre Hand enger um die seine schloss.

»Dann komm«, sagte er, »wir werden sehen, ob es jemanden in der Stadt gibt, der ihm helfen kann. Die Truhe wird noch hier sein, wenn wir zurückkommen.«

Sie standen auf und liefen über den weichen Boden des Friedhofs in Richtung Innenstadt.

Obwohl die ersten Streifen der Morgendämmerung am Horizont zu sehen waren, war die Luft immer noch kühl. Die Hitze des Sommers hatte nachgelassen. Eine kältere Brise wehte durch London.

Es wurde Herbst.

Kapitel 78

Blackstone lehnte sein schweres Gewicht gegen den Grabstein hinter ihm. Der Hunger breitete sich in jedem Winkel seines Körpers aus, und als seine Hand an seinen Hals griff, war er dick, als wäre er geschwollen.

Eine Hitzewelle rauschte durch alle seine Nerven. Er schrie in Todesqualen auf und trat wild mit den Beinen.

Seine Augen wurden milchig, während die Nacht um ihn herum dichter wurde.

Alle seine Pläne waren zunichte gemacht worden.

Er schrie gellend auf und krümmte den Rücken. Es fühlte sich an, als würde sein Kopf zerbersten.

»Einen Priester«, bettelte er in die leere Nacht hinein.

Niemand kam. Dann wurde alles dunkel und er trieb in der Folter seines eigenen, sterbenden Körpers.

*

Blackstone blinzelte und sah, dass sich die Welt um ihn herum verzerrt hatte. Er sah ein schwaches weißes Licht, aber er konnte nur sich windende Gestalten erkennen.

Das muss das Fegefeuer sein, dachte er und setzte sich in seiner neuen Umgebung auf. Jeder Teil seines Körpers schmerzte.

Eine dunkle Gestalt drängte sich näher an ihn heran und er starrte sie erstaunt an. Dann wurde ihm die Kapuze abgenommen und er verstand plötzlich seine Situation. In seinem schmerzvollen Kampf gegen die Krankheit musste er irgendwie die Maske wieder aufgesetzt haben. Die verschwommene Sicht war durch die Kristallglasbrille entstanden. Blackstone war immer noch auf dem Friedhof, aber die Sonne schien mittlerweile.

Vor ihm stand ein Bote, der verwirrt aussah.

»Mr Blackstone«, sagte der Bote. »Seid Ihr während der Arbeit eingeschlafen?«

Blackstone schluckte. Sein Hals brannte.

»Ich habe Fieber«, krächzte er. »Aber ich bin auf dem Weg der Besserung.« Er versuchte, sich weiter aufzusetzen. »Gib mir etwas zu trinken«, fügte er hinzu und deutete auf die Flasche des Boten. »Hab keine Angst«, sagte er und nahm einen großen Schluck, als ihm die Flasche überreicht wurde. »Ich bin nicht verrückt. Ich werde das hier überstehen.«

»In der Kirche«, sagte der Bote, »sind ein paar Habseligkeiten aus Eurem Haus. Wir müssen die Kirche jetzt räumen. Der Pfarrer kommt zurück.«

Blackstone versuchte, sich zu erinnern. Er hatte einige seiner Haushaltsgegenstände sicherheitshalber hierher gebracht. Konnten sie jetzt zurückgeschafft werden? Er versuchte, sich ins Gedächtnis zu rufen, was hergebracht worden war, schaffte es aber nicht. Er konnte sich überhaupt nicht entsinnen, wie er auf diesen Friedhof gekommen war. Das Letzte, an das er sich erinnerte, war seine Fahrt mit dem Wagen nach Wapping.

»Da sind ein paar Teppiche und Möbel«, sagte der Bote. »Und eine große Truhe. Ist irgendetwas davon wichtig?«

Blackstone versuchte nachzudenken, um was für Gegenstände es sich handelte.

»Nichts davon hat Wert«, schaffte er zu sagen. »Die Teppiche sind nicht teuer. Aber die Möbel gehörten meinem Vater.«

Er überlegte einen Moment lang.

»Die Truhe ist eine alte, leere Seemannskiste, das ist alles. Den Schlüssel haben wir schon vor langer Zeit verloren und wir haben sie nur aus sentimentalen Gründen behalten.«

»Soll ich dann alles entfernen lassen, Sir?«, fragte der Bote. »Da sind außerdem Lebensmittel, die anfangen zu verrotten.«

»Ja«, sagte Blackstone. »Lass alles entfernen.«

Drei Monate später

Der *Blutige Eimer* war voll von trinkenden Gästen, als der Wirt sich auf den nächsten Tisch stellte.

»Frieden, gute Leute!«, rief er, während er mit einer Hand seine lange Perücke festhielt und versuchte, auf dem wackelnden Podium zu balancieren. »Wir haben heute Nachmittag ein spezielles Unterhaltungsprogramm für Euch, um zu feiern, dass Gott uns Gnade erwiesen und entschieden hat, diese schreckliche Pest zu bezwingen.«

Aus der sich drängenden Menge waren zustimmende Rufe zu hören.

»Unser König ist zu uns zurückgekehrt«, fuhr der Wirt fort, »und unsere geliebte Stadt ist verschont geblieben.« Er machte eine Pause, während die Leute jubelten, und legte in einer patriotischen Geste seine Faust an sein Herz. »Merkt an, dass ich nicht schöne Stadt sage«, fügte er hinzu. »Denn sie hat ein paar Flecken abbekommen, nicht wahr? Aber sie ist unsere Stadt. Weshalb wir sie lieben. Und Gott hat sie uns in seiner Weisheit aus den Fängen des Teufels befreit und zurückgegeben. Und deshalb …« Er gestikulierte, damit die Trinkenden den Lärm senkten. »Und deshalb haben wir heute …« Er machte eine effektvolle Pause. »Nicht einen, … sondern zwei Faustkämpfe, die hier stattfinden werden. In eben diesem Raum!«

Der Wirt hob beide Hände, um sich für den Applaus zu bedanken, und sprang dann vom Tisch herunter, um den zahlreichen Getränkebestellungen nachzukommen.

Auf der anderen Seite der Bierschenke lächelte Charlie Maria an, und sie hoben ihre Becher, um gemeinsam anzustoßen. Seitdem das Wetter sich abgekühlt hatte, hatte London sich wundersam von der Pest erholt, und die zurückkehrenden und überlebenden Bürger hatten diese Gelegenheit genutzt, um wochenlang zu feiern. Seitdem der letzte Fall im September gemeldet worden war, hatte sich die Stadt in weniger als einer Woche von einem Außenposten in ihre ehemalige, blühende Pracht zurückverwandelt.

Schiffe legten wieder an und Händler und Einkäufer stürzten sich mit Leidenschaft auf den Überfluss an neuen Importen. Die Theater wurden wieder geöffnet, Tavernen waren brechend voll und der Markt in Leadenhall wurde das erste Mal in seiner dreihundertjährigen Geschichte von oben bis unten geschrubbt, bevor er wieder mit frischen Lebensmitteln gefüllt wurde.

Zum ersten Mal nahmen die Einheimischen ihre Pflicht, die Straßen vor ihren Häusern zu pflegen, ernst. Und während Gesetze sie nie hatten dazu überreden können, Müll wegzukehren oder Pflastersteine zu reparieren, kamen sie beim Anblick der überwachsenen Straßen in Scharen heraus, um Unkraut zu jäten und Reparaturen zu erledigen.

Die Pest schien in den Überlebenden das Bedürfnis geweckt zu haben, den guten Bürger zu mimen. Und selbst die in Fluten zurückkehrenden Aristokraten legten zusammen, um den Waschfrauen ein neues Ufergebiet zu kaufen, jetzt, da Moor Fields zu einem Gräberfeld geworden war.

Um wiedergutzumachen, dass er die Stadt im Stich gelassen hatte, verdoppelte König Charles seine Besuche beim gemeinen Volk, und der Anblick des königlichen Gefolges auf den Straßen der Stadt bildete eine bunte Ergänzung zu den Truppen der farbenfroh gekleideten Damen, die die zwischenzeitlich verpassten Modeerscheinungen wettmachten.

Lynette war in vollem Staat nach London zurückgekehrt und ihre Auftritte im Theater waren so beliebt wie eh und je. Aber Charlie fühlte keinen Herzschmerz mehr, wenn er sie Arm in Arm mit einem ihrer Gönner sah. Tatsächlich tat sie ihm sogar leid. Es musste harte Arbeit sein, dachte er, sie zu sein.

Charlie und Maria blickten über die lachenden Gäste im *Blutigen Eimer* hinweg. Eine vertraute, zerlumpte Gestalt trat hinter sie.

»Und, habt ihr noch irgendetwas über diesen Blackstone herausbekommen?«

Charlie lächelte. Seit der Nacht in der Fen Church Street war Bitey fasziniert von dem Verschwinden Blackstones.

Der alte Mann schüttelte verwundert den Kopf.

»Er muss ein Dämon oder Hexer gewesen sein«, meinte er. »Wie sonst könnte dieser Mann die Pest gehabt und es trotzdem geschafft haben, alle Beweise für seine verräterischen Pläne zu vernichten, bevor ihr den Konstabler finden konntet?«

Charlie zuckte mit den Schultern.

»Vielleicht hatte er Hilfe. Auf jeden Fall hatte er schlau gewählt, was er mitgenommen hat und was nicht. Alle seine Haushaltsgegenstände waren weg, aber das Grab war noch mit den Schillingen gefüllt. Das Geld konnte er in so kurzer Zeit vermutlich nicht wegschaffen.«

»Und er hat diese Truhe mitgenommen«, sagte Bitey, dessen Augen beim Gedanken an das Rätsel leuchteten. »Etwas darin hätte dir was über deine Mutter sagen können.«

Er deutete auf den Schlüssel, der wieder um Charlies Hals hing.

»Der *Versiegelte Knoten*«, murmelte Bitey und wiederholte die Wörter, die mit der Krone und den Knoten auf Malverns Truhe in Verbindung gebracht worden waren. »Ich fühle es in meinen Knochen, dass ich diese Worte schon einmal gehört habe. Lange her. Während des Bürgerkriegs. Aber ich kann nicht sagen, wo oder wie.«

Er schüttelte den Kopf, als wollte er der Erinnerung einen Ruck geben, runzelte dann aber die Stirn, als gäbe er sich geschlagen.

»Wenn der Konstabler sich nicht so dumm angestellt hätte, wüssten wir jetzt vielleicht mehr«, sagte Maria. »Er hat einfach nicht geglaubt, dass die Münzen Teil eines Plans gewesen sind. Er dachte, sie seien einfach nur die Arbeit eines schlauen Fälschers, der vermutlich an der Pest gestorben war, und dass sie keinen dunkleren Sinn gehabt hätten.«

Bitey nahm nachdenklich einen Schluck Bier.

»Vielleicht ist es auch besser, schlafende Hunde ruhen zu lassen«, erwiderte er, »zumindest vorerst.« Er sah Charlie an. »Warst du heute in St. Paul's?«

»Heute früh«, antwortete Charlie und Bitey hob ihm seinen Becher entgegen.

»Dann sollten wir auf sie anstoßen. Auf sie und die Stadt.«

Charlie hatte in St. Paul's um seine Mutter getrauert und war dabei einer von unzähligen Londonern gewesen, die Verwandte verloren hatten, deren Grabstätte unbekannt war. König Charles hatte erkannt, dass die Menschen einen Ort brauchten, an dem sie um ihre vermissten Toten trauern konnten, und hatte ihnen dafür die Kathedrale zur Verfügung gestellt. In den hohen, heiligen Mauern wurde ein Tod der Tod vieler Menschen, und Fremde hatten sich an den Händen gefasst, sich in die Arme geschlossen und zusammen geweint.

Charlie hob als Antwort seinen Becher. Dann fiel ihm etwas ein. Es gab jemanden, der mittlerweile zurück in der Stadt war und dem er einen Besuch schuldete.

»Setz das auf den zweiten Kämpfer«, sagte er und schob Bitey eine Münze hinüber. »Da ist jemand, den ich besuchen muss.«

*

Charlie wusste, dass es eine störrische Dame gab, die so etwas Lästiges wie eine Krankheit nicht auf sich hätte sitzen lassen. Und als er die beruhigend grünen Straßen in Mayfair zu Mutter Mitchells luxuriösem Stadthaus entlangging, war er nicht überrascht, dass er sie wohlerhalten auffand.

Während der Pest hatte sie vorsorglich eine verzierte Tabakpfeife aus Silber geraucht, die zu ihrem ständigen Begleiter geworden war. Das Rauchen verlieh ihrer kehligen Stimme eine noch rauere Beschaffenheit. Rauchschwaden stiegen von ihrer mit Seide umhüllten Gestalt hervor.

»Genügend Arbeit für uns, die Leute in den Landhäusern aufzuheitern, wo alles so traurig und verdrießlich war«, erklärte Mutter Mitchell.

Sie hustete und richtete ihr voluminöses Kleid, während Charlie ihr von den Ereignissen der letzten Tage vor dem Ende der Pest erzählte.

»Während des Krieges sind viele königliche Verschwörungen und Gesellschaften entstanden«, sagte sie. »Vielleicht hat irgendeine bösartige Sekte überlebt.«

»Blackstones Frau sagte, mein Schlüssel zeige das Symbol des *Versiegelten Knotens*«, berichtete Charlie. »Das hört sich irgendwie bekannt an. Aber ich weiß nicht, woher. Sagt es dir etwas?«, fragte er, obwohl er wusste, dass, wenn der uralte Bitey mit dem Namen nichts anzufangen wusste, es unwahrscheinlich war, dass Mutter Mitchell es tat.

Aber zu seiner Überraschung saß Mutter Mitchell einige Zeit bewegungslos da, bevor sie langsam nickte.

»Ja, ich habe etwas davon gehört«, sagte sie. »Vor langer Zeit.« Sie hob ihre Augen, um Charlie anzuschauen. »Der *Versiegelte Knoten* war eine Gruppe Nobelmänner«, erzählte sie. »Sie haben sich während des Bürgerkriegs zusammengeschlossen.

Ich weiß nicht, zu welchem Zweck. Nur ein bisschen Gerede von einigen der hochgeborenen Männern, die in meinen Armen gelegen haben und zu freizügig mit den Geheimnissen ihrer Kameraden umgingen. Der *Versiegelte Knoten* müsste entweder mit der Exekution des Königs gewonnen oder verloren haben, und was auch immer ihr Anliegen gewesen war, muss damit zu Grabe getragen worden sein. Aber die Männer, die dazugehörten, waren gefährlich, Charlie. Allesamt reich, mächtig und kriegshungrig.«

*

Eine geheime Gruppe Nobelmänner, während des Bürgerkriegs gegründet. Charlie dachte über diese Information nach, während er sich durch das Gewimmel in Covent Garden kämpfte, um zurück zum *Blutigen Eimer* zu gelangen.

Einer der Kämpfer hatte sich verspätet, und Maria und Bitey sahen zu, wie der Wirt versuchte, die verärgerte Meute zu beruhigen, als Charlie sich wieder auf seinen Platz setzte.

»Riechst du das?«, fragte Bitey und drehte sich halb zu ihm, um ihm grüßend auf den Rücken zu schlagen. »Der Winter liegt in der Luft. Ende gut, alles gut, was?«

»Warum sagst du das?«, fragte Maria.

»Die Pest kann den Winter nicht überleben, Mädchen, jeder weiß das.«

»Und was passiert nächstes Jahr?«, beharrte Maria. »1666. Die Astrologen sagen dunkle Dinge voraus. Feurige Kometen, Ebben. Es ist das Jahr der Teufelszahl.«

Bitey lachte und deutete mit einer Hand die ganze Stadt an. »Nach allem, was wir wissen, könnte dieser ganze traurige Holzhaufen nächsten Sommer abbrennen. Es ist am besten, in diesen unsicheren Zeiten einen Tag nach dem anderen anzugehen und für die Tage dankbar zu sein, die gut zu einem sind.«

»Und ist heute ein Tag, der gut zu dir ist, Bitey?«, fragte Charlie, dessen Gedanken noch bei dem *Versiegelten Knoten* waren.

»Das könnte man so sagen, Charlie.«

Bitey öffnete seinen Umhang und die weiche Nase eines winzigen Ferkels kam zum Vorschein.

Maria quietschte erfreut und streckte eine Hand aus, um das Tier zu streicheln. Es drückte sein Gesicht in ihre Handfläche und grunzte.

»Habe diesen kleinen Kerl in Holbourne herumschnüffelnd gefunden. Schien kein Zuhause zu haben«, sagte Bitey. »Denke, wenn er schnell wächst, wird es nur einen Monat dauern, bis ich mich vor Koteletts und Rippchen gar nicht mehr retten kann.« Er fuhr sich mit der Zunge über die Lippen. »Ich denke, Charlie, das scheint tatsächlich ein sehr guter Tag zu werden. Und ich habe gehört, dass du heutzutage sowohl mit Morden als auch mit Diebstahl sehr beschäftigt bist«, fügte er hinzu.

Das stimmte. Seitdem es sich herumgesprochen hatte, dass er neben Diebstählen auch andere Fälle annahm, war Charlie regelrecht von Londonern belagert worden, die alle möglichen Verbrechen aufgeklärt haben wollten. Es schien, als ob die Inkompetenz der Wachmänner der Stadt nicht nur Diebstähle betraf. Seine Dienste waren im Westen so begehrt, dass er es sich leisten konnte, weiterhin in seiner Unterkunft in der Fleischerei in Covent Garden zu wohnen. Er dachte sogar darüber nach, ein Zimmer zu mieten, wo er und Maria zusammen wohnen könnten.

Charlie sah tief in seinen Bierkrug hinein, dachte über den *Versiegelten Knoten* nach, über die Geheimnisse in Blackstones verschwundener Truhe und was sie für England bedeuten könnten.

»Es gibt genügend Verbrechen«, sagte er zu Bitey, »um mich mein Leben lang zu beschäftigen.«

Lust auf mehr vom Diebesfänger?

Besuchen Sie www.thethieftaker.com/secretscene, um eine spezielle, **geheime Szene** auf Englisch zu lesen sowie Bilder und Hinweise aus »Der Diebesfänger« zu entdecken, die Ihnen helfen werden, die Wahrheit über die Identität von Charlie Oakley herauszufinden.

Danksagung

Bücher sind ein seltsames Geschäft. Als ich anfing, Bücher zu schreiben und zu veröffentlichen, war es schwer, historische Thriller weiblicher Autoren zu verkaufen. Agenten und Verleger waren sich einig, dass meine Geschichten interessant waren, aber sie meinten, ich sollte mehr wie Philippa Gregory sein. Dann passierte ein Wunder. Meine großartige Zwillingsschwester (und Autorin von Bestsellern), Susanna Quinn, führte mich in die Welt des Selbstverlags ein. Und in einem Anfall optimistischer Experimentierfreude schrieb ich einen Liebesroman, der sich schließlich 150.000-mal verkaufte.

Plötzlich war es gar nicht mehr so wichtig, mit einem Verlag zusammenzuarbeiten. Aber das Schicksal ist wechselhaft. Und genau zu diesem Zeitpunkt traf ich Piers Blofeld, den wunderbarsten Agenten und Freund, der der Meinung war, dass meine historischen Thriller eine Leserschaft verdienten. Piers fand viele Verleger, die »Der Diebesfänger« verlegen wollten. Und seine Stärke, fanden sie, war, dass er sich überhaupt nicht nach Philippa Gregory anhörte.

Deshalb ist dieses Buch den vielen Leuten gewidmet, die mir auf dem langen Weg zur Publikation geholfen haben. Danke an Kevin Harris für das Feedback zu unzähligen frühen Entwürfen, an Laura Langthorne (nach der Maria entworfen wurde) für perfekte Verbesserungen und an Don Quinn für den

Vorschlag, Maria nicht sterben zu lassen und dass ein paar mehr Bordelle nicht schaden könnten. Und wo wäre ich ohne meinen Seelenverwandten Simon Avery, dessen abwechselnde Rufe wie »Das ist brillant!« und »Das ist langweilig!« das Buch zu dem gemacht haben, was es ist? Emilie Marneur von Amazon Publishing ist nicht nur liebenswürdig genug gewesen, mich als eine professionelle Autorin zu behandeln, sondern hat mich auch mit der scharfsichtigen Katie Green bekanntgemacht, die das Buch hervorragend lektoriert hat. Wenn Carlsberg Verleger produzieren würden, würden sie in etwa wie sie aussehen. Ich hatte außerdem riesiges Glück mit Peter James, Simon Toyne und Louise Voss, die sehr großzügig waren. Für ihre netten Worte des Lobs stehe ich für immer in ihrer Schuld. Sie sind alle ein Beweis dafür, dass erfolgreiche Autoren liebenswürdiger sind, als man es für möglich hält. Und nicht zuletzt möchte ich meinen Dank an die Selbstverlags-Plattform von Amazon richten, die es mir und vielen anderen ermöglicht hat, mich als Autorin zu finanzieren.

Oh, und natürlich darf ich nicht vergessen, meinen aufrichtigen Dank an Philippa Gregory auszusprechen ;-)

5913054R00292

Printed in Germany
by Amazon Distribution
GmbH, Leipzig